《当代作家评论》创刊40周年纪念文集

语境更新与文化透视

主　编　韩春燕
副主编　李桂玲

北方联合出版传媒（集团）股份有限公司
春风文艺出版社
·沈阳·

图书在版编目（CIP）数据

《当代作家评论》创刊40周年纪念文集：全5册 / 韩春燕主编 . —沈阳：春风文艺出版社，2023.10
ISBN 978-7-5313-6536-5

Ⅰ.①当… Ⅱ.①韩… Ⅲ.①作家评论—中国—当代 Ⅳ.①I206.7

中国国家版本馆CIP数据核字（2023）第181485号

北方联合出版传媒（集团）股份有限公司
春风文艺出版社出版发行
沈阳市和平区十一纬路25号　邮编：110003
辽宁新华印务有限公司印刷

责任编辑：周珊伊	责任校对：陈　杰
封面设计：选题策划工作室	幅面尺寸：155mm × 230mm
字　　数：1643千字	印　　张：113.5
版　　次：2023年10月第1版	印　　次：2023年10月第1次
书　　号：ISBN 978-7-5313-6536-5	
定　　价：340.00元（全5册）	

版权专有　侵权必究　举报电话：024-23284391
如有质量问题，请拨打电话：024-23284384

《〈当代作家评论〉创刊40周年纪念文集》编委会

编委会主任：杨世涛

编委会成员：杨世涛　韩春燕　李桂玲　杨丹丹
　　　　　　王　宁　周　荣　薛　冰

主　　　编：韩春燕

副 主 编：李桂玲

一份杂志与一个时代的文学批评
——序《〈当代作家评论〉创刊40周年纪念文集》

王 尧

在我们不断追溯的20世纪80年代，产生了许多影响深远的历史事件。1983年那个寒冷的初冬，我在苏州的吴县招待所为陆文夫创作研讨会做会务，那是我第一次在现场感受"作家"和"作品"。当时我尚不知道，在遥远的北国沈阳，有几位先生正在紧锣密鼓地筹备《当代作家评论》的创刊。1984年与读者见面的《当代作家评论》第1期，刊登了《寄读者》和《编后记》。今天重读旧刊，《编后记》中的"江南草长，塞北冰融"一句，仍然让我动容。编辑部诸君说："在编完了这本刊物第一期的时候，已经到年终岁尾。春来了，我们仿佛已感到了她的气息，听到了她的脚步声。"这样的修辞，简单朴素甚至稚嫩地传递了一个时代文学理想主义者的情怀。流光如箭，因循不觉韶光换，如果从1983年筹备之时算起，《当代作家评论》40年了。

这份跨世纪的刊物，在改革开放大背景下与中国当代文学同频共振，给中国当代文学批评史和中国当代文学史都留下深刻痕迹，堪称中国当代文学史上的"文学事件"。不妨说，读懂《当代作家评论》，便能读懂近40年中国的文学和文学批评。应运而生的《当代作家评论》是80年代文学与思想文化的灿烂景观之一，它当年未必特别引人注目，但近40年过去了，它依然保持着80年代文学的理想、情怀和开放包容的气度，这一点弥足珍贵。90年代以后，《当代作家评论》经受住了消费主义意识形态的考验，其不断增强的"专业"精神守护住了"文学性"和"学术性"。在文学回到自身的80年代，在文学守住自身的90年代，以及在其后的时间里，《当代作家评论》避免了起落，以自己的方式稳定发展出鲜明的气质，在同类刊物中脱颖而出。同时我们看到，一些曾经风骚一时的刊物出于各种原因消失了，一些原本专业的刊物转向了。今天仍然活跃着的几家刊物，如《文艺争鸣》《小说评论》《当代文坛》《南方文坛》和《扬子江文学评论》《中国文学批评》《中国当代文学研究》等，与《当代作家评论》交相辉映，构成了中国当代文学批评的良好生态。中国当代文学的阐释和中国当代文学批评的成熟，我说到的这些刊物功莫大焉。

在这样的大势中，《当代作家评论》成为"文学东北"的一个重要文化符号。我这里并不是强调这份杂志的"地方性"，近几年来文学研究的地方性路径受到重视，包括地方性文学史料的整理也逐渐加强。在现有的期刊秩序中，刊物通常会划分为"国家级"和"地方级"，而"地方级"刊物通常又被"地方"期待为"地方"服务。我觉得《当代作家评论》近40年以自己的方式突破了这样一种秩序。作为辽宁省主办的刊物，它自然会关注辽宁和东北的文学创作，重视培养东北的批评家。《〈当代作家评论〉30年文选（1984—2013）》中有一卷《新生活从这里开始》，专收研究辽宁作家的文论，许多东北批评家的成长也与《当代作家评论》密切相关。但无论辽宁还是东北文学都是中国当代文学整体的一部分，《当代作家评论》以更开阔的视野关注当代文学创作的重大问题，从而使这本杂志集结了中国和海外的优秀批评家，赢得了广泛的学术赞誉。我曾经关注海外中国文学研究，在国外大学访问时会专门去看看东亚系的图书室，常在杂志架上看到《当代作家评论》，当时的感觉就像在异国他乡遇到故人。这些年东北经济沉浮，振兴东北成为国人的强烈期待。正如马克思主义经典作家论述的那样，历史上，某一国家或地区的经济发展和文化发展有时是不平衡的，恩格斯说经济落后的国家在哲学上仍然能够演奏第一小提琴。因此，换一个角度看，《当代作家评论》不仅在文学上，在文化上对辽宁和东北都极具重要意义。

文学期刊也是"现代性"的产物。多数当代文学批评刊物的创办和成熟都是在20世纪八九十年代，几本后起的刊物如《扬子江文学评论》和《中国文学批评》则在近十年。20世纪八九十年代是文学相对自觉和学术转型的年代，21世纪之后得以发展的刊物在很大程度上是因为传承了20世纪八九十年代文学和学术的基本精神。在文学制度层面上考察，文学批评杂志作为文学生产与传播机制的一部分，它的办刊方针无疑会遵循文学制度的原则要求，但批评的"学术体制"则需要刊物自身的创造。在这一点上，《当代作家评论》经过40年的探索，形成了其成熟的文学批评生产机制。以我的观察，这个生产机制至少有这样几个层面：主管单位指导而不干预；主编的学术个性事实上影响着刊物的气质；以学术的方式介入文学现场，在场而又超越；即时性的批评与文学研究的经典化相结合；像关注作家那样关注批评家；等等。这一机制的产生，显示了当代学术刊物作为文学"现代性"产物的成熟。在当下复杂的文化现实中，干扰刊物的"非学术"因素很多，而办刊者如何坚守学术理想、良知和责任，在很大程度上维系着这个机制的运转。我是在20世纪末和林建法先生相识的，他背着一个书包出现在我的面前。在短暂的交流中，我感觉他除了说杂志还是说杂志。在此后将近20年的相处中，我们是非常亲近的朋友。我在写这篇序言时，重新阅读了我们之间的邮件，回忆了相处的一些细节，发现几乎都是在谈杂志、谈选题、谈选本，也臧否人物。我本来是一个温和的人，后来有了些锋芒，可能与建法的影响有关。曾经有朋友让我劝劝建法不必那么固执，我直接提醒了，建法不以为然，说若是不固执，刊物就散了。韩少功先生在文章中好像也说到建法的这一特点。

我曾经提出这样的观点，一份杂志总是与一个人或几个人相关联。在《当代作家评论》创刊40周年之际，我们要记住那几位已经在我们视野中逐渐消失的名字：思基、陈言、张松魁、晓凡和陈巨昌。这是20世纪80年代主持《当代作家评论》的几位主编，他们的筚路蓝缕和持续发展的工作，值得我们记取。我现在知道的是，原名田儒壁的思基早年奔赴延安，毕业于鲁艺；陈言，新四军战士；张松魁、晓凡和陈巨昌都曾在辽宁省作协任职，各有文学著述存世。余生也晚，和几位先生缘悭一面。我不熟悉他们的写作，但他们最大的作品应该是《当代作家评论》。当年大学毕业时，我和几位青年同事组"六元学社"，在《当代作家评论》发过一篇对谈，因此知道陈言先生是我的盐城同乡。2010年10月陈言先生在沈阳病逝，林建法先生致电我，我停车路边，斟酌建法写的挽联。从建法平时零零碎碎的叙述中，我知道这几位老先生一直心系杂志，陈言先生在晚年偶尔还看看稿子。新文学史上有许多同人刊物，当代称为同人刊物的大概只有昙花一现的《探求者》。《当代作家评论》当然不是同人刊物，但和许多杂志不同的是，这份杂志具有鲜明的主编个人风格。《当代作家评论》创刊时，林建法先生在福建编辑《当代文艺探索》，两年后他从福州到沈阳。从1987年1月担任副主编，到2013年卸任主编，林建法先生的青年和壮年以及老当益壮的晚年的全部心血都用在了《当代作家评论》上。这份杂志的成熟和发展一直是林建法先生念兹在兹的事，他因此赢得了文学界的尊重。我和高海涛先生在林建法先生组织的一次活动中相识，后来他联系我，希望我们这些老作者继续支持杂志。那次活动是我主持的，我特地说到辽宁省作协对主编的尊重，因为这是办好杂志的条件之一。我第一次见到韩春燕教授是在渤海大学，那几年《当代作家评论》在这所大学办过几次活动。2016年韩春燕教授离开她任教的学校到《当代作家评论》当主编，在我的意料之外，又在意料之中。这六七年思想文化语境发生了深刻变化，韩春燕主编倾心尽力，保持了《当代作家评论》的气质，又发展出新的气象。

　　在某种意义上说，文学批评刊物的主要功能是介入文学现场，在与创作的互动中推介作家作品，以及在作家作品和文学思潮现象的阐释中推动文学批评自身的成熟和发展。重读40年的《当代作家评论》，我们可以发现它对文学现场的介入是深度的。今天我们在文学史论述中提到的作家作品，《当代作家评论》几乎没有遗漏，尽管这些最初的论述未必是精准的，但至少是最早确认这些作品价值的文字之一。敏锐发现作家作品的意义，是当代文学批评刊物最重要的职能，也是《当代作家评论》最大的学术贡献。在文学现场中发现作品和引领文学思潮现象，成为《当代作家评论》作为文学批评刊物的主要研究内容，也使其在文学批评刊物中脱颖而出。特别值得我们重视的是，《当代作家评论》是近40年来中国当代文学批评初步经典化的主要参与者之一。这种参与的方式是主动的和学术的，刊物、作者和作家的良性互动，成为文学经典化的重要环节。要摆脱非文学非学术因素的干扰，主编及其同人的学术眼光便十分重要。在这一思路中看，《当代作家评论》的最大贡献是介入文学现场的同时参与了作家作品最初的经典化工作。选择什么研究对象，呈现的是一个杂志的价值判断。《当代作家评论》不乏批评的文字，但它最大的特点是在对研究对象的选择上，选择什么，放弃什么，这本身便是褒贬。《当代作家评论》最早出现的栏目是1986年第5期的《新时期文学十年的经验（上）》和第6期的《新时期文学十年的经验（下）》，严格意义上说这个栏目其实是专题文论。一份杂志的成熟，很大程度反映在栏目的设计上。从这一点考察，我们可以看出《当代作家评论》的"主旋律"和"多样化"。确定什么样的栏目，是学术刊物视野、品格的直接体现。

  在当代中国的文化结构中，大学、研究机构和作家协会，是文学批评的主要学术来源，在社会主义市场经济体制确立之后，文学批评的自由撰稿人也越来越多。我注意到，近40年来，重要的文学批评刊物，多数是作协创办的，少数是研究机构创办的，大学学报人文社科版基本都是综合性的。作协办批评刊物，与当代文学制度最初的设计有关，文学批评一直被置于文学生产的重要环节。20世纪五六十年代，承担文学批评功能的报刊主要是《文艺报》，以及1957年创刊的综合性刊物《文学研究》（1959年改为《文学评论》），一些文学作品刊物如《人民文学》《上海文学》等也设有文学批评的栏目；另一方面，大学和研究机构，特别是大学在很长时期内并不掩饰它对文学批评的偏见，将文学批评排除在文学研究之外，或看轻文学批评的学术含量。但在中国当代文学批评的发展进程中，作家协会的批评家、研究机构的学者和大学的教授，实际上都参与其中。"文革"结束后，文学创作和文学批评的秩序重建，作家协会、大学和研究机构的批评家都异常活跃，《当代作家评论》在办刊的最初几年便呈现了这样的气象。如果做大致的比较就会发现，作家协会的批评家更擅长于作家作品论，特别是作品论；大学的批评家则善于专题研究，习惯在文学史的视野中讨论作家作品和文学思潮现象。

20世纪90年代以后，文学批评的作者结构、文学批评自身的特征都发生了诸多变化。随着大学对文学批评的再认识，特别是中国当代文学作为"现当代文学"学科的一部分，越来越多的批评家都具有了在学院接受文学批评训练的背景。作家协会的批评家仍然十分活跃，但这些批评家中的多数也是"学院"出身。这条线索便是文学批评"学院化"的进程。中国作协和中国现代文学研究会联合主办的《中国现代文学研究丛刊》，这些年也出现了批评和研究的融合，从作协转入大学的批评家们，其文学批评也逐渐体现学院体制的规范要求。在诸多刊物中，《当代作家评论》始终把与大学的合作作为办刊的主要路径，是文学批评"学术化"的倡导者之一。这一办刊特点，催生了越来越多的兼具学者和批评家身份的文学研究者。《当代作家评论》从一开始便重视发表作家的创作谈和访谈录，这构成了中国当代文学批评的另一个重要内容。近10年来，很多作家成为大学教授，这一方面改变了大学文学教育的素质，一方面也促使许多作家兼顾学术研究和文学批评。

当我这样叙述时，自然而然想到"学术共同体"这一概念。《当代作家评论》和当下许多文学批评刊物一样，已然成为文学批评的"学术共同体"。我觉得这是考察中国当代文学批评史的一条重要线索。在改革开放之后，与海外学界的人文交流增多，因而海外学者也成为《当代作家评论》等杂志的作者。除了直接发表或译介海外学者的文章外，关于海外汉学的研究也成为《当代作家评论》的新特色。这样一个变化，最重要的意义不仅是观点和方法的介绍，而是建立更大范围学术共同体可能性的尝试。我在和韩春燕主编合作主持《寻找当代文学经典》栏目时，也注意译介海外学者的相关成果。这几年，《当代作家评论》和《南方文坛》《小说评论》等杂志先后开设海外汉学译介和研究专栏，我以为是一个值得坚持的学术工作。尽管在百年未有之大变局中，全球化、地缘政治和人文交流等都有新变，但跨文化的学术对话无论如何都应当持续而不能中止。就像我们以批判的态度对待西方批评理论一样，对海外汉学的批判也是建构学术共同体的题中之义。

一份成功的学术刊物总是会集结一批优秀的作者，甚至会偏爱这些作者。《当代作家评论》的40年，也是一大批批评家成长发展的40年，不妨把它称为文学批评家的摇篮。任何一份刊物的学术理想都需要通过批评家的实践来落实，《当代作家评论》的成功之处便是吸引了一批优秀批评家来共同完成其学术理想。将批评家作为研究对象，也是《当代作家评论》的用心所在。已经实施了十多年的"《当代作家评论》年度优秀论文奖"和"中国当代文学优秀批评家奖"，无论是评奖程序还是颁奖仪式，都体现了杂志对文学批评和批评家的尊重。我们只有把文学批评和散文小说诗歌一样视为"写作"，视为思想与审美活动时，文学批评才能创造性发展。集结在《当代作家评论》的几代批评家，如吾辈也会感慨时光静好，可我老矣。《当代作家评论》的活力既体现在壮心不已的资深批评家的写作中，但更多来自青年学人的脱颖而出。这些年来，从事文学批评的学人也会抱怨"内卷"，发论文、申报项目和获奖之难困扰无数中青年学人，这一问题的解决需要重建学术评价体系，也需要学人摆脱学术的急功近利，同样也需要学术刊物为青年学人优秀论文的发表创造条件。《当代作家评论》一直重视青年批评家的培养，翻阅这些年的杂志我看到了越来越多的陌生面孔，我知道他们是《当代作家评论》的"青年"。

《当代作家评论》创刊30周年时，林建法先生出差南方，在常熟顺便开了一个座谈会。我在会上建议林建法先生编选出版一套创刊30年文选，他接受了这一建议，后来在文选序言中谈到这次会议和他对如何办杂志的理解。这套由辽宁人民出版社出版的10卷本文选，包括《百年中国文学纪事》《三十年三十部长篇》《小说家讲坛》《诗人讲坛》《想象中国的方法》《讲故事的人》《信仰是面不倒的旗帜》《先锋的皈依》《新生活从这里开始》和《华语文学印象》。这10卷文选各有侧重，或20世纪中国文学史研究和史料整理，或小说家的讲演和文论，或诗歌研究，或莫言研究专辑，或港澳台作家及海外华人作家研究，或当代辽宁作家研究，大致反映了《当代作家评论》创刊30年的主要成果。林建法先生给我初选目录时，我和他讨论，可否做一卷当代批评家研究卷，建法觉得以后考虑。

倏尔10年，接到韩春燕主编邀为40年文选作序，我一时恍惚。这10年，文学语境发生深刻变化。《当代作家评论》一如既往在文学现场，我们现在读到的由韩春燕、李桂玲主编的《〈当代作家评论〉创刊40周年纪念文集》，大致遴选近10年文论，分为《当代社会与文学现场》《语境更新与文化透视》《文学气息与文化气象》《批评大义与文学微言》和《文学旅踪与海外风景》5卷。纪念文集5卷中的文章，我平时也读过，现在再读，觉得这5卷可以和之前30年文选10卷作为一个整体来阅读。40年和40年中的10年，既有整体性，也有差异性。前30年讨论的许多问题仍然延续在后10年之中，但今夕非往昔，文学批评所处语境和面对的问题都和前30年有了不同。在这个意义上，创刊40周年纪念文集正是对"不同"的回应。

《当代作家评论》创刊后的一年我大学毕业，我没有想到自己经由这本杂志认识和熟悉了"东北"以及当代文学。人在旅途中会遇见不同的风景以及风景中的人，和《当代作家评论》的相遇，不仅是我，也是诸多批评界同行的幸运。时近秋分，听室外风雨瑟瑟，忆及过往，心生暖意，不免感慨系之。我断断续续写下这篇文章，谨表达我对《当代作家评论》的敬意。

目录

"没有诗歌，就没有未来"
——2013年诗歌创作与现象考察 ……………… 霍俊明 / 001

直面现实、历史与传统的新格局
——论新世纪先锋诗歌的精神转型 ……………… 刘　波 / 013

钢琴和乐队的对话：王家新的诗歌翻译与创作 ………… 梁新军 / 026

新世纪诗歌升温的精神症候与文化透视 ………… 吴投文 / 044

诗人自我拯救与诗歌大国气象
——"21世纪现代诗群流派大展"引发的思考及启示意义
………………………………………… 庄伟杰 / 062

从时间的方向看
——论"第三代"诗歌的时间诗学 ……………… 杨汤琛 / 072

浅谈散文诗与现代性 ………………………………… 灵　焚 / 090

"新归来诗人"初论 ……………………… 蒋登科　王　鹏 / 113

方向与高度
——论吉狄马加的诗歌 ………………………… 罗振亚 / 127

跨界诗歌：逾越后存在的问题
——兼谈消费语境下诗歌的姿态 ………………… 邱志武 / 152

001

诗歌报纸在1986年 ················ 贺嘉钰 / 167
当代诗歌"刺点"及"刺点诗"的价值及可能 ·········· 董迎春 / 186
为散文诗一辩
——以周庆荣为考察对象 ················ 敬文东 / 199
主体、话语与地方
——女性人文主义视野中的辽宁女性诗歌 ·········· 何言宏 / 230
"重构"我们时代的"诗歌伦理"
——对新世纪中国诗歌的一种考察 ············ 张立群 / 249
"现代汉诗"与中国诗学"当代性"的生成 ··········· 陈培浩 / 263
"使用好你的渺小"
——臧棣植物诗的方法论问题 ··············· 西　渡 / 288
传统的接续与语境的更新
——新诗新时期以来对新古典写作的探索 ·········· 吴宜平 / 308
空间构境与诗意延展
——评翟永明的长诗《随黄公望游富春山》 ········· 孙晓娅 / 327
裂隙里的乡愁和进退维谷的舌头
——论陈亮长诗《桃花园记》 ··············· 李　壮 / 348

"没有诗歌，就没有未来"

——2013年诗歌创作与现象考察

霍俊明

公交车启动着轰然远去
我愣神片刻，转身慢慢汇入城市的车水马龙
一句深藏多年的话终于未能出口
它仍将深藏下去——无论我在哪里
在光阴还是在山水，在这里还是在远地
我都在他们中间。

——杜涯《秋天之花》

新的一年又"马不停蹄"地开始了。近些天，人们一直为一句富有诗意的话而兴奋着——"让城市融入大自然，让居民望得见山、看得见水、记得住乡愁"。在2013年的诗歌阅读中，对于繁乱、激增、裂变、转捩的诗歌生态和乱花迷眼的诗坛现象而言，我并不是所知甚多，而是所知甚少。2013年的诗歌看起来热闹无比，但总体来看仍然是繁而不荣的状态。各种诗歌节、高峰论坛、诗歌奖、诗歌选本和大大小小走马灯一样的诗歌活动，以及新媒体空间各自为战的争吵让人眼花缭乱。铁屋子里沉睡无声的国民曾遭到鲁迅的批判，而当下的民众则在各种新媒体平台上太想发表各种意见了。从无声沉默到众声喧嚣在某种程度上不能不是时代的进步。但是较之娱乐化、消费化、电子化的公众事件和文化噱头而言，在一个精神氛围愈加复杂和分野的时代，诗歌写作仍然需要一种坚守和独立的勇气。当然在新媒体的语境下，诗歌的生产、传播过程中发生的新变是值得关注和深入探究的。82岁的四川老诗人流沙河在成都图书馆为市民做唐代七言诗讲座时认为，新诗是一场失败的实验。他认为失败的原因是"不是做得太少，而是做得太多了"。这样的对新诗的善意的批评或否定之声实际上已经由来已久。而诗歌如何能够通过自身在创作、传播等方面的努力为公众接受已经成为亟待解决的难题。自媒体时代的诗歌写作和阅读的难度在我看来变得愈益艰难。交叉小径一样的诗歌写作图景更近乎没有出路可言的迷宫。也许从笔尖流淌的必须是内心的甜蜜、忧伤、不解和疑问。这就足够了！

城市和城镇化视域的诗歌态势

当我们都成了故乡的陌生人，那么就让我们记住乡愁，从陌生处出发。重新寻找、重新发现、重新认识、重新命名！写作就是在寻找精神意义上的故乡和本源，而这在一个全面城市化和城镇化的时代显得如此虚妄、吊诡而尴尬。在一个社会分层愈益显豁的年代，在一个"中国故事"如此难解的年代，作为一个"有机知识分子"更是迷障重重。当你试图在深秋或寒冬越过灰蒙蒙的高速路和城市上空寻找故土的时候，你必须学会在"斩草除根"的现实中承受噬心而残忍的孤独。你起码要在文字中付出代价。当城市化和城镇化时代全面铺展开来的时候，我们是否还能保持一个写作者的知识分子良知和纯粹的美学立场？当下的很多写作是身不由己地从"故乡"

和"异乡"开始的——"行军床上，简易支撑起粗糙的异乡"（臧棣《必要的天使丛书》），"把匆忙的／人流和车流当作故乡的一条河，并忽略它的／去向"（陈德根《流经身体里的河》），"在没有光景／让他，滚回故乡的壳中"（苏若兮《真珠》），"我的眼前，只有秋后苍茫的大地"（苏黎《秋后的一个下午》）。无处不在的城市是否让我们失去了梦想的可能，刚刚辞世的老诗人郑玲在生前最后发表的诗作《地平线》中这样写道："城市里看不到地平线／楼房和楼房之间／仅隔一个花园……我跑了起来／飞了起来／还是越隔越远／绝望中／一梦想来"。无论如何我们应该相信写作者不管是面对城市还是更为庞杂的时代都能够发出最为真实的声音，"穿过是一件很暴力的事情，彻底得／就像高速公路穿过原始森林，现代／穿过荒蛮，带着优越感和占有欲／子弹穿过靶心"（沈浩波《穿过》）。一九六六年美国诗人加里·施耐德出版诗集《溪山无尽》。宋人佚名的这幅山水长卷所绘山水已经成为乡土中国的旧梦，"静下心来，走进／那个创造出来的空间"。翟永明写作长诗《随黄公望游富春山》也必然是城市化时代的无穷叹惋。米沃什曾有两部焦虑症式的作品分别叫作《从我的街道出发》《从我所在的地方出发》，而当年顾城关于北京有一组极其诡异和分裂的带有城市时代预言性质的诗作《鬼进城》。与强硬城市相对的是虚弱"乡土"的命运。1991年四川诗人孙文波写下《在无名小镇上》，2013年孙文波完成1600行的长诗《长途汽车上的笔记——感怀、咏物、山水诗之杂合体》。从"60年代的自行车"到"长途汽车上的笔记"，不仅是孙文波个人的精神成长记录，更是中国当代诗人面对工业化和城市化时代现实的一种不容回避的集体命运——"到头来，我只好面对一些新事，重建／自我的信心。是否太晚？我要不要／只是选择旅行，成为风景的解人，植物的知音？""譬如面对一座城市、一条街道，暴雨来临，／这不是浪漫。情绪完全与下水系统有关，／尤其行驶的汽车在立交桥下的低洼处被淹熄火"。诗人要做的不是发表社会意见，而是说出真相。今天我们看到的城市更像是一个巨大的机器。它使人神经兴奋、官能膨胀，使人处于五光十色而又精神不自知的境地。在全面城市化和城镇化的时代，我们生活在大大小小的被雾霾笼罩的城市、城镇和城乡接合部，写作者实实在在地经受到了不小的精神激荡与写作的困窘与病症状态。正如诗人刘川所说的，只能"自己有病自己找药"。在空前高耸而同一化的城市建筑背后是曾经诗意的、缓慢的、困顿的乡土。在推土机的隆隆声中以及经济利益铁臂的驱动中曾经温暖熟悉的故乡、家园都破碎成了旧梦。在城市化和城镇化的现实面前写作不能不与之发生对话甚至摩擦、龃龉和碰撞。"诗人的天职是还乡"曾经让中国的作家在语言中一次次重建精神的栖居之地。然而对于突然出现的城市和城镇化景观，很多写作者仿佛被空投一样从乡村抛掷到城市的陌生空间。这个时代的写作者是否与城市之间建立起了共识度和认同感？1936年卓别林《摩登时代》正在21世纪的社会主义中国上演——人与机器的博弈，乡土与城市的摩擦。对于当年的曼德尔施塔姆而言城市在诗歌中尽管是悲剧性的但仍然是熟悉的，"我回到我的城市，熟悉如眼泪，如静脉，如童年的腮腺炎"。但是对于中国那些大体有着乡土经验的作家而言，尤其是经历了由乡村到城市的剧烈时代转捩的一代人而言，卡夫卡式的陌生、分裂、紧张、焦灼成了集体性的时代体验和话语的精神症候。城市里的波西米亚者和午夜幽灵一样的精神游荡者已经从波德莱尔的巴黎来到了中国大大小小的城市。更多的写作者以影响焦虑症的话语方式印证了一种典型性的个人存在和"异乡人"身份在当代中国城市化进程中的命运。命定的"离乡"和无法再次回到的"故乡"成为双向拉扯的力量。

　　当文学不得不参与了现实生活，那么写作就不能不是沉重的。写作就此不能不成为一种特殊的命运。这让我想到了吉尔·德勒兹的一句话——就写作和语言而言，"精神病的可能和谵妄的现实是如何介入这一过程的？"城市化和城镇化状态的诗歌写作与现实场域之间越来越发生着焦灼的关联，甚至社会伦理学一度压抑了美学和趣味。正如布鲁姆所嘲笑的很多诗人和研究者成了"业余的社会政治家、半吊子社会学家、不胜任的人类学家、平庸的哲学家以及武断的文化史家"。城市和工业文明狂飙突进、农耕情怀则成了实实在在的记忆和乡愁。"心灵与农村的软"与"生存与城市的硬"就是如此充满悖论地进入了生活,进入了写作。写作者在不断寻找,不断在苍茫的异乡路上追忆,"我离开他们已经多年,在远方的奔波/生活里,我无数次想起这一片故土上的人影/想起他们,我在大街上骤然停下脚步/黯然,痛苦,忧戚,叹息/想起他们,我在地铁里突然泪水迸落/我永远记得他们:他们的身影、衣食、年岁"(杜涯《秋天之花》)。城市生活正在扑面而来。灵魂的惊悚、精神的漂泊与困顿状态以及身体感受力的日益损害都几乎前所未有。与此同时,面对着高耸强硬的城市景观每个人都如此羞愧——羞愧于内心和生活的狭小支点在庞大的玻璃幕墙和高耸的城市面前的虚弱和无力。城市里的冬天万物萧条!写作者所能做的就是点亮内心的灯盏在迷茫的风雪路上前行。让文学记得住乡愁!尝试赞美残缺的世界!这是时代使然,更是一种难以回避的写作命运和生存状态!这样一来,陈先发当年提出的诗学主张"本土性在当代"在当下汉语写作中就成了一个重要的标准和尺度了。

诗歌的跨界传播与公共空间

在当今的全球化和新媒体时代,娱乐、消费的多元文化选择尤其是手机APP、微博和微信形成了"粉丝文化"和"中产趣味",年轻的读屏一代倾听诗歌的机会已经越来越少,越来越多的人已经基本丧失了艺术听觉的能力。而以往单纯的诗歌朗诵会和一般的诗歌沙龙已经远远满足不了时代发展和公众对于文化创新的精神需求。包括《诗刊》《诗选刊》《中国诗歌》《诗林》《诗歌月刊》等推出的"网络诗选""博客诗选"都显现了新媒体情势下诗歌的一些新变。

尤其是新世纪以来，随着新媒体和自媒体的飞速发展，在经济发达的广东出现了诗歌多元化的与公共空间大众结合的崭新形式。而早在2011年，由陈传兴、陈怀恩、杨力州、林靖杰、温知仪5位中国台湾的导演执导的诗人纪录片电影《他们在岛屿写作》（包括林海音的《两地》、周梦蝶的《化城再来人》、余光中的《逍遥游》、郑愁予的《如雾起时》、王文兴的《寻找背海的人》、杨牧的《朝向一首诗的完成》）则以影像视觉化的方式对诗歌传播形式予以大胆突破。这一特殊的艺术形式的探索被誉为中国台湾21世纪最重要的文学记录、文学与电影的火石交汇、台湾影坛最深刻的文学电影。一个悖论却是诗人既希望表达自我灵魂的诉求和对社会的关注，同时又希望更多的人来理解。但是当他们的诗歌真正进入了公共空间和所谓的"大众"的时候他们反而有些不适应，甚至是非常尴尬，不知道该如何传达，总是会有这样的疑问，"我的诗歌能被他们接受吗？""这些人都是什么人，他们懂得诗吗？"当2013年"第一朗读者"（第二季）第一场活动在深圳中心书城举办的时候，当成百上千的市民（注意不是专业的诗人和阅读者）坐在台阶上时，很多诗人、评论家和朗读者都蒙掉了。这些"大众"不再只是大学生，不是什么诗歌学的博士、硕士，也不是专业的阅读者，他们就是市民，有老太太，有老大爷，还有很多小朋友。很多市民抱着孩子站着看活动。面对这一切，你如何让你的诗和他们发生关系呢？我们如何来评价诗歌？以什么样的形式来传播诗歌？

2013年诗歌跨界传播的代表性活动是深圳诗人从容发起的"第一朗读者"，国内第一个诗歌跨界传播基地也在深圳剧协诞生。2013年第二季的"第一朗读者"充分利用其他艺术形式，通过读诗、演诗、歌诗、评诗的多样化方式以及强烈的现场感和多元互动来进行诗歌跨界传播的探索和实验。诗歌跨界既是对诗歌传播形式的拓展，又是利用立体化的艺术手段二度阐释和再造诗歌的空间。"第一朗读者"在深圳中心书城、深圳大学、剧场、美术馆、咖啡馆，以及

"飞扬九七一电台"这样的公共空间，实现了诗歌与大众的真正意义上的互动与相互理解。这一跨界诗歌活动将诗歌推向各个阶层和群体，真正在公共文化空间和社会空间有效传播诗歌并使受众最大可能地接触诗人和视听诗歌。这在很大程度上以大众化和公共化的方式促进了当代诗歌的大众传播和经典化，消除了一般意义上朗诵会和沙龙与公众之间的隔膜，从而在新媒介文化语境下对诗教传统予以创造性接续。多样化舞台形式对诗歌的重新理解和阐释以及诗人与公众在现场的直接对话和碰撞，都使得诗歌利用新媒介的跨界传播成为现实。西川就"第一朗读者"活动指出："我在国内外参加过很多诗歌活动，像这样具有先锋精神的综合性艺术表达现场只能深圳做到。具有戏剧经验的团体做到。"这一特殊的跨界诗歌活动真正突破了一般的诗歌朗诵会和小圈子诗歌沙龙的封闭性、狭隘性和精英性屏障，真正打造了新世纪文化语境下诗歌传播的新形式。

关于诗歌如何与大众和学生教育结合已经成为近年来诗歌界关注的焦点。值得注意的是，微信平台的"为你读诗"、"睡觉前读一首诗"、广东小学生诗歌节、中华校园诗歌节、中学生诗歌节、上海"九〇后"中学生原创诗朗诵会、"新诗实验课"、成都志愿者全媒体平台承办的2013"关爱农民工子女·名师一堂课"大型志愿服务活动。包括翟永明在内的诗人担任成都市驷马桥小学诗歌分享课教师。翟永明希望自己的诗歌能给这些农民工子女带来希望，鼓舞他们努力学习、积极生活。一个12岁的女学生在翟永明的启发下写下人生的第一首诗："假如我有一双翅膀，／我要为盲人摘下一颗星星，／让他的眼中有一抹光彩。"此外，上海诗人王寅等参与的"诗歌来到美术馆"也尝试在公共艺术空间通过朗读、对话和问答，实现诗歌的互动与传播。正如王寅所说，诗歌就应该放在社会公众层面来做，只放在小圈子的话太可惜了。

现实介入以及"长诗"的难度

近年来诗歌与现实的关系不断被讨论,甚至引发激烈的论争,也确如王家新所说,任何一个时代的诗歌都要在它与现实的关系中来把握自身。诗歌与公共性现实的关系一直处于龃龉、摩擦,甚至互否之中。这不仅在于复杂和难解的现实与诗歌之间极其胶着的关系,而且在于诗歌的现实化处理已经成了当下写作的潮流。而这种现实化的写作趋向还不只是中国化的,甚至是全世界范围的。正如多丽丝·莱辛所说:"我们处在这个面临威胁的世界。我们长于反讽,甚至长于冷嘲热讽。某些词或观念几乎不用了,已经成为陈词滥调了;但我们也许应该恢复某些已经失去其力量的词语。"也正如谢冕所强调的,在工业和后工业时代,诗人不应该回避而只能面对,无论是批判或歌颂诗歌都应该表达出诗人对时代的看法(《诗歌,为了自由和正义》)。诗歌与现实生活已经如此密不可分,不管你是迎接还是拒绝。2013年8月,一份名为《诗品》的民间刊物在宁夏诞生,"现在是2013年8月。8月的中国,突发的事有点多,从航站楼,到城管,幸福大街的主唱的被拘……令人目不暇接。而在宁夏银川,除了持续的高温,一些人猜疑着最近会不会地震,我们在做《诗品》"。而近年来火热的打工诗歌、底层诗歌、农村诗歌、抗震诗歌(2008年汶川、2013年雅安)、高铁诗歌的高分贝的社会化呐喊犹在耳侧。但是,越是一拥而上的写作就越容易导致诗歌难度的降低和美学品质的空前缩减。策兰式的"抵抗性的才能"、"前进的梯子"与米沃什式的"以波兰诗歌对抗世界"或者马拉美式的"纯诗"诉求和语言炼金术都是具有合理性的。我们可以"为艺术而艺术",在纯诗意义上演习修辞和语言的炼金术,也可以像萨特强调的那样把写作看作一场"紧紧拥抱他的时代"的行动和介入,从而"让精神走上大街、集市、商场和法庭"。诗歌作为一种趣味、美学、修为、技艺是无可厚非的，我们也有必要在一个社会分层明显的时代让诗歌承担起沉重的社会伦理和道德。《星星》理论刊2013年开辟"诗歌的现实境遇与生存状态"栏目，先后推出陈超、霍俊明、赵卫峰、易彬、刘波、陈卫、熊辉、世宾、梁雪波、王士强、龙扬志、罗小凤、辛泊平、赵金钟、卢桢的十几篇评论文章，对新世纪以来的传媒话题、现实困境和诗歌问题予以深入揭示和梳理。但是，也必须要注意诗歌的社会伦理和美学之间的平衡关系。正如爱尔兰诗人希尼所说："在某种意义上，诗歌的功效等于零——从来没有一首诗阻止过一辆坦克"。鲁迅更是直截了当："一首诗吓不走孙传芳，一炮就把他轰走了"。但是同样重要的是，在一个电子碎片化的时代（欧阳江河语）和共时化的大数据时代以及文化消费的社会，当下的诗歌与现实之间的关系从来没有像今天这样紧密、矛盾、纠结和摩擦。很难想象一个诗人的村庄和住宅一夜之间被夷为平地的时候，他在诗歌中不愤怒、不控诉。正像翟永明所说的，自己近年来诗歌和生活的变化"是在开了'白夜'酒吧之后，慢慢地跟越来越多的人打交道，除了文艺圈里的人，还有城管、街道、小贩等，我回到了一种很现实也很琐碎的市井生活。精神上我的压力小了，个性也变得豁达起来，这也让我的作品更深厚了"。说到诗人与现实的关系，很多诗人还会惯性地将公共生活与国家意识形态甚至政治之间联系起来，比如欧阳江河所说的："中国这个国家，从来写作都是政治的一部分，尤其是诗歌。你想要脱离政治来谈论优美、意义、崇高，那几乎是不可能的事情。我所理解的最好的诗歌写作，尤其是'大国写作'，一定要触及人的生命，人的存在的根本。在中国，触及人存在的根本而不触及政治是不可能的，所以当代诗意不必回避政治"（《电子碎片时代的诗歌写作》）。德国的塞姆·基弗则认为，当下的时代不再是把人扔进奥斯维辛的焚尸炉，而是"被经济的当代形式所毁灭，这种形式从内里把人们掏空，使他们成为消费的奴隶"。而当政治以文化消费的形式或娱乐化的"拟象"（比如好莱坞电影）直接参与了政治体制和意识形态，写作就变得愈益艰难了。就诗歌与现实的关系而言，阿多尼斯认为诗歌不是对现实的再现，"不论回避现实还是屈从现实，都是另一种'奴役'。诗歌应该超越现实，把我们从现实中解放出来"。这句话很深刻，但是对于复杂的诗歌写作而言，即使诗歌介入现实也并不意味着就不能写出好诗和重要的诗。也许只有极少数的伟大诗人能够超越现实，但是对于更多的诗人而言，重要的是出于现实的涡旋将之转换成为诗歌的现实、语言的现实和想象的现实。关键是如何通过诗歌语言的方式表现内心的无数个"现实感"的风景。也就是柄谷行人的现实主义并不意味着描写风景，而是将不可见的风景以可见可感的方式创造出来。阿多尼斯写于上海的一首诗就是十足的"中国化"的现实之诗："金茂大厦正对天空朗诵自己的诗篇。／雾霭，如同一袭透明的轻纱，／从楼群的头顶垂下。"我更赞同扎加耶夫斯基以智性、沉痛和反讽、热爱的态度尝试赞美残缺世界"尝试赞美这残缺的世界。／想想六月漫长的白天，／还有野草莓、一滴滴红葡萄酒。／有条理地爬满流亡者废弃家园的荨麻"。诗人一次次在光明和暗影的交错与博弈中抬高精神的头颅，"我们坐在路沿，大教堂脚下／轻轻地谈起苦难，／谈及今后，将会来临的恐惧，／有人说这就是现在／我们所能做的最好的事——／在明亮的影子里谈论黑暗。"苦难也不能阻止诗人去热爱，正如毛子的《我爱……》——"我爱被征服的国家，秘密的聚会／我爱宵禁之后，那走上街头的传单和人群／／我爱电车／我爱旅馆／我爱流放的路上，还在谈论诗歌与星空的心灵……"。在坚硬的现实面前总会有一部分柔软和温暖的空间让你停顿和回忆以及颂祷。尤其是对于阶层分化、激进的城市化以及新媒体空间一起制造的闻所未闻的"新现实"而言，除了可以做愤怒的批判者和伦理观念的承担者之外，同样重要的在于对诗歌和诗人形象的双重维护。只有一种"怨恨"的诗学是畸形的，当然只有赞美的冲动也更为可怕。

在一个社会万象与自媒体话语共生互动的直播年代，在关于发表、编辑、审查、传播的障碍瞬间被消除的语境下，写作者越来越存在着空前的自我膨胀感和公知的立场与幻觉。正是在过分倚重物欲化、消费化而缺失精神性和信仰的语境下，各种媒体空间的日常化、口语化、一己化的诗歌成为对语言最大的挑战。据此，越来越多的诗人强调"有难度的写作"。徐江指认当下是一个后口语诗歌时代，具有"人文精神"和"对既有语言方式的突破"的后口语已经蔚然成为主流。正如欧阳江河之所以停止写作近10年，最根本的原因就是他在思考自己和所处的这个时代整体的关系。欧阳江河认为，长诗写作是对当下语言消费现象的抵制和对抗，写作就是要表达一种反消费的美学诉求和批判的眼光。确实，近年来的长诗热已经成为重要的现象。而集体出现比拼诗歌长度的写作情势背后的社会机制和深层文化动因是值得深入探究的。也正如欧阳江河追问的，这个时代长诗有可能变成什么或者已经变成什么是一个只有极少数大诗人才问的事情。20世纪70年代末到80年代初曾出现写作长诗的热潮，那无疑是解冻时代诗歌作为社会良知的发声。而当下的长诗写作显然凸显的是一个精神涣散、共识度降低的时代诗人的焦虑。说到2013年的长诗（含诗剧）写作，重要的有杨键的《哭庙》、侯马的《进藏手记》、柏桦的《铁笑：同赫塔·米勒游罗马尼亚》、李亚伟的《河西走廊抒情》、小海的《影子之歌》、路也的《老城赋》和《兰花草——谒胡适墓》、古马的《大河源》、中海的《终剧场》、沙克的《民》、杜涯的《秋天之花》、魔头贝贝的《敬献与微澜》、杨沐子的《秩序解体》、高世现的《酒魂》、温经天的《白色火焰》、指纹的《尖叫》、严正的《U：二〇一一-二〇一三》、谢长安的《睡月》、巫小茶的《日月祭》、玫瑰之冢的《一个人的编年史》等。其中杨键的《哭庙》显然从各个方面考量都堪称本年度长诗的代表作，尽管也存在着不同程度的问题。这首长诗是关于现实的，关于历史的，也是关于文化传统和道统、教义和精神信仰的，更是关于家族命运史和精神成长履历的。正如长诗开卷所说的："谨以此书献给我父亲杨再准，他生于一九三五年，卒于一九九七年，并以此纪念一个时代。"杨键的精神危机感和对农耕文化的追挽在这个时代具有不言自明的普遍性，而这首一意孤行式地写了12年的长诗，其中的难度和困苦简直难以想象。这使我想到米沃什的长诗《关于神学的论文》和布罗茨基的长诗《世界末日》。米沃什的诗句在中国仍然有效："他试图猜测他们脑子里在想些什么。／他怀疑有一种天长日久的由卑贱造成的损伤／业已散发在这一补赎性的部落仪式里。／然而他们每一位却都承担着自己的命运。"李亚伟的《河西走廊抒情》则在文化的上游、时代的中游和身体的下游之间搭建出最具个人化历史想象力、现实介入能力以及挑战新媒体技术时代的精神图景。

正如诗人阿多尼斯所说，"没有诗，就没有未来"。在一年结束的时候，让我们记住那些已经"远行"的诗人名字吧——雷抒雁、牛汉、冀汸、韩作荣、郑玲、东荡子、王乙宴、揣摩、邓华……牛汉在一生炼狱的路上这样自我激励和劝慰："只要面孔背向地狱，／脚步总能走进天堂"。

本文原刊于《当代作家评论》2014年第1期

直面现实、历史与传统的新格局
——论新世纪先锋诗歌的精神转型

刘　波

新世纪以来，先锋诗歌的书写和阅读，相比于20世纪90年代的沉寂，似乎有了复兴的迹象，这与互联网的全面兴起有关，也和我们所处时代的社会大环境有关。一种新的诗歌格局的形成，势必会造成旧有格局的瓦解：箴言型诗歌已不再占据中心，讲求整体诗性的写作获得认同；纯粹的语言实验，逐渐让位于直面现实和历史的及物书写；走极端的写作，也开始被理性的美学所取代。当然，对纯粹浪漫主义诗歌风格的纠偏，写作主题上的多元化，尤其是面对时代转型的复杂现实时，越来越多的诗人以良知写作来重构诗坛的新局面，他们注重语言创造和思想显现的融合，追求富有张力的创造。这些格局的变化在新世纪的发生或隐或显，它们正应和了诗人们阶段性的写作转型，也随着新世纪诗歌美学的嬗变而获得更深的拓展。

箴言型诗歌格局的逐渐瓦解

当朦胧诗人和海子成了一个时代的过去式时,中国当代诗歌的格局发生了变化。我们对他们的部分作品之所以耳熟能详,很大程度上在于其诗歌中那引起情感或美学共鸣的"格言警句"。比如,"卑鄙是卑鄙者的通行证/高尚是高尚者的墓志铭"(北岛《回答》),"黑夜给了我黑色的眼睛/我却用它寻找光明"(顾城《一代人》),北岛、顾城、舒婷和海子,包括中国台湾的席慕蓉,现在在很多人心目中,大都成了箴言型诗人。他们的经典化,更大程度上还是因为其某一首诗中的某一句话,成为人们口耳相传的格言,或励志,或存真,或写出人生共鸣,或寻找智慧之真。这种箴言型诗歌,有它特定的时代性,极大地满足了20世纪80年代国人对于新浪漫主义的追求,这些诗歌也就最大限度地成为一代人的集体记忆。

朦胧诗人和海子所创造的箴言型诗歌,一方面赋予了那个特殊的时代以某种美学高度,另一方面,也让诗歌成为文学被简化的形态。所以有人认为,最好的文学就是能写出几个带有哲理性的漂亮句子,能最终让人记住。这种带有"投机"性或简化的写作,其实为诗歌带来过一场美学灾难,最典型的,莫过于汪国真。1993年前后,汪国真一度成为大学生和青年读者所喜爱的诗人,他的偶像性特征就在于以诗歌的名义来写格言警句,庸俗的浪漫主义精神对接人生的大杂烩,最符合一些有激情的年轻人的心理。汪国真的诗歌影响甚至一直持续到现在,导致很多读者在诗歌阅读和理解上显得单一化,认为除了汪国真那样的诗歌之外,其他人的写作就不是诗了。

但是,随着大部分朦胧诗人的逐渐退隐,箴言型诗人不再像之前那样受关注了,有人注意到,写格言警句诗似乎成了一种反诗的象征,它已被更多先锋诗人们排除在了经验之外,新一代读者也不买账。同时，这还从一定程度上说明，当下读者对诗歌的阅读品味提高了，单纯的说教诗、口号诗已难再唤起他们对诗人的信任。包括一些仅从哲学角度来写的玄学诗，或者从纯粹语言炫技出发的实验诗，都让人产生了审美疲劳，读者对诗人的高要求也在这种富有难度的美学氛围中得以成立。这种状况，也相应地要求诗人明白真正的现代诗与先锋诗歌是什么。当然，诗歌美学的纠偏，很大程度上源于诗人们自身的努力：箴言型表达转型为富有整体意境的语言创造，哲理性思考也逐渐被丰富的意象罗列所取代，日常经验在想象的作用下也开始有了自觉的诗意转化。这种诗歌美学的演变，其实暗含了诗人们对精神难度的追求，而不是写一些模式化甚至在美学趣味上僵化板结的作品。

对于当下大多数先锋诗歌，我们想从中摘寻格言警句，似已变得困难。不像朦胧诗时代，几乎每一个诗人的作品中都有我们口耳相传的那几句，如同哲学大师的格言被记诵、流传。现在网络时代的诗歌氛围，一个人很难再有闲情和狂热去细品某一句诗的用词、运气，它的修辞，它的腔调，它的思想，它的韵律，它的性情共鸣，都开始让位于一种全面的感受和理解。似乎我们对一个诗人的欣赏，都是讲究整体感觉。整体上他有吨位，有气场，那么这样的诗人就可能为我们所记住，并由此成为一根标杆，一面旗帜。从于坚、西川、韩东到孙磊、朵渔、沈浩波，他们的写作，大都注重从整体上去营造诗性，尤其是当叙事入诗后，这种诗歌的整体性美学特征就更趋鲜明和丰富了。

当代诗歌的美学由只言片语的箴言型向意象书写的整体型转化，大都是诗人们多元学习和借鉴的结果。打破警句式的书写格局，其实就是对现代诗传统的一种深化处理。雷平阳的一首《杀狗的过程》，似乎是典型的叙事诗，我们一旦读下去，可能会像读小说一样，被那种残忍的叙事和悲悯氛围所吸引。你无法刻意去拆开某一个句子，找到我们需要的富有哲理意味的词语，因为这样的诗不是形而上的抒情,而是对杀狗事件的客观陈述。只不过,诗人是以他独特而有意味的方式来呈现一个惨烈的场景,我们读后会陷入深思,这种阅读结果,可能正是诗人所要达到的目的。雷平阳的大部分诗作都是如此,他以一种看似笨拙的罗列式写作,建构起了属于他自己的诗歌风格,既在形式上有吨位,又在内容上趋于大气、生动。其长诗《大江东去帖》和《祭父帖》都是诗人的用力之作,它们有对经验和记忆的重塑,也有对人生世事的丰富理解。尤其是诗中所透出的那种整体感的诗意,当为新世纪以来具有艺术担当的体现,诗人既守护了诗歌写作的纯粹性,也在现代性和传统融合的节点上获得了创造性提升。

当然,整体性诗意的获得,还源于诗人在写作上所倾注的心力和热情,特别是对整体意境的营造,对周遭世事的人生体验,都直接决定了其诗歌美学的高度。"只要一个事件对于我们来说揭示了某种与生命的本性有关的东西,我们就会把它当做具有意味的东西来把握。诗歌就是生命的理解过程中的器官,而诗人就是对生命的意义加辨别的、洞察力异乎寻常的人。"[1]狄尔泰的诗歌器官说,就是将诗歌与人类做心灵连接的直接表达,这不是隐喻,而是一种明言,每一个有过写作经验的诗人,对此都会有心得。当生活不再是诗歌写作的参照,而成为一种切身的资源甚至核心时,诗人的投入,将会在更生动的层面上得以接续和创造。诗人桑克从20世纪90年代到21世纪初的转型,可以看作是他对诗意理解和心性上变化的见证。当他从那些知识的绝对隐喻中走出来,去直接言说自我和他者时,那直白其心的有感而发,又何尝不是对诗的拓展?他写《历史》,写《愤怒》,似乎都是一气呵成,那种明快而真挚的文字,是依靠胆识和良知来写的,其一吐为快的勇气,不是因口无遮拦的幼稚,而是

---

[1]〔德〕威廉·狄尔泰:《历史中的意义》,第248页,艾彦、逸飞译,北京,中国城市出版社,2002。

诗人在面对时代和现实时,义无反顾地出示自己的立场,那是一个诗人富有存在感和敬畏心的表现。

桑克的写作是在对诗艺和人世的认知中逐渐走向成熟的,比如他写《风景诗》,甚至是对自己所处时代状况的一种自嘲:我们只有写风景诗才是安全的,但这也只是一种表象的安全,内心依旧风暴汹涌。诗人们的愤怒,已不像当年朦胧诗那样再以口号的形式来表现,而是换作了更理性的书写姿态和更成熟的修辞意识,相比于之前的勉强,这一切都变得更为自觉。20世纪90年代中期之后,先锋诗歌写作逐渐开始进入平稳的状态,有些诗人选择放弃诗歌,乃诸多诱惑所致;而还有的那些坚守者与新加入者,就理所当然地成了诗坛新格局的中坚力量。更多诗人在摆脱了前人影响的前提下,开始走向了真正的自我创造,他们要么选择介入时代和社会,要么回归古典与传统,这是新世纪以来诗人们所面对的两个方向,他们也正是在这样的写作转型中进行精神的提升。

直面现实的写作时代来临

对于现代社会中敏感的诗人来说,追求语言艺术的创新,是其写作的第一要义。而在这第一要义之前,他必须是一个清醒的公民,这里的清醒,即他对本国历史的了解和认知,对当下时代的体察和辨别,对未来社会的预见和判断,只有在掌握这些基本状况和形势的前提下,他才能以良知和公义去面对任何社会的变化。作为诗人,有所承担,也应有所付出。

在转型社会里,诗人就是在了解历史和现实的背景下,为社会的进步与成长,去探寻真相,让大众明晓自己的处境以及对未来的憧憬,这或许才是有希望的写作。否则,任何刻意或非自觉地回避时代与社会现实的写作,都面临着读者的审判。现在我们并不否认有诗人对现实"视而不见",他们奉行"纯诗"立场,普遍认为"介人"的写作会损及诗歌之美。这种理由不是写作的最高律令,而当我们真正回到现实中就会发现,很多诗人隔空呐喊的慷慨激昂只是一种虚幻的表演,写作的不真诚所带来的,就是美好的假象。"如果在大国兴起的广告牌后面,是一个民族的精神赤贫,我们有什么可值得骄傲的呢?"[①]北岛的反思,足以让我们回头来重新认识和评价自己所处的现实。朦胧诗人的时代虽然过去了,但一代人对理想的坚守和敬畏,是当下很多诗人与知识分子所不及的。他们自我追求意志的丧失,很大程度上源于这个时代的理想主义精神的整体颓败。"威胁着一个作家的正直的与其说是他对金钱的贪欲,倒不如说是他自己的社会意识与他的政治、宗教信念。"[②]奥登当年的担忧,在当下社会的确成为现实:一个诗人的精神境界,不仅决定了他的写作,也决定了其自我的担当和对屈辱人生的抗争力度。所以,在这个时代,诗人就是一个镜鉴:他充当了功利主义的反对者,这样的角色可以映照出所有知识分子身上的腐朽、空泛和追名逐利的浮躁之气。尤其当诗人面对现实发言时,其敏锐的捕捉力往往能抓住这个时代的核心,让其在隐喻中还原和显形。

很多诗人和作家可能就处于一种自我矛盾的状态:"忙着轰轰烈烈地爱人类,却忘记了爱身边一个一个的人。"[③]当我们静下来反思自己,会发现更多时候我们确实是如此分裂。这种分裂所带来的,就是对自我深深的怀疑:我们是否真正有能力去爱他者?在面对庞大的数字时,这种爱本身可能就是空洞的、虚伪的,因为它没有一个个体在场的基础,而爱的呈现,就是意念中的一场想象,或者说是

---

① 北岛:《古老的敌意》,《古老的敌意》,第154页,香港,牛津大学出版社,2012。

② 〔英〕奥登:《论写作》,黄灿然译,潞潞主编:《准则与尺度——外国著名诗人文论》,第300页,北京,北京出版社,2003。

③ 刘瑜:《政治的尽头》,《送你一颗子弹》,第302页,上海,上海三联书店,2010。

一种精神上的自我安慰，于真正的个体而言，不过是一种美好的虚幻承诺。"诗人的职责要求于诗人的第一件事，就是为了揭开外部表面的覆盖，开掘精神的深处，诗人必须摒弃世俗世界的一切羁绊。这一要求将使诗人从'世界的可怜的孩子'的队列中解脱出来。"[1]在社会对抗的时代，诗歌也会有它内在的对抗性，这种对抗只有诗人自己最清楚：以不损及诗意的方式来书写内心的真实和时代的境况，这是有难度的。这种书写的障碍和敌人，除了外部环境的影响，最根本的就在于诗人内心的那份自我坚守和担当。诗歌的敌人，往往可能就是诗人自己。在直面时代的写作中，笔下的现实有多真，其诗歌就有多沉，多苦。我从很多年轻诗人的作品中，总会看到富有良知者在书写眼中所见和内心真实，他们是创造的力量，也是一种诗歌精神的守护者。

"80后"诗人郑小琼的很多诗，意象凌厉，总是给人一种紧张之感。我觉得，这可能是源于诗人对大词语和大场景的一种敏感，以及一种特别的钟爱，所以，我们很难在郑小琼的诗歌中感知一种性别意识，甚至说那样的诗作出自男性诗人之手也未尝不可。诗人之所以淡化性别意识，并非像很多女诗人一样在诗中罗列各种阴性意象，去刻意凸显自己的女性身份，乃是因为郑小琼的诗有着她身上独特的气场投射，大气，沉重，想象力丰富，孤绝的意象绵密、厚实，有着受难英雄般的悲壮气质。"西北来的风吹着，沉默不语的，/是，寒冷中的自由与尊严"（《幻觉者的面具》），这看似是一种被幻觉所激发出的悲愤格调，实则是一种潜意识的心理反映。此外，她还不断地营造一场场孤绝的风景："他，你，我，或者他们，我们，在时间的河流上／已没有别的路可以挤向生活"（《幻觉者的面具》）。这种孤独的绝望感里，渗透着诗人对人世沉痛的直觉性理解。

---

[1] 〔苏联〕勃洛克：《诗人的使命》，潞潞主编：《准则与尺度——外国著名诗人文论》，第107页，刘俐俐译，北京，北京出版社，2003。

从郑小琼的诗里，往往可以看到那种汪洋恣肆的奔泻，显出一种难得的生气勃勃。她通过想象打开记忆和现实的闸门，让悖论、荒诞、理想和冒险一同流泻而出，我们能够领略到的，就是诗人灵魂的裸露：不掩饰，不遮蔽，以粗犷的格调主宰精神上的愤怒，以此暗合现实中的不公、冷漠以及变异的生活境遇。诗歌的悲剧性，由此而来。由现实到精神，由生活到思想，正是郑小琼能区别于其他很多女性诗人乃至同龄"80后"诗人的原因所在，她的诗歌品质暗含着拯救之意。"沉默的自由与尊严，它够小了，小了，小成琥珀里的／飞蛾，它清晰的侧面，像这个贫困年代里道德的宿命／严肃而明亮，在课本中某页中展示，或者相反"（《幻觉者的面具》），诗人不需要缠绵、精致，我们看到的，就是历史的伤痕，冷寂的现实，乃至毁灭的真义。当我们习惯了郑小琼笔下的尖锐和疼痛感时，也就能深深地感悟到她的冒险之美。虽然有时是幻想，但并不虚妄。"生活的词义难以理解，造句的诗歌不再适于阅读／他转身研究秋天的光线与鸣叫的昆虫，他有着穿长衫的人／共有的脆弱，贫穷的自尊心，闲时阅读古典的经书或者／辞章，养鱼养鸟养小报上的美食与足球专栏"（《幻觉者的面具》）。对于诗人来说，不仅要有预见的能力，而且还要具备自我解毒的功能，只有自我解毒了，才能启蒙更多人去解自身之毒。

在功利的现实面前，诗人写作很大程度上是在给自己提供解毒的机会，否则，就只能将所有的拒绝诱惑都消弭在萌芽状态，以适应更为严酷的环境。"在没有光明的地方／黑暗也是一盏灯"，诗人俞心樵的言说，好像并没有多少人理解和响应，很多人宁愿在黑暗中苟且着写作，因为这样的写作更安全。这种安全的写作一度成为很多人的选择，尤其是那些已功成名就的诗人，他们中不少人由过去直面现实的及物写作，转向了追求技艺或"纯诗"写作。这是创作的心态问题，也与这些"著名"诗人缺少担当精神有关。相反，有些刚出道不久的年轻诗人更愿意在时代现实下写出自身的经验，此经验很大程度上就是日常生活的体验,这与那些单纯依靠想象力来写作的诗人相比,更显出了诚实的力量感。因此,新世纪诗歌对诗人来说,不仅是语言的战争,更是思想的战争。诗人们面临的选择虽然更趋多元和丰富,但最终还是看他能在多大程度上做到思想和精神的自觉。

回归历史和传统是否就成为一种倒退?

新世纪以来,除了有诗人以"介入"的方式对时代做正面强攻之外,还有一部分诗人趋于向传统寻求资源,他们感兴趣于古典和历史,写作中渗透大量古典意象和传统美学。我觉得其中的原因,一方面与诗人们的年龄和心态有关:他们大多步入了不惑之年,遭遇"中年写作"的困境,在写作立场上开始有回归传统的迹象;另一方面,还和诗人们长期受欧美诗歌影响而出现本土化焦虑的精神状况有关:当西方文学的影响不再构成写作的障碍时,诗人们往往会将视角转移到本土化建构上来,重新挖掘古典资源,与传统对接成为诗人们写作的题中应有之义。因此,20世纪80年代以来曾经一度自诩为"先锋"的诗人们,普遍成了传统诗歌美学的继承人和发扬者,他们可能意识到传统才是诗学的恒定资源。这时就引起了部分读者和诗人们的质疑:他们向传统和古典的回归,是不是意味着先锋的退场和终结,或者说是从激进趋向保守?

对这一质疑的解答,至今也没有一个明确结果。我们很难下定论说,哪一类当代诗人就是从先锋彻底后退的,毕竟很少有人从新诗退回到格律诗写作,他们所使用的语言仍然是现代汉语,最后所希望达到的诗意也是具有现代性的。所以,我们不可能简单就以他们向古典回归而认为其写作是后退的,只是诗人们各自的诗歌审美由此拉开了一段距离,那是微妙的,甚至是不易觉察的"偏差"。诗人们这种表象的后退,也不纯粹就是复古,也可能是"古为今用"

的转换，因此，对于"先锋也可以是一种后退"的误解，大多是出于对先锋和传统之关系在理解上的分歧。比如，争议较大的诗人杨键，在很多人眼中，他被划归到先锋诗人的行列，虽然其诗歌不那么激烈、尖锐，但他的典雅和深邃同样也在内敛中爆发出力量。"杨键的诗歌有一种恬淡的柔顺之美，但也不乏喟叹、冷峻和孤绝。他心怀悲悯的简朴书写，起源于对这个时代残存的文明和教养的忠诚守护，也是对山水自然、人间大道的热爱和敬畏。他的语言温良、清雅，胸襟平和、宽大，对汉语之美存着谦逊，对现世浮华不失清醒，在描写一种普遍的悲哀时没有怨恨，在聆听人类的苦难和昏聩时懂得慈悲，在喧嚣的世界面前，也深知静默是一种力量，无声也是一种语言。"[①]他在获得华语文学传媒大奖2007年度诗人奖之后，对他的授奖词中有着如是评价，这一评价其实也从侧面印证了诗人的写作很大程度上是向内的，是一种内敛的柔韧，节制的对话，在温润的表达中仍然不失力量和痛感。杨键公开出版的几部诗集，一部名为《暮晚》，一部名为《古桥头》，另有一部长诗《哭庙》，从字面意思上来理解，确实有一种古意的流露。但他的传统书写中带着浓郁的宗教色彩，甚至有悖于现代性伦理，曾引起很多读者反感，但从诗艺的层面上看，他的表达仍然不乏创造。"在烧成灰烬的田野上漫步，我感到／古时候中国的大地上一定回荡着／因恪守誓言而形成的忠贞的旋律，／有谁能在这样的暮色里重新找到它？"(《因恪守誓言而形成的旋律》)像这样的句子，在杨键的诗作中比比皆是，或许就是这种寻找和追问，让他的书写在看似绵软的词语组合里获得了生机和质地。

除了杨键之外，还有"第三代"诗人柏桦和另外一位重要诗人陈先发，他们也因写作风格转向，曾引起过争议。他们的回归和原来的知识分子写作又不一样，可能正是因他们"向后退"式的转型，

[①] 谢有顺：《文学的常道》，第269页，北京，作家出版社，2009。

很多人简单地将其归结为知识分子写作的延续和翻版。然而,他们也是在有意地向传统借鉴经验,柏桦转到了对历史的重新演绎中,而陈先发看似在运用他的古典阅读经验,其实他的诗中所透出的现代感,不会比其他中生代诗人逊色。这两个诗人的历史书写,并没有像一些人所担心的那样弱化了诗歌的现代性,而是从另一个方面重新确立了本土汉诗的现代立场:以当下经验对接传统美学。这一点很多现代诗人已经实践过,但终究没能摆脱束缚,因革新不彻底而成为一个被搁置的命题。当代诗人们一直想在这方面有所作为,且都做过阶段性尝试,虽然不乏史诗的大气,但大都因对接的尺度没有把握好,或因不能平衡技艺的难度,而成了争议性命题。朦胧诗人杨炼曾对此作过深入探索,稍后的"第三代"诗人廖亦武、石光华等,也一度渴望从历史和传统中获取灵感,写出令人耳目一新的作品。然而,技艺和精神的融合在接续传统上仍然没有找到好的对接点,留下的文本因过于玄虚和晦涩,没有得到更多的认可和接受。针对朦胧诗受西方影响而未接续上中国古典诗歌的传统,杨炼在几十年后的一段话,将我们那种多年的思维定势打破了,他甚至作了一个颠覆性的阐释:"当年我们被称为朦胧诗人,我们被称为反传统,甚至被人批评西化。但实际上我们通过真正的跟诗歌有关的思维,衔接上了我称之为屈原《天问》的传统,以及杜甫的七律那种极端和无比精美的诗歌形式。所以我们当年那些被称为朦胧诗歌的作品受到过影响的远不是波德莱尔,其实真正呼应我们内心的是古典诗歌。"[①]当我们有意识地返回到对自身资源的思考中来时,才发现原来局外人强加于一代诗人身上的观念,并不符合他们本人所经历的事实,以及所认可的传统。的确如此,多年来,我们的研究者绝少将朦胧诗人与中国古典诗歌联系起来,挖掘和梳理其潜在关系。

---

① 夏榆:《杨炼:"文学在任何时代都不会受辱"》,《南方周末》2009年4月16日。

杨炼近些年一直在强调国际化写作，这不仅因为他当选为国际笔会理事，更大的原因还是在于他这些年眼光的打开和视野的拓展上。

从杨炼多年的写作来看，他可以称得上是复古的典型，但这种复古不是他中年之后才有的举动，而是从他写诗以来就持有的抱负。他本就对古典和传统的东西情有独钟，那种天然的亲近感，让他流连其中，乐此不疲，这也是一种综合创造能力的体现。后来，他直接写起了《艳诗》，欲望控制的一切，在诗歌中得以释放，不管这是不是一种反叛，但的确表明了杨炼诗歌写作的另一种方向：食色性也，那是一种贴近身体和欲望的本能，即便在历史中，也同样存在，同样不可避免。诗史互证，是有着强大的传统理念的人才可做到的，那是有难度的写作，很多诗人都希望自己能达到此境界，但仅仅都是停留在口头上。诗人朵渔在论述于坚的文化心态时曾谈到过"先锋也可以是后退"的问题，"后退，就是要摒弃弥漫于二十世纪的革命思维，回到常识和中道上来。轻言传统是很危险的，尤其是在这种全球化的时代，传统往往意味着一双民族主义的小脚。"[1]后退并不是故步自封的绝对保守，而是要从两眼一抹黑的狂奔状态中走出来，回到一种理性思考的格局中，即"常识和中道"的标准上来，这或许才是当下进入中年困境的诗人所要保持的心态。

如果说男性诗人因为思维方式和特点，"向历史求救"会成为他们中年写作的理想，那么女诗人独白和自语的常态，似乎就应是她们的方向，然而，翟永明又是个例外。这位当年的女性主义诗人，在新世纪以来同样将笔触转向了历史，贴近了传统。她对明清时代的文化艺术有着浓厚兴趣，反映在写作中，就是对历史过往的现代演绎。这貌似由内向外转的见证，其实，翟永明是真正拓展了自己写作格局的诗人，在富有历史感的书写中逐渐呈现出大气、宽广和

---

[1] 朵渔：《他体会过自由，明白善的意义——于坚文化心态略论》，泉子主编：《诗建设》总第6期，第31页，北京，作家出版社，2012。

生动。更重要的一点是，她的写作仍然不失先锋性，只不过是呈现为另一种形式的先锋性罢了。

因此，并不是转向历史的书写，就是一种后退，其实，历史性书写让诗歌获得历史感，同样也是先锋的一个重要维度和方向。最重要的是，写作中历史感的呈现，并非一定要写历史，而是一种深入历史和传统的纵深感与思想性，这方为当下诗歌写作转向的根本，也是重构新的诗歌书写格局的前提和关键。

本文原刊于《当代作家评论》2014年第4期

钢琴和乐队的对话：
王家新的诗歌翻译与创作

梁新军

作为当代著名诗人的王家新，有着复杂多重的身份构成。他早年以诗成名，却还肩负着诗刊编辑的工作，业余也同时进行着诗歌批评、诗歌译介、诗歌选集编选等多重性"副业"。然而对王家新来说，他大概从没有"副业"的概念。他曾表示，"无论创作、翻译或从事研究，它都立足于我自身的存在"，"我只是一个存在意义上的写作者"。[①]的确，不管从事何种工作，他都始终未曾脱离"诗"——无论是诗歌创作、诗刊编辑、诗歌批评，还是诗歌译介、诗集编选。王家新可谓一个名副其实的"诗"人。

是的，作为纯粹诗人的王家新几乎全部生命活动都在做着与"诗"有关的工作。其与"诗"的关系也可谓既简单又复杂。本文拟从翻译研究的视角出发，重点考察其诗歌翻译活动，并简要探讨其

[①] 王东东、王家新：《"盗窃来的空气"——关于策兰、诗歌翻译及其他》，《文学界（专辑版）》2012年第2期。

翻译与创作的关系。表面上看,这两种文学实践似乎带有不同的性质——一个是"匠人"型的翻译,一个是"独创性"的写作,但实际上,正是这两种不同性质的文学书写才巧妙地构成了一个"诗人翻译家"王家新。

一、王家新的翻译及创作历程

与一些中国现代诗人翻译家不同,作为诗人的王家新,其翻译活动与创作并不是同步发生的。对于20世纪80年代初就登上诗坛的王家新来说,其开始于80年代末的诗歌翻译似乎有点姗姗来迟。不过这也有着积极的意义:磨砺得较为成熟的诗歌语言能力保证了其译作的基本质量。也许1985年对王家新而言是一个重要的年份,这年他不仅接连出版了自己的两部诗集,[①]而且还开始担任《诗刊》编辑。现在看来,王家新1985年之后的《诗刊》编辑工作,对他的诗歌生涯似乎有着不小的意义:一方面它大大开阔了诗人的阅读视野、提升了其诗学意识,另一方面似乎也为其90年代后的诗歌转型奠定了基础。王家新在那个时期着实接触到了不少外国诗歌作品。而其翻译活动也正是开始于其对外国诗歌作品的深入阅读之后。

作为一个视野开阔的诗人兼诗评家,王家新有着自觉的"取经"意识。这促使他经常翻阅外文版的诗歌作品集(主要是英文版)。而每当读到好诗时,他便自觉地试着译成中文(这也许出自一个诗人本能的语言创造兴趣)。这种自觉的翻译尝试,成为了他此后诗歌翻译的主要路径。1989年,其在阅读《英美超现实主义诗选》(English And American surrealist Poetry, edited by Edward·B. Germain, Penguin Books, 1978)时,就试着译出了W.S.默温(W.S.Merwin, 1927-)的

[①] 王家新:《告别》,长安诗家"中国当代青年诗人丛书",1985;《纪念》,武汉,长江文艺出版社,1985。

一首诗《挖掘者》(The Diggers)。①1991年他开始翻译犹太裔德语诗人保罗·策兰（Paul·Celan，1920-1970）的诗歌。②1993年，在中国台湾的诗刊《创世纪》上，他首次发表了其翻译的数首策兰诗歌。③这年，在旅居伦敦期间，他也开始翻译茨维塔耶娃（Marina Tsvetaeva，1982-1941）的诗歌。④1995年，在应邀编选一个多卷本的叶芝文集时，王家新翻译了叶芝（W.B.Yeats）的24首诗作，⑤这些诗作大多是首次译成中文。2002年，王家新与芮虎合译的《保罗·策兰诗文选》由河北教育出版社出版。之后2009和2010年，王家新又一发而不可收地翻译并发表了多首保罗·策兰的诗歌。⑥2014年5月，王家新参与编译的《奥登文集·奥登诗选：1927-1947》（上海译文出版社，2014）出版；6月，其译诗合集《带着来自塔露萨的书：王家新译诗集》（作家出版社，2014）出版；8月，《新年问候：茨维塔耶娃诗选》（花城出版社，2014）出版。此外，在翻译外国诗歌的同时，王家新还应邀编选

---

① 见王家新：《读外国现代诗札记》，《外国文学》1989年第3期。
② 据王家新在文中披露："收入《保罗·策兰诗文选》中的101首诗是我自1991年起从英译本中陆续转译的。"见王家新《为凤凰找寻栖所：现代诗歌论集》，第36页，北京，北京大学出版社，2008。
③〔德〕保罗·策兰：《保罗·策兰诗选》，王家新译，台湾《创世纪》诗刊，1993。
④ 见《带着来自塔露萨的书：王家新译诗集》中茨维塔耶娃的诗歌《约会》（第2页）。王家新：《带着来自塔露萨的书：王家新译诗集》，北京，作家出版社，2014。需要指出的是，这年他还在伦敦出版了自己的英文诗集《楼梯》(stairs)，伦敦，威尔斯维普出版社，1993。
⑤〔英〕W.B.叶芝：《朝圣者的灵魂：抒情诗·诗剧》，王家新编选，北京，东方出版社，1996。
⑥ 这些继河北教育版《保罗·策兰诗文选》之后的保罗·策兰的最新译作，分别发表在国内的诸多诗歌刊物上。如《世界文学》2009年第5期（23首）；《诗林》2009年第4期（11首）；《当代国际诗坛》第4辑（21首），作家出版社2010；《星星》诗刊（51首），《星星》"诗歌EMS"总第60期，2010；《延河》2010年第7期（28首）。这些由王家新新译的诗歌多是保罗·策兰后期的经典之作。

过不少外国诗歌选集。①这些译诗和编选诗集的经历，也许又进一步拓宽了王家新本就宽泛的文化视野，使其对世界诗歌的把握愈发透彻犀利。

算起来，王家新自20世纪80年代后期，其诗歌译介便与其诗文创作变得同步了。在宽泛的文化视野的基础上，王家新不仅持续地译介着各种外国诗歌，而且也始终坚持着诗歌创作。这在90年代后商品经济大潮席卷文坛的历史时期中是殊为难得的。而且，更让人惊奇的是，王家新不仅一直坚持着诗歌创作，其诗歌活动也愈来愈不拘囿于单纯的诗歌写作了。如上述梳理的那样，王家新自80年代末，便开始自觉地尝试着以多种方式加入到中国当代诗歌书写的历史进程中：他不仅参与编辑诗歌刊物，而且也写诗歌评论（诗论集《人与世界的相遇》，1989），并且大量地译介、编选外国诗歌，将之持续地引入到汉语语境。此外，他也积极参与到中国当代诗歌界的各种活动②和具体论争中，并立场鲜明地捍卫其所信奉的诗学理念（如"历史的个人化"等）。在20世纪80年代末到90年代初的那段特殊时期，他以惊人的能量写出了《瓦雷金诺叙事曲》和《帕斯捷尔纳克》这两首纪念帕斯捷尔纳克的诗作，在当时的诗坛引起了很大反响，一时成为广为传诵之作。③

---

① 据不完全统计，他编选的外国诗文集大致有，《当代欧美诗选》（春风文艺出版社，1989）、《外国20世纪纯抒情诗精华》（作家出版社，1992）、《20世纪外国重要诗人论诗》（河南文艺出版社，1993）、《最明亮与最黑暗的：20家诺贝尔文学奖获奖诗人作品新译集》（解放军文艺出版社，1995）、三卷本《叶芝文集》（东方出版社，1996）、《子夜的哀歌》（贵州人民出版社，1999）、《欧美现代诗歌流派诗选》（河北教育出版社，2003）、《中外诗歌导读》（中国人民大学出版社，2012）等。

② 需要指出的是，王家新还编选过多部中国当代诗歌选集。据不完全统计，有《中国现代爱情诗选》（长江文艺出版社，1981）、《中国当代实验诗选》（春风文艺出版社，1987）、《中国诗歌：九十年代备忘录》（人民文学出版社，2000）、《中国当代诗歌经典》（春风文艺出版社，2003）等。

③《帕斯捷尔纳克》在1990年发表后，由于一定程度地冲击了当时紧张压抑的社会气氛，在诗歌界引起了很大反响，此诗也遂成为王家新的代表作。此诗后来被人教社选入高二语文读本，或可作为其影响力的一大佐证。

90年代后，由于视野的开阔和阅历的增深，王家新的诗学意识愈益丰富深刻。其创作风格不仅多元化起来，诗歌境界也愈发显得阔大深沉。这在很大程度上也许便得益于其广泛阅读的外国诗歌对其的滋养。

王家新的诗歌实践从20世纪80年代起一直到今天，已然30多年了。这期间其结集出版了多部诗集，[①]译诗集和所编选外国诗集也有数十部之多，再加上其编选的中国当代诗选及自己的多部散文随笔文集，王家新几乎"著作等身"了。作为一个有着广阔文化视野和积极参与意识的诗人，在30多年的诗歌生涯中，王家新的具体写作风格几经转变。如果说其最早写诗是效法早期"今天派"的朦胧诗风格，那么到了90年代后他显然深受前苏联诗人群的影响。1995年之后其对西方现代派的W.B.叶芝、W.H.奥登等诗人，也感到由衷地折服。然而不管崇尚何种诗人，王家新的诗始终是王家新的。如其自己所交代，"我的写作包括一些诗学探讨在不同时期可能有不同的侧重和关注点，我也在不断地反省、修正或者说深化自己，但'灵魂都是同一个'"。[②]王家新的诗歌一直都贯注着一颗严肃思考和痛苦追问的"知识分子的灵魂"。

二、王家新的翻译选择及缘由

王家新的翻译活动从20世纪80年代末开始，持续至今，大大小小

[①] 据不完全统计，其踏上诗坛以来出版的诗集有，1985年其出版《告别》《纪念》，1997年出版《游动悬崖》，2001年出版《王家新的诗》，2008年出版《未完成的诗》，2013年出版《塔可夫斯基的树：王家新集1990-2013》等。此外，王家新的诗歌也被译成多种文字。1993年英文诗集《楼梯》于伦敦出版，2011年德文诗集《哥特兰岛的黄昏》于奥地利出版，2014年其英文诗选《变暗的镜子》也于美国出版。

[②] 王东东、王家新：《"盗窃来的空气"——关于策兰、诗歌翻译及其他》，《文学界（专辑版）》2012年第2期。

的翻译诗作已有几百首，这基本上都集中在上文提到的3本译诗集里。纵观这3本译诗集里的诗作，我们可以发现，其所译介的重点对象主要是苏联及东欧诗人，兼及少量英美现代派诗人。这包括苏联的茨维塔耶娃、曼德尔斯塔姆、阿赫玛托娃、帕斯捷尔纳克，波兰的亚当·扎加耶夫斯基，德国犹太裔诗人保罗·策兰，及英国的W.B.叶芝、W.H.奥登，法国的勒内·夏尔等。除了两本专门的诗歌译作集《保罗·策兰诗文选》和《新年问候：茨维塔耶娃诗选》外，《带着来自塔露萨的书：王家新译诗集》可谓集结了王家新多年来的译作精华。

在这本译诗集里，上述提到的诸位诗人皆有精选之作收入其中，而尤以苏联诗人为重点。而之所以如此不遗余力地译介前苏联诗人诗歌，王家新有着明确的回答，即"我们是来自同一家族的人"，[①]"他们像杜甫、李商隐一样，是我的'精神同类'"。[②]在文章中，王家新自述其最初接触到俄罗斯诗歌是在"文革"末期，"在那些荒凉的青春岁月里，这样的诗，我每次读，都引起肉体的一阵阵颤栗"。[③]这或许就是王家新如此执著于翻译俄苏诗歌的根源所在。

王家新认为，20世纪的以曼德尔斯塔姆、阿赫玛托娃、茨维塔耶娃、帕斯捷尔纳克为代表的俄苏诗歌对当代中国诗人具有特殊的意义。"我们不仅在他们的诗中呼吸到我们所渴望的'雪'，而且在某种程度上，正是通过他们确定了我们自己精神的在场。我甚至说过这些诗人'构成了我们自己的苦难和光荣'。显然，这不是一般的影响，这是一种更深刻的'同呼吸共命运'的关系"。[④]在随后的举例中，他谈到"中国诗人从曼德尔斯塔姆那里学到，不仅是诗，也

---

① 何言宏、王家新：《回忆和话语之乡》，《当代作家评论》2010年第1期。
② 王家新：《为凤凰找寻栖所：现代诗歌论集》，第261页，北京，北京大学出版社，2008。
③ 王家新：《为凤凰找寻栖所：现代诗歌论集》，第159页，北京，北京大学出版社，2008。
④ 王家新：《为凤凰找寻栖所：现代诗歌论集》，第162页，北京，北京大学出版社，2008。

不仅是苦难和流放，还有那种'献身文明和属于文明'的诗学意识"，[①]以及"曼德尔斯塔姆的《关于但丁的谈话》，在我看来是20世纪最伟大的诗学论述之一"。[②]我们不难发现，这种"献身文明和属于文明"的诗学意识在王家新本人的诗歌实践中也强烈体现着，其"历史的个人化"和"知识分子写作"等命题的提出都是对这种"献身文明和属于文明"的诗学意识的坚守和捍卫。

在谈到茨维塔耶娃的诗歌时他说，"从此我守着这样的诗在异国他乡生活，我有了一种更内在的力量来克服外部的痛苦与混乱"，[③]"正是这样的诗，让我再次感到一种语言的质地和光辉，感受到爱、牺牲、苦难和奉献的意义，重要的是，它令我满心羞愧"。[④]而在谈到阿赫玛托娃时，他说"阿赫玛托娃则是另一位让我愈来愈深刻认同的伟大女诗人"，"正是这样一位俄罗斯女诗人告诉了我们怎样以诗来承担历史赋予的重量"，[⑤]她"不仅着力揭示出一个诗人与历史的宿命般的关联，也把自己推向了一个伟大诗人的境界"，"阿赫玛托娃的诗，又始终是一种'没有英雄的诗'，这对我们在90年代以来的写作也很有启示"。[⑥]面对茨维塔耶娃时的"满心羞愧"以及学会了阿赫玛托娃的"怎样以诗来承担历史赋予的重量"的王家新，在他后来的诗歌实践中显然已深深灌注了这种浓厚的"承担意识"。

[①] 王家新：《为凤凰找寻栖所：现代诗歌论集》，第162页，北京，北京大学出版社，2008。

[②] 王家新：《为凤凰找寻栖所：现代诗歌论集》，第162页，北京，北京大学出版社，2008。

[③] 王家新：《为凤凰找寻栖所：现代诗歌论集》，第163页，北京，北京大学出版社，2008。

[④] 王家新：《为凤凰找寻栖所：现代诗歌论集》，第164页，北京，北京大学出版社，2008。

[⑤] 王家新：《为凤凰找寻栖所：现代诗歌论集》，第164页，北京，北京大学出版社，2008。

[⑥] 王家新：《为凤凰找寻栖所：现代诗歌论集》，第166页，北京，北京大学出版社，2008。

而在谈到帕斯捷尔纳克时，王家新更是满怀深情地说："我心目中的'诗人'和'诗歌精神'正是和这个名字联系在一起的。这个名字所代表的诗歌品质及其命运，对我几乎具有某种神话般的力量，他的完美令人绝望"。[1]王家新对帕斯捷尔纳克的崇敬由此可见一斑。如此毫无保留的赞誉还有"帕斯捷尔纳克之所以让我敬佩，就在于他以全部的勇气和精神耐力，承担了一部伟大作品的命运"[2]等。在分析帕斯捷尔纳克对当代中国文学的影响时他说：

《日瓦戈医生》给中国诗人的启示还在于如何来进行一种艺术的承担。帕斯捷尔纳克完全是从个人角度来写历史的，即从一个独立的、自由的，但又对时代充满关注的知识分子的角度来写历史，他把个人置于历史的遭遇和命运的鬼使神差般的力量之中，但最终，又把对历史的思考和叙述化为对个人良知的追问。而这，也正是90年代中国诗人要去努力确定的写作角度和话语方式。[3]

之所以引述如此长的一段话，是因为这对我们认识王家新本人在80年代末诗歌创作中的转向有着重要的意义。它也在一定程度上揭示了90年代后中国当代诗歌整体转向"个人化书写"这一历史现象背后的缘由。而90年代后王家新提出的一系列诗学命题如"历史的个人化""知识分子写作"等也当与其对帕斯捷尔纳克的思考有关。诗人柏桦甚至认为"王家新借《瓦雷金诺叙事曲》《帕斯捷尔纳克》两首诗深入地介入了中国的现实"。[4]由此，90年代后王家新的诗歌有着明显承继帕斯捷尔纳克等俄苏诗歌的特点也就不难解释了。

---

[1] 王家新：《为凤凰找寻栖所：现代诗歌论集》，第167页，北京，北京大学出版社，2008。

[2] 王家新：《为凤凰找寻栖所：现代诗歌论集》，第169页，北京，北京大学出版社，2008。

[3] 王家新：《为凤凰找寻栖所：现代诗歌论集》，第170页，北京，北京大学出版社，2008。

[4] 柏桦：《心灵与背景：共同主题下的影响——论帕斯捷尔纳克对王家新的唤醒》，《江汉大学学报（人文科学版）》2006年第3期。

甚至，可以说这一"承继"，不仅体现在其"承担意识"的诗学思想中，还延伸到了具体的"思考方式上、诗歌形式上、思想和内在气质上"。①此外，强调王家新对帕斯捷尔纳克等俄苏诗人的接受，并不意味着否定王家新诗歌写作的独创性。如其自己所说"我承认中国作家们受到西方很大的影响，但我相信他们也不至于吃了牛肉就变成了牛"。②实际上，王家新的诗歌写作，始终未曾脱离其立足于中国语境下的强烈的个人化体验，他的所有文学表达也都是基于内在生命的自发召唤，始终贯彻着个人化的历史担当者的诗学使命。

如同翻译俄苏诗歌一样，王家新翻译犹太裔诗人保罗·策兰也是基于类似的理由，即"经历、身份、心灵上的认同"。③王家新如此评价保罗·策兰，"他不想让个人成为历史和政治的廉价的牺牲品。他没有以对苦难历史的渲染来吸引人们的同情，而是以对语言内核的抵达，以对个人内在声音的深入挖掘，开始了更艰巨、也更不易被人理解的艺术历程"。④也许王家新在深深认同策兰的同时，也一定程度地理解了其"不易被人理解的艺术历程"。而这段对策兰的精辟评价，我们也完全可看作是王家新个人的诗歌思想自白，因为这个评价的每一句几乎都适用于王家新本人90年代后的诗歌创作。也因此，在阐释自己的诗歌理念时，王家新一再地强调"语言"。⑤这背后除了长期诗歌实践后其对诗歌的自然领悟外，保罗·策兰的影响也当是很大一部分原因。

---

① 吴晓东：《一个种族的尚未诞生的良心》，《当代作家评论》2010年第1期。
② 王家新：《夜莺在它自己的时代》，第300页，上海，东方出版中心，1997。
③ 何言宏、王家新：《回忆和话语之乡》，《当代作家评论》2010年第1期。
④ 王家新：《为凤凰找寻栖所：现代诗歌论集》，第132页，北京，北京大学出版社，2008。
⑤ 关于王家新的诗歌理念，参见《回答普美子的二十三个问题》，《为凤凰找寻栖所：现代诗歌论集》，第283-302页，北京，北京大学出版社，2008。在这篇对话中王家新对自己的诗歌思想作了详尽的阐明，其尤其强调语言对诗歌的重要性。

而在翻译叶芝、奥登等英美现代派诗人时，王家新则显然有着别样的考量。如其自己所说"西方的诗歌使我体悟到诗歌的自由度，诗与现代人生存之间的尖锐张力及可能性"。[1]而在介绍叶芝时，王家新这样说，"作为一个'献身文明并属于文明'的诗人，叶芝对20世纪现代生活的碎裂与混乱的敏感和痛感，并不亚于任何现代主义者"，"我之所以一再提到叶芝，不仅出于个人偏爱，还因为这样一位诗人的启示，使我意识到正是一个'破碎的当下'使意义的重建成为一种必需"，[2]以及"叶芝的诗之所以能对我们产生真实的激励，是因为它出自一种艰巨的语言和精神劳作，并始终伴随着复杂的自我反省意识"。[3]在《奥登的翻译与中国现代诗歌》一文中，王家新详细地探讨了自40年代以来中国几代诗人对奥登的持续译介，及奥登诗对中国现代诗歌的巨大意义。在前人基础上的对奥登的继续译介，王家新显然不只是为了延续"'诗人作为翻译家'的这一'现代传统'"，更有其对当代诗歌创作的深远考虑。如其所总结的那样，"对奥登的翻译，扩展、刷新和深化了人们对诗和存在的感知，不仅激励和推动了新诗对'现代性'的追求，也提升了中国新诗的诗学品格和境界；同时，奥登不仅鼓舞了中国诗人们对现实的介入，还启发了他们的'现代敏感性'，推动了他们对语言的锐意革新"。[4]当然，对奥登的翻译也许也隐含着王家新向西方大师"致敬"的意味，因为王家新一直十分认同庞德的一句话"一个伟大的诗的年代必定是一个伟大的翻译的时代"。[5]

---

[1] 王家新：《为凤凰找寻栖所：现代诗歌论集》，第278页，北京，北京大学出版社，2008。
[2] 王家新：《为凤凰找寻栖所：现代诗歌论集》，第2页，北京，北京大学出版社，2008。
[3] 王家新：《为凤凰找寻栖所：现代诗歌论集》，第6页，北京，北京大学出版社，2008。
[4] 王家新：《奥登的翻译与中国现代诗歌》，《中国现代文学研究丛刊》2011年第1期。
[5] 王家新：《为凤凰找寻栖所：现代诗歌论集》，第261页，北京，北京大学出版社，2008。

在谈及翻译法语诗人勒内·夏尔时，王家新认为自己的翻译是"为爱弯腰"（这也正是上文的向西方大师致敬）。并认为"翻译，最深刻意义上的翻译，也正是'为爱弯腰'"。[①]他认为只有亲自翻译自己喜爱的诗人，"才能真正抵达到他的'在场'并与他展开对话"，[②]这也是王家新翻译保罗·策兰的最初动因。此外，另一个翻译勒内·夏尔的原因是为了"还债"，因为"我们都曾受到夏尔这样的诗人的影响"，[③]王家新说。他甚至还直接引述夏尔自己的话来说明翻译他的缘由，"我们只借那些可以加倍归还的东西"。[④]

总之，归纳来看，王家新翻译的这些诗人，几乎都有着一个共同的特点，即生平经历都是惨遭磨难，一生几乎都在屈辱压抑的环境下生活（如茨维塔耶娃、曼德尔斯塔姆、阿赫玛托娃、帕斯捷尔纳克、保罗·策兰等）。他们的诗文创作也自然是基于边缘化身份的痛苦经验的艺术表达，渗透着超越苦难的人生诉求。而不能不说，这在王家新那里获得了深深的认同。与其所翻译的多数诗人类似，王家新的早年也是在压抑痛苦的"边缘化"处境中度过的。[⑤]因此从这点上来看，王家新的文学实践，不管翻译也好创作也好，都首先

[①] 王家新：《勒内·夏尔：语言激流对我们的冲刷》，《中国比较文学》2013年第2期。

[②] 王家新：《勒内·夏尔：语言激流对我们的冲刷》，《中国比较文学》2013年第2期。

[③] 王家新：《勒内·夏尔：语言激流对我们的冲刷》，《中国比较文学》2013年第2期。

[④] 王家新：《勒内·夏尔：语言激流对我们的冲刷》，《中国比较文学》2013年第2期。

[⑤] 王家新出身于地主家庭，幼年由于"出身不好"，曾备受歧视，因此有强烈的"身份焦虑"和孤独感。这也就是说，他翻译策兰以及喜欢犹太裔诗人比如布罗茨基、凯尔泰斯等人的作品，都是基于共同的苦难境遇，也即对他们的"经历、身份、心灵上的认同"。这同样可以解释王家新翻译有着类似苦难境遇的茨维塔耶娃、阿赫玛托娃、帕斯捷尔纳克、曼德尔斯塔姆等人的诗作。关于王家新的生平经历，参见何言宏、王家新的《回忆和话语之乡》，《当代作家评论》2010第1期，第136-144页。

是寻求"自我救赎"的方式，以抗拒自身内部的苦难历史（这既是个人的也是集体的）。在根本上，这是为了获得对个体生命及沉重历史的启悟，以求得最终的超越。显然在这里，王家新的诗歌翻译与创作，作为共同的"为人生"的文学表达，构成了一种异质同构的同一关系。

三、王家新以"语言"为目的的翻译观

哈金在论及王家新的翻译时，曾简要总结了其翻译目的："一是力图跟自己心爱的伟大诗人保持相近的精神纬度，二是探测汉语的容度的深度"。① 而我们通过考察王家新的翻译活动，也发现了更多特点：首先，王家新只翻译"心爱的伟大诗人"的部分诗作，比如对于策兰的诗歌，王家新曾表示"我本人更倾心于翻译策兰的晚词"。② 这背后的缘由当不难理解，就是即使是"心爱的诗人"，王家新也并不是认同或者喜爱他们的全部诗作的，而只喜欢能与自己发生"心灵感应"的部分诗作。当然，这也可能跟翻译的难度及精力有限有关。其次，王家新多年的诗歌翻译实践，还担负着"磨砺、提升和照亮我们的语言"③ 的使命。关于这点，我们有必要详细讨论一下，因为这几乎是王家新从事翻译的最高使命。

可以说，王家新作为翻译家，客观上不仅明确表现出挑战汉语表达可能性的姿态，而且内在地，也体现出其作为一个诗人的强烈主体意识，即深入开掘现代汉语诗性表达空间的意图。王家新一直

---

① 王东东、王家新：《"盗窃来的空气"——关于策兰、诗歌翻译及其他》，《文学界（专辑版）》2012年第2期。
② 王东东、王家新：《"盗窃来的空气"——关于策兰、诗歌翻译及其他》，《文学界（专辑版）》2012年第2期。
③ 王家新：《勒内·夏尔：语言激流对我们的冲刷》，《中国比较文学》2013年第2期。

认同这样的"译者的使命"——"从事翻译并不仅仅是为了译出几首好诗,在根本上,乃是为了语言的拓展、变革与新生"。[①]也就是说,王家新的诗歌翻译作为一种汉语表达,与其诗歌创作本身构成了一种呼应,两者都力求开拓现代汉语的表达疆界,冲击汉语书写的限度。王家新曾颇有"担当"地认为,"诗人不是语言学家,但他却应在更高的意义上对民族语言负责"。[②]而在为"民族语言负责"这一维度上,王家新的诗歌翻译与创作可谓构成了一种相互生成的"异质同构"关系——这两种不同的诗歌书写方式,共同营构了王家新所担当的"语言的拓展、变革与新生"的使命。

王家新的翻译观很明确,他多次表示"我无意于当一个'翻译家',我甚至不在乎我是不是一个诗人,我只是一个存在意义上的写作者。一句话,无论创作、翻译或从事研究,它都立足于我自身的存在。有人说我这些年'转向'了翻译,其实'吾道一以贯之',这不过是我为诗歌工作的一种方式"。[③]在另一篇文章中,王家新也称"我不是一个职业翻译家,我只是为诗和语言工作而已。我想也只有这样来翻译,我才能感到它的意义"。[④]他还认为,"语言的本质就在于它是一种可能性"。[⑤]作为现代汉语诗人的王家新极为钦慕作为古典诗人的杜甫,而原因就在于他对杜诗中那丰富的、充满"质感"的语言的由衷赞叹。而面对杜诗时的焦虑,也源于他对现代诗歌语言之贫乏的清醒认识。也许正是这种清醒认识使他意识到"我只是一个存在意义上的写作者"

---

① 王家新:《翻译与中国新诗的语言问题》,《文艺研究》2011年第10期。
② 王家新:《为凤凰找寻栖所:现代诗歌论集》,第275、275页,北京,北京大学出版社,2008。
③ 王东东、王家新:《"盗窃来的空气"——关于策兰、诗歌翻译及其他》,《文学界(专辑版)》2012年第2期。
④ 王家新:《勒内·夏尔:语言激流对我们的冲刷》,《中国比较文学》2013年第2期。
⑤ 王家新:《为凤凰找寻栖所:现代诗歌论集》,第275、275页,北京,北京大学出版社,2008。

"我只是为诗和语言工作而已"。王家新的个人诗歌思想中对语言的强调不是一般的强烈:"诗不是空洞的,而应是具体可感的,这样的感性最终要靠语言来实现","恢复语言的'质感'或'质地',并在写作中呈现语言的潜能和力量,这从来都是诗人的工作","我希望自己的语言是一种出自生命体验而又富有质感的语言","一个诗人还必须同语言和自我姿态的僵化进行较量","以语言来战胜死亡的时间,这永远是一个诗人最内在的驱力"。①正是这种对当下语言的"不满足",在谈到对勒内·夏尔的翻译时,他才认为翻译"是语言本身的'未能满足的要求'","在根本上正源于语言本身的这种召唤"。②

四、"诗人翻译家"王家新的翻译特点

王家新多次说到他无意于做一个翻译家,更不是一个职业翻译家。那么作为实际上的"翻译家",他的翻译到底有何特点呢?也许通过一番梳理,我们能更清楚地揭示其翻译的独特之处。

首先在翻译思想上,王家新一直强调,"我的翻译首先出自爱,出自一种生命的辨认,我的翻译观的前提仍是'忠实'。我最看重的技艺仍是'精确'——尤其是那种高难度的、大师般的精确。纵然如此,翻译仍需要勇气,需要某种不同寻常的创造力,需要像本雅明所说的那样,在密切注视原作语言的成熟过程中'承受自身语言降生的剧痛'"。③而在谈及翻译保罗·策兰诗歌的心得时,他又表达了同样的意思:"最初我还受制于'忠实'的神话,但现在我更着重于忠实与创造

---

① 王家新:《为凤凰找寻栖所:现代诗歌论集》,第275、275页,北京,北京大学出版社,2008。
② 王家新:《勒内·夏尔:语言激流对我们的冲刷》,《中国比较文学》2013年第2期。
③ 引自《为凤凰找寻栖所:现代诗歌论集》的推荐腰封,为王家新签名确认的翻译理念自述。

性之间的张力。只不过这种'创造性'是有前提的,那就是对原作的深刻理解"。①显然,通过王家新详尽的自述,我们可发现他的翻译思想明显侧重于"忠实与创造性之间的张力"。他既不是盲目坚守一般意义上的"忠实",也不是格外强调所谓的"创造性叛逆",而是在结合两者的基础上,坚持一种折衷调和的翻译理念。这种富于张力的、强调灵活性的翻译理念,某种程度上也凸显了其诗歌翻译的独特价值。

其次,王家新的翻译路径有其独特之处。他的翻译情况大致是:20世纪80年代末开始,他因工作和自身兴趣使然,阅读过不少英文诗歌选集,从中发现了一些深受感动的"好诗",进而尝试着选译了一部分。这其中整个翻译流程中很少有市场因素的考量,其阅读也好翻译也罢,基本上都是出于兴趣,甚至寻求译作的发表或出版也是出于其对中国诗歌的价值考量。而与此不同,一般职业化的翻译路径则是:出版社邀约翻译某指定作品,谈好酬劳,设定工作期限,并可能提供大致的翻译策略,对完成后的译稿也可能会提出具体的关于翻译风格、翻译细节的修改建议。这整个流程下来,翻译家基本上是被动的。而相比之下,王家新则不然,其最初的翻译选择、具体翻译过程、译稿完成后的发表或出版基本上都是主动的。另外,我们也可注意到,王家新的翻译还有一个特点就是"转译"。以《带着来自塔露萨的书:王家新译诗集》里的百来首诗为例,其大多是从英文译本转译而来的,《保罗·策兰诗文选》中的一百余首诗歌也是从英文转译的(策兰是德语诗人)。而转译的原因很简单,就是王家新只懂英文。当然,关于王家新的"转译",我们也能发现其是出于无奈之举:他一般都是在进行开创性的译介。他曾说:"王、芮译本并不是完美的译本,但却是'第一次吃螃蟹'的产物,也是心血浇铸的产物"。②也

---

① 王东东、王家新:《"盗窃来的空气"——关于策兰、诗歌翻译及其他》,《文学界(专辑版)》2012年第2期。
② 王家新:《"独自垂钓"的诗歌翻译——兼谈二〇〇九出版的几本译诗集》,《当代作家评论》2009年第5期。

就是说,他虽然知道"转译"有疏离原作的危险,①但为了将其尽快译介到中文里来,也只能勉强为之。以保罗·策兰的"晚词"为例,王家新之所以热衷翻译当然首先是出于热爱,其次也是想尽快把它们译介到中文里来,因为他意识到这些诗对当代中国诗歌书写极具有启发借鉴价值。也许韩少功译昆德拉小说的例证能更典型地说明王家新的这种开创性"转译"的价值。②

再次,如王家新自己所说:"我从事翻译,除了精神对话外,主要就是为了给我们的语言带来一种异质性和陌生化的力量"。③结合上文中王家新对"语言"的高度强调,我们可看出王家新的翻译诉求显然更加宏大。而一般而言,其他较为职业化的翻译家则可能较少有这种为"语言"的宏大动机。如葛浩文在一篇回应别人对他的质疑的文章中,就着重强调"我们是译者,翻译是我们的行业"④等类似的职业性诉求表述。而相比之下,王家新作为诗人翻译家的为"语言"的宏大翻译动机便凸显了出来。

第四,王家新的独特之处,还体现在对翻译过程中的译文风格、遣词造句的细节处理上。他曾谈到,钱春绮译的策兰的《死亡赋格曲》不大贴近原文,其断句"完全改变了原诗的语感和那种音乐般的

---

① 事实上,王家新的诸多"转译"之作,在其译稿完成后,一般都会请译作原语言的专家进行校对修改,比如所翻译的保罗·策兰的百来首诗歌,就请芮虎对照德文原文进行过仔细的核对修改。参见《为凤凰找寻栖所:现代诗歌论集》,第36页,北京,北京大学出版社,2008。

② 由韩少功1987年率先从英文转译的《生命中不能承受之轻》在当时的中国文学界引发了轰动,甚至直接催生了90年代后的"昆德拉热",波及至今。其对中国作家的影响大概是怎么强调都不过分的。而这显然要归功于韩少功对此部小说的经典性"转译"。其"转译"造成了巨大影响之后,出版机构主导下的规模化翻译才陆续介入,通过忠实于原作(捷克语本或法文本)的所谓"直译",昆德拉的多数作品才被翻译了过来。"转译"和"直译"的关系由此可见一斑。

③ 王东东、王家新:《"盗窃来的空气"——关于策兰、诗歌翻译及其他》,《文学界(专辑版)》2012年第2期。

④ 葛浩文、史国强:《我行我素:葛浩文与浩文葛》,《中国比较文学》2014年第1期。

冲击力"。①其对钱译的策兰的《数数扁桃》也有批评性看法,认为其"根本是错译","让人读了不知所云"。②认真分析了钱译的不足之处之后,王家新对《死亡赋格曲》进行了精细地重译。的确,作为诗人的王家新,对语言自然有着更为敏锐的感受力,其对原文的风格、节奏感等的确可能有更精准的把握。虽然对王家新之于钱译的批评我们不应盲目认定,但联系到在另一篇文章中其对北岛的条分缕析、切实中肯的回应,③我们有理由相信他的判断是可靠的、观点是可取的。

通过以上几点考察,我们对王家新的翻译特点有了更深入的认识。简单归结如下即是:(1)其翻译理念"着重于忠实与创造性之间的张力",而不拘泥于"忠实的神话";(2)其翻译实践表现出更多的主动性,且多是开创性的"转译",体现出一种强烈的为"语言"的宏大诉求;(3)作为诗人的王家新,其翻译有对前人译作"纠偏补弊"的意图,其译作在艺术质量上可能较前人略胜一筹。

结　语

在谈到"诗人译诗"现象时,王家新认为"诗人译诗"是"译者作为一个诗人以他自己的方式和语言对原作所做出的创造性反应"。④在谈到翻译时,他也曾类似地表述道,"真正的翻译如同诗"。⑤显然,我们从这里可看出王家新认为翻译同创作一样,两者都作为文学表达

---

① 王东东、王家新:《"盗窃来的空气"——关于策兰、诗歌翻译及其他》,《文学界(专辑版)》2012年第2期。
② 王东东、王家新:《"盗窃来的空气"——关于策兰、诗歌翻译及其他》,《文学界(专辑版)》2012年第2期。
③ 参见《隐藏或保密了什么——与北岛商榷》,《为凤凰找寻栖所:现代诗歌论集》,第34-53页,北京,北京大学出版社,2008。
④ 王家新:《新译的字行不住翻动》,《当代作家评论》2010年第5期。
⑤ 王家新、宋炳辉、高兴、何言宏:《"拿来"的必要与急切——"新世纪文学反思录"之六》,《上海文学》2011年第8期。

方式,在书写内在生命诉求的终极旨归上始终是统一的。他在论"诗人翻译家"的意义时说道:"许多诗人也都投身于诗歌翻译实践。可以说,他们的这种努力,重建了'诗人作为翻译家'这一'现代传统'。这一传统的延续和重建,在今天这个大众文化消费时代至关重要,因为这不仅体现了诗人们对其语言家园的耕耘和坚守,它还会推动更多的中国诗人通过这样的努力,达到一个可与世界文学对话的场域和高度"。[1]王家新的翻译观在此又一次昭然若揭:他首先是为了重建一种"现代传统",体现出其作为诗人的坚守语言家园的使命;其次他还想通过这样的努力,与世界文学进行深入地对话。

在解释自己的创作与其他文学活动的关系时,王家新曾说,"在诗与散文、评论之间,存在着一种'钢琴和乐队的对话'的关系;它们仍是一个整体,甚至包括我偶尔的翻译"。[2]在这里,王家新对他倾尽心力的翻译虽只是轻描淡写的一提,但这显然并不意味着他轻视翻译的意义。"的确,翻译不是创作,然而它对一种语言的写作史的意义并不亚于许多'创作'",[3]他也曾说道。而在我们看来,其翻译显然构成了其文学生涯中相当重要的一部分。没有乐队的伴奏和烘托,生命的宏大交响乐不就成了钢琴独奏了吗?是的,有着宏大诗歌抱负的王家新,其诗歌创作与诗歌翻译,也显然是一种"钢琴和乐队的对话"的关系。

本文原刊于《当代作家评论》2015年第1期

---

[1] 王家新、宋炳辉、高兴、何言宏:《"拿来"的必要与急切——"新世纪文学反思录"之六》,《上海文学》2011年第8期。

[2] 王家新:《为凤凰找寻栖所:现代诗歌论集》,第280页,北京,北京大学出版社,2008。

[3] 王家新:《翻译与中国新诗的语言问题》,《文艺研究》2011年第10期。

新世纪诗歌升温的精神症候与文化透视

吴投文

伴随着新媒体的扩张,新世纪诗坛呈现出此前未有的景象:诗歌数量呈爆炸性增长、诗歌活动频繁主办、诗歌刊物和诗歌选本大量涌现、诗歌评奖层出不穷、诗歌批评和诗歌研究机构急剧增多、诗歌翻译与出版异常活跃、大量的流失诗人再度归来、诗歌的筹资渠道普遍民间化等等。这一切都表明,新世纪诗歌的不断升温已经是一个不争的事实,预示着新一轮"诗歌热"的到来已经为期不远,中国新诗极有可能重现20世纪80年代的辉煌。如果早前几年诗歌的境遇还显得有些暧昧不明,似乎并未完全摆脱"边缘化"的困局,那么当前我们所面对的诗歌现实已经逐步清晰起来,诗歌开始重新回到社会公众的生活之中。新世纪的诗歌升温包含着复杂的文化症结,一方面是公众围观和全民写作的造势驱动,一方面是新诗文化在大众文化语境下面临着实质性的提升。公众围观、全民写作是新世纪重要的文化现象,既是新世纪诗歌升温的外在表征,也是新世纪诗歌升温的重要促动因素,同时也是构成新诗文化的群体性基础。在新世纪的大众文化语境下,新诗文化表现出异质性的精神特征,又与公众围观、全民写作纠结着深刻的文化关联。在此背景下，新世纪的诗歌升温呈现出复杂的精神症候，有必要在新世纪的具体情境中对其进行深入的文化透视。

一

时至今日，20世纪80年代的"诗歌热"仍然是一代人的美好记忆，甚至被放大为中国当代诗歌不可复现的理想化形态。这里面既包含着因新诗研究的历史化所带来的假象，也包含着新诗发展的某种预期。就实际的情形来说，20世纪80年代的"诗歌热"几乎是戛然而止的，此后陷入长时期的悬置状态，社会公众背弃诗人而去，诗人的风光不再。这一转折表明20世纪80年代的"诗歌热"并不是诗歌本体意义上的，而是与时代语境纠结着非常复杂的关联，在时代语境转换之后，"诗歌热"的驱动力也不复存在。整个90年代是诗歌的沉默期，社会的中心让位于市场经济，诗人的角色变得非常尴尬，几乎是整体性地沉落于时代的暗影之中，诗人们只能在时代的暗影中回味曾经短暂的辉煌，但诗坛表面上的波澜不惊实际上却在孕育着坚实的艺术创造。现在回过头去看，虽然读者和观众缺席，90年代的诗歌业绩却是相当丰实而有底蕴的，始终有一种健全的诗歌精神在支撑诗人们的写作。世纪之交的"盘峰论争"作为一个诗歌事件，可能并不具有实质性的诗学意义，但犹如一道分水岭，把"朦胧诗"落潮之后的当代诗歌切分为相互对照的两个阶段。这种对照同样不是诗学意义上的，90年代诗歌的沉默期将离析出一个众声喧哗的诗歌格局，原来蛰伏在暗影中的诗人将再次走向时代的前台，充当时代聚光灯下的配角。至此，时代语境再一次转换，诗歌重新获得转向大众的机遇。就此而言，1999年的"盘峰论争"所引发的社会公众围观意味着新世纪的诗歌升温已进入预热的阶段。

"盘峰论争"处于一个关键性的历史节点，一个新的世纪呼之欲出，诗歌的现实语境处于悄然转换之中。在遭遇社会公众长时间的冷落之后，这一转换对当代诗歌的回归来说恰当其时。时代长期处于精神空转的状态，需要诗歌填补人们不断扩大的心灵缝隙。诗人们意识到人们终将无法拒绝诗歌重新返回心灵的现场，敏锐地将此一契机转化为新世纪诗歌的实践动力，因此，新世纪诗歌的升温实质上是诗歌与时代语境契合的产物。"盘峰论争"几乎是将一种新的诗歌现实强行带入社会公众的视野，论争双方都蓄意终结诗歌疏离于时代现场的尴尬状态，就此而言，"盘峰论争"实际上带有某种预谋的性质，论争双方的冲突与对峙固然表现出诗学立场上的差异，但共同的诉求却是修复诗歌与现实、诗人与社会公众的疏离与间隙。"盘峰论争"酝酿于20世纪90年代的整体文化语境，并不是论争双方刻意准备的结果，但确实契合于双方为诗歌争取文化尊严的共通策略。就具体的文化语境来说，20世纪90年代作为中国当代诗歌的一个转换期，不仅是从喧哗到沉静的转换，也是从芜杂到相对净化的转换。诗歌艺术的深度探索与商业社会的消费需求存在着严重断裂的倾向，诗人在社会公众的眼里就是"不合时宜"的怪物，但也恰恰在此，诗人的艺术探索在沉潜中显示出一种面向新的诗歌现实的开放性，其中也包含着重启当代诗歌"大众化"的诉求。尽管这一诉求主要通过论争一方的"民间立场"表现出来，他们寄望于通过"口语化写作"的技术路线改变当代诗歌疏离社会公众的倾向，将"口语诗"落实到契合社会公众审美趣味的日常阅读中；论争一方的"知识分子写作"虽然持守一种精英化的技术路线，但也并不完全受限于"诗歌知识学"的固化体制，也主张诗人通过对当下经验的深度介入，把知识分子的使命意识和艺术探索注入到充满创造力的写作中，填补大众文化语境下由"浅写作"和"浅阅读"所留下的精神空洞。实际上，"知识分子写作"尽管标榜"要将诗歌建构成一种关乎我们生存状况的特殊的知识"，[1]但仍然谨慎地保持对现实

---

[1] 臧棣：《诗歌：作为一种特殊的知识》，《北京文学》1999年第8期。

的开放，要求在写作的向度上体现出现实本身的丰富性和生命体验的内在深度，并不完全排除"民间化"的因素。当人们不断指责新诗"边缘化"乃至新诗"消亡"的时候，诗人们面临共通的处境，他们都受困于时代语境的狭隘和封闭，期待得到社会公众的重新认可。在此一背景下，潜伏着诗歌升温的现实需求，因此，在某种程度上说，"盘峰论争"既是合谋的结果，也是应运而生。时过境迁之后，现在来看"盘峰论争"的后果，诗人们以一种反常的"内讧"方式重新引起社会公众对诗歌的围观，恰恰是新世纪诗歌进入预热的开始。

进入新世纪之后，由"盘峰论争"所启动的社会公众围观呈现出进一步扩展的趋势。围观尽管并不意味着读者的真正回归，但客观上却具有为诗歌"造势"的性质，对新世纪的诗歌来说，这正是走向前台的一个契机。社会公众的围观具有"热岛效应"，至少可以使诗歌形成一个相对集中的话题，暂时性地介入到社会公众的日常生活中，成为公众茶余饭后的佐料。"盘峰论争"持续的时间一年有余，主要局限于在诗坛内部进行，社会公众虽然不明就里，但也知道诗人们在"干仗"，在好奇心理的驱使下，部分公众对诗人们的"干仗"也会表现出窥探的兴趣。应该说，这对搅动原本沉寂的诗坛和激发诗人的写作自信并非全无意义。另一方面，由公众围观所产生的聚集效应实际上包含着诗歌"大众化"的要素，当诗人们面对公众的指点或指责，可能在经过短暂的慌乱之后，他们开始突破诗坛的小圈子，与社会公众形成某种互动。更重要的是，在门庭冷落多年之后，诗人们在公众的围观下会自觉不自觉地反思自己的创作，反思自己的创作与时代的关系，必然会影响到他们创作上的调整。实际的情形也是如此，在新世纪诗歌创作的复杂格局中，公众围观的潜在影响是一个不可忽视的因素。即使是定力最好的诗人，在公众的围观之下也会有心境上的微妙变化，会在他的创作中留下某种投影，因此，公众的围观对诗人来说，虽然只是创作的外部因素，但仍然会介入到诗人的创作心理中，构成其创作的内部情境，进而影响到其创作风貌的某种变化与调整。

新世纪社会公众对诗歌的围观层出不穷，伴随着社会公众的围观，诗歌逐步升温。如果断言现在已出现一次新的"诗歌热"，可能还为时尚早，但大量的迹象表明，社会公众对诗歌的疏离感确实已大为降低。新世纪有三次社会公众对诗歌的大型围观值得特别注意，一是2006年的"梨花体"事件，二是2010年的"羊羔体"事件，三是2015年初的"余秀华走红诗坛"事件。与"盘峰论争"主要是由传统纸媒的推动不同，这三次围观都是在新媒体的深度介入下形成公共事件的，颇能说明新世纪诗歌升温所面临的复杂文化语境。现在看来，这三次围观并非是各自孤立的，而是扭结着在新媒体语境下诗歌处境的深刻变化与社会公众观察诗歌的视点转换。

2006年8月，网络上出现"恶搞"诗人赵丽华的"梨花体"事件，网民围观的规模之大是空前的，赵丽华也由一个在圈子里有一定知名度的诗人转而为"妇孺皆知、街谈巷议、全民追捧或谩骂、抨击又艳羡的公众人物"。[①]在我看来，这场围观启动于大众文化语境下社会公众的文化饥渴，却淹没于口水化的网络泡沫之中，其后面有着深层次的精神背景因素，是一场既关乎诗歌又超出诗歌本身的"文化现象"，预示着"'诗歌作为大众娱乐的媒介'已成为一个铁的现实"。[②]时隔4年之后，诗人车延高带有尝试性质的几首诗在网络上引起再一次大规模的围观，被网友戏称为"羊羔体"，作为继"梨花体"之后又一"口水诗"的代表。这场围观因车延高的诗集《向往温暖》获"鲁迅文学奖"而放大为一场持续的网络狂欢，据称被评为"二〇一〇十大文化事件"之一。

---

① 张清华：《持续狂欢·伦理震荡·中产趣味——对新世纪诗歌状况的一个简略考察》，《文艺争鸣》2007年第6期。

② 张清华：《持续狂欢·伦理震荡·中产趣味——对新世纪诗歌状况的一个简略考察》，《文艺争鸣》2007年第6期。

"梨花体"和"羊羔体"成为公共事件,从网络空间波及到传统纸媒,引起社会公众的广泛围观,颇能说明新世纪诗歌升温的一些深层问题。两次围观的一个共同特点是把诗人个体写作的某些局限性扩大为对新诗写作的"妖魔化",网民的大量仿写显示出低俗化的娱乐倾向,但从积极的一面来看,也包含着社会公众对诗歌现状的不满和要求艺术提升的声音。很多人为中国诗歌的未来发展感到忧虑,开出各种一厢情愿的"处方",因此,在大规模围观所引起的口水泡沫中也包含着某种反思的成分。尽管公众的围观带有很大的盲目性,表现出一种广泛的文化浮躁病,但对新世纪诗歌的升温客观上具有推波助澜的作用。由围观所形成的聚集效应并非都是负面的,当社会公众的娱乐本能被持续狂欢的空虚耗尽之后,就需要寻求生命的内在活力作为一种真实的精神依靠,这使社会公众也会回到诗歌的审美本质上来,诗人作为时代的放逐者也会重新回到其应有的文化位置上。因此,尽管围观对中国当代诗歌建设可能并不具有实质性的推动意义,但对培育未来潜在的读者却是一条隐秘的途径。在围观过后,总有一些清醒者会留在诗歌的现场,他们对创造诗歌的未来前景不再是网络上虚拟的"影子",而是与诗人一起共同面对诗歌的内在处境,在喧嚣的时代语境中保持着健全的审美敏感。这就是公众围观所产生的"后果",也是构成新世纪诗歌升温的潜在背景。

社会公众对诗歌的大型围观在2015年初的"余秀华走红诗坛"事件中最能说明其正面文化价值。余秀华是湖北钟祥的一位农民诗人,默默写诗多年,偶有诗歌在本地的报纸上发表。2014年9月,她的一组诗在《诗刊》发表,并被《诗刊》微信号选发,引发小范围里公众的热读。延至2015年初,有人将她的一首诗《穿过大半个中国去睡你》转发在微信里,并冠以"脑瘫""女诗人""农民"等标签,加之旅美学者沈睿又把余秀华称为"中国的艾米莉·狄金森",余秀华于是"横空出世",成为红极一时的诗人。有人认为这是一场由"睡"字引发的嘉年华,实际上的情形却要复杂得多。一方面,在余秀华身上加上"脑瘫""女诗人""农民""中国的艾米莉·狄金森"这些标签尽管不得要领,但对于激发公众的好奇心理却是一个极好的噱头,使他们像滚雪球一样参与到围观中来,围观的规模之大也表明新媒体的聚集效应是相当惊人的;另一方面,在此次围观中,社会公众的态度相对趋于理性,在某种程度上,他们已经回到文本的鉴赏上看待诗歌的审美本质,这对推广和普及中国当代诗歌具有积极意义。正如诗人李少君所说:"这一次诗歌热潮,正面评价始终占据主流,这也是诗歌进入网络时代后第一次没被当成'恶搞'的对象,没被当成网络狂欢的开心果、调侃物。"[①]这也表明网络文化经过十多年的培育,已经显示出某种程度的成熟,一种清洁的审美精神正在回归。同时,也传达出一个重要的信号,随着公众围观的规模进一步扩大,社会公众对诗歌的需求也愈益呈现出某种内在化的趋势,诗歌的文化功能重新被社会公众认可,诗歌与社会公众的隔绝状态不再是一道坚固的壁障,而是需要在反思的视域下打开深度融合的通道。就此而言,在2015年初余秀华走红诗坛的背后,实质上是新世纪诗歌的持续升温。

二

进入新世纪以来,诗歌发展所包含的多种可能性日益展现出来。在复杂的文化情境中,虽然我们在判断新世纪诗歌的现实境遇时仍然会面临某种暧昧情境,但诗歌的不断升温显示出非常明显的迹象——诗歌已经初步告别边缘化的尴尬处境,尽管仍然受限于文化话语权的狭隘空间,但对现实的介入也在不断取得更大的包容度,

---

① 李少君:《网络催化全民写诗的"草根"时代》,《南国早报》2015年1月26日。

对诗歌和诗人的"妖魔化"不再是博取人们眼球的一种娱乐方式，诗人的创造不断释放出修正和溶解现实的文化尊严，诗歌的文化价值对社会公众的精神塑造起着其他艺术门类不可替代的独特作用。在某种程度上，诗歌已经构成某种现实情境，也在参与着时代核心价值的建构。这实际上是诗歌在我们生活中的深度回归，尽管社会公众可能还没有意识到精神生活的这一潜在转折，但诗歌确实已介入到公众饥渴的心灵之中。

从新世纪所展开的总体文化情境来看，新世纪诗歌的复杂态势和基本走向呈现出一种强劲的内在活力。在网络写作泥沙俱下的泡沫化泛滥中，一个全民写作的时代正在降临，狂欢化的写作图景预示着诗歌的升温已转入到一个新的热点。在全球化语境下，新世纪诗歌借助网络及BBS、博客、微博、微信等自媒体和新媒体的力量，一时蔚为大观，呈现出一种新的诗歌生态："天赋诗权，草根发声"，"人人都可自由地表达，任性地写诗，互相交流，探讨争鸣，切磋诗艺，人人都可自由地发表和传播"。[①]全民写作启动于互联网语境下，在新世纪的最初几年就已初具规模，一些新锐诗人崭露头角，成为诗坛的生力军。在进入新世纪的第二个10年之后，全民写作已逐步沉淀为有一定创造品格的写作形态，成为新世纪诗歌多元格局中极其重要的一脉。全民写作虽然是一个虚拟的神话，并不完全代表具体的现实，但在网络时代却具有广泛的公众心理基础，也部分地呈现出网络时代的真实文化图景，牵动着极为复杂的现实语境。在全民写作的喧哗中，诗歌写作的专业性被化解在"无名"的本色书写之中，经由社会公众的喧哗而放大为一种几乎整体性的美学转轨的痕迹，专业诗人的写作反而变得暧昧不明。就全民参与的广泛程度来说，20世纪80年代的"诗歌热"模式实际上已经复制到新世纪逐步展开的文化语境中，新世纪诗歌的活跃程度比之20世纪80年代可

---

① 李少君：《天赋诗权，草根发声》，《读书》2015年第4期。

能有过之而无不及。但在诗歌升温的后面也潜伏着一种身份未明的亚文化性症候，诗歌事件层出不穷，却往往超出诗歌本身之外，纠结着大众文化时代人们的某种隐秘心理，在广泛的社会层面投射出由文化消费的不均衡状态所形成的畸形精神结构。在全民写作中，诗歌具有精神替代品的性质，在某些时候可以充当人们的面具模型，以混迹于这个时代的快速变幻之中。实际上的情形也正是如此，各领风骚三五天，诗坛新人的面孔变换之快已经是一个相当普遍的现象。

另一方面，新世纪诗歌的深度探索也在不断取得坚实的成果，撇开全民写作泛滥的泡沫来看，诗歌写作的神圣性实际上仍在坚守之中，众声喧哗所消解的并非诗歌的内在价值，而只是诗歌与社会公众的外在壁垒而已。显然，这只是少数诗人的事业，是那些真正执守诗歌文化价值的诗人所付出的代价。这些诗人在新世纪诗歌的多元化格局中实际上还是居于核心的引领者位置，他们的头上戴着无形的冠冕，即使在大众文化时代幽暗的精神结构中，仍然绽放出极为生动的艺术神采。在某种程度上说，这对于新世纪的诗歌写作具有启示的意义，往往牵动着新世纪诗歌艺术深层变革的敏感神经。而投射在复杂的社会文化心理上，则是在文化守成上有深度的变异，又在变异中延伸出艺术的深度创新。因此，新世纪诗歌的全民写作固然呈现出鱼龙混杂的状态，却也显示出艺术探索深度内转的一面。

新世纪诗歌的全民写作一方面关联着诗歌边缘化困局的破解，一方面也联结着诗歌传播渠道的深刻变化。诗歌的边缘化并不是可以轻易破除的壁垒，那毕竟是精神生活的长期板结和审美的固化所造成的，坚冰之寒非一日可以回暖，需要时间的充分融化和传播渠道所形成的整体畅通效应，也需要由艺术创新的深度转变所形成的辐射效应。在新世纪诗歌的持续升温之中，社会公众的围观呈现出明显分化的态势，而全民写作的多元化格局也已初步形成。就大的格局来看，"草根性"写作和"专业"写作各擅其胜，两者之间的美学壁垒还是森然可见。"草根性"写作显示出强烈的反精英气质与自发性的聚集效应，在互联网语境下具有广泛的文化生存空间，具有与"专业"写作分庭抗礼的影响力。就小的格局来看，新诗内部的圈子化在急剧扩张，呈现出割据的碎片性状态，"不团结就是力量"成为诗坛一句时髦的口号，但这恰恰是一种内在活力的体现，诗歌写作的优质资源分散在不同的圈子里博取最佳的写作效益，综合起来却是诗坛充满生机的创造性图景。社会公众在围观中各取所需，部分公众抱着看热闹起哄的心态，热闹过后也就散去，部分公众由围观转向对诗歌的热爱，进而加入写作者的行列，面对真实的内心情境进行写作。这种分化显示出诗坛自我净化的沉淀效应，看客式的围观和泡沫化的写作被有效分流，而创造性的写作也在过滤中得到强化并彰显出美学上的包容性。但也正是在此，新世纪的诗歌升温也显示出某种晦暗的迹象，一方面是无中心的多元化格局，诗坛的碎片性是一种正常的生态，另一方面是多元化格局所带来的博弈和竞争也在形成某种基本共识，比如在对诗歌标准的理解上，在经过长久的分化之后，公众也在逐步消除理解上的巨大歧异，有走向某种"普遍"标准的趋势。一个最显著的迹象是，诗歌的全民写作面临着由诗歌标准的失范所带来的共同焦灼，但这种焦灼又在激发全民写作对诗歌标准的某种自发凝聚。因此，全民写作中的诗歌固然面目纷杂，但也在模式化的趋同中孕育着某种共通的标准，以克服由诗歌标准的失范所带来的无所适从。从目前的普遍情形来看，全民写作对新世纪诗歌的升温具有特殊的推动作用，社会公众开始接触和阅读诗歌，关注诗歌界的动态，诗歌的边缘化实质上已经得到某种程度的有效遏制。

在新世纪诗歌的全民写作后面，既孕育着一个诗歌发展的纵深空间，也延展出一条新世纪诗歌演变的隐约路径。传播渠道的多样化格局和新媒体的深度介入使新世纪诗歌的传播空间急剧扩容，"如今，诗人和读者都能接触到诗歌生产、流通和消费过程中的技术，如计算机、互联网、移动通信设备、摄像机、电视和电台广播,也都能利用词语、形象、声音和实物间无穷的相互作用"。[①]新媒体深入到社会生活的几乎所有角落,其广泛运用带来新世纪诗歌的写作方式与传播渠道的结构性变化,使新世纪诗坛呈现出多元共生、众声喧哗的格局。新媒体的深度介入使新世纪诗坛呈现出异常复杂的症结,一方面,新媒体具有现代科技的组合性优势,在某种程度上可以催发诗歌创作新格局的形成,以技术手段激发全民写作的激情,带动新世纪诗歌的升温,给诗坛注入某种新的活力;另一方面,新媒体快捷的传播方式也诱导全民写作往往聚焦于浅阅读和浅写作的惯性模式上,诗歌写作所要求的内在深度可能消解在对超高点击率的追求上,由此导致全民写作普遍的平庸化和"段子化"。实际上的情形也有不容乐观的一面,全民写作因缺乏传统媒体的"守门人"制度,写作的泡沫化膨胀会形成一种坚固的屏蔽效应,既无法保证写作的有效性,也无法保证对诗歌精品的有效遴选,使精品之作被淹没在大量的文字垃圾中。因此,全民写作带给诗歌的伤害也值得警惕。新世纪诗歌的升温固然与全民写作的带动直接相关,但诗歌自身的内在重构似乎仍然缺少实质性的推动,诗歌数量呈几何倍数的增加,并不意味着诗歌水准与审美品格的有效提升。这使新世纪诗歌的发展面临着某种瓶颈效应,需要寻求破解这一难题的有效路径。

三

新世纪的诗歌升温并不意味着新一轮的诗歌热已经到来。从总体的情形来看,由公众围观和全民写作所激发的群体规模效应还没

[①]〔英〕殷海洁:《中国当代诗歌的媒体化》,《新诗评论》2011年第1辑,第3页,北京,北京大学出版社,2011。

有落实到新诗文化的有效激活上来,新世纪诗歌还处于一个动态发展与静态延滞相互纠结的过程中。一方面,诗歌写作的自由度已经被充分激活,诗人的代际构成更加丰富,诗歌的"生产总量"呈现出不断膨胀的态势,却也伴随着文化虚浮症的广泛扩散,诗歌生态的芜杂和丰富固然是一种正常状态,却透露出虚拟"繁荣"的假象;另一方面,在新世纪诗歌的多元化格局中,由全民写作所激起的泡沫性泛滥终究会沉淀下来,让位于坚实的诗学探索,"一些诗人在沉潜中坚守真诚的写作姿态和纯正的诗歌精神,由新世纪诗歌的传播格局所催生的文化综合效应也有利于诗歌原创性品质的激活",[①]新世纪诗歌的内在流变和基本走向呈现出诗歌复兴的态势。新世纪诗歌的活力表现在动态发展上,而其另一面的泡沫化状态则表现在静态延滞上。因此,新世纪的诗歌升温实际上纠结着异常复杂的对立形态,其中隐约可见深刻的互动关联,在动态发展中同时包含着静态延滞的症结,但静态延滞只是一种相对板结的状态,诗歌的自由创造在全民写作的泡沫性泛滥中仍然显示出强劲的生机。从新世纪诗歌升温的基本症结来看,建构成熟的新诗文化是一个亟待解决的紧迫问题。这既是新世纪诗歌所面临的现实压力,也是从新诗发展的历史情境中必然体现出来的一种文化归位。

中国的诗歌文化源远流长,具有深刻的诗性文化内涵,代表中国文化的诗性精神。新诗运动兴起之后,中国传统的诗歌文化被拦腰折断,但新诗文化迄今还远未成熟。中国新诗的进程已经逼近一个世纪的关节点,但百年新诗的创新之路与人们的期待之间存在着较大的落差,其中的原因固然是多方面的,但新诗文化的不成熟恐怕是最大的症结。新诗文化的不成熟既是人们疏离新诗的重要原因,也是人们疏离新诗所带来的严重后果,由此造成的恶性循环需要在

[①] 吴投文:《新世纪诗歌的传播格局与新诗文化的缺位》,《新文学评论》2012年第2期。

文化内部找到解决的途径和方式,"建设成熟的新诗文化既是新诗走出文化困境的必经之途,又是新诗走出文化困境的必然结果"。[①]从宏观层面来看,新诗文化是中国当代民族文化的重要组成部分,在全球化时代的文化格局中,是显示民族文化身份和文化软实力的优秀文化,在对外文化交流中可以发挥特殊的作用,具有显示民族文化自信的品牌效应。建构成熟的新诗文化,凸显新诗文化的实践价值,可以为中国当代民族文化的健康发展设置实践议题,呼应国家层面上的文化战略,有助于发挥诗歌的社会文化功能;从具体层面来看,新诗文化具有对接现实需要的实践价值,可以为化解长期以来存在的诗歌边缘化困境提供可行性途径,对新世纪的诗歌创作实践具有引领作用,可以推动新世纪诗歌创作的健康发展,引导整个社会形成一种有效的新诗传播和接受机制,从整体上提升新诗的文化功能和地位。

建设相对成熟的新诗文化,对新世纪诗歌来说并非是一个遥不可及的目标,百年新诗的厚重积淀就是一个坚实的基础,但现实却不容乐观。公众围观和全民写作虽在群体规模上具有新诗文化所需要的广泛公众基础,但在本质上具有大众文化的"快感的意识形态功能",[②]并不必然会带来新诗文化的成熟,因此,新诗文化在新世纪面临复杂的文化语境,必须有效抑制大众文化的泡沫化衍生,经过严格的文化过滤确立新诗文化的精神坐标,真正实现新诗文化的实践价值。新世纪的诗歌升温,大众文化的促动作用固然是一个重要方面,新世纪诗歌的多样化传播格局也有助于推动诗歌延伸到公众的日常生活中,在某种程度上可以带动诗歌的有效传播。但大众文化中同时也包含着诗歌的敌对性因素,"高雅的审美趣味作为一种主

[①] 吴投文:《中国新诗之"新"与新诗文化建设》,《徐州师范大学学报》2010年第5期。

[②] 〔英〕约翰·斯道雷:《文化理论与大众文化导论》,第178页,北京,北京大学出版社,2010。

体的自由表达总是面临着被粗俗习性腐蚀的危险",[①]诗歌往往被大众文化处心积虑地肢解,诗歌的精神性内涵和内在深度或者被着意消解,或者被精心转化为消闲性的文化附属物,以适应或塑造社会公众的审美趣味,其后果则是社会公众艺术感觉的弱化。新世纪诗歌的升温实质上并未有效带动新诗文化的内涵建构,在很大程度上就是社会公众的艺术感觉和审美趣味不能突破大众文化的体制性壁障,往往受限于狭隘的直接利益的驱动,不能深度融入创造性的审美认知,这使新诗文化的真实内涵不能转化为有效的实践价值,因此,诗歌的升温并不是一种孤立的文化现象,而是需要面对新世纪具体的文化语境,处理其中错综复杂的文化关联。

进入新世纪以来,由于经济因素的促动,"文化搭台"普遍被作为商业和政绩模式运作,具有强烈的功利主义色彩,新世纪诗歌的升温与此背景纠结着复杂的互动关系。诗歌中的"公共文化"部分被强化,以配合大众文化的狂欢需要,不管是公众围观还是全民写作,实际上都符合大众文化所塑造的技术路线。在此一背景下,名目繁多的诗歌笔会、诗歌节、诗歌研讨会、诗歌联谊会、诗歌朗诵会、诗歌排行榜、诗歌评奖、驻校诗人评选、诗人忌日祭拜、"诗歌春晚"等活动层出不穷,呈现出遍地开花之势。这些诗歌活动的影响力尽管主要局限于诗坛内部,但在某种程度上也可以看作是新世纪诗歌的"晴雨表",有时也牵动着社会公众窥探的目光,引起一定范围内的公众围观。更重要的是诗人角色的转换,一些功成名就的诗人摇身变为诗歌活动家,频繁现身于各种诗歌活动,这时诗人的身份也可以兑换为某种文化资本,享受分层级的相关待遇。这是大众文化时代诗人的象征身份,诗人的桂冠还是具有某种弱势的文化资本价值,对应于大众文化的某种选择需求,在另一方面也可以激

[①]〔英〕约翰·斯道雷:《文化理论与大众文化导论》,第178页,北京,北京大学出版社,2010。

发社会公众对诗歌的浪漫想象，暂时溢出公众直接的物质需求，产生诗歌的某种扩散效应。诗歌作为一种文化形式也潜在地贯串于这个时代的资本转换之中，这种转换具有双重效应，一是诗歌艺术的纯粹性被剥离，需要转换为某种文化资本才能实现与现实需求的对接，这诱导一些诗人戴上一副表演性的面孔，而诗歌的真正价值被遮蔽于晦暗的阴影之中；一是诗歌的传播效应得到彰显，诗歌作为文化资本也可以获得微弱的文化市场配额，在文化市场中具有无可取代的象征意义。值得注意的是，最近几年诗集的出版呈现出稳步上升的趋势，在鱼龙混杂的大量自费诗集之外，一些优秀诗人的诗集被出版社策划推出，颇受社会公众的欢迎。诗人韩东2015年同时有3部诗集"正规"出版，《韩东的诗》为诗人30年合集，《你见过大海：韩东集一九八二-二〇一四》为诗人30年精选，《他们》为最新诗集，这3本诗集呈现出韩东诗歌创作的不同侧面，读者可以各取所需。一位诗人同时"正规"出版3本诗集，是以往极少出现的现象。"草根诗人"余秀华一夜走红之后，获签出版两本诗集，发行量短期突破12万册，据闻创20年来个人诗集发行量的最高纪录。北岛主编的《给孩子的诗》、伊沙主编的《新世纪诗典》、李少君主编的《中国好诗歌——最美的白话诗》等诗歌选本也广受公众欢迎，销量不断突破纪录，这些都透露出诗集出版极一时之盛的信息。此外，"为你读诗""读首诗再睡觉""诗歌周刊"等公众微信号订户也动辄数十万，每天都有数量庞大的微信订户定时阅读诗歌。尽管诗歌并未完全摆脱尴尬的角色，在新世纪打开的文化市场中有时也充当一种救急用品，但诗歌的处境确实已经时来运转。在社会公众不断回归诗歌的背后，是人们精神上的饥渴和需要，诗歌越来越受到关注，公众审美的凝视已在某种程度上转向精神内部。这正是激活新诗文化的契机，新世纪诗歌的升温至此已回到对文化本身的清理与建构上来，同时也表明诗人不再悬置于精神的空中楼阁，而是企图通过与公众审美的深度契合建构新诗文化的共同体，因此，新世纪的诗歌升温实际上牵动着当代审美文化的某种深层变动。

新诗文化对民族身份的确认至关重要,既是我们区别于其他国家和民族的一个显著文化标志,也是增进中华民族内部认同的身份标记,在一定程度上代表我们民族的精神高度,也是激活和提升民族精神的重要文化载体。建构成熟的新诗文化,系统的制度性支撑非常重要。在新世纪复杂的文化情境中,大众文化以其颠覆性的"快乐文化"取向宰制社会公众的选择,新诗文化具有异质性的文化创造特征,相对疏离于公众审美的凝视,这时制度性的文化引导就显得尤其必要。新诗文化建设是一个复杂的系统工程,需要落实到具体而清晰的文化规划中来,大力拓展新诗文化的实践价值空间,把新诗文化转化为具体的文化行为,在大众文化语境下呼应社会公众的内在精神需求,同时也在某种程度上代表国家的文化意志,把中国的诗性文化传统落实到个体的文化心理结构中。就此而言,新诗文化体现出时代核心价值,呼应国家文化战略的理念、模式和价值体系,其中包含着当代新诗所承担的国家职责,尤其是在全球化语境下,可以为拓展中国诗歌文化返本开新,重建中国诗歌文化的价值坐标。新世纪诗歌的多样化传播格局催生出一种系统性的综合效应,有利于新诗文化的激活和提升。在传统的传播路径之外,诗歌与影视、戏剧、音乐、绘画等艺术门类呈现出跨界融合的趋势,比如交响音乐诗、诗歌专题纪录片、诗歌微电影的出现也开始受到社会公众的欢迎。据《羊城晚报》报道,2014年仅地市一级官方主办的"诗歌节"就多达数百个。有人感叹:"中国有一个节日可以随便过,那就是'诗歌节'。"这虽然有些调侃的味道,却也表明新世纪诗歌升温的规模扩大之势。诗歌作为一种文化形式,经由多样化的传播方式和系统的制度支撑,可以有效承载新诗文化向社会公众的渗透,凝聚社会公众对民族文化的深度认同。诗人臧棣说:"学会尊重诗歌,对每个人都有好处,也对整个文化自身的品性和活力有好处。新诗的未来在于我们有没有能力创造出一种强健的诗歌文化。"①从新诗发展的历史进程来看，新诗屡遭信任危机，本质上是一种文化困境，新诗的突围说到底还是要取得社会公众的文化认同，新诗的发展潜能也内在于其自身的文化活力之中。建构相对成熟的新诗文化既是新诗的突围之路，也是新诗突围所必然带来的结果，同时指向新诗的未来前景。

从新世纪诗歌的总体状况来看，尽管诗歌生态的芜杂有待进一步清理，诗歌的发展前景和暴露出来的问题还没有得到充分的展开，但新世纪诗歌的基本走向已隐然可见。新世纪诗歌的升温呈现出不断趋热的势头，由小众化的诗坛内部逐步对社会公众的生活产生影响，诗歌不再是一个流落的弃儿，即使在知识界和文化界，诗歌也有某种渗透性的影响力。这种影响具有实质性意义，并不完全是大众文化语境下一种狂欢性的娱乐形态。有人用"诗，由流落到宠幸"②这一形象化的说法概括新世纪的诗歌生态，虽然有些夸张，倒也大体符合新世纪诗歌升温的实际情形。诗歌升温是新世纪极其重要的文化现象，纠结着大众文化语境下复杂的精神症候，不管是公众围观还是全民写作，都体现出大众文化"同质性的霸权力量"，③其中包含着中国当代文化转型的深度裂变。另一方面，由公众围观和全民写作所激活的创造潜能也是新世纪诗歌持续升温的重要动力，是激发和创生新诗文化的基本要件。新诗文化作为对大众文化的"异质性的对抗"，也需要借助大众文化的传播场域，塑造自身独立的文化形象，既规避大众文化的裹挟，也不全然拒绝与大众文化合谋，而是在合理的张力限度内保持自身的"纯粹形式"，恪守自身的伦理尺度，但也面临着实质性的内涵提升，需要更内在地对接社会

---

① 陈竞：《臧棣：诗歌文化萦绕生命境界》，《文学报》2009年4月16日。
② 徐敬亚：《诗，由流落到宠幸——新世纪的"诗歌回家"》，《文艺争鸣》2005年第3期。
③〔英〕约翰·斯道雷：《文化理论与大众文化导论》，第178页，北京，北京大学出版社，2010。

公众的精神生活。正是在此，新世纪诗歌实际上契合于时代精神结构中最隐秘的一部分，作为一种审美话语方式，新世纪诗歌的美学品质已经彰显出一种独立的文化自信，尤其在大众文化语境下，拥有其自身的文化差异性，日益显露出其他精神产品不可替代的独特功能。在新世纪诗歌朝向纵深拓展的背景下，可以乐观地预期，新世纪诗歌的升温已经到达一个临界点，新一轮"诗歌热"即将来临，百年新诗的发展前景会打开更丰富的可能性。

本文原刊于《当代作家评论》2016年第1期

诗人自我拯救与诗歌大国气象
——"21世纪现代诗群流派大展"引发的思考及启示意义

庄伟杰

一

君不见,这些年中国文坛,几乎是小说一统的天下,即"诗歌中国"已被"小说中国"所取代。这是文学生态发展的失衡和倾斜,令人匪夷所思。于是,人们谈论中国文学(包括海外华文文学),首先说到的是小说,似乎诗歌已无关紧要,评论界和学术界皆然。面对此种窘境,令人无所适从又深感无奈。

诗歌必须自救。直面人生,直面惨淡的诗歌,正视现实。真正的诗人唯有坦然面对,才能笑傲文学江湖。俗语道:风水轮流转。世间一切事物都在无形中轮回流转。信则然。除了文学(诗歌)内部规律运行使然外,诗人自身寻求的方向至为关键。尽管从个人发展道路来说,写作可以走向宽广、多元,风格可以多样,但总要有一个目标。而这,恰恰是写作者自身取得独立的生命之根本。

可以说，用"空前繁荣"来形容国内当下诗歌现状并非过誉。的确，从数量上说，从来没有过这么多诗人（据不完全统计，网上网下，新诗旧诗，即写诗者起码二三百万之众），这么多诗刊（官方、民刊的诗歌报刊不计其数，不断出笼，连同诗歌网站，可能要编成一本厚厚的花名册），这么多诗集（每年国内出版的诗集起码达数千种），如此景象着实令人眼花缭乱，目不暇接。认真说来，这可能是一种表象，但不可否定的是，从整体数量乃至质量而言，这是以往任何时代都无法比拟的。然而，汉语诗歌要真正走向世界，跟世界优秀诗歌相较量，尚须时日。如何突显汉语诗歌中的世界性因素，或者说，如何驱使走向世界的汉语诗歌彰显自身特色并引领世界诗歌潮流？这是摆在当代汉语诗人面前的严峻课题，任重而道远。

在特定的时代语境和文化境遇中，当代汉语诗歌应怎样从困窘和艰难起飞中寻求突围，最大可能地摆脱功利的诱惑和客观条件的制约，既回到诗歌自身的真实位置，又让诗歌与诗人以及与世界发生的联系更为直接和本真，让诗意的空间从狭小走向广阔，走向更加理想境界的新天地？这常常激发那些真正热爱和关心诗歌事业的读者和作者的思考，并引发情感的共鸣。情动，不如自觉触动；心动，不如立即行动。不久前，由著名诗评家谭五昌与诗人韩庆成联手策划，由中国诗歌流派网和国际汉语诗歌协会主办的"21世纪中国现代诗群流派评选暨作品大展"活动正式公告之际，诚邀笔者担任评委，这个活动不仅非常必要和及时，而且意义相当深远。果然不出所料，当这一消息不胫而走，立即引起诗歌界的热烈反响，以及批评界和学术界专业人士的充分肯定，普遍认为"21世纪现代诗群大展"覆盖面广、专业性强、层次高，如同掀涌起当今时代的诗歌文化主潮，为拓宽诗歌艺术视野、交流诗歌成果提供了一个很好的平台，各界人士无不期待着大展能如期顺利举行。因为，诗作为诗人建构内心生活的符号，是打通与外部世界交流的渠道。而在诗的背后，都竖立着一个大写的人，都闪烁着最纯正最优美的汉语，那是诗人共同的精神家园。每一个诗人、每一个诗歌群体,都在反映特定时代的生活和情感,传达着一个时代的精神记忆,记录着汉语诗歌大家庭形成的话语谱系……

二

这是一个具有重要文学史意义的诗歌策划活动。说起来容易,做起来就难了。泱泱诗歌大国,到底需要什么样的策展人?作为诗歌策展人,从一开始就不得不面对中国诗歌界特殊而复杂的现实。当代诗歌的运行系统机制的缺乏,使得他们的劳动范围远远超出了大展本身,尤其是对主要策展人而言,从作品遴选、诗学架构、评选机构、大展策略,乃至寻找合作对象、诗歌编辑、媒体呼应和运作程序、展后效应等都得加以全盘考虑、精心设计。或许,从诗人的角度看,策展人大权在握,炙手可热;但从策展人的角度看,想要通过大展的方式实现自己的学术构想,既要让所有相关参与者满意,又要面对可能的突发情况。其中的酸甜苦辣,唯有策展人自己知道。诚然,诗歌大展毕竟与书斋研究有别,必须是一个多方参与及构建的结果。把这种无法带来任何功利的诗歌大展搞好,并在其中坚持审美标准的独立性,并非易事。可见,能够胜任如此大规模的诗歌展,策展人的门槛是相当高的,不仅需要学养、需要眼光、需要勇气,更需要诗性智慧,还得亲力亲为,乃至具备丰富的经验和资源。

的确,对于"21世纪中国现代诗群流派作品大展"如此大手笔大规模的诗歌行动,要达到有序而有效的推广,策展人的身份、知识结构以及在诗坛的知名度和影响力都是不可或缺的。唯其如此,才能保证对当代诗歌艺术的不同看法和理解获得充分的呈现。确切地说,当代诗歌的不同群体流派的展示,本身有助于我们更深入地感知和理解当代诗歌,甚至有可能为其发展起到推动性的"杠杆"效应。然而,这并不代表谁都可以成为诗歌策展人。究其源在于,策展人需要对当代诗歌艺术整体状态或者其某个局部、某个问题具有敏锐的判断力、深入的研究以及创意性的展呈。尽管时下各种各样的策展人大有人在，例如图书策展人、书画艺术策展人等，但诗歌策展人似乎比较另类，且与市场无关。就诗歌而言，恰恰需要的是专业策展人。从这个意义上说，举办"21世纪现代诗群大展"不是任何人都可以担当的。环顾当代汉语诗坛，诗神缪斯只能将此重任委以特别专业人士。而这，似乎非谭五昌莫属。首先，他对诗歌的巨大热情和投入是有目共睹的，譬如在纷繁的诗歌排行榜中，谭五昌能把中国诗人完整地放在一个时间轴线上，为读者和研究者提供具有代表性的样本；其次，他供职于著名高校及专业研究机构，是一个地道的诗歌专业人士；再者，作为中国最高学府之一的文学博士，谭五昌广博深厚的学养和丰沛的激情是其最重要的优势；另者，他在当代诗歌界广结善缘且十分活跃，是一个富有能量的诗歌活动家。当然，作为诗歌在场者，他本身就是一位诗人。在当代诗歌对其他领域的介入日益增广的今天，专业（学者、诗人、活动家）策展人所策划的诗歌大展往往带有研究性，并将产生持续性的长远影响，而被载入诗歌史中。

在百年新诗相互衔接的生态链上，当下诗歌是大冷大热，还是愈演愈热？这无疑是值得我们关注的问题。近年来，各种各样的诗歌活动，如诗歌年选、诗歌大赛、诗歌笔会、诗歌朗诵会、诗歌研讨会等大小事件屡见不鲜，这是诗歌艺术在文化走向多元化的今天呈现出的前所未有的繁荣景象和强劲势头，抑或是诗歌圈子里的自乐自娱、自演自闹？令人莫衷一是。但无论情况倾向于哪一端，都表明诗歌在人们的日常生活视野里并没有消失，而是多种声音交织混合在一块，甚或为读者带来某种审美期待。对此，我们不妨把诗歌大展看作是当代中国诗歌作品获得读者和社会认可的一种最基本的形式或集束性展示，并与当代汉语诗歌融为一体。进一步说，在新的时代背景下，举办诗歌大展不仅成为诗人们展示自己的理想途径,而且构成为一种耐人寻味的诗歌文化现象。

三

任何一种文学文化现象的生成,必然有其因缘际遇。在"江山代有才人出"的中国,哪怕只能"各领风骚三五天",面对如此严峻的生存境况或现实境遇,勇于对诗歌肩负起精神担当者,都尤为难能可贵。于是,被认定为2014年度华人文化界最为重要、最具影响力的诗歌事件——21世纪现代诗群大展,终于应运而生了。据中国诗歌流派网统计,当时共收到120多家诗群流派自荐参展,另几家发起、举办单位共收到近百家诗群流派参展意向。大展初选组从近200家参展群组中,甄选出符合要求的115家诗群流派进入复选,与评委直接推荐的20多家诗群流派一起,提交评委会评议投票定夺。最终评选出四个层级共72家入展诗群流派,它们共同构成为现代汉语诗歌的文化地形图——

21世纪中国12家重要现代诗群流派:昆仑诗群、江南诗群、创世纪诗社(中国台湾)、大凉山彝族汉语现代诗群、地方主义诗群、新归来者诗群、第三条道路、我们散文诗群、《女子诗报》诗群、东北诗群、军旅诗群、海拔诗群。

21世纪中国12家影响力现代诗群流派:打工诗群、下半身诗群、新疆诗群、汉诗群、陇东诗群、小凉山诗群、大河诗群、长治诗群、新江西诗派、丑石诗群、卡丘主义、滴撒诗歌。

21世纪中国12家新活力现代诗群流派:不解诗歌、海外新移民诗群、新死亡诗派、新楚骚诗派、完整性写作、干预诗歌、遵义诗群、感动写作、大风诗群、垃圾派、玄鸟诗社、青海深观诗群。

21世纪中国36家入围现代诗群流派:泛叙实诗派、宋庄诗人、关东诗群、湖南好诗主义、西海固诗歌群落、中山诗群、新扬州诗派、反克诗群、现代禅诗研究会、诗现场、自行车诗群、拉萨诗群、吉林诗聚、百科全书诗派、漆诗歌沙龙、五点半诗群、此在主义诗派、红山诗社、审视诗群、舟山群岛诗群、零度诗社、无界诗歌、后语言主义诗群、西北大学我们诗歌社团、刀锋诗群、抵达诗群、广西麻雀诗群、局部主义、莫家村诗群、诗歌培训班、美诗中国联盟、石竹花女子诗社、相思湖诗群、原野诗群、桃源新诗群、民生诗歌。

引人注目的是，自2014年5月起至2015年初，《星星》《诗潮》《诗林》这三家重要诗刊分别辟出专栏或推出专号，陆续隆重地推介"21世纪中国12家重要现代诗群流派作品大展""21世纪中国12家影响力现代诗群流派作品大展""21世纪中国12家新活力现代诗群流派作品大展"。《文学报》《语文报》《楚天都市报》《西海都市报》《贵州民族报》《华语诗刊》6家报纸分别辟出专栏与专版，连续推出"21世纪中国36家入围现代诗群流派作品大展"及相关评论。"三刊"与"六报"之间形成联动呼应及互动态势。

置身于物欲横流、道德沦丧的"扁平"时代，这些年来，神圣的诗歌就像一个落魄的下岗者一样，一旦被提及，人们总是忧心忡忡，甚或充满悲悯。诗歌乏人问津，真的会死掉吗？诗歌没有市场，能够存活吗？这似乎成为众所周知且颇为敏感的社会问题。其实这种担忧是多余的，多年过去了，在诗歌被边缘化这一公认的处境下，还有这么多的诗人、诗群、流派、团体不断加入到诗歌创作队伍中来，这是令人值得庆幸和欣慰的。"21世纪现代诗群流派大展"便是最佳的印证，最有力的事实。作为一个诗歌写作者和研究者，这恰恰是笔者真正感兴趣的问题，自然也因为自己身处其中而深深体会到诗歌的特殊魅力。尽管这是一种难以向世人解释，甚至无法被世俗理解的"复杂性"魅力，但它们构成的场域，或可称之为"诗歌的气场"。这个诗歌场跟世俗中斤斤计较的所谓市场没有什么关系，也非是时下流行的扎堆写作，更非是一种相互哄抬或应景制作的场所。从某种程度上说，诗歌场就是一种精神气场、生命气场、诗意气场，足以引领和提升生活品质，且散发着高贵而独特的气息。可以断言,"21世纪现代诗群流派大展"本身就如同一个流动的、鲜活的、庞大的诗歌场。在充满功利而浮躁的这个时代,任何一个钟情于诗歌的写作者,只要进入并从中感受到诗歌的气场和脉动,就是幸运的,更是有福的。

四

作为一个诗歌现场观察者,看得出,"21世纪现代诗群流派大展"是继著名诗人徐敬亚策划的"中国诗坛1986现代诗群体大展"之后,中国现代诗歌群落的再度集体亮相。如果说徐敬亚策划的大展是完成了新诗潮后中国现代诗的首次较大规模集结性展示;那么,时隔28年之后,由谭五昌、韩庆成联手策划的2014诗歌大展,乃是各种声音的交流、碰撞和互动,是对当代诗歌力量的全面整合、推动和拓展。而且,"21世纪现代诗群流派大展"出现在网络化、高科技横行的时代,诗歌随时都有可能进入时刻在线的传播空间。或许,这是"八六大展"的徐敬亚们所不敢想象的。总之,就个体方面而言,"21世纪现代诗群流派大展"应是再现了诗人的自我拯救;就整体上来说,应是再现了诗歌的大国气象。令人在惊叹之余,仿佛看到了21世纪现代汉语诗歌在整装待发中的重新崛起与奋力前行。

那么,对于这长达近30年的先后两次现代诗群大展,应如何给予客观、公正的诗学评价,无疑的已构成为当代诗歌史的重要话题。诗人韩庆成在《中国诗歌印象·二〇一四》一文中,有过颇为精当的对照和分析。在他看来,现在评价"21世纪大展"的贡献可能为时尚早,但循着"八六大展"的历史轨迹,我们可以窥见它们的相似和不同之处。粗略地说,它们的共同点都是在为因先锋性而备受争议的现代诗派正名,"八六大展"正名的主体后来成为"第三代"的中坚;"21世纪大展"正名的下半身、垃圾派等,其在诗坛受到的非议比之当年朦胧诗和"第三代"更有过之而无不及。另一个共同点是，两次大展都向诗坛推出了大量新人。"八六大展"在两家报纸上展出了64个诗群，"21世纪大展"在"三刊""六报"上展出了72个诗群。这些诗群，大都以新人为主体。不同之处是，"八六大展"出现在新诗潮早期，传统报刊主宰诗坛，诗歌传播尚处在"农耕社会"阶段；"21世纪大展"出现在网络突飞猛进的时代，新媒体诗歌风起云涌渐成传播主体，诗歌已进入时刻在线的"信息社会"。难怪乎"八六大展"策展人徐敬亚禁不住感叹："令我吃惊的是，当下可能是中国诗歌流派最多的年代——截止2014年1月26日，仅在中国诗歌流派网中注册的流派群组已达到510个（而当年声势浩大的1986'深圳诗歌大展只展出了64个流派）……这些在诗歌'QQ群'里呼风唤雨的年轻人，以'秘密抽屉'的方式进行着一个人的战争，以昼伏夜出的潜伏方式操练着个人化的诗。他们大概不会奢望自己是为了文学史或诗歌史而写作，他们只是以写作的方式把自己从那架越来越加速的机器中偶尔抢救出来。"

诗歌的事业是寂寞的。然而，在当下，在商业化盛行的今天，诗歌仍旧以纯粹的面貌热烈地生长，多数诗人依然怀揣赤子般的天真在写作。一大批年轻诗人，在大地上自在地生活，他们写作、聚会、朗诵、交流、办网站、建博客、出诗集，乃至探讨切磋，其核心话题就是诗歌。他们都置身于具体的生活中，或被裹挟，或被塑造，却始终保持着边缘和独立的姿态。他们既不蔑视现实，也不轻易向现实缴械，依然保持一颗平常心，悄悄地守护诗歌应有的文化自尊。着实令人感动。因此，就中国新诗的整体水平而言，新近30年总体上所达到的高度应该是值得肯定的，只不过需要更有眼光或更深入的诗学研究。遗憾的是，这方面的投入似乎乏善可陈，读者的阅读和欣赏往往建立在一些短视而又急功近利的劣质选本上，多数的好诗尚未能引起人们足够的关注和留意。基于这样的思考，谭五昌以全身心的努力，团结所有能够团结的力量，一边率先编选诗歌排行榜，主编诗刊；一边把诗歌搬上讲台，或在交流中不断调整诗歌批评鉴赏的视角。非常难得的是，在他的发起和倡导下，经过精心策划推出的"21世纪大展"，真正地做到坚守与自信，鉴别与扬弃，交流与互鉴，补充与拓展。这是一种责任和担当——旨在推进现代汉语诗歌的繁荣，提升读者的诗歌艺术审美水准。所有这些，对于多元共生、众声喧哗的当代诗坛，与其说是做出了一番新的贡献，毋宁说是完成了一种新的使命。因为新世纪诗歌大展的成功举办，本身就像完成了一首大诗，本身就像进行了一次诗歌精神的大穿越。

五.

纵观中外古今的诗歌发展流程，尤其是现代诗，许多大诗人皆是开宗立派的代表和主将，或者说，他们往往得益于建立自己的诗歌艺术流派和主张。因为诗歌的相异性大，有许多空间可以拓展，是故流派也多。西方现代派诗歌的浪漫派、象征派、唯美派、玄学派、七星诗社、帕尔纳斯派、印象派、意象派、新浪漫派、隐逸派、未来主义、表现主义、超现实主义、二十七年一代、自白派、芝加歌诗派、垮掉的一代、大声疾呼派、悄声细语派、五青年派等，中国现代新诗的新青年诗派、小诗派、湖畔诗社、新月派、普罗诗派、象征派、现代派、七月诗派、九叶诗派、朦胧诗派、非非主义等，时下的各种民间性流派"组织"更是纷纷出笼。于是，"21世纪中国现代诗群流派评选暨作品大展"从计划的运作到成功的推广，恐怕是历史所然吧。依愚浅见，这是好事，是当代汉语诗坛的一大盛事，甚至可以看作是当代诗歌从"熊市"开始转向"牛市"的前奏曲。尽管当代汉语诗坛流向各异，流派纷呈，然而基本现状和格局均不乏投影，可谓多元经营、多边实验、多方选择、多种探索，多姿多彩。无论是来自学院的、地方性的声音，还是来自底层的、民间性的声音，抑或是女性的、个人化的以及网络的声音，如此多种声音的汇合而催生的一群群诗人,流散于各个角落——他们通过诗歌,自觉去探寻人类共同关心的话题。自我情怀有之,忧患意识有之,自然生态有之,更不乏乡情、恋情、风情及怀旧忆往之作。诗人们在寻求生活的同时,也在寻求生命中最温暖的部分。引人注目的或许是那些来自"80后""90后",乃至"00后"年轻诗人发出的声音,尽管有喧嚣的杂响、稚嫩的声调,但应该承认这是诗坛的一股新势力。值得称道的是,在高度商业化的语境中,诗人不为欲望的庸常的现实所淹没,在自我与世界之间,通过诗歌获得心灵自由和灵魂出口的最佳途径,或探索自我深层世界,或认知人的自身价值,或对人与物有着新的发现,让梦想照亮生活,并穿越现实的屏障,在通向未来之路上,自觉地拓展出一片片人性的沃土,在总体上表现出一种更具实质内容的诗歌的精神担当和诗艺建构。

在一个加速转型的年代,在全媒体时代,生活在发生巨大变革的同时,也充满着挑战,需要当代的缪斯、汉语诗人跳动着现代人的现代意识,需要不断调整诗歌美学的价值观念。因为单调或单一的频率不属于今日诗坛。"21世纪现代诗群流派大展"的集束性展示,已定格为一个特定时代的诗歌文化记忆和精神记录,并为当代诗歌史提供了一幅珍贵的诗歌文化生态图景,对研究当代新诗,特别是21世纪以来的诗歌艺术流程具有重要的参考价值。于是,从诗歌大展所引发的思考和获得的启示中,笔者尤为尊重那些执着的攀援者,以其默默探索的耕耘,昭示着一个节季的存在,并为之开辟出一片自由展示的空间。诗歌评论家谭五昌便是如此。以这样的生命姿态和精神担当去守护和开拓我们的精神家园,难道不是一种高层次审美和文明的象征?不是在开放而流动的美的精神世界,展现出新世纪中国新诗的独特魅力和价值所在吗?

本文原刊于《当代作家评论》2016年第2期

从时间的方向看
——论"第三代"诗歌的时间诗学

杨汤琛

时间始终是人无法逃匿的存在,也是抵达人类真相的根本途径,博尔赫斯曾言:"假若我们知道什么是时间的话,那么我相信,我们就会知道我们自己,因为我们是由时间做成的。造成我们的物质就是时间。"[1]时间造就我们,同样也造就诗歌,"时间和律度可以说是诗中最基本的成分"。[2]作为诗歌最隐秘又最坚实的部分,时间是个体生命与外在世界不同关系的隐秘表露,是诗歌变形的根本性力量之一,它会从根部影响乃至颠覆诗歌的意识形态与外部形式;因此,如果从时间的方向看,或许能更清晰地看见诗歌嬗变的内在动力,能在诗歌与时间的关联语境中,揭示诗歌的本质特性及其深层结构。"第三代"诗歌作为对朦胧诗的一个反动,它在诗歌史的研究中,多

---

[1] 〔阿根廷〕博尔赫斯:《作家们的作家·前言》,昆明,云南人民出版社,1995。

[2] 陈世骧:《中国文学的抒情传统》,第257页,北京,生活·读书·新知三联书店,2015。

以一种断裂的面目存在，这种断裂，固然有着语言的、修辞的全面反动，然而，如陈超所警惕："仅从修辞效果和诗的结构上把握第三代诗是很危险的……所以我想要考察第三代诗文本的固有意义，一个理论基点或前提是这些诗人的生命方式以及支配着这种方式对生存实在的理解。"[①]显然，于更深层面，我们应该将"第三代"诗人的断裂性书写归因于生命方式与生存实在的根本性转变，而这一转变却离不开"造就我们"（博尔赫斯言）的时间，我更愿意指出，是作为生命存在方式的时间体验模式的转变促使了"第三代"诗歌的内在转向，正是从"第三代"诗人始，线性的现代时间体验兀然陷落，诗人击破了历史时间的幻象，回到了个体存在的时间之流，开启了中国新诗新一轮的时间体验模式，发展出异质的时间诗学，并由内而外地改变了诗歌的固有形态；从这个意义而言，从时间的维度来谈论"第三代"诗歌，或者更能清晰地把握其诗作的部分真相。

一、失去了"未来"的此时此刻

要判断一代诗歌的基本形态，寻找常用词是抵达真相的捷径之一，波德莱尔指出："要看透一个诗人的灵魂，就必须在他的作品中搜寻那些最常出现的词。这样的词会透露出是什么让他心驰神往。"[②]在"第三代"诗人之前的共和国新诗中，我们可以轻而易举地指认其常用词是"未来"，不管是胡风的《时间开始了》，还是朦胧诗的发轫之作《相信未来》，抑或具有宣言性质的《回答》，"未来"是共和国诗作中不断闪耀并具有终极意义的词语，它让几代诗人对之心驰神往。诗人站在岁月的废墟里瞭望未来，拭亮了理想的锈迹，由此奠定了对于时间的领悟：

[①] 陈超：《打开诗的漂流瓶》，第276页，石家庄，河北教育出版社，2014。
[②] 转引自〔德〕胡戈·弗里德里希《现代诗歌的结构》，第31页，南京，译林出版社，2010。

>   朋友，坚定地相信未来吧／相信不屈不挠的努力／相信战胜死亡的年轻／相信未来，热爱生命（食指《相信未来》）
>
>   新的转机和闪闪的星斗／正在缀满没有遮拦的天空／那是五千年的象形文字／那是未来人们凝视的眼睛（北岛《回答》）
>
>   一切的现在都孕育着未来／未来的一切都生长于它的昨天（舒婷《这也是一切》）

可以说，对未来的吟咏与信任使得诗人们即使面对冰天雪地、枯藤落叶，也坚信时间的巨轮必然会推翻这颓废的一切，经历长途跋涉与艰难岁月之后，人们面前将出现一个闪闪发光的新世界；食指、北岛们于伤悼、不满、愤激之后，更有着对于未来时间的坚信与憧憬，他们于灰色、冰冷的当下悬置了一个温暖、美好的未来，如同来自另一个星球的光线，未来以恒久的方式安慰当下的人们，诗歌由此成为遥远未来的一个现实回声。显然，共和国第一代、第二代诗人对于时间始终抱有一种先在的乐观主义精神，这种相信未来，对未来进行美化想象的思维模式，离不开现代性装置的普遍笼罩，汪晖指出"现代性概念首先是一种时间意识，或者说是一种直线向前、不可重复的历史时间意识，一种与循环的、轮回的或者神话式的时间认识框架完全相反的历史观"。[1]对于经过进化论洗礼的中国诗人而言，时间始终是连续的、进化的，是通往最优未来的一个连续体，如柯林伍德说所言"进化论这时就可以用来作为包括历史的进步和自然的进步两者都在内的一个普遍的术语了"。[2]

---

[1] 汪晖：《汪晖自选集》，第2页，南宁，广西师范大学出版社，1997。
[2]〔英〕柯林伍德：《历史的观念》，第177页，何兆武译，北京，商务印书馆，1997。

而到了"第三代"诗人这里,这种连续向前的时间体验突然陷落了,它的表征便是片段经验的大量浮现,"未来"以及跟未来相关的词语销声匿迹;在"第三代"诗歌这里,"未来"仿佛是一个"失去"的时间符号,一个故意被遗忘的时间语汇,与之相反的是,诗作中出现了大量片段性的时间点,"七点整""九点半""十点钟""这时""此刻"等成为频繁出现的时间标记,似乎诗人停留在了单个原子状的时间点上,失去了与未来的联系。这种斩断时间联系的漂浮性书写或许可以从韩东的表达中寻找其秘密:"我们是在完全无依靠的情况下面对诗歌和世界的,虽然在我们的身上投射着各种各样观念的光辉。但是我们不想、也不可能用这些观念去代替我们和世界(包括诗歌)的关系。"[1]显然,观念的光辉与时间连续体内部的允诺有关,而韩东们正有意识地从连续性的时间迷狂中清醒过来,或者说,集体抛弃了"未来"允诺的他们不再迷恋未来乌托邦的观念光辉,而是将自我抛入这世界,以一种无依无靠的方式领悟生命中的此时此刻:

> 早晨六点,是海湾最宁静的时刻/我从大海迷路,并坚持/和立在沙滩上的鲸鱼们呆在一起(韩东《和鲸鱼们在一起的日子》)
>
> 又一次,在五点钟/灯还未亮的时候/我登上山冈,守望黎明/像多年以前,在母亲的子宫里/等着那只手,把我引领(于坚《守望黎明》)

作为经验体的单个的时间点成为诗歌中充满包孕性的一刻,诗人将这一刻膨胀,镌刻其情绪、领悟其秘密,以高密度的方式获取

---

[1] 转引自洪子诚:《中国当代新诗史》,第263页,北京,北京大学出版社,2010。

对自我存在的体认，也是在这一刻，时间与"我"融为一体，有如于坚诗中的"我"感受到了母亲子宫的引领，诗人逃离了未来指向下空洞的主体构造，而走向与个体血肉相连的此时此刻。可以说，从强调此刻始，"第三代"诗人普遍告别了线性时间而进入了存在历史主义的经验之流，如弗雷德里克·詹姆森所概括的"在历史主义并不涉及线状的、进化论的、或本原的历史，而是标明超越历史事件的经验"。①

对此刻的注视扩充了时间点的内部意蕴，也有效改造了诗人的抒情姿态，"第三代"诗人们的身姿普遍从眺望转为凝视，从呼唤未来转为倾听现在，从抽象抒情转为具体描述，从线性的追索走向片刻的眷恋。如果说眺望未来的姿态是高蹈的、非现时的，那么凝视此刻的姿态是在地的，是主体与客体、个人时间与客观时间的合二为一，也是存在主义哲学层面的物我的再度融入，它类似陈东东的"只能是我"所拥有的此刻体验：

此刻／此刻假如有一只大鸟／火红的大鸟假如这时候撞进了车窗／只能是我　我会喊出它的名字（陈东东《一江渔火》）

这是"我"与"此时"此物的彼此铭刻与发现，它存在于诗人突破线性时间之流回至个人时间的某一刻，正是这一刻的凝视让诗人越过常人的习焉不察，喊出"它的名字"；对时间点的关注不仅让诗人目光聚焦，发现"只能是我"才能拥有和融入之物，而且头颅开始变低并贴近大地万物进行倾听；当伫立于静夜某一刻的韩东面对一个被庸常所遮蔽的日常之物——"杯子"，他以倾听的方式领会

---

① 〔美〕弗雷德里克·詹姆森：《马克思主义与历史主义》，张京媛主编：《新历史主义与文学批评》，第27页，北京，北京大学出版社，1997。

了"这时"杯子所发生的具体声音及其包孕性意义：

> 这时，我听见杯子／一连串美妙的声音／单调而独立／最清醒的时刻／强大或微弱／城市，在它光明的核心／需要这样一些光芒／安放在桌上／需要一些投影／医好他们的创伤／水的波动，烟的飘散／他们习惯于夜晚的姿势／清新可爱、依然／是他们的本钱／依然有百分之一的希望／使他们度过纯洁的一生／真正的黑暗在远方吼叫／可杯子依然响起／清脆、激越／被握在手中。（韩东《我听见杯子》）

这是个体深陷于其中的"这时"，一个远离了嘈杂外部而专注于倾听的时刻，倾听将"此在从这种充耳不闻其自身的迷失状态中带回来"，"去听常人之际而充耳不闻自身的它自己"。[①]于存在主义式的听与被听中，杯子从日常性的迷失中浮现，成为自身，并与诗人的本心相融，成为诗人潜入自我与世界的共鸣之物；与此同时，这也是一个具体的时刻，具象的杯子、杯子发出的物质性的声音，它们的形而下刺破了食指、北岛等诗作中的抽象抒情（在展望未来的奋笔疾书下，闪亮于朦胧诗中的星辰、太阳、鸽子等形象，多是失去日常细节与具象体验的象征性符号，它们共同构成了朦胧诗空洞而抽象的抒情体），及物性的描写成为对抽象抒情的一种反动，杯子作为诗人触手可及的日常之物，是一个具体而被剥落了象征意蕴的存在之物，它此刻的存在与诗人息息相关并内在于诗人生活，诗人对于它的抒情始终回旋于杯子这一具象而饱满的形态之内。

驻足于单个时间点上的诗人，仿佛漂泊于碎裂的冰块之上，时

[①]〔德〕海德格尔：《存在与时间》，第311页，陈嘉映译，北京，生活·读书·新知三联书店，2015。

间链条在此失去了关联,诗人无暇眺望而沉溺为片刻的拥有者,其诗歌的外在症候便是因未来的陷落而回到日常,因时间链的切断而回到当下,诗歌与肉身由此血脉相连。"第三代"诗歌的这种抛弃未来、聚焦于此刻的时间诗学赋予抒情以坚实的重量与具体的形式,不仅避免了共和国新诗那种普遍空洞而不及物的抒情陷阱,而且深度恢复了我们对于诗歌的感受,形成了一种既坚固又开放的诗歌文本。

二、消解与重构中的历史

抛弃"未来"的"第三代"诗人斩断了连续性的时间链条而专注于当下,这自然有着反意识形态的考量,但与此同时,当下并不是崭新的、空洞的当下,历史始终以一种还魂的方式必然地存在于当下之中,本雅明指出"历史是结构的主体,它不是同类的、空洞的时间,而是充满了现在的时间……对于罗伯斯皮尔来说,古代罗马是充满现在的过去,是在历史的连续性中毁灭了现在的时间"。[①]同样,我们可以转而言之,当下不是同类的、空洞的时间,而是充满了历史的时间,历史与现实的无尽纠葛,使得历史成为"第三代"诗人无法背面不顾的对象,在如何处置历史与表述历史方面,"第三代"诗人发展了新的书写方向。

20世纪80年代中后期,对历史的开掘与表述成为诗歌书写的热点,诸多诗人开始从历史寻根的角度来锤炼诗句,杨炼、江河式利用历史来抒发民族情绪、追溯文化辉煌的寻根书写成为一时潮流,一哄而上的历史书写固然契合了甚嚣尘上的文化热,却始终存在拘泥于历史表象、局限于文化阐释的缺陷,"它们仿佛是一篇篇还未理清思路的关于文化思考的论文,粘稠、臃肿、浑浊,在言说中难以

[①] 〔德〕瓦尔特·本雅明:《历史哲学的论题》,转引自张京媛主编:《新历史主义与文学批评》,第36页,北京,北京大学出版社,1997。

回避尴尬的自我遮蔽"。①与此相比,"第三代"诗人的历史书写俨然是对杨炼所引导的寻根写作及其附和者的一个有效的反对。在杨炼等寻根诗人那里,"历史是他们的宏大叙事所赖以凭借的载体和价值依附的神性本体。"②正像杨炼笔下的大雁塔,有关它的宏大抒情凝聚了有关历史文化的多重意蕴:

我被固定在这里／已经千年／在中国／古老的都城／我像一个人那样站立着／粗壮的肩膀,昂起的头颅／面对无边无际的金黄色土地／我被固定在这里／山峰似的一动不动／墓碑似的一动不动／记寻下民族的痛苦和生命(杨炼《大雁塔》)

作为历史的见证、文明的象征,大雁塔的境遇宛然中华民族的命运,其中镌刻着历史的荣耀与苦难,杨炼以大雁塔为基点遨游于千年历史长河,展现历史与现实、理想与衰落之间的对峙、挣扎。而韩东稍后所作的《有关大雁塔》似乎故意对杨炼的《大雁塔》进行了反讽式狙击,不仅缩短了杨炼的长篇巨幅,而且以反历史叙事的姿态消解了附着于大雁塔之上的历史隐喻,在诗的前两行与最后几行,作者以循环的书写方式昭示大雁塔之于人类的历史虚无性:

有关大雁塔／我们又能知道些什么……有关大雁塔／我们又能知道些什么／我们爬上去／看看四周的风景／然后再下来

从头至尾,韩东都在强调"我们又能知道些什么",在此,大雁

---

① 张清华:《论第三代诗歌的新历史主义意识》,《诗探索》1998年第2期。
② 张清华:《论第三代诗歌的新历史主义意识》,《诗探索》1998年第2期。

塔被还原为一座实存的物质之风景，仿佛漂浮于时间之上的表层之物，处于它背后的深层的历史结构被"又能知道些什么"轻轻拆除掉，作者从沉重的历史文化体系中逃逸而出；显然，就书写策略而言，意在挣脱观念世界的韩东着意于规避历史想象由此规避控制历史想象的意识形态，毕竟，历史终归是被书写所想象的历史，"我们需要考虑到我们同过去交往时必须要穿过想象界、穿过想象界的意识形态，我们对过去的了解总是要受制于某些深层的历史归类系统的符码和主题，受制于历史想象力和政治潜意识"。[①]或许，正是缘于对意识形态控制的极端敏感与本能反抗，韩东干脆让大雁塔成为失去了历史想象的物体，诗人以空无一傍的方式来重新发现大雁塔，书写有关大雁塔的当代叙事：

有很多人从远方赶来／为了爬上去／做一次英雄／也有的还来做第二次／或者更多／那些不得意的人们／那些发福的人们／统统爬上去／做一做英雄／然后下来／走进这条大街／转眼不见了／也有有种的往下跳／在台阶上开一朵红花／那就真的成了英雄／当代英雄

诗歌中被剥除了传统历史文化幻象的大雁塔化身为当代人无聊的行动对象，那些不得意的、发福的、转眼不见的人们，以其无聊、庸常、无意义的行动解构了历史叙事下被结构的大雁塔，正统的、被赋予宏大意义的大雁塔就此分崩离析。

如果说，在韩东那里，历史以消解的方式退场，历史之物凸显为去历史化的世俗之物，那么，在柏桦、李亚伟等"第三代"诗人那里，历史成为洞穿现在与过去的碎片，他们在其中编织、舞蹈，

---

① 〔美〕弗雷德里克·詹姆森：《马克思主义与历史主义》，张京媛主编：《新历史主义与文学批评》，第21页，北京，北京大学出版社，1997。

狂欢嬉戏于历史之中。柏桦的《在清朝》可视为一篇主动靠近正史却又从内部进行重新编织的互文性书写，诗人自言此诗是受费正清的《美国与中国》一书的激发而完成的，不过，诗人并非要将诗歌做成学术著作的一个浪漫笺注，而是发生了创造性叛逆，更趋向于克里斯蒂娃所言的变形的互文性，"互文性的引文从来就不是单纯的或直接的，而总是按某种方式加以改造、扭曲、错位、浓缩或编辑，以适合讲话主体的价值系统"。①于是，在柏桦优雅的编织下，有关清朝的正统叙述被放逐了，边缘性事物以主体的方式浮现出来：无事的牛羊、饮酒的诗人、遍地风筝、长指甲的官吏、古色古香的建筑等，这些破碎的、边缘化的意象被织为诗歌主体，以偏离、变形的方式指涉费正清所描述的清朝，成为清朝的另一幅魅惑面影。2007年，柏桦又抛出长诗《水绘仙侣——1642-1651：冒辟疆与董小宛》，以易代之际的冒辟疆与董小宛为题，醉心于两位历史人物的世俗生涯，着意刻画他们优游于茶、食之间的"养小"生活，柏桦这类偏离了经世济民、家国大事的稗史式书写，更侧重于宏大叙事下那道长长的生活阴影，它以反中心的方式，不经意地对固有的文化符码进行修正与削弱，其内在的价值或许可以援引海登·怀特对于新历史主义的批评来加以阐释：

  他们尤其表现出对历史记载中的零散插曲、佚闻佚事、偶然事件、异乎寻常的外来事物、卑微甚或简直是不可思议的情形等许多方面的特别的兴趣……因为它们对在自己出现时占统治地位的社会组织形式、政治支配和服从的结构，以及文化符码等的规则、规律和原则表现出逃避、超脱、抵触、破坏和对立。②

---

① 转引自程锡麟：《互文性理论概述》，《外国文学》1996年第1期。
② 〔美〕海登·怀特：《评新历史主义》，张京媛主编：《新历史主义与文学批评》，第106页，北京，北京大学出版社，1997。

当柏桦将历史落实为稗史，绕过沉重的大叙事走向轻逸的小叙事，这种种逃离与躲闪间自然有着对规则与结构的内在破坏与消解。

较之柏桦以偏离的方式所从事的稗史化书写，李亚伟的"稗史化"姿态更为猛烈，他不仅放弃正史叙事，而且直接抡起现代人的锤子，对历史进行随心所欲的锻造，依照个体趣味对历史进行解构与重新编码，历史及其历史人物变成共时的狂欢化的书写符号，在《苏东坡和他的朋友们》一诗中，李亚伟以陌生化的现代眼光对苏东坡等文人进行重新编码，固定的历史形象与价值涵指于笔下不断瓦解，直至苏东坡们变成现代人眼里不可通约的"古人"：

> 古人宽大的衣袖里／藏着纸、笔和他们的手／他们咳嗽／和七律一样整齐　他们鞠躬／有时著书立说，或者／在江上向后人推出排比句／他们随时都有打拱的可能　古人老是回忆更古的人／常常动手写历史／因为毛笔太软／而不能入木三分／他们就用衣袖捂着嘴笑自己　这些古人很少谈恋爱／娶个叫老婆的东西就行了／爱情从不发生三国鼎立的不幸事件／多数时候去看看山／看看遥远的天／坐一叶扁舟去看短暂人生……（李亚伟《苏东坡和他的朋友们》）

作者充分发挥了稗史的想象力，着重于从咳嗽、捂嘴偷笑、谈恋爱等想象性的日常生活入手，掏空了历史人物内在的沉重感、崇高性，饱含文化意蕴的历史人物被矮化为庸常、无聊的古人形象，降格的喜剧化书写让一切变的轻松而有趣。"第三代"诗人如此热衷于稗史化的书写方式，究其原因，姜涛认为："稗史的吸引力，或许也拜二十年来诗歌群体自动销息一边的文化位置所赐：稍息造就了边缘，边缘构成一种限制，但同时也构成了特定美学享乐主义、犬儒主义之前提：既然诗歌的想象力无法承担严肃的伦理责任，那么在见证、反讽、观察的位置上，想象力自然可以逸乐、自由为名，使一切轻逸化为风格，让历史在碎片中有趣，这已是当代诗歌美学正确性的一部分。"①

于不断拆解、重构、消解历史的狂欢化书写中，"第三代"诗人似乎对过去时间产生了绝对控制，并由此发散出自由奔放的想象力，然而这种放纵的历史书写由于过于轻逸，难免会堕入历史虚无主义的泥淖。

三、失去象征的时间符号

人神交汇的古典时代，人与自然、人与时间的关系趋于全面象征化，朝暮、旦夕、春夏秋冬，诸类出没于诗歌中的时间符号，天然隶属于固有的象征语义系统，成为不言自明的象征体；而随着现代工业文明联袂革命意识形态的强势进入，技术性的、意识形态的力量打碎了古典象征体系并重新缔造了具有普泛性的象征符号，清晨、黑夜、春天、冬天等时间符号在共和国新诗的抒情系统内成为意识形态的聚合体，被赋予了新的象征意义，顾城的《一代人》之所以人人传诵，离不开黑夜、光明等词语符号所聚集的强烈的象征性。"黑夜给了我黑色的眼睛，我却用它寻找光明"，黑夜这一时间符号的涵指显然隶属于笼罩性的革命话语象征体系内，"通过其记号的统一性和阴影部分，强行加予一种在被说出以前已被构成的言语形象"。②"黑夜"由此成为前在的意识形态结构、读者不约而同承

---

① 姜涛：《"历史想象力"如何可能：几部长诗阅读札记》，《文艺研究》2013年第4期。
② 〔法〕罗兰·巴尔特：《罗兰·巴尔特文集》，第14页，李幼蒸译，北京，中国人民大学出版社，2008。

认的象征性符号，并被赋予了强大的所指力量；与之类似，作为黑夜、冬天的反义词，春天、黎明等时间符号往往可与希望、美好、未来等名词相置换，它们频繁出现于新诗创作中并自动浮现为意义坐标，以致这类耳熟能详的时间符号往往堕落为贯彻意识形态的自动符号，成为对时间的一种陈腔滥调；不可讳言，新诗中的时间符号因密不透风的重重指涉正演变为被污染、被束缚的象征体。

矢志打破意识形态屏障的"第三代"诗人对重重遮蔽下的语言有着高度警惕，韩东喊出了"回到语言自身"的口号，四川的"非非"则试图通过感觉还原、意识还原、语言还原来逃避知识、思想与意义，这类针对语言污染而发生的激烈否定与罗兰·巴尔特的语言反思类似：

我已不再能够只在某种延续性中发展写作而不致逐渐变成他人语言和我自己语言的囚徒。一种来自一切先前写作以及甚至来自我自己写作历史的顽固的沉积，捂盖住了我的语词的当前声音。[①]

当语言沉积落实至时间符号并成为捂住诗人语言的那双巨手，"第三代"诗人不惜以驱赶乃至蚀空的方式来祛除时间符号内部的象征累积；他们首先摧毁了古典诗歌时间内部的情感象征体系，积淀于季节时间内的物是人非、感时伤逝的喻指被统统斩断了，春秋四季、黎明黑夜等时间标记脱落了披挂于自身之上的层层情感装饰，还原为诗歌内部空洞的语言标记，一如韩东书写的春天：

天气已不再寒冷／我可以读书到深夜／但苦于这里的寂静只是寂静／我听不见各种春天的事物／在夜间活动发出的声音／我有时候似乎睡着了／我的灵魂也要来到千里之外（韩东《春天之四》）

---

① 〔法〕罗兰·巴尔特：《罗兰·巴尔特文集》，第13页，李幼蒸译，北京，中国人民大学出版社，2008。

诗人消解了传统象征体系内的春天之所指，充满力量的春天在此变的无力，"我听不见各种春天的事物"，"春天"作为季节符号所表征的希望、欢快等情感装置因"听不见"而失效，它仿佛只是诗歌中一个作为外在标记的时间符号，诗人在其中"似乎睡着了"，并神游于与春天无关的世界。这首诗可以看成"第三代"诗人与时间关系的一个巨大的隐喻，即时间符号内部累积的历史、情感的意义在"第三代"诗人的写作中已被蚀空，时间符号的象征意义不再自动生成而转变为无意义的空洞符号。与韩东的春天相对照，柏桦的《春日》书写了一个春天的下午，同样，有关春天这一季节的象征性情感被有效祛除，"春日"成为一个具体而暂时的场景、诗中的一个仅呈现能指的标记，诗中展开的情节成为"春日"这一符号内部客观流动的画面：

你，一个眺望风景的人／正站立水中的小桥／继续你的眺望　远方，在古代的城门下／汽车运送着游客／勤奋的市民打扫着店铺　音乐在那儿／倒影的日落在那儿／旌旗、红墙、绿树在那儿（柏桦《春日》）

阅读上面的诗句，读者有关伤春、惜春等习惯性的情感期待难免落空，附着于春天之上的意义所指已然被诗人抽离，一系列事物与人，如勤奋的市民、游客、红墙、绿树，它们宛然罗兰·巴尔特笔下的语言自足体"诗中字词的迸发作用产生了一种绝对客体；自然变成一个由各垂直面组成的系列，客体陡然直立"，[1]绝对客体的凸显以消解惯常情感的方式重组，它们以"在"的姿态成为失去了指

---

[1] 〔法〕罗兰·巴尔特：《写作的零度》，第33页，李幼蒸译，北京，中国人民大学出版社，2008。

涉的春日的全部存在。

"第三代"诗歌不仅主动消除了附着于时间之上的情感象征，而且有意识地与革命象征语系下的意识形态相切割，毕竟，"第三代"诗人集体出场之时，社会生活的世俗化正在加速，意识形态无所不在的压力正变为需要挣脱的藩篱，面对日益分化的现实，"第三代"诗人所遭遇的时代经验与朦胧诗人不再相同，朦胧诗那种过多纠缠政治的时间体验模式不再富有吸引力，"第三代"诗人普遍采用一种祛魅的非意识形态的方式来书写有关时间的诗篇。以冬天的书写为例，在朦胧派诗人笔下，"冬天"作为一个季节符号，它从来不是自在自为的存在，而负载了情感的、意识形态的多重指涉，阅读北岛的《走向冬天》，我们不难发现，冬天在北岛笔下是一个意义高度归纳的象征性符号：

走向冬天／在江河冻结的地方／道路开始流动／乌鸦在河滩的鹅卵石上／孵化出一个个月亮／谁醒了，谁就会知道／梦将降临大地

冬天，几乎笼罩了全诗的基本抒情走向，与雪莱的"冬天来了"类似，它成为诗中潜指愚昧时代的一个象征符码，也隐含着对于时代希望的倔强寻找，批判与寻找相纠缠的意义语域下，乌鸦、月亮、梦作为超现实的诗意存在物，其指向始终不离冬天所带来的寒冷与希望，它们共同建构了一个内涵确定的意识形态的集合体，这种内在于意识形态的对时间符号的象征性运用在朦胧诗中已成惯例，因而，杨黎的《冷风景》所勾勒的那个漠然的、自为的冬天，仿佛一柄利刃，刺破了新时期以来意识形态对于时间的遮蔽。独立的时间符号从社会话语的网络里脱落下来，社会性时间还原为物性时间，冬天被杨黎还原为一个罗兰·巴尔特所言的记号，"一旦消除了固定的关系，字词就仅仅是一种垂直的投射，它像是一个块状整体、一

根柱石,整个地没入一种由意义、反射和意义剩余所构成的整体之中:存在的只是一个记号。"①其中出现的街道、扫地人、灯光,它们只属于事物本身,被放置在冬天这个时间范畴下,构成一幅客观图景:

> 这会儿是冬天/正在飘雪 雪虽然飘了一个晚上/但还是薄薄一层/这条街是不容易积雪的/天还未亮/就有人开始扫地/那声音很响/沙、沙、沙/接着有一两家打开门/灯光射了出来(杨黎《冷风景》)

这里没有伤时感逝的哀伤,没有"冬天到了,春天还会远吗"的希冀与豪情,这幅冬景图是客观、唯物的,是平凡的事件流中的一段,它不产生外在于自身的更高意义,它的存在正像法国新小说家罗伯·格里耶所言:"世界既不是有意义的,也不是荒诞的。它存在着,如此而已。"②冬天通过诗人返璞归真的勾勒返回到自身的透明中来。

当时间的象征性被祛除,时间从重重叠叠的情感的、意识形态的、历史的语境下浮现出来,成为自己,回到了自身,时间在"第三代"诗歌中变的轻松、透明,去象征化的时间在"第三代"诗歌中不再是一个特殊的负担沉重的象征符号,而成为卡西尔所说的一个永不停歇的事件之流的某一段,"即使时间,最初也不是被看作人类生活的一个特殊形式,而是被看作有机生命的一个一般条件。有机生命只是就其在时间中逐渐形成而言才存在着。它不是一个物而

---

① 〔法〕罗兰·巴尔特:《写作的零度》,第31页,李幼蒸译,北京,中国人民大学出版社,2008。
② 〔法〕阿兰·罗伯-格里耶:《未来小说之路》,《当代外国文学》1983年第1期。

是一个过程——一个永不停歇的持续的事件之流"。①

结　语

如果说中国古典诗词的时间诗学不离感时伤逝，是"昔我往矣，杨柳依依""感时花溅泪，恨别鸟惊心"；那么，随着新文化运动及现代工业文明的全面进驻，基于对进化论理念下现代时间的重新认知，无限趋于进步的线性时间理念成为中国新诗叙写的内在线索，并延续为共和国新诗的主流模式；而自"第三代"诗人始，现代性维度下的时间理念开始被颠覆，一种基于新的经验而发生的时间诗学成为"第三代"诗歌普遍的内在结构，对线性时间的摈弃、时间符号的空洞化、对历史的解构等，诸类有关碎片化的时间书写形成了"第三代"诗歌内部新的时间景观，并由内而外地改变了诗歌的意识形态、语言及其意象，造成了我们所言的"断裂"景象。当然，这种新经验之发生并非凭空而降，其社会学原因或许可以援引伊丽莎白·福克斯-杰诺韦塞的判断来概括之：

　　生活在这种一个相对主义的时代，生活在现代高科技的后资本主义世界中，生活在骚动不安又互相牵制的地球上，我们的文化中那些公认的关于秩序、因果性、主客体等的认识已远远不够了。我们大多数人对世界的复杂性、不确定性和不可预测性都太熟悉了。它们统治着我们的世界，并颇见成效地打碎了我们试图事物体系的渴望。②

---

① 〔德〕恩斯特·卡西尔：《人论》，第86页，甘阳译，北京，西苑出版社，2003。

② 〔美〕伊丽莎白·福克斯-杰诺韦塞：《文学批评和新历史主义的政治》，张京媛主编：《新历史主义与文学批评》，第60页，北京，北京大学出版社，1997。

在这么一个相对主义的时代,"第三代"诗人无可避免地蜷身其中,境遇之变所带来的骚动与不可预测,让他们如无根的浮萍沉浮于时代风雨中,于是,新经验下有关新的时间诗学随之摇曳而生。

本文原刊于《当代作家评论》2016年第3期

浅谈散文诗与现代性

灵 焚

正如人们所熟知,"散文诗"这种诗体是"现代"社会的产物。这种判断,源于我们把波特莱尔视为散文诗的开创者。当然,也有一些人把中国古代的词、赋、骈文,甚至把《庄子》的部分篇章都作为中国古代的散文诗来理解。然而,笔者并不赞同这种"征古主义"的认识倾向,散文诗的出现与现代人的生存经验密切相关,离开了人的"现代生活"经验,散文诗这种表现形式就失去了滋生的土壤。这是一种最贴近人的生命状态的文学形式,它的表现应该自然得像人的呼吸一样,是人的审美气息在文字中的呈现。笔者曾在一次接受某杂志的访谈中谈道:有一种说法认为,诗歌是戴着镣铐跳舞,散文是一种散步,如果按照这种划分法,那么散文诗既属于诗歌文学,又比分行新诗来得自由,那么自然属于没有镣铐的跳舞了。但我觉得把诗歌比作戴着镣铐的跳舞只适合于古典诗词,现代的分行新诗应该属于没有镣铐的跳舞,也就是说比古典诗词来得自由。而把散文比作散步,过于诗意了,因为在文体分类中,包括一张借条、几句留言都可以归入散文。

所以，用走路来比喻散文更为贴切。而散步恰恰适合于用来比喻散文诗。也就是说，散步比跳舞来得自由，比走路来得富有诗意。为此，散文诗作为一种文学体裁，其最大的长处应该在于其"自由"的灵魂，如散步，可以放松身心，在从容的状态中展开思考，体现审美。正是因为"自由"，散文诗才可以吸收其他所有文学、艺术体裁的长处，为我所用，这是"散步者"才能做到的。但是，正如"自由"是建立在"自律"的基础之上一样，散文诗的这种自由，需要极其丰富的情感、敏锐的悟性、深邃的思想、高度的审美能力才能真正懂得其中的难度，才能真正拥有"散步"之从容。[①]那么，如此贴近人的生存状态的文学体裁，散文诗的诞生既然与近代西方城市化过程中人的生存之"灵魂的充满激情的运动、梦幻的起伏和意识的惊厥"（波德莱尔）经验有关，其当然应该属于"现代"的产物。在我们探讨新诗创作的"现代性"问题时，如果"散文诗"不能成为话题之一，不能不说是一种缺憾。然而，这个"缺憾"在中国诗歌理论界却一直存在着。数十年来，在文学理论界中长期缺席的散文诗，其诞生与现代性关系问题的探讨自然地被人们"选择性忘却"了。本文以"散文诗与现代性"为阐述对象，正是源于对上述现实背景的考量。

为了探讨散文诗与现代性的关系，本文拟从"如何理解现代"、为什么可以说"散文诗是现代社会的产物"、在散文诗中都有哪些"现代性"的表现三个方面展开阐述。

一、如何理解今天所面临的"现代"：堂前燕与百姓家

关于"现代"，这是一个不明确的动态的概念，因为任何一个

[①] 灵焚：《关于当代散文诗的一些思考》，散文诗集《女神》，第155—156，北京，中国青年出版社，2011。

时代都有一个关于"现代"的问题。特别是进入21世纪，我们所说的"现代"与波德莱尔时代所说的"现代"之间存在着很大的差别。一般来说，我们现在已经进入了"后现代"，与此前所谓的"现代"，在社会性质上存在着很大的不同。那么，在思考"现代性"问题的时候，首先必须与发生于西方18、19世纪的"现代"或者"现代主义"进行区别理解，不然，无法探讨"现代性"问题。其实，关于"现代"（modern），在西方思想界是一个由来已久的问题，它最初只是相对于古典性、古代性（antique，antik）的意义而言的。只是到了17世纪末在法国兴起了"新旧论争"，①此后经历了从启蒙主义到浪漫主义思潮的发展，才有了19世纪中叶以后在文学、艺术领域中关于"现代主义"的艺术运动与相关的理论探讨。当然，这段历史是大家所熟悉的。正如大家所熟知，西方所谓的"现代主义"，主要是建立在近代市民社会基础上的文学、艺术的主题，其中人的个体存在的自我主体性危机成了"现代性"的核心问题。这些"现代主义"文学、艺术的追求，主要是建立在对于近代市民社会中文化的自我满足的批判，以及日常经验中主体世界的崩溃与对于日常世界的超越的追求之中。在"现代主义"的文学、艺术运动中，"前卫"的追求是其最为重要的特征与理念之一。而这种"前卫"的追求，与作为社会文化的"知识垄断者"的"精

---

① 17世纪末18世纪初，欧洲出现了以法国为中心的关于古代与近代孰优孰劣的论争，这在西方思想史上被称为"新旧论争"。在论争中，古代派（以波瓦罗，拉-凡特努，腾布尔，斯维福特等为代表）高举美的绝对性理论大旗，提倡古典古代的诸多杰作，如《荷马史诗》等仍然是审视现代艺术价值的一面镜子。而近代派的持论者（以贝罗，凡德勒尔，罗耶尔-苏塞提等为代表）却认为，现代应该具有与现代社会相对应的文学艺术。他们不仅提出了美的相对性主张，更进一步强调现代文学的优越性。他们的理论中导入了"进步"的概念，从对于科学技术的进步，以及人们生活的舒适度，物质的丰富性等问题，肯定现代社会远远超越了古典古代。那么文学艺术同样，当然也应该是现代比古典古代来得优秀、卓越。

英意识"有关。①可是，当西方世界经历了第一次、接着第二次世界大战之后，人们开始产生了对于此前的文学、艺术态度的怀疑，逐渐发展成为对"现代主义"的暧昧性的反思与批判，特别是20世纪60年代以后，所谓的"进步主义"思想的抬头，关于"宏大叙事"的批判等，至此，我们所面对的"现代性"问题，在尚未能够完全消化的思想困顿中，历史已经进入了所谓的"后现代"时期。

那么，何谓"后现代"？这又是一种仁者见仁，智者见智的问题。我们能够体验的是，在当下生存中的我们，谁都无法逃离消费性、商业性、物流性、虚拟性等要素无所不在的包围。其实，这些问题正是所谓的"后现代"社会所呈现的鲜明特征。20世纪60年代之后，随着二战的硝烟消散，现代社会的物质生活空前繁荣，高效率、高速度、高消费的生存理念被西方先进国家的人们广泛接受。比如，原来只属于贵族消费的汽车走进了普通的市民家庭，流水线上的机械化生产速度，产品的整齐划一，批量销售，为社会提供了空前丰富的物质性。在这样的社会中，人们原有的对于生活用品等"这个想要那个想要"的欲望正在消退，物质性欲望基本上达到了饱和的状态。然而，即使这样，人们的心理需求仍然没有摆脱"匮乏感"的纠缠，这究竟是为什么？这些仅仅用原有的所谓"精神空虚"是解释不了的。其中的原因应该更为复杂，这种复杂呈现着一种过剩与匮乏并存的结构。后现代商业社会的最大特点，表现在服务与休闲的强化。人们不仅仅追求消

---

① 之所以说这种"前卫（avan-garde）"追求源于"精英意识"，主要表现在艺术上的前卫追求，不仅意味着对于艺术的前卫探索，也包含着政治上的前卫观念、崭新思潮引领与社会进步的自主担当。其实，"前卫"是一句法语的单词，本来属于一种战争用语，被转用在艺术理论表现中。为此这种"前卫"同时蕴含着战斗性与破坏性的因素。也就是说，其中具有对于阻碍进步与发展的旧的思想、观念的破坏性使命。这种来自于艺术追求而承担的使命感，正是艺术运动引领者的一种"精英意识"使然。

费品的享用，更追求售后服务的完备。巨大购物中心的出现，商场内休闲区域与设施的出现，商场原来只是一种商品集散地，销售点，已经逐渐转化为融购物与休闲于一体的庞大消费性怪物，并随着汽车社会的到来，从原来的市区繁华地段搬到郊外。这些商业模式的出现，就是为了调动人们处于物质饱和状态的购物欲望，唤醒人们心中始终挥之不去的"匮乏感"。比如，在日本经济高度发展的80年代，出现了一个非常有创意的广告词："想要的东西，还是想要"（欲しいものが、欲しいわ）。这是典型的为了唤醒那些处于物质饱和状态的人们继续产生消费欲望的潜意识暗示。而在中国，90年代也出现过一句著名的化妆品广告词："去年20，今年18"。这个广告词与日本的那句属于同样类型的商品宣传目的，具有同样的心理暗示效果。人的年龄是不可逆转的，商家却在广告词中暗示女性们只要肯花钱消费，青春是可以逆生长的。也就是说，这个广告意在提醒着女性们："想要的年轻，还是想要"，年轻是大家想要的，即使本来很年轻还是想要年轻，即使不可能继续年轻，但是年轻还是大家想要的。这些都是后现代社会，当物质达到高度丰富和过剩之后出现的此前所谓的"现代社会"所没有的消费性、商业性中的"匮乏感"唤醒策略。至于流通性、虚拟性问题，已无需在此例举和分析了。

大家一定也都注意到，在这商品经济高度发达的"后现代"时期，只要肯付出劳动，每一个人都可以享受到即使处于所谓的"现代"时期，仍然被贵族（或权贵）垄断的各种休闲与消费。在这种意义上，人与人之间在消费生活中的权利是平等的。在这种社会生存背景下，催生了文学艺术的崭新理念。这是发生于现代后期的一个审美事件，即1917年，杜尚把商店里购买的男用小便池，贴上"泉"的标题，以此作为自己的雕塑作品参加纽约独立美展，从而诞生了模糊日常生活用品（消费品）与艺术品之间审美界限的全新艺术理念。颠覆了人们对于审美的固有认识，让人们不得不重新思考

"什么是艺术"的问题。本来,艺术作品是艺术家们垄断的审美特权。然而,杜尚摧毁了这座圣殿,让每一个人都具备了艺术家的身份与可能,让每一件物品都具备了成为艺术品的资格。这就像上文所说,最初的汽车属于贵族阶层垄断的奢侈品,然而,进入后现代,汽车已经成为普通市民的代步工具。从这个意义上说,几年前出现在中国诗坛的"梨花体"事件,与此举具有异曲同工之妙。当然,这还需要赵丽华自我意识必须达到了同样的认识高度。与杜尚是一名著名的画家一样,赵丽华在其"梨花体"出现之前,也写过许多很不错的分行诗。比如,她的《第五大街·逆光中的女人》写得多好:

一个神色恍惚的女人／走在第五大街／她仿佛丢了什么／她笑了一下／她走得慢极了／她有时候干脆就站在那儿／她站在那儿就挡住了从第四大街／走过来的人和／一些光线／但是在她后面／那些来自第六大街的人／仍在陆陆续续从她旁边走过去／我这样说你就能想象／她的头是朝向／她的身子也是／我与她的遭遇几乎是必然的／我沿着第四大街走过来／步履匆匆／手里提着两兜贡菜／我停下来／她看着我／是吃惊的表情／她极其认真地端详我／又笑了一下。

与之后出现的"梨花体"一样,同样采用的是口语性描述,但这首就像一幅画,其丰富性可能让人有无数的想象。可她偏偏就不再这么写了,一定要把原有的丰富性削减得只剩下线条没有形体结构了,简单成了"一只蚂蚁,两只蚂蚁……",或者"……我做的馅饼／是全天下最好吃的"那样,这确实跟人们所景仰的神圣诗歌开了一次巨大的玩笑。而"梨花体"的贡献在于,至少提醒了我们:凭什么诗歌就一定只有具备诗人天赋的人才可以写,凭什么一定要做到"语不惊人死不休"那样呕心沥血才行?

她所带来的问题与杜尚是一样的。什么是诗歌艺术？如果说话就是诗歌，那还有什么不是诗歌？比如骂人更具激情，哭泣更为动心。而如果什么言语行为都是诗歌，那也就没有了诗歌存在的必要了。然而，话虽这么说，"梨花体"不仅让我们需要思考这些问题，更重要的是，它把诗歌从少数人的垄断中解放出来，向一般大众开放，让每一个人都成为诗人，让每一句日常生活用语都成为诗，让诗歌走下圣殿。

凡此种种，后现代社会就是这样："旧时王谢堂前燕，飞入寻常百姓家"（刘禹锡《乌衣巷》）。去特权化、去精英化，在凡庸中发现审美意义，赋予一切存在的平等机会以及重估一切传统价值，以观念确立当下生存中的话语与消费的权利。

可在人们无限制地追求物质消费的社会中，必然会出现人的动物性满足的极端需求，犹如青蛙与蝉的肆无忌惮、随心所欲的鸣叫那样，儿童对于玩的无休止追求与成人对于性欲的无节制满足的渴望等，都呈现出前所未有的人的动物性放纵心理的社会性蔓延，在日本学界这种现象被称为后现代社会人的"动物化"（东浩纪）倾向。而在中国，随着商品经济的发展，90年代之后诗坛出现的所谓"下半身写作"等，就是这个时代社会心理冰山一角的显露，其实此前的"口语化写作"也是这种社会心理的变形与审美前兆。

然而，人类与动物不同，动物的本能性生存，即自然状态，在人类社会中却演变为与自然相适应的秩序性生存，从这个意义上说，人类是秉承着与自然相乖离的方式获得了人类存在的意义。这种"秩序"是人的生存可承受之"重"，可是到了"后现代"社会，这种"重"逐渐被"轻"（自然——不确定性——放纵）所替代，一切的秩序成为人的无节制自我满足（情动）实现过程中的樊篱，在文学艺术领域，以"去审美性"的倾向与追求的面目出现。前述的日本学者东浩纪在其分析德里达的哲学时提出了解构主义哲学中存在着"邮件性解构"的特征("邮件性"是德里达的用语)。①

在通常意义上,人的认识总是相信认识主体与对象之间的关系具有明确的区分,真理性认识建立在语言与对象的一致性关系之中。也就是说对象认识是可以通过观察得以确认与证实的。然而,人的存在总是伴随着苦恼、不安、情欲与享乐性追求等,那么超越科学性的知识追求自然由此产生。比如,我们总是在寻求用语言来表现以语言无法言说的感受,其实这也是海德格尔之后的西方现代哲学的根本问题。由此出现了所谓"解构主义"哲学。在这种哲学中一般为人们所熟悉的是"逻辑性解构"和"存在论解构"的问题。②然而,问题是如果考虑到人与人的交流需要通过语言来进行,这种交流的不确定性关系是不可避免的,其中"转移"的问题如何克服又将成为新的困境。这种"转移"呈现着一种"邮件性"的特征。这就是东浩纪所说的"解构主义"的第三种倾向之"邮件性解构",那就是如果把语言换成物质性存在来理解,其中交流过程,即意义的转移过程——意义与解释之间——存在着破损、丢失、劣化的可能性。也就是说话者与听者之间由于观念、意识、情感等因素的存在,其中同样的观念、单一的语言意义能否顺利抵达值得怀疑。这正如邮件在"转移"过程中出现的投递错误,运输过程的破损一样,语

---

① 参见東浩紀:《存在論的、郵便的——ジャック・デリダについて》,日本,新潮社,1998。
② "逻辑性解构",指的是在体系中寻求矛盾之所在的解构性论证。如笛卡尔的"我思故我在",而这种"我在"也只是一种"我思"之间存在着无法克服的矛盾。这种自我存在的无根据,世界的漏洞等问题就是由于想以语言表达语言无法表达的问题而产生的。为了确立自身存在,对于终极存在的信念由此产生,这也是"形而上学"存在的基础。而"存在论解构"是指当海德格尔在存在论中发现了存在的逻辑性矛盾之后,其后期转向语言特权化的探索,从而走向了对于荷尔德林的诗歌研究,因为诗人就是这种特权的所有者。与萨特的人等同于存在的理解不同,海德格尔认为,正是存在先于人才有人的存在。人的存在充其量只是效果性的,不是决定性的。为了探索存在,他选择了倾听靠近世界的本原最近的诗人的声音。

言的多义性、歧义性、解释性等在人与人的交流过程中时有发生，话者与听者的一致性是得不到保障的。这种人与人、人与世界，也就是自己与他者之间存在的这种"邮件性"关系，在后现代流通的虚拟世界中显得尤为突出，这种人的存在的主体性危机与意义的不确定性成为文学艺术摧毁权威与圣殿的审美暴力，为近年诗坛的口语化、下半身写作等提供了滋生的土壤。也就是说，以平易的语言表达审美情感，以暴露的描写呈现隐秘性诗意，最大限度减少意义"转移"过程中的歧义与破损。无论作者是有意识还是无意识的追求，这种现象已经出现，成为文学、艺术中新的审美倾向。

二、散文诗是现代社会的产物：波德莱尔的贡献

那么，有了上述的关于"现代"与"后现代"理解的背景，我们再来看看散文诗这种文体对于如何表现"现代"所具备的审美意义。

"散文诗"的诞生与"现代性"相关，这已经是学界的一种常识。[①]王光明在《中国大百科全书·中国文学卷》的文体条目中，对"散文诗"作了这样的界定：

> 散文诗是一种近代文体，是适应近、现代社会人们敏感

[①] 虽然有些学者（如郭沫若等）认为，中国最早的散文诗可以追溯到《庄子中》的一些篇章，也有一些学者（如黄恩鹏等）把六朝骈文、汉赋、唐宋部分散文，以及宋词、元曲小令，甚至部分古代文人笔记、书信等都作为散文诗的雏形来看待，认为尽管不以"散文诗"命名，其实这些就是散文诗。与此相对，又出现了关于散文诗的"征古主义"倾向的批判性观点（如陈培浩等）。理论界所谓的散文诗的"身份焦虑"，或者"身份尴尬"的问题由此而产生。但是，就目前的理解而言，笔者赞同"散文诗"就是舶来品的看法，它是始于波德莱尔在信中所揭示的那样，属于"现代性"审美的产物。

多思、复杂缜密等心理特征而发展起来的。①

王光明对于散文诗的文体判断，来自于他对波德莱尔《巴黎的忧郁》的研究所得出的结论。被作为《巴黎的忧郁》"序言"的一封名为"给阿尔塞-胡塞"的信中，波德莱尔明确表达了自己为什么产生写作那些后来被称为"小散文诗"的作品的初衷：

> 我有一句小小的心里话要对您说。至少是在第二十次翻阅阿洛修斯-贝特朗的著名的《黑夜的卡斯珀尔》（一本书您知、我知、我们的几位朋友知，还没有权利称为著名吗？）的时候，有了试着写这些类似的东西的想法，以他描绘古代生活的如此奇特的别致的方式，来描写现代生活，更确切地说，是一种更抽象的现代生活。②

由于这段话，关于散文诗的历史源头，就出现了两种观点：一种认为应该始于阿洛修斯-贝特朗，因为波德莱尔是受到贝特朗的启发才开始这种体裁的创作。而另一种观点则占主流，把波德莱尔作为散文诗的源头，因为是他最初使用了"小散文诗"来命名这种体裁的。笔者的观点也是如此，也许在表现形式上贝特朗在先，然而贝特朗描绘的是"古代生活"，而波德莱尔则是用这种形式表现"现代生活"。有了"现代生活"，才有"散文诗"的诞生。比如，接着上一段话，他是如此描绘这种创作冲动的：

> 在那雄心勃发的日子里，我们谁不曾梦想着一种诗意的奇迹呢？没有节奏和韵律而有音乐性，相当灵活，相当生

---

① 参见王光明：《散文诗的世界》，第82页，武汉，长江文艺出版社，1987。
② 波德莱尔：《恶之花——巴黎的忧郁》，第425页，郭宏安译，上海，上海人民出版社，2008。

硬，足以适应灵魂的充满激情的运动、梦幻的起伏和意识的惊厥。[①]

这段话是大家非常熟悉的，这是波德莱尔关于散文诗作为一种文体的审美性质的表述，因此，往往被用来回答"散文诗究竟是什么"的问题，更是被许多人作为衡量"散文诗"的一种审美标准：诗意与自由，音乐性、梦幻性、抽象性、意识律动，等等。然而，这之后的一段同样重要的内容却往往被忽略：

> 这种萦绕心灵的理想尤其产生于出入大城市和它们的无数关系的交织之中。亲爱的朋友，您自己不也曾试图把玻璃匠的尖叫声写成一首歌，把这叫声通过街道上最浓厚的雾气传达给顶楼的痛苦的暗示表达在一种抒情散文中吗？

波德莱尔的这种描述已经无需说明了，"大城市和它们的无数关系的交织""玻璃匠的尖叫声""街道上最浓厚的雾气"等等，这些审视对象，就是波德莱尔《巴黎的忧郁》的审美背景，这些场景不正是我们所熟悉的"现代"社会中仍然司空见惯的日常吗？波特莱尔要把这些"写成一首歌"，或者"一种抒情散文"（此时他还没有使用"散文诗"），这种既是"歌"，又像"抒情散文"的表现形式，他认为是"如此奇特的别致的方式"，后来他把这种崭新体裁称为"小散文诗"。

那么，波德莱尔究竟如何在其所谓的"小散文诗"中表现出其在"现代生活"中的"灵魂的充满激情的运动、梦幻的起伏和意识

[①] 波德莱尔：《恶之花——巴黎的忧郁》，第425页，郭宏安译，上海，上海人民出版社，2008。

的惊厥"的呢?

在《巴黎的忧郁》中,我们随处可见这种思想与灵魂的律动和暗示。比如在《穷人的玩具》中,富人的孩子不理会自己家中那些昂贵的玩具,却对于两个穷人孩子从笼子里拿出来,被作为玩具那样"逗着、弄着、摇晃着的"一只"活老鼠"感兴趣。[1]诗人在这里呈现着一种从高贵与低俗的意义消解到物质性价值意义消解的现代性逻辑。然而,现代社会中一方面呈现出物质性价值意义消解的同时,另一方面物质性的物质意义却总在另一种时空中成为冲突的根源。与此有异曲同工之妙的《点心》一篇中,诗人叙述了自己的旅行所见,自己递给一个衣衫褴褛的小孩的只是一片面包,而那个孩子却把此称为"点心"。问题是进一步情节的推演,此时冲出了另一个"与他长得十分相像"的孩子,从而引起了为了争夺这片面包的兄弟之间一场残酷的战争。直到那片面包在争夺中成为碎屑,他们谁也没有获得。最后诗人不无伤感地自言自语:

> 有一个美好的地方,那里面包被称作点心,这甜食如此稀少,竟能引起一场兄弟间残杀的战争![2]

这个结尾饶有意味,被诗人称为"美好"的地方,是一个物质相当匮乏的地方,所以"面包被称作点心"。然而,对于诗人来说,与那些物质丰富,每天面包吃不完被作为垃圾处理掉的富足都市相比,它却是"美好的地方"。在这样的地方,物质的物质性意义是被否定的。然而,在被诗人称为"美好的地方"的物质匮乏之地,物质的物质性意义得以复活,"竟能引起一场兄弟间残杀的战争!"这

---

[1] 波德莱尔:《恶之花——巴黎的忧郁》,第468页,郭宏安译,上海,上海人民出版社,2008。

[2] 波德莱尔:《恶之花——巴黎的忧郁》,第459页,郭宏安译,上海,上海人民出版社,2008。

里引出双重的与"物质"相关的"匮乏"内涵：在物质丰富的地方，对于物质的饥渴是匮乏的。所以，物质匮乏之地却成为"美好的"去处。而在物质匮乏之地，对于物质的满足是匮乏的，从而上演了为获取物质"兄弟间残杀的战争"之亲情的匮乏。这种物质性的物质意义，在"后现代"社会中演变为物质性"过剩与匮乏"的心理逻辑基础。因为物质从原有的使用价值转化为审美价值、身份价值、心理价值。

再比如一个母亲对于自己上吊而死的儿子之死无动于衷，却竟然只索取那根吊死儿子的"绳子"（《绳子——给爱德华-马奈》），因为对于母亲，现实中只有那根"绳子"的意义是确定的，至于儿子的死，那只是一种幻觉性的存在。对于那个母亲"没有一滴眼泪"的无动于衷，诗人最初认为那是"无声的痛苦"所致。可是当第二天收到许多人来信，竟然提出了同样的要求："索取一段悲惨而有福的绳子"，并且这些人中女人比男人多，且都不属于低下的平民阶级。此时，诗人揭示了母亲行为的原因，来自于以此获得"自我安慰"的方式，即通过人与物关系的幻觉来确认母爱的可确定性。又比如，在《狗与香水瓶》中，诗人通过一只狗对于两种性质相反的物品的态度揭示了对于不同存在物质的价值与意义的颠倒。狗对于诗人递给它的香水瓶"惊恐地后退"，并对他叫，责备他。而"如果我拿给你一包大粪，你会有滋有味地闻它，可能还会吞掉它"。诗人最后发出感叹：

你就像那公众……应拿出精心选择的垃圾！[①]

只有这样，才会被接受。在这里，诗人揭示了现代社会中自己

[①] 波德莱尔：《恶之花——巴黎的忧郁》，第439页，郭宏安译，上海，上海人民出版社，2008。

与他者之间意义"转移"的破损、迷失之认识与价值的不可互换性。

凡此种种，在《巴黎的忧郁》中俯拾皆是。而在此书的最后一篇《好狗》中，诗人发出了如下宣言：

> 滚开吧，学院派的缪斯！我不要这一本正经的老太婆。我祈求家庭的缪斯，城市的缪斯，生动的缪斯，让我歌颂好狗、可怜的狗、浑身泥巴的狗……①

有一种观点认为，波德莱尔的意义在于"把丑恶、畸形和变态的东西加以诗化"。其实问题远非如此简单，更为重要的意义在于，他唤醒了在近代社会的城市化生活中的人们，对于古典古代的传统审美理想（这一本正经的老太婆）的价值重估（我不要）。

上述波德莱尔的这些作品，不是以分行诗的形式表现，而是通过故事性、情节性、象征性、细节性等场景的呈现与蒙太奇式的叙事剪接，在细节上采用了意象性，在叙事中融入了象征性等手法，从而使这种体裁如小说一般却没有完整的情节展开、人物刻画，更抛弃了叙事性的完整细节描写等因素，所以不是小说；而形式上散文一般却没有完整的叙事、纪实，或抒情等特征，从而也不能称之为散文。而这种形式上似小说却非小说，似散文却非散文的"如此奇特的别致的方式"，其内在的情境与象征意味，更接近于诗歌文学，只是表面上去除了诗的韵律、跳跃、简洁和规整跌宕的节奏等，虽然最初他是想要写"抒情散文"，却由于写出来后出现了上述这些特点，他才把这种在既成的文学形式范畴中找不到对应命名的体裁

---

① 波德莱尔：《恶之花——巴黎的忧郁》，第538页，郭宏安译，上海，上海人民出版社，2008。

称为"小散文诗"。[①]这些内容，这种表现形式，就是他为了呈现"出入大城市和它们的无数关系的交织之中"的现代生活而产生的。那么，显然，被波德莱尔命名为"散文诗"的这种体裁，是属于"现代社会"的产物。而正是因为波德莱尔的尝试与命名，才有立足于现代社会的"散文诗"问世。

三、"现代性"与散文诗：萩原朔太郎的现象

如前所述，散文诗作为现代社会生活的产物，自诞生以来，一直都伴随着现代社会的发展而发展。如果说波德莱尔的散文诗，表现的是19世纪后期的巴黎这个颓废、病态而畸形的都市的生存现实场景，那么，之后的各国作家、诗人，都在各自不同时期，采用这种表现形式呈现着自己所处时代的心灵与梦幻，揭示自己与现代社会之间抽象、紧张，甚至神秘的关系。大家耳熟能详的名字在西方有兰波、屠格涅夫、王尔德、里尔克、圣琼-佩斯等，而东方也有泰戈尔、纪伯伦、鲁迅等，他们的作品成为我们理解与走进至今为止的近现代社会在各个时期的心灵与梦幻的一张张导游图。对于这些大家熟悉的作家的作品，本文不准备在这里复述，但是，本文想介绍一位大家尚不太熟悉的日本现代诗人萩原朔太郎，通过他对于散

[①] 根据王光明的理解，波德莱尔的散文诗，"摆脱了对于实生活的拘泥状态，获得了充沛的诗情"，在内容上"他已经不是把散文诗看作纯粹是'性灵'的个人表现，而看作是自我与外部世界的'应和'表现。在结构上，他主张去掉情节和事件过程的'椎骨'，不把'读者的倔强意志系在一根没完没了的极细致的情节线索上'，完全以消长起伏的情感逻辑来结构作品，'所有的篇章都同时是首，也是尾，而且每一篇都互为首尾'。"他的散文诗，"让日常生活场景、细节从原来的自然物质状态中蜕变出来，成为思想感情的形象载体，然后通过散文诗艺术构成的心理综合，表现曲折流转的情感意绪，显露内心世界'瞬间转变如同云雾中山水的消息'。这是一种从有限事物中鉴别生活、向'无限'的锋利顶点飞跃的艺术"。参见王光明：《散文诗的世界》，第17-22页，武汉，长江文艺出版社，1987。

文诗的态度的前后不同的转变，以及其散文诗作品中所呈现出来鲜明的"现代性"特征，揭示散文诗与表现"现代性"的关系，以及他从否定到认可散文诗所带给我们的启发。

萩原溯太郎（1886-1942）是日本现代诗的奠基者，一生著述诗歌作品很多，出版了多部诗集，而最晚年的一部作品集《宿命》，出版于1939年。这是一本自选集，其中的内容由抒情诗（分行诗）和散文诗以及附录"散文诗自注"3个部分构成（由此可见他是有意识地为了"散文诗"而选编了这本最后的作品集）。其中散文诗部分共有73章作品，多数作品选自此前作为箴言集（而不是散文诗）出版的《新的欲情》《虚幻的正义》《绝望的逃避》，而其中只有9章是新作。也就是说在此自选集出版之前，他并不是自觉地创作散文诗，因此才会以"箴言"性质的体裁出版了上述作品集。可是到了他的晚年时期，却选编了"散文诗"，并把谈论散文诗的文章作为附录部分。当代日本著名的诗歌理论家、诗人北川透的研究表明，"对于朔太郎，散文诗曾是否定性的概念，因为他把那些没有韵律性的所谓的散文诗当作"印象散文"加以排斥。所以，他最初不采用这种命名，而是作为一种箴言类的作品。"[①]然而，在他的最晚年（去世3年前），却改变了以往的看法，不但把自己的这些作品称作散文诗，并且在这本书的关于"散文诗"的文章中认为：

"今日我国一般被称作自由诗的文学中，特别是那些优秀的上乘的作品（而那些既没有节奏又无艺术美的不好的作品属于纯粹散文）相当于西洋诗家所谓的散文诗……与其他抒情诗相比，我认为散文诗可以称作思想诗，或者随笔诗。"最后他甚至指出："实际上可以

---

① 〔日〕北川透：《"散文詩"の時代のジレンマ——萩原朔太郎"宿命"・その他》（《現代詩手帖》平成5年第10号，新潮社，平成5年10月1日発行，第10、11-12頁）。

说，现代是'散文诗的时代'。"[1]

那么，为什么萩原朔太郎在晚年改变初衷，从最初否定散文诗走向承认，甚至把散文诗提到抒情诗的最高存在来认识呢？

根据北川透的看法，这可能缘于当时日本兴起了一场关于现代诗的"新散文诗运动"。[2]为了对这个运动的主倡者北川冬彦等对于以萩原朔太郎为代表的日本现代诗的诘难[3]进行反击，促成了萩原朔太郎把此前自己的作品以散文诗的视角重新审视，表明自己对于散文诗的理解与态度，并把自己过去的作品重新编选，出版了一本以散文诗为主的自选集《宿命》，以此与之抗衡。北川透的这种观点，基本上触及到了萩原朔太郎这种变化的重要原因之所在。然而，笔者认为，仅仅从抗衡的角度来理解只是触及到其原因的一个方面，更为重要的一方面应该是萩原朔太郎到了此时，其对于自由诗与散文诗的理解和认识发生了根本性的变化，而这种变化可能恰恰就是来自于批判者北川冬彦的批判性内容的启发。

北川冬彦在其《往新散文诗的道路》一文中尖锐指出：

---

[1] 〔日〕北川透：《"散文詩"の時代のジレンマ——萩原朔太郎"宿命"·その他》(《現代詩手帖》平成5年第10号，新潮社，平成5年第10月1日発行，第10、11–12页)。

[2] 〔日〕北川透：《"散文詩"の時代のジレンマ——萩原朔太郎"宿命"·その他》，第13页。关于"新散文诗运动"的观点，请参见北川冬彦：《新散文詩への道》(《詩と詩論》第三册·昭和四年三月)。

[3] 北川冬彦在《新散文詩への道》(《往新散文诗的道路》)中如此诘难当时的自由诗："不能把'新散文诗运动'看作'诗的散文化'，那是过于尊重语言的'音乐性'过去了的诗人的观点，只是那些被旧韵文学毒害的旧象征主义的见解。本来要求日本的诗中'音乐性'是没有意义的。"而萩原朔太郎最初把自己的非分行作品称作"箴言"而不是散文诗，就是因为他认为诗歌文学是需要韵律的存在。比如他在昭和一九三六年的一篇文章中谈到："大正中期以后，诗人开始以口语体之言文一致形式写诗，诗这种文学完全丧失了韵律性，只是通过分行的形式，以表面上的韵文乱真，成为畸形的欺骗性文学。"(参见萩原朔太郎：《純正詩のイデアを求めて》)。"真正具有本质性的诗的表现，没有音律性要素是绝不可能存在的"(萩原朔太郎《散文詩の時代を超越する思想》)等，从这个意义上看，作为当时诗歌界重镇的萩原，就是北川冬彦不指名的批判对象。

今天的诗人，已经不是果断的灵魂记录者。也不是感情流露者。/他们只是优秀的技师，通过尖锐的大脑，把散乱的无数语言进行周密的筛选、整理，构筑成一个构成物。

北川冬彦的这个批判，虽然没有指名萩原朔太郎，然而作为日本现代诗的奠基者与引领者，这种批判指向他是显而易见的。根据北川透的介绍，晚年的萩原朔太郎已经停止了创作，不，可以说是写不出来了。因为到了那个时期（大正期），在日本的口语化自由诗中，一直被萩原朔太郎作为诗歌第一要素的"韵律性"问题，不再是绝对要素，仅仅只是诗歌的一种修辞手法。当被作为绝对要素的诗歌"韵律性"的要求，降格到了作为一种"手法"的地位，那么，作为口语化自由诗还有什么是最重要的呢？这应该是萩原必须思考的问题。这时批判者指出了当时的诗人作为"灵魂记录者""感情流露者"身份的缺失，让萩原从原来的对于诗歌形式（"韵律性"属于形式）的注重中苏醒过来，转向了关于诗歌内容（灵魂记录、感情流露）的审视。这种转变的结果，也就出现了前述引文那样的新观点，把散文诗与口语化自由诗（他称之为"抒情诗"）等同理解，并指出散文诗是"思想诗，或者随笔诗"，这是关于内容方面的指涉，已不再是形式上的问题了。正由于这种转变，他一反以前把散文诗当作"印象散文"的态度，改变了对于散文诗所持的否定性立场，并进一步明确声明：

我决不否定散文诗，不仅如此，更是痛感其在诗歌形态上的近代性意义。

这种对于"在诗歌形态上的近代性意义"的提法值得关注。正是这种"在诗歌形态上的近代性意义"（日语中的"近代性"与"现代性"同义）的认可，使他改变了原来对于散文诗的排斥态度，接受并肯定了诗歌的这种新的表现形式。（萩原的这种转变，也印证了本文在第二部分谈到的关于散文诗属于现代社会产物的论断。）然而，即使如此，萩原也没有放弃他对于诗歌文学的韵律性要素的要求。[①]只是此时，他由原来的外在形式上的韵律性强调，转向内在韵律性要求。关于这种内在韵律的要求，他是这样说的：

> ……虽然无视一定的韵律法则，以自由的散文形式来写，然而从作品全体来看音乐的节奏很强，且艺术美的香气很重的文章，称之为散文诗。（萩原朔太郎《关于散文诗》）

从外在韵律（韵律法则）的要求到内在韵律（从作品全体来把握音乐节奏感）的提出，萩原的这种转变也是一种从韵律的外在形式到内在内容的转变。作品全体的音乐性，即内在韵律，是通过作者叙事中的内在情感、情绪，呈现思想的深浅、意味性的浓密来实现的。正是这种转变，让萩原重新审视自己以往的那些曾被作为"箴言"的作品，从"在诗歌形态上的近代性意义"上，从内在韵律的角度，那些具有"近代性意义"的作品，成为他所认为的"散文诗"。这样既坚守了自己所提倡的诗歌文学需要"韵律性"的一贯立场，又找到了以"散文诗"身份出场的依据。以此回应那些把自己当作"过去了的诗人"的"新散文诗运动"的倡导者们，表明自己早就已经写出了散文诗，那就是那些曾经的"箴言"。

当然，仅凭这些举措，即在旧作中自选出一本新诗集《宿命》，把曾经的箴言作品换一个名称"散文诗"，把旧作重新包装出场，萩

---

① 他在这篇肯定散文诗的文章中，仍然没有忘记强调诗歌的韵律性，"然而，散文诗被肯定是一方面，另一方面，其道理并没有说真正的韵文之纯诗是不存在的。不，真正具有本质性的诗的表现，没有音律性要素是绝不可能存在的"。

原是赢不了这场论争的。关键的是萩原的那些旧作中，作为具有"近代性意义"的散文诗也当之无愧的名篇《不死的章鱼》，为他稳固了作为日本现代诗（分行诗+散文诗）奠基者的地位。即使那些推动"新散文诗运动"的诗人们，后来也没有人写出一篇比这篇散文诗更具有影响的作品。这篇散文诗的内容是这样的：

不死的章鱼[①]

在一个水族馆里，屋檐的庇间，饲养过一条饥饿的章鱼。在地下昏暗的岩石下面，总是漂浮着悲凉的、青灰色的玻璃天窗的光线。

无论谁都忘记了那个昏暗的水槽。已经是很久以前，人们都认为章鱼已经死了。只剩下散发着腐味的海水，在充满灰尘的泻进来的日光中，总一直淤积在玻璃窗的槽里。

然而，那动物并没有死。章鱼藏在岩石的阴影里。所以，当它醒来时，在不幸的、被忘却的水槽里，几天连续着几天，不得不忍受着恐怖的饥饿。什么地方也找不到食物，吃的东西完全没有了。它开始碎吃自己的脚。先吃其中的一根，接着再吃一根。最后在全部的脚都吃完的时候，这下把胴体翻过来，开始吞噬内脏的一部分。一点点地，从其他一部分再往另一部分，顺着吃下去。

就这样，章鱼吃完了自己身体的全部。从外皮，从脑髓，从胃袋，这里那里，全部一点不剩地，完全地。

某日早晨，突然值勤人员来到这里时，水槽中已经空了。在模糊蒙尘的玻璃中透蓝的潮水与摇曳的海草动了一下。而在岩石的各个角落，已经看不到生物的身影了。实际上，章鱼已经完全消灭了。

---

① 笔者翻译的这篇散文诗在国内这是第一次被介绍。

然而，那章鱼并没有死。它消失之后仍然还尚且永远在那里活着。在破旧的、空空的、被忘却的水族馆的水槽中，永远——恐怕经过了几个世纪间——有某种东西怀抱着异常的匮乏与不满活着过，（一种）人们的眼睛看不到的动物。

这篇散文诗，最初发表在1927年日本发行的《新青年》杂志的4月号上，最初被收入箴言集《虚幻的正义》（1929）出版发行，而后又被选入1939年出版的萩原的最后自选诗集《宿命》中。根据日本著名诗评家、诗人高桥顺子的理解：

朔太郎似乎拥有本能的对于生的恐惧。他不得不承认人的一生作为生活者的无能，其结果，实际的人生只有不毛（之地）而没有别的。

这章散文诗表现的是恐怖的饥饿感，大概诗人觉得自己也是被饥饿感所吞噬的那样吧？这并非仅仅只是幻想性地描写了死后也许仍然存在的意识的诗作。（高桥顺子《日本の現代詩101》）[1]

这篇从箴言集《虚幻的正义》中抽出来，被萩原作为散文诗重新编选的作品，表面上无论怎么看都不具有"韵律性"，然而，其内在所传递的强烈的情绪节奏在我们阅读过程中油然而生。其中"章鱼"自我吞噬的细腻描写，其画面感、场景性、细节性所发出的强烈恐怖声响，进而让"饥饿与不死"对应所具有的象征意味、梦幻意味等，都使读者的心情自然产生了从现实到非现实，再回到现实之波德莱尔所说的"灵魂的充满激情的运动、梦幻的起伏和意识的惊厥"，也许这就是萩原所说的"从作品全体来看音乐的节奏"吧！

---

[1]〔日〕高橋順子编著：《日本の現代詩101》，新書館，2007。

而这篇作品所具备的现代性意味,更是不言而喻的。北川透认为:"在谁也不关心的场所,通过把自己吞噬殆尽而死获得永生的章鱼,也许可以读出近代艺术家、诗人的命运!"[①]其实,从某种意义上说,这篇作品可以说正是作者所生存的那个历史时期的社会缩影。1927年,整个西方处在世界性经济危机爆发的前夜,虽然资本主义世界正在经历着短暂虚假的繁荣,但这种繁荣并不平衡,脆弱而缺乏竞争力的日本在这种不平衡中震荡,在强化国家垄断资本主义的同时,加快了军国主义步伐,整个社会深陷灰暗而冷漠的气氛之中。此后在美国爆发了1929-1933年席卷世界的经济大萧条,这正是第二次世界大战的直接诱因。这样的时期,萩原通过一条饥饿的章鱼自我吞食充饥之死而获得永生的寓意,准确地回应了那个时代的生存状态:无所不在的饥饿感,现实生活的无力与自我消耗的恐怖。也许他只是无意识地完成了这篇作品的创作,其结果却留给我们无数可解释的空间,这样的内容,只能采用散文诗这种形式——即对于章鱼的寓意排除了说明性叙述,对被叙述的对象的非现实性、超现实性的梦幻般细节性展开,以及象征手法等运用,从而使作品的意味拥有多义的解释——才可以在最有限的篇幅里,融进最无限的内涵。反过来,散文诗也只有具备了如此丰富的现代性内容,才能呈现出这种表现形式的体裁独特性与艺术审美性。

总之,萩原朔太郎正因为认同了散文诗"在诗歌形态上的近代性意义",才改变了原来对待散文诗的态度。换一种角度,正是散文诗这种形式所具有表现"近代性"的意义,才得到了萩原朔太郎的认同("痛感"),此其一。其二,正是以"近代性"为尺度,才让萩原朔太郎从"箴言"中重新认识《不死的章鱼》的意义,而这章散文诗正是以其鲜明的"近代性",成为萩原的散文诗,乃至全部自由

[①]〔日〕北川透:《"散文詩"の時代のジレンマ—萩原朔太郎"宿命"·その他》(《現代詩手帖》平成5年第10号,新潮社,平成5年10月1日発行,第15页)。

诗的代表作，同时也成为日本现代诗的不朽名篇。第三，《不死的章鱼》并非从创作散文诗的文体自觉出发而诞生的作品，仅仅只是因为这种寓意性、象征性的内容，只有通过散文诗这种形式才能得到如此充分的表现。这就印证了关于散文诗的一种观点：散文诗一定是非要以这样的表现不足以表达自己的情感、思想的情况下才会采用的体裁。按照萩原的观点："毕竟散文诗之所以为散文诗的原因，在于不能以此替代纯粹意味的诗。"①也就是说，这种体裁有其独立的体裁意义，它的存在同样是其他体裁不可替代的。这些就是萩原朔太郎现象带给我们的关于如何认识散文诗的启发。

本文原刊于《当代作家评论》2016年第3期

---

① 转引自〔日〕北川透：《"散文詩"の時代のジレンマ—萩原朔太郎"宿命"·その他》（《現代詩手帖》平成5年第10号，新潮社，平成5年10月1日发行，第11页）。

"新归来诗人"初论

蒋登科　王　鹏

"归来者"诗歌是20世纪70年代末到80年代初出现的一个重要诗歌现象。"归来者"诗人群体是从20世纪50年代因政治事件被迫中止写作，到新时期才重返诗坛的一群诗人，他们包括"九叶诗派"诗人郑敏、陈敬容、辛笛、袁可嘉、杜运燮、唐祈、唐湜，"七月诗派"诗人艾青、鲁藜、绿原、牛汉、曾卓、彭燕郊等，以及一批在20世纪50年代诗坛崭露头角的诗人蔡其矫、苏金伞、吕剑、邵燕祥、公刘、流沙河、梁南，等等。这些诗人在上世纪50年代中后期因为不同的历史事件而离开诗坛，尤其是在"反右"运动之后，诗坛上基本上听不到他们的歌唱，有的是因为失去了必要的创作条件，有的是因为外在原因而不得不停止创作。1978年4月30日，艾青在《文汇报》发表诗歌《红旗》，曾经以为他早已不在人世的诗歌界惊喜地发现他不仅还活着，而且又开始了自己的歌唱。艾青从这首诗开始便一发而不可收，形成了他艺术历程上的第二次高峰。其后，上面提到的这些诗人也陆续"归来"，成为新时期诗歌发展中的一支重要力量。这些诗人拥有长期的创作经历，又经历了人生与历史的曲折坎坷，他们"归来"之后的创作不仅保持着过去的艺术特色和活力，更多了一些深沉的思考和反思，不仅标志着个人命运的转折，更预示着新文学精神和艺术传统的归来。1980年，艾青在四川人民出版社出版了他在新时期的第一部诗集《归来的歌》，这个群体也因此被诗歌界命名为"归来者"诗群（最初起于吕进在《星星》刊发的评论此诗集的文章《令人欣喜的归来》，与同时期的"朦胧诗"诗人群、"新来者"诗人群和一些资深诗人共同建构了新时期诗歌的繁荣景观）。这些诗人大多出生于上世纪初到30年代，到目前为止，除了极个别诗人之外，大多已经离开了人世。他们成为新诗史关注的重要群落。

在21世纪的中国诗坛上，另一个与"归来"有关的诗歌现象也同样令人瞩目，这就是"新归来"诗人群体的崛起。"新归来诗人"的说法和新时期的"归来者"诗人在艺术传承上没有直接关联，这些诗人的"离去"和"归来"也和"归来者"诗人存在本质的差异。

"新归来诗人"的命名借用了"归来者"诗群的概念，也源自这些诗人相似的创作、生活经历。在21世纪之初，一些曾经离开诗坛的诗人逐渐回归，在很多报刊、活动中又经常能够看到他们的名字，这或许昭示着一个新的诗歌群落即将出现。大致是在2010年左右，以邱华栋、沙克、洪烛、李少君、义海、潘洗尘等为代表的一批中青年诗人先后以"新归来诗人"的名义发表诗作，甚至在一些刊物上开设"新归来诗人"栏目。2011年6月23日，沙克在新浪网创办了"中国新归来诗人"博客，一大批海内外具有类似人生与创作经历的诗人开始通过网络等现代交流方式聚集起来，形成了当代诗坛上又一道亮丽的风景。2015年底，沙克又借助微信的力量，建立了"中国新归来诗人"微信群和新归来诗人微信公众平台，将大量"新归来诗人"召集起来，交流诗艺，重温处女作，展示代表作，举办各种类型的诗歌征稿及竞赛，以联展的形式在《现代青年》《诗林》《翠苑》等公开期刊及《诗歌地理》《岭南文学》等民间刊物和内部期刊上，发表"新归来诗人"的群体作品，并且联袂作家网、中诗网等海内外多家知名网络媒体同时推出作品。尤其是沙克主编的诗歌选集《中国新归来诗人》（2007-2016精品诗典），集近10年来新归来诗人作品之大成，非常值得关注和研究。在微信群举办的各种作品评审中，沙克是一个不留面子的人，他只认文本的优劣，只谈艺术的创新，不管名气与地位。在有些比赛中，很多名气很大的诗人都没有能够得奖，甚至被点名批评，由此形成了一种难得的批评风气。到目前为止，"新归来诗人"群落拥有了洪烛、潘洗尘、邱华栋、小海、李少君、周庆荣、义海、橙子、大仙、冰峰、林雪、默默、程维、姜念光、周瑟瑟、尚忠敏、周占林、代薇等一批"新归来诗人群"的代表性诗人，重新认同自己新归来诗人身份的吴少东、雷霆、郭豫章、愚木、束小静等也进一步归来，由此带动了姜念光、庞余亮、柏铭久、丛小桦、柏常青、张檣、林浩珍、尹树义、胡子（英国）、谢宏、鲁亢、樊子、郭建强、蒋蓝、南鸥、芳竹（新西兰）、冯光辉、老铁、施玮（美国）、孙启放、北城、龚学明等一大批认可"新归来诗人"理念的诗人的参与。他们的探索和成果，使严力、郭力家、荣荣、潘红莉等诗人对"新归来诗人"给予了认同。

与以艾青为代表的新时期"归来者"诗群相似的是，"新归来诗人"也经历过一种离去再归来的诗歌创作历程。"新归来诗人"主要出生在上世纪60年代，也有部分出生在50、70年代，他们的创作主要开始于上世纪80年代的新诗热潮时期，不少人在创作之初属于大学生诗人、民间诗人群体，发表了很多具有特色的作品，创办了一些有影响力的民间诗刊。到了90年代，中国社会发生了很大的变化，市场经济在中国大地蔓延，物质追求在很大程度上成为人们生活的主流，80年代席卷中国大地的诗歌热潮渐渐降温，诗歌进入低谷。众多诗人开始自主分流，这些曾经活跃的诗人因此进入了艺术的蛰伏期或者转型期，他们要么转写其他文学样式，要么投身职场，要么下海经商，自动离开诗歌去追寻一些与生存、梦想相关的人生目标。但是，他们的诗歌理想还在，艺术梦想还在，到了新世纪，这些诗人带着80年代的理想光辉，加入了暂时离开诗坛期间积累的人生的厚度与广度，以更加成熟的诗艺和真挚的情感给诗坛带来了震动和惊喜，成为新世纪之初中国诗坛壮观的"新归来诗人"群体。在"新归来"的事实背景、文本写作和典型意义的视域下，那种诗歌复兴的传承力量和网络等现代传播方式的大力推动，使"新归来诗人"在不长的时间里就受到了越来越多的关注和认可。

"新归来诗人"和"归来者"诗人在人生经历和艺术追求上存在着很大的差异。在人生经历上，"归来者"诗人经过上世纪50年代的"反右"运动和文化大革命，大多因为政治运动失去了写作的自由，被折断了艺术的翅膀，被迫离开诗坛，都有着被冷落被放逐的人生体验。他们在文学创作上的回归也是因为新时期政治上的拨乱反正才成为可能。"新归来诗人"没有经历过政治风云变幻的激荡，他们的离去和归来是尊崇内心的需要，是顺应内心的自由选择，而不是因为现实政治的潮起潮落。在诗歌艺术的追求上，"归来者"诗人由于在政治运动中饱受磨难，悲怆和忧患几乎成了他们作品中一种普遍的情绪，在半梦半醒的自语中，人们听到的是这样悲凉的歌唱："且看淡月疏星，且听鸡鸣荒村，／我不仅浮想联翩，惘然期待着黎明……"（绿原《重读圣经》），苦难所引发的自我的觉醒和对个体命运的反思，极大地凸显了诗歌隐喻思辨的特征；"经历过春天萌芽的破土，／幼叶成长中的扭曲和受伤，／这些枝条在烈日下也狂热过，／差点在雨夜中迷失方向"（杜运燮《秋》），满是受伤的疼痛和对这种疼痛的反思。"新归来诗人"带着极大的热情和对诗歌的挚爱回归诗坛，他们在诗中自觉宣扬生命、自由、美和爱的理念，对诗歌有着近乎朝圣般的精神信仰，对生活与历史有着自觉的介入，全力揭示诗歌无法遮蔽的历史意义和精神价值。

有人把"新归来诗人"称为"新归来诗派"，以流派来看待这个诗人群落。这其实是不准确的。"新归来诗人"的构成非常复杂，他们的共同之处，从外在上说都有相似的经历，从内在上看都对诗歌艺术怀有执著的迷恋。但是，在艺术追求上，他们却各不相同，情感取向、艺术手段、艺术风格等存在很大差异，本身就是一个多元化的构成。从这个角度上说，"新归来诗人"和"归来者"诗人一样不是一个流派，而是一个执著于人生和诗歌艺术探索的艺术群落。

诗人沙克的诗《我回来了》可以看作"新归来"诗群的一篇"宣言"。

> 慢点走，再慢点，停下来
> 看看日子过去了多久
> 看看身上重了多少
> 看看周围造了多少美景
> 看看天上还有几只鹰在飞旋
>
> 风水顺着人们的意思
> 损耗，占有，挤满，膨胀
> 哪还有存放心脏的空间
> 心脏早已丢失。未来也已经被透支
>
> 我停下来，卸去身上的东西
> 再卸去脂肪和肉
> 我停下来，让自己皮包骨头
> 像鹞鹰那么轻身
> 回望，后退到原来的路口
> 捡起血色将尽的心脏
>
> 在人们将去其他星球之前
> 我回来了，找到心脏，放回体内

这个最微弱的生物曾经叫灵魂
进入我皮包骨头的里面
一间有泥土的房子里面
陪我慢慢地生活

从一根时针上，我归来了
我喜爱地球的立足点
喜爱在这个点上写作诗歌
我回来了，我不反对什么
我朗诵自己的诗歌
给那些想要去其他星球的人们听

我回来的目的十分明了
这里有本真的生态
有生命、自由、美和爱
我回来了，找回心脏
坚持自然生活，身心同行

——沙克《我回来了》

  这个诗群倾向于对生命本身的哲学思考与理性探寻，对诗歌艺术进行大胆实验，对爱与美进行诗意观照，对生活全心投入，追求物我两忘的艺术境界。每每触及现实生活的本质，他们的作品就呈现出一种特殊的精神硬度和韧度。"新归来诗人"在诗艺探索上表现出极大的包容性、异质性、多样性，他们的作品作为隐喻的建筑带有精巧的"装置"，在西方话语与本土文化、在传统积淀和现代观念的交汇处寻求平衡，充满热烈的情感，冷静的思索和对历史、现实、生命的深度打量。

  "新归来诗人"在创作上的一个显著的特点就是通过日常经验的

叙事来摆脱"影响的焦虑",在历史与现实的多维联系中彰显文本的组织能力,用艾略特荒原式的反讽去投射生活中的光影声色,对生活细节与日常经验的偏爱使他们的诗作有着更多的"及物性"特征。他们有这方面的先天优势。这个群落中的诗人都经历过中国改革开放和市场经济的历练,经历过从嘈杂、浮躁向冷静、沉思的转型,他们感受的生活、体验的人生可以说是异彩纷呈,这些经历本身就使他们和其他一些诗人形成了差异,为他们思考历史、打量现实、感悟人生、提炼诗意奠定了坚实的基础。这也和中国文化和历史有关。从《诗经》开始,中国诗歌就确立了"诗言志""温柔敦厚""绘事后素"等美学标准。"诗言志"是强调言之有物,不空发议论和为赋新词强说愁;"温柔敦厚"要求诗歌要含蓄婉约,多用"春秋笔法";"绘事后素"则表明诗的"构架"可以炫目,但诗的"肌质"一定要素雅真挚。因此,叙述性就成为中国诗歌发展的一个重要的源流,可以在一定程度上避免诗歌创作中流行的"空壳化""同质化"等弊端。

> 子夏问曰:巧笑倩兮,美目盼兮,素以为绚兮。何谓也? 子曰:绘事后素。

"绘事后素"阐明的是诗美的发生过程,如果把诗歌的抒情作为外在装饰即"绘",那么诗歌的本体部分即诗意产生的装置就是"素","素"一定发生在"绘"的前面,具有本源的意义。在一定程度上说,中国新诗的发展史就是一部抒情与叙事相克相生的历史,是延续、重构古典诗歌传统的历史。面对纷繁复杂的历史、现实和晦暗不明的情感世界,诗歌只有在坚守抒情性的基础上借鉴戏剧化的叙述性,由线性的美学趣味上升到对异质经验的包容,从不及物的悬搁到及物的播撒,使直接抒情成为内核,才能将诗的语言赋予更多的可能性空间。

尚仲敏是带有浓厚归来色彩的诗人，他是20世纪80年代大学生诗派的代表诗人之一，也是"非非"诗群中的重要一员，90年代初下海经商，21世纪初回归诗坛。他早期的诗歌《卡尔·马克思》就显示出反讽式解构的端倪。这是一种与外部世界相互指涉的"及物"的写作，"及物"是自我与外部世界互相渗透、对话、修正的过程，是历史镜像与个人际遇碰撞时尖锐的刺痛感。尚仲敏"归来"以后的另一首作品《端午节，让我们谈谈历史》也是一次企图用新历史主义颠覆经典的尝试，有着对历史神秘性和神圣性的祛魅追求，在怀疑精神上走得更远，直接质疑历史人物存在的真实性。新批评学派评论家布鲁克斯认为"反讽是对陈述句的明显的歪曲"，是诗歌构架与肌质出现戏剧化的矛盾性之后产生的弹性空间。"进出晚唐的后门／为着一种色调、气息、态度的闺妇或歌伎／舍文墨而偷情"（沙克《译温庭筠》）就是对晚唐花间词的一种戏仿。"给我36宫，我就流浪，给我72妃，我就守身如玉，给我满汉全席我就绝食，把我逼上悬崖，我就在崖顶上安家，一个你，就是我全部的幸福。"（默默《权力》）则带有撒娇与无奈的黑色幽默。

关于"新归来诗人"在作品中体现出来的叙述性还往往夹杂着对经验的迷恋。经验是情感的内化与沉淀，是诗意发生的一个关键词，它比抒情更能带来精神散逸的力量。经验是实实在在的所指，是与人的情感和生活经历相关，可以发生共鸣的，而共鸣恰恰是诗人作品中"隐含的作者"与读者的"期待视野"对话与融合的过程，是审美产生的重要方式。

经验强调的是体验与生命的同构共生性，新归来诗人将生命体验与情感经历注入诗歌，形成人生与作品的互文关系。小海是"新归来诗人"中的重要代表，他在20世纪80年代以"他们"诗人中的一员登上诗坛，90年代进入苏州市某机关工作后诗作渐少，到了新世纪又重新进入创作高潮期。他的首部诗集《必须弯腰拔草到午后》出版于2003年，此后，《村庄与田园》（2006）、《大秦帝国》（2010）、

《北凌河》（2010）等诗集相继面世，最新的一部诗集是2013年出版的《影子之歌》。小海的诗对于日常经验的发掘使他的创作消除了语言和情感的紧张对立，建立起词语与对象之间的亲和力。他的《必须弯腰拔草到午后》是苏北农村童年往事的真实写照，是诗歌关注经验的重要实践。一个戏剧化的生活场景使得诗歌有了清新动人的力量，小海算是"新田园抒情诗人"，村庄和田园在他的诗里是和经验密切相关的意象。他以后的《村庄组诗》和《影子之歌》中始终贯穿着乡村生活经验的影子，"海安入夜的凉气比赤脚还凉，比赤脚的河水流动得更慢"（《村庄组诗》），这种美丽而忧伤的抒情空间的创造被诗人柏桦称为"一种可怕的美已经诞生"。

> 小时候，/我常常在院子里踩我的影子，/兴奋得大喊大叫。/我对影子感到惊奇，/好像是我一个并不存在的同胞弟兄似的。/在异地老去后的晚年，/影子像一条易主之犬，/又认出了旧时的小主人，/泪水涟涟，失魂落魄。
>
> ——小海《影子之歌》

《影子之歌》以一种看似松散的叙事，进行着哲理与思辨的创造，回荡着私人记忆与童年记忆的混响，时空的迅速转换打破了影子与自我之间固有的联系，使二者产生了对话式的复调关系。

"新归来诗人"在创作上的另一个特点是：写作内容与对象的日常化，审美趣味的个人化与细节化。"新归来诗人"在创作上很少出现阻拒性的语言和欧化的风格，而是在对日常生活进行细致观察后作出不动声色的剪辑拼贴，在细微处创造诗意。从日常生活细节中发掘诗意，有着"新小说"派罗伯·格里耶的那种不动声色的长镜头式的展示。20世纪80年代的朦胧诗内含着一种中心意识和英雄主义情结，其表现的主题、题材往往都是重大的，风格也倾向于严肃庄重。"新归来诗人"侧重个人生命经验细微化，是一种自我指涉的个人化的写作，以日常生活的种种物事、场景入诗，并试图诠释生活、获得真理性认知，寻找现实生活中事物浑然一体的紧密联系，从而使诗歌中洋溢着一股迷人的、直觉的哲学意味。比如洪烛的《老房子》，通过"老房子"这一日常化的意象来感喟青春易老，流年似水。他的另一首诗《放风筝的人》，"我看不见那个放风筝的人，也看不见那些看风筝的人，我看见的是自己，远远地站着"，则是通过一个场景写出了人与人之间的疏离感，风筝成为一面镜子照出世间百态，整首诗有着卞之琳《断章》般的相对感与智性。这里的放风筝的人和看客都是装饰性的元素，叙述者的主体性在人与人的相对性中得到体现。邱华栋的小说家名头在一定程度遮蔽了他的诗人身份，事实上，他十来岁就开始写诗，有着写小说和诗歌的两副文墨，诗歌对他来说更是语言的练习。邱华栋书写都市生活场景及都市人的病态心理的能力延续到了他的诗歌里。

>我从上海锦沧文华酒店12层的窗户望出去
>
>波特曼酒店、恒隆时代广场和上海展览馆把时间扭曲在一起
>
>这个早晨闷热而华丽，我以外来者的眼光
>
>对她漫不经心的一瞥，看见了上海的心脏地带
>
>在潮湿的8月里谨慎地涌动，并成为这个金钱时代的脚注
>
>为了她变得更高，更富丽堂皇，更辉煌，也更糜烂
>
>　　　　　　　　　——邱华栋《上海的早晨》

上海在诗中作为一个意象而存在，它被布景化、虚幻化了，它是一切都市的缩影。在金钱气息浓郁的都市里，一个外来者被他者化和矮化，上海光怪陆离的都市生活带来的是一种令人异化的压迫感。

日常生活化的诗歌写作是一种新的诗学价值观的表现，是对宏大叙事和神性写作的一次纠偏，其中具有方法论意义的是"拼贴"（collage）等技法的使用。拼贴是把来自不同语境的语言片断拼贴在一起，形成一个个戏剧性场面或蒙太奇，以产生意外的艺术效果，创造出五光十色的诗境。"拼贴"的使用与现代人生活的负载特征有着十分密切的联系。现代人面临的诸如就业、情感、疾病等各种困境，以及快节奏的生活带给人的无所适从感，它们往往在人脆弱的时候如潮水般涌来，诗人超拔的洞察力往往需要多场景或多事物的"拼贴"，才能在日常生活的流动中将饮食男女、锅碗瓢盆、风花雪月无限延展，最大限度地恢复诗与现实的关联性，表现诗自身话语方式的复杂性。诗句中的拼贴将非连续的碎片集合在一起使场景和人物图像化，很像由一些跳跃的片断剪接起来的电影镜头。镜头的转换十分迅速，而这样的场面和人们的日常生活经验相悖，便能显示出来突兀的效果，电影技法就这样运用到了诗歌写作中。"新归来诗人"在作品中进行很多关于拼贴的尝试，现代生活的复杂性、情感世界的线团化使诗人在作品中要打破"逻各斯中心"主义的天真，让诗意空间在分延中扩展，从而使诗具有更多的复杂性和难度。

> 我还看到一种转动、翻旋在手表的机芯里进行
> 戴表人的五体松动得厉害
> 心已破裂转眼间
> 我又看到火焰在一滴水中蹿动
> 冒出云和汽的形态，幻如智慧、能耐、预言
> 迷失为宽厚、广阔
> 这，不过是他文字的十分之一
> ——沙克《一只不想的鸟》

沙克在这首诗里运用了很多看似不相关却与运动有联系的意象

"机芯""火焰""云和汽""鸟",将这些意象拼贴在一起,就形成了电影镜头切换所带来的蒙太奇效果。词语的拼贴与硬性组合表现了偏离一般情况下正常思维的感受方式,给人以陌生化的感觉,异质混合的构图中,我们可以看到,不同具有互文关系的元素打破了单线持续发展的相互关系,使得读者在阅读的过程中获得了很多视觉的审美体验。海男的《我感恩什么》也是一首精巧运用拼贴技巧写成的诗,"卖野蜜的妇女""时间的过去""母亲洗菜的声音""黑麋鹿正在原始森林散步"等生活场景拼贴在一起,很自然地还原成生活里的诗意和温暖感人的情怀。

"新归来诗人"还执着于"中国风"和"时事性"的探寻。中国新诗受到中国古典诗学的影响颇深,比如戴望舒的《我的记忆》、李金发《微雨》、何其芳《预言》等待都显示了诗歌与中国文学母体、本土文学传统深刻的文化血缘关系。新诗对古典诗歌美学的传承不仅体现在意象、词语、构图等方面,更体现于从词语表面散逸出去的意境和哲理。比如《古诗十九首》中有很多关于时间易逝和生命短暂的诗篇,中国人很早就在生命哲学的层面感受到生命的短促和无常,因此与时间有关的体验和看法是相当悲观的。在中国传统诗歌中与时空转换相关的作品往往被赋予很多与生命体验相关的情感。时空观不仅是物理学意义上的,更是哲学意义上的。比如李商隐的《夜雨寄北》:"君问归期未有期,巴山夜雨涨秋池。何当共剪西窗烛,却话巴山夜雨时。"诗中表现出异常复杂的时空转换,"何当共剪西窗烛"是对未来夫妻团聚场景的憧憬,那时候夫妻谈论的是"却话巴山夜雨时"即当前的场景,巧妙地表现了时空回环往复的转换之美。"新归来诗人"在诗中也表现出了很多古典主义的"中国风",沙克《幸福的门中》运用了"马蹄莲""蛐蛐""泥人""庙堂"的意象,浓郁的中国风扑面而来。潘红莉《画中的光阴》与时光有关的歌唱,"好像各不相干的分离,在时光中分布花园或者坟墓","原来浓郁的香出自这里,有哀悼,也有午后的深情落满无姓氏的时间"。画中抽象的时空与现实中的时空交错在一起，诗的意境显得更加虚幻缥缈，带有古典诗歌的玄学之风。"新归来诗人"着力于把汉语诗歌从政治抒情诗漫长的阴影下解脱出来，发展成一种诗意浓郁、视野广阔的"时事诗"，将诗的洞察力提升到一个新的高度。现实的文本化成为"新归来诗人"处理经验与知识的重要手段，现实材料的诗意转换成就了罗兰·巴尔特所说的文本的欢娱。比如代薇的《色戒》是对当下快餐式爱情的剖析，林雪《陈红彦之死》将一个真实事件的新闻报道糅合在诗歌里，使诗对现实有了更多的干预和透视。"新归来诗人"不约而同地对社会现实的关注，介入社会生活并揭示现实生存的真相，抵御消费时代的异化力量对人的挤压，关注人的生存状态。

"新归来诗人"及其同路诗人中的几位女性诗人，如海男、林雪、荣荣、潇潇、龙青、代薇、潘红莉、颜艾琳、爱斐儿、海烟、三色堇、芳竹、益西康珠、冷眉语等，以细腻的女性情感和性别意识，成为当下诗坛上的一道亮丽风景。女性诗歌的命名与女权话语无关，它指涉的只是一种与女性有关的温暖的差异性，一种与男性不同的女性经验和感觉，包含女性基于独特生命体验而建立起的自立意识和反抗意识，来自内心的挣扎和对"女性价值"形而上的抗争。在海男的诗里，我们可以感觉到她在建造一间自己的房间，把内心的忧伤和头顶的乌云全部隐藏。海男的诗充满由独白和呓语组成的"个人的声音"，有的表达了黑夜意识和死亡意识，通过视角的转换表现出惊恐、恍惚、彻悟以及洞察。

"新归来诗人"中的大多数诗人在当下诗坛上都拥有自己的地位，属于中年诗人群体中的实力人物，具有较大的感召力和影响力。很多在20世纪90年代之前的诗坛上曾经耳熟能详的名字，他们因为种种原因或长或短地离开过诗坛，但他们身上的诗意追求没有淡化，他们心中的梦想没有离去。到了新世纪，他们的集体"归来"给诗坛带来了一股更加厚重、大气、深沉的诗风。他们在艺术上进行了积极的探索，表现在对生活本质的强烈的介入，对个人经验的推崇，对异质性和多元化的融入，在市民话语和国家话语之间找寻一种平衡，开拓出属于他们的开阔、深沉、复杂并具有独特话语风格的诗歌空间。他们不做前辈诗人机械的描红者，而是以强大的创新力量在沉默中发出声音，在当代诗歌中留下了浓墨重彩的一笔。"新归来诗人"是中国当代诗歌史中的客观存在与特殊现象。他们是文化多元化背景下的集合，他们的回归意味着诗歌人文精神的又一次复苏。和过去的创作时代和艺术追求相比，他们的"归来"不是简单的重复和延续，而是带着对历史、现实和人生的更深的体验与理解，带着岁月、年龄所赋予他们的深沉与思索。对于整个中国当代诗歌史而言，"新归来诗人"经历了十多年网络诗歌发展中的语言狂欢后，打破了诗歌虚假繁荣的泡沫，回归到诗的本质美的追求，是对文化的一次寻根和重建。

"新归来诗人"除了在诗歌创作上的突出贡献之外，在诗歌批评上也有着不俗的成就，比如沙克、洪烛、邱华栋、义海等就有着一边写诗一边写诗评的经历。他们通过作品大联展，向诗歌界展示他们对于"生命、自由、艺术与爱"（沙克语）的追求，他们用回归者的歌声表现对自然生活与生命价值的坚持。正如沙克所说的，他们在文学史上的归来是"一种责无旁贷、无所归咎的飞翔，照亮生命和心灵的永恒运动"。

本文原刊于《当代作家评论》2017年第4期

方向与高度

——论吉狄马加的诗歌

罗振亚

流连于吉狄马加的诗歌世界,会遇见许多鲜活质感的事物,拂面而来的大山、河流、岩石、土地、森林、苦荞、太阳、猎人、雪豹等地域文化符号,组构成了一个相对自足的抒情空间。而其中不断复现的"鹰"意象,更是格外引人注目。若按西方新批评理论的阐释,"一个语象在同一个作品中再三重复,或在一个诗人先后的作品中再三重复就渐渐积累其象征意义的分量",成为必有所指的"主题语象";[①]这个大剂量、高频率闪回的人文取像"鹰",完全可视为吉狄马加诗歌的固定词根,它肯定凝结了诗人深度的情绪细节和隐秘经验,在本质上影响着诗人的风格个性与精神走向。

事实上,吉狄马加与诗歌结缘近40载,虽然历经过诸多思潮、流派的更迭与喧嚣,但从未被流行的趣味所裹挟,凭借群体或圈子的力量张威;而一直守望着时而红火时而寂寞的缪斯,以文本说话

---

① 赵毅衡编选:《新批评文集》,第100页,天津,百花文艺出版社,2001。

的方式前行，并且逐渐成长为诗坛上空一只矫健的雄"鹰"，自有其飞翔的方向与高度：诗人的学徒期短，几乎开始即是高峰，《黑色的河流》一出手就有着成熟诗人才具备的明确方向感；而后又不断进行自我超越与创新，高潮迭起，持续攀援诗艺的峰顶，在时尚之外别开新花，以不衰的再生力带给读者无限的惊颤和启悟。他的诗看上去没有高深莫测的晦涩，也与追新逐奇无缘，朴素单纯，本色易懂；实则沉潜浑厚，大气开阔，从山地出发，内里联通着中国，最终走向了世界，标志着新诗真正实现了多民族、多国度间的"对话"。一个并不十分先锋的彝族诗人，作品却在世界范围内以多国文字的方式被广泛传诵，俘获了无数关注的目光和心灵，反响连连，让全国新诗奖、骏马奖、欧洲诗歌与艺术荷马奖等众多奖项实至名归，这种值得回味和深思的奇迹般的现象本身，理应成为进入吉狄马加诗歌世界的逻辑起点。

"被埋葬的词"：寻找与超越

黑格尔曾经断言："艺术和它的一定的创造方式是与某一民族的民族性密切相关的。"[1]吉狄马加的诗歌存在堪称这一规律的形象化诠释，它最初的成功即是靠民族和地域性因素起家已成不争的事实。当他在那首《自画像》中深情地喊出"我—是—彝—人"时，绝非仅仅意味着很多论者一再标举的身份话语的自觉建构，更隐含着诗人和诗人所属的彝族之间密不可分的结构内蕴，昭示、凸显着诗人特有的文化立场和担当精神，"我要寻找／被埋葬的词／它是一个山地民族／通过母语，传授给子孙的／那些最隐秘的符号"（《被埋葬的词》），诗人欲以民族代言人的身份，寻找、观照、承续彝族的传

---

[1]〔德〕黑格尔：《美学》第1卷，第362页，朱光潜译，北京，商务印书馆，1986。

统历史、文化与情感，这是他对自己艰难使命的恰适定位，也为自己的歌唱提供了连绵不绝的书写资源。

回望20世纪80年代中期的文学语境，能够清晰地体会到吉狄马加选择的明确方向感。彼时的中国诗坛，正是从朦胧诗向"第三代"诗转换的"新""旧"交替之际，热闹喧腾，鼎沸异常，充满着"美丽的混乱"。大量诗人觉得"非"诗的社会、现实因素无助于美，朦胧诗"那种人间烟火的稀薄，那种类型化规范下的情思萎缩，那种超凡脱俗的名士气息，都使人感到隔膜与疏远"，① 以反文化、反英雄、反崇高的极端反叛姿态，敞开平民个体生命的状态，走向了凡俗化的艺术之路。同为朦胧诗后崛起的诗人吉狄马加自然十分清楚，写诗是关乎精神和灵魂之事，必须"走心"，过于贴近时代、国家、革命等意识形态层面进行宏大抒情，是很容易蹈入工具论窠臼的危险行为；但他也不完全认可"第三代"诗纯粹的"个我"生命本体表现，而是在辩证吸收朦胧诗的"及物"倾向和"寻根"意识的基础上，自觉规避抽象、绝对的"在"，将观照对象定位于故乡凉山、诺苏彝族及其自己对之的情感方面，在"此岸"世界的抚摸中，建构他人难以企及的形象诗学世界。

在吉狄马加的诗中，不仅闪回着与凉山彝人相伴生的风景、风情与风俗画面，更有绘形之上的彝人命运和情思旋律的质的切入，地域色调浓郁的意象语汇组合里，常跃动着抒情主体和彝人的心灵吁求与渴望。像"我看见人的河流，正从山谷间悄悄穿过。/我看见人的河流，正漾起那悲哀的微波。/沉沉地穿越这冷暖的人间，/沉沉地穿越这神奇的世界。//我看见的河流，汇聚成海洋，/在死亡的身边喧响，祖先的图腾被幻想在天上。/我看见送葬的人，灵魂像梦一样，/在那火枪的召唤声里，幻化出原始美的衣裳。/我看见死去的人，像大山那样安详，/在一千双手的爱抚下，听友情歌唱忧

---

① 罗振亚：《后朦胧诗整体观》，《文学评论》2002年第2期。

伤。// 我了解葬礼,我了解大山里彝人古老的葬礼"(《黑色的河流》)。群山间缓缓流动的"送葬"河流,犹如一幅徐徐展开的深沉的彝族文化画轴,忧伤的人群、肃穆的气氛和部落直面死亡时神秘的节奏、旋律遇合,生成了一种特殊的民俗学价值;尤其是诗以现代意识观照死亡、命运和灵魂,对彝人精神深处万物有灵论等集体无意识的发掘,释放出了人性之美的光辉。彝族人认为死去的人灵魂仍然活着,他们将在天上获得超度图腾,活着的人对之忧伤的缅怀与祈祷,则为人性和爱的动人闪烁,形象地揭示已扣合了彝人相对坦然、豁达而悲壮的死亡观念的深层脉动,深邃而神秘。《反差》更有别于为彝族人和土地简单画像的浮光掠影,触及到了彝人深隐乃至忧郁的心理褶皱和精神内核,"我看见一堵墙在阳光下古老／所有的谚语被埋进了酒中／我看见当音乐的节奏爬满羊皮／一个歌手用他飘忽着火焰的舌尖／寻找超现实的土壤//我不在这里,因为还有另一个我／在朝着相反的方向走去"。"我"与"另一个我"两个异质、矛盾意象构成的内在张力,外化出了诗人也是整个民族处于传统文化和现代文明对立、转换背景中的"灵魂阵痛",一面是生态自然、可供精神栖居的诗意空间,一面是科技、商品、物欲挤压的后工业困境,而自我、民族与人类若要"浴火重生",又只能无奈地忍受后者对前者的侵蚀和介入,现代文明负价值滋生的迷惘困惑、爱痛参半的体验,和复杂而沉重的挽歌情调,当然也就无法根除了。好在吉狄马加正是在这种二难的文化语境中,找准了自己立足诗坛的鸣唱视域和抒情基调。并且,诗歌"是来自诗人灵魂最本质的声音"[1]"忠实于你的内心世界,从某种角度而言,比忠实于这个喧嚣的外部世界更为重要"[2]的观念选择,决定吉狄马加是从内视点出发和整个世界进行对话的,其诗的发生多肇始于诗人的切身感受和原

---

[1] 吉狄马加:《一个彝人的梦想(组诗小序)》,《民族文学》1987年第3期。
[2] 吉狄马加:《一个彝人的梦想》,《诗歌集》,第356页,南京,江苏文艺出版社,2013。

初经验，常常情真意切，元气淋漓，这种"心灵总态度"的融入，既密切了词语和彝人生活、情感之间的关系，又蛰伏着与读者心灵沟通的可能机制。

也就是说，吉狄马加在可能的限度内，向读者形质俱佳地敞开了彝族世界以及自己与之的精神关联，从中寻找到了不该被埋葬的"词"之根，这种寻找鲜有前人，意义非凡；但是如果由此就断定他为彝族文化的"代言人"或"守望者"，则无疑小视了他诗歌的价值。因为吉狄马加深谙诗人要和审美对象若即若离的要义，认为诗人既需做匍匐于土地上的"兽"，更该盘翔为天空中的"鹰"，进行贴近又超越的诗意言说，他首先属于民族，但更属于世界和整个人类；所以他一直恪守着让自己的诗"具有彝人的感情和色彩"同时"属于大家"[①]的信念，使极其个性化的文本抵达了后来马悦然先生高度认同的"人类性"境地。这种蜕变受益于诗人对地域、民族性写作固有的狭隘因素的内向省思，也与他从大凉山到成都再到北京，以及多次出访海外的人生迁徙所造成的视野、经验与方法特质互为表里，呈现着一条渐趋自觉、强化的轨迹；对这种变化超越中形成的诗情个性品质，可以做多向度的理解和阐释。

首先，它指向着创作主体突破了闭锁的态势，抒情视野和担当范畴在日益扩大的显豁事实。吉狄马加一再申明写诗是因为对人类的理解，这种博大之爱的驱动，使他以顽韧不懈的"去蔽"努力，在一定程度上逼近了彝族文化的真相，但绝不会因民族性的拘囿而拒绝、规避更广阔的精神空间。所以随着诗人走出西南大山，他感知的触须即相应地漫向彝族之外的其他民族国度、故乡情结之上的多元主旨和命题，将诗晋升为世界领域和人类高度的思想漫游。不说具有中华视角的《长城》、追挽过往记忆的《我听说》、隐喻意

[①] 吉狄马加：《一种声音——我的创作谈》，《吉狄马加诗选》（代后记），《青海湖》2012年第2期。

突出的《感恩大地》等作品,已在历史、人性和生命的宽阔维度上驰骋诗思;单是《有人问……》中涉足的生态平衡与处境问题,就足以令人警醒,"难怪有诗人问这个世界将被谁毁灭/是水的可能性更大,还是因为火",诗从非洲原野上动物链推导出的骇人结论,对人的欲望和罪恶构成了严肃的拷问,这种"问题诗"饱蕴的伦理承担的悲悯大爱,和关于工业文明破坏自然的生态反思,已不乏批评生活的直接行动力量。至于借美丽的传说谴责暴力、祈祷和平的《鹿回头》,更充分显示出诗人已有笔写目前自我、心系天下风云的襟怀和抱负,"这是一个美丽的故事/但愿这个故事,发生在非洲,发生在波黑,发生在车臣/但愿这个故事发生在以色列,发生在巴勒斯坦,发生在任何一个有着阴谋和屠杀的地方/但愿人类不要在最绝望的时候/才出现生命和爱情的奇迹",其对爱与生的思考恐怕就不止于一种"启示"了。

其次,是说诗人的个人情思抒发越来越能暗合人类的普遍价值和深层经验,在贴近个人的同时实现了洞穿人类生存境遇、对人类终极关怀的超越。如怀念文学伟人聂鲁达之诗并不少见,吉狄马加的《祖国——致巴波罗·聂鲁达》则完全在表达高度私人化的情绪和意念,它在思维和想象方式上均独出心裁,不可复制,"我不知道/你在地球上走到了多远的地方/我只知道/你最终是死在了这里/在智利海岬上/你的死亡/就如同睡眠/而你真正的生命/却在死亡之上/让我们感谢上帝/你每天每时都能听见大海的声音!"只是它将诗人生命、大海和祖国意象贯通背后那种跨越死亡的高尚人格的标举态度,那种对伟大灵魂发自内心的钦敬心情,又同读者的内在认知之间存在着诸多相似相通点。再如《唱给母亲的歌》以大雁将子雁送入雁行的行为,比附母亲对儿女的情感,"当我骑着披红的马走向远山/我回过头来看见/夕阳早已剪断了/通往故乡的小路/啊,母亲/这时我看见你/独自站在那高高的山岗上/用你多皱的双手/捧着苍老的脸——哭泣"。诗中母亲坚毅又难舍的复杂感受，乃契合着国人渗入骨髓的普遍乡愁情结，所以虽然走笔个人，却能勾起天下游子的绵绵遐思和深情。在论及吉狄马加诗歌的主体形象时，有人说它"几乎每首诗中的'我'，都不能简单地理解为诗人自己……'我'既是诗人自己，又代表所有彝人"，[①]这种指认道出了吉狄马加诗歌存在的心理结构机制，即由于宽阔视野与"大爱"情怀压着阵脚，诗人发端于心灵视角的抒唱很少沉湎于个体情怀，迷踪为个人琐屑的言说或消费语词的文本游戏，沦为没顶的"水仙花"，而能接通"大我""类我"的意向与经验，切入时代内部和自我灵魂，获得一种常人难以企及的诗意高度。

再次，它表明诗人作品中逐渐凸显的理意或"思"之品质，愈发引人注目。吉狄马加的诗歌向来以抒情见长；但是随着他人生阅历的丰富、对事物感受认识的深入，尤其是原本即优卓于常人的直觉感悟力，同滋补诗人思想骨骼的外国诗歌营养遇合，他的文本内涵悄然发生了变化。因为西方诗学重"思"，博尔赫斯以为诗与哲学无本质区别，海德格尔更倡言"唱与思是诗之邻枝。它们源于存在而达到真理"。[②]几种因素的合力作用，催生了吉狄马加"将永远与人类的思想和情感联系在一起"[③]的诗歌理念，并使他对生命、人性、自然、死亡等抽象问题发生浓厚的兴趣，使他的文本在经历心灵的回味和滤淀过程中，透过表现对象的芜杂表象，接近事物的本质，不自觉地加大理意内涵的比重，充满智慧的节奏。如《时间》展开的就是对时间和生命的理解，"时间！／最为公平的法官／它审判谎言／同时它也伸张正义／是它在最终的时刻／改变了一切精神的和

---

① 罗小凤：《来自灵魂最本质的声音——吉狄马加诗歌中灵魂话语的建构》，《民族文学研究》2011年第6期。

② 〔德〕M.海德格尔：《诗人哲学家》，《诗·语言·思》，第20页，彭富春译，北京，文化艺术出版社，1991。

③ 吉狄马加：《一个彝人的梦想》，《诗歌集》，第364页，南京，江苏文艺出版社，2013。

物质的／存在形式／它永远在死亡中诞生／又永远在诞生中死亡／它包含了一切／它又在一切之外／如果说在这个世界上／有什么东西真正的不朽／我敢肯定地说：那就是时间！"它从历史、文化、宇宙、哲学多元视角，透视、把握时间的本质，辩证的思维向度会给人某种理意的点醒，并以有限生命与无限时间的冲突对比，赋予了诗歌一种苍凉感伤的人生况味。禅趣盎然的《自由》更能启人心智，"我曾问过真正的智者／什么是自由？／智者的回答总是来自典籍／我以为那就是自由的全部／／有一天在那拉提草原／傍晚时分／我看见一匹马／悠闲地走着，没有目的／一个喝醉了酒的／哈萨克骑手／在马背上酣睡／／是的，智者解释的是自由的含义／但谁能告诉我，在那拉提草原／这匹马和它的骑手／谁更自由呢？"它采用问答式结构叩问自由的本质，问而不答，留下许多不确定性的阐释空间令人感悟，让读者在彼时、彼情、彼景的关系建构中领受想象和理解的自由的快乐，实则答案已不宣自明。吉狄马加诗歌理性因素突起玉成的情理浑然的诗歌本体，有时已近于一种情感哲学、一种人类智性看法的结晶，它既增加了诗意内涵的钙质和深度，也在一定程度上松动了诗仅仅是生活或者情感的传统观念。

传统之"山"上的艺术攀援

对于一个诗人来说，新诗草创期和20世纪80年代的生存文化语境可谓判若云泥。当初只要能够暗合新文学的发展方向基本即告成功的新诗，在拥有了半个多世纪的艺术积累之后，如果文本不是出类拔萃，已经根本引不起读者的注意。随着现代汉诗这种写作难度的相应加大，自生自灭成为许多诗人无法回避的命运，而地处边缘的少数民族诗人若想获得认可，就更面临着被双重遮蔽的风险。如此说来，吉狄马加20世纪80年代在诗坛的成功显影，恐怕绝非运气成分在起作用，也不是彝人身份与山地题材的独特所能左右，而是缘于准确的创作方向的选择，和自觉方向感统摄下文本艺术质地本身的优卓与纯正。

中外诗学历史证明了一条规律，"一个诗人要真正成长起来，就必须接受多种文化的影响和养育"，[①]吉狄马加诗歌艺术翅膀的强健，则来自于彝族文化、汉文学经典和外国文学三个影响源的综合滋养。对长诗《阿诗玛》,《诗经》《楚辞》、唐诗、宋词，艾青、闻一多、冯至和普希金、聂鲁达、泰戈尔、帕斯等诗人文本精神资源入而复出的接受和消化，培植了诗人宽阔的思想视域和相对理想的审美心理结构，使他的诗歌品质出色，同时对诗有着独立、成熟的艺术主见。在他看来，诗乃"人类精神世界中最美丽的花朵"，[②]圣洁而不可欺，它发端于诗人个体，更关乎民族、国家和人类的生存及命运；诗应以内心和灵魂的表达为第一要义，形式至上或文胜于质均不可取。正因为有清醒深刻的认知作定力，他才从不人云亦云，随波逐流，即便是在"第三代"诗等断然"反叛"、抛弃朦胧诗乃至更早的诗歌传统、打旗称派的20世纪80年代，依然固我，没有盲目地趋从；而能冷静地辨析传统与现代的各自包孕和相互之间的关系内涵，在"圈子"之外精神独立地读书、写作、思考，在另一个向度上揣摩如何承继、盘活、光大中外精神遗产，如何"真正写出人类的命运，使自己的作品具有普遍的人类价值？"[③]而且在延续诗歌前辈开辟的路径，向传统之"山"的艰难艺术攀援中，触摸到一个新的精神高度。

对于吉狄马加传统味十足的诗歌认识不一，有人肯定其现实主义精神，有人称道其浪漫主义激情，有人标举其新浪漫主义风范，

[①] 吉狄马加：《一个彝人的梦想》,《诗歌集》，第356页，南京，江苏文艺出版社，2013。

[②] 吉狄马加：《一个彝人的梦想》,《诗歌集》，第364页，南京，江苏文艺出版社，2013。

[③] 吉狄马加：《一个彝人的梦想》,《诗歌集》，第354页，南京，江苏文艺出版社，2013。

有人看好其现代主义表达。谈起主义,若干年来许多人以为,从现实主义到浪漫主义,再到现代主义和后现代主义,诗歌的艺术水准是层层递进、逐渐上升的,近于传统的现实主义、浪漫主义写作,在艺术探索方面势必比后起的现代主义、后现代主义写作孱弱,疏于技巧的经营。其实,这种进化论思维是缺乏科学依据的偏见,因为文学创作本身异常复杂,现实主义、浪漫主义可能最为先锋,后现代主义照样会流于平面化,所以优秀的批评者从来不问什么主义,而只看其写得好坏。吉狄马加诗歌中,饱具震撼力的赤子激情、接合彝地气息调式鲜明的地域色彩、置身反文化语境中对生命意义和理想的坚守等因素贯通始终,经常被人圈点,无须赘言。诗人更令人刮目的追求,是在几个点上为新诗输送了个性化新质。

一是以"我"为主体的记忆诗学建构。在接受诗人潇潇访谈时,吉狄马加坦承"我的很多作品都有一种怀旧的东西,对于我的一些民族历史,伟大文化传统的一种怀念"。[1]这里至少有"我"与"怀念"两个关键词,指向着诗人这一审美特点。一些年轻论者已经发现,吉狄马加善于使用第一人称"我",展开文本的内在逻辑。[2]事实上,吉狄马加虽然不绝对排斥同时期"第三代"诗人青睐的以细节、过程与事态结构成的叙述策略,但更倾向于中国诗歌中一向坚挺的尚情路线,朦朦胧胧诗启悟,诗中抒情主体的自我意识日趋觉醒与强化,内视性维度突出,"我"的出现频率极高,"爸爸/我看见了那只野兔/还看见了那只母鹿/可是/我没有开枪"(《一个猎人孩子的自白》);"我梦见过黑色/我梦见过黑色的披毡被人高高地扬起/黑色的祭品独自走向祖先的魂灵/黑色的英雄结上爬满了不落

---

[1] 潇潇:《诗人有两个故乡——著名诗人吉狄马加访谈录》,《延河》2013年第7期。
[2] 如刘启涛、李骞:《吉狄马加的诗学理念》,《文艺争鸣》2016年第2期;颜炼军:《"母语正背离我的嘴唇"——吉狄马加诗歌论》,《民族文学研究》2014年第4期。

的星／但我不会不知道／这个甜蜜而又悲哀的种族／从什么时候起就自称为诺苏"(《彝人梦见的颜色》);"把你放在唇边／我嗅到了鹰的血腥／我感到了鹰的呼吸／把你放到耳边／我听到了风的声响／我听到了云的歌唱／把你放在枕边／我梦见了自由的天空／我梦见了飞翔的翅膀"(《鹰爪杯》)……不论是忧患人与自然关系生态伦理的《一个猎人孩子的自白》,还是演绎沉淀着彝人情感与记忆的黑、红、黄三色文化的《彝人梦见的颜色》,抑或是以民族图腾意象折射、象征自由渴望的《鹰爪杯》,无不是"我"字当先,"我"如占居中心的磁石一般,将周遭的世界吸纳浑融为一体,"我看见""我梦见""我感到""我听到"等大量叠加的句式和视角,构成了吉狄马加观察事物、维持诗人与世界关系的基本方法。吉狄马加这种与"他者"眼光对立的感知方式,因其抒情的自叙成分明显,亲切真实,先在地具有某种不可复制的功能,诗中主体"我"一般很少仅仅停浮于诗人"个我"层面,它背后往往耸立着一个群落或一个民族的形象,所以诗人个人化的诗中常"跳跃着彝人之魂",[1]而彝族文化历史的厚重沧桑,则又保证了诗人的歌唱不会沦为自我失控的情绪喷涌;同时它也可视为诗人审美心态的外化,说明诗人是在静下来之后对事物进行的平和观照,所以才能捕捉到常人难以感受到的场景、瞬间和诗意,把喧嚣忙乱的动态生活静态化为一种"慢""轻"的艺术方式,堪称是对迅疾、嘈杂的都市速度感的智慧化解。

吉狄马加的诗中之"我",更多情况下充当的是个人或族群的记忆者角色,以回忆性的视角外化着主体的情绪或体验。那些有关边地彝族的情绪或体验,蛰伏着身在都市心系故土的精神返归的冲动,它对于走出大凉山乃至四川的诗人来说,与其说是"内宇宙"真相与变化的在线曝光,不如说是长期心理积淀下的情思资源的回味与

---

[1] 流沙河:《序〈初恋的歌〉》,《西南民族大学学报》1985年第3期。

咀嚼。如"有一个男人把一块头巾／送给了他相爱的女人／这个女人真是幸运／因为她总算和这个／她真心相爱的男人结了婚／朝也爱／暮也爱／岁月悄悄流去／只要一看见那头巾／总有那么多甜蜜的回忆"(《头巾》)。头巾牵系的五位女性的命运遭遇和苦乐悲欢，即是诗人脑海中女性记忆的集中"打捞"与回放，那种细节、事件和情感纹理的细微对比，没有认真的心灵体味、过滤是无法做出的。至于以"我"观"物"的《一支迁徙的部落——梦见我的祖先》《看不见的人》，指向的更是族群的记忆，前者是彝族生命之源的回溯，线性的细节性历史梳理同"被剪断"脐带的忧伤交错，愈见剪不断的爱之坚韧；后者处理的则是诗人同过去、族群、族群祖灵之间的精神联系，"在一个神秘的地点／有人在喊我的名字／但我不知道／这个人是谁？／我想把他的声音带走／可是听来却十分生疏／我敢肯定／在我的朋友中／没有一个人曾这样喊叫我"。诗歌背后的"我是谁"等哲学问题尽管深邃，可是更引人注意的是其神秘的召唤、幽暗的氛围。或者说，吉狄马加置身对象之外超功利的观照视角，使他的记忆诗学不只意味着逝去一切的代指，有时也是带有梦幻色彩的历史文化的想象与重构，《看不见的人》中那个神秘之人及其喊叫、写信、跟随，恐怕就非实有而有虚构的痕迹，是一种可能的猜测与虚拟。这种回想式的感知路数，与华兹华斯的"诗歌是强烈情感的自然流露，它起源于在平静中回忆起来的情感"[1]理论颇为相似，它使诗朦胧含蓄，同时也获得了几许因想象带来的妩媚。

二是丰富意象系统中的"主题语象"打造。任何诗歌情感意蕴的抒发，最终都必须依靠物化的语言形态支撑，而语言又是什么？它堪称诗歌栖居的场所，自身即体现存在，即是存在，在某种意义上可以说不是诗歌创造语言，而是语言创造了诗歌，优秀的诗人总

---

[1] 〔英〕华兹华斯：《抒情歌谣集·1800年版序言》，伍蠡甫主编：《西方文论选》下卷，第17页，上海，上海译文出版社，1979。

能找到属于自己的语码与词汇,并佑护其顺利"出场"。吉狄马加的诗歌主观气场虽强,但为规避抒情的声嘶力竭与赤裸苍白状态,仍与朦胧诗人的追求同声相应,接通了传统诗歌体物写志的赋精神,注意发掘物与词之间的关联,通过具象化的策略实现心灵和外物的全息共振,这种抒情方式赋予了文本一种间接、不确定的蕴藉效果,像《岩石》《等待》《苦荞麦》等诗走的无不是这条物化的路线。但是,如果吉狄马加诗歌只满足于意象的鲜活陌生与意象间的和谐熨帖,其魅力将大为减色,因为黑格尔早就断言"东方人在运用意象比譬方面特别大胆。他们常把彼此各自独立的事物结合成错综复杂的意象",[1]休说古典诗歌,单在新诗那里它也会令人产生似曾相识之感。吉狄马加的独特之处在于,他应和忧郁多思的彝人心性和粗犷幽茫得有些神秘的彝地生态,建构了一个充满自然、地域、族群文化气息的意象系统,斗牛、岩石、猎人、猎狗、土地、大山、森林、河流、苦荞、雪豹、苍鹰、山羊、鹿、毕摩、骑手、猎枪、土豆、黄昏、百褶裙、太阳、火、火塘、火把、口弦、祖先、老人、故乡、石磨、披毡、瓦板房、脐带、传说、飞翔、灵魂……诸多浸渍着彝人生命、情感色彩和文化乡愁的意象符码,通过纵向流动和相互组合,共同组构成了相对独立自足、个性凸显的空间之"场",古朴而奇崛,对应、暗合着诗人对大凉山的爱恋与思念,对世界、人生与命运的感悟,境与心谐,内敛曲折。如"它站在那里/站在夕阳下/一动也不动/低垂着衰老的头/它的整个身躯/像被海浪啃咬过的/礁石/它那双伤痕斑斑的角/像狼的断齿……它站在那里/站在夕阳下/有时会睁开那一只独眼/望着昔日的斗牛场/发出一声悲哀的吼叫/于是那一身/枯黄的皮毛/更像一团火/在那里疯狂燃烧"(《老去的斗牛——大凉山斗牛的故事之一》)。诗中那种彝

---

[1] 〔德〕黑格尔:《美学》第2卷,第134页,朱光潜译,北京,商务印书馆,1986。

人斗牛的特有风俗与意象，那种民族不屈精神的象征外化，那种失落而又在积蓄力量的细敏感觉，已不无陌生化的冲击潜能；至于把身躯比"礁石"、视伤角为"狼的断齿"、说锐角挑起"太阳"等虚拟式的联想和想象，就更带有惊人越轨、不可复制的新异品质，将隐喻着彝族精神的斗牛悲凉而苍劲的灵魂隐秘传递得煞是到位。回望百年中国的浪漫主义新诗，会发现其最大的缺憾是自郭沫若后想象力十分贫弱，吉狄马加诗歌繁复缤纷、充沛新奇的想象力和意象创造，虽然不能完全弥补这一惨淡的现实，却也昭示了一定的可能和希望。吉狄马加的诗不仅通过上述众多意象分子和象征的联系建立，在写实与象征之间飞动诗思，生成了饱含多重内蕴和言外之旨的结构；还努力使这些象征性意象以复现或文本贯穿的方式，累积、上升为高度私化的"主题语象"，它们堪称诗人的专利语码与戛然创造，也是读者进入其精神世界的理想通道。因篇幅所限，这里只对"鹰"与"火"做抽象分析。如作为彝族精神图腾的"鹰"，似乎格外受吉狄马加青睐，被反复观照，已然成了祖先和民族的化身、神性与人性高度合一的民族精神和民族传统的象征。[1]空中翱翔的自然之鹰，在他那里又是彝族文化精神的隐喻，诗人坦言："我曾一千次／守望过天空／那是因为我在等待／雄鹰的出现／我曾一千次／守望过群山／那是因为我知道／我是鹰的后代"（《彝人之歌》），"我完全相信／鹰是我们的父亲"（《看不见的波动》），与群山厮守的鹰同自我、生命之源密不可分，诗人将其置于祖先、父亲、神的地位上与其对话，无形中加重了鹰的分量和价值。因为长期的精神仰望和崇拜，鹰的血性、风骨与气韵对诗人主体人格和胸怀悄然完成了渗透式塑造，"这时我看见远古洪荒的地平线上／飞来一只鹰／这时我看见未来文明的黄金树下／站着一个人"（《史诗和人》），"我渴望

---

[1] 见罗庆春：《雄鹰与太阳的歌者——吉狄马加诗歌的精神世界》，《中国诗歌研究动态》2011年第1期。

在一个没有月琴的街头／在一个没有口弦的异乡／也能看见有一只雄鹰／自由的在天上飞翔"（《我渴望》）。鹰搏击长空的傲岸与高远、从容与自由、强悍与坚韧，不也是一个人、一个族群祈望的心灵抽象和理想境界吗？吉狄马加的鹰之书写，以对自然风物绘形的出离，楔入了自我和族群灵魂的本质深处，触摸到了一般的诗人难以企及的审美高度，难怪他被人称为彝族诗坛之鹰了。

作为"火焰之子"的吉狄马加，对彝族另一图腾意象、神话传说中的重要原型"火"不厌其烦地施予笔墨，也不无原型意义，而且意味多端。火时而是生命的象征符号，"假如有一天猎人再没有回来／它的篝火就要熄了／／只要冒着青烟／那猎人的儿子／定会把篝火点燃"（《猎人岩》），火联系着生死两个世界和不尽的启示，它的式微、复明与燃烧，外化着彝人生命的神秘和坚韧，诗人捕捉到了二者间微妙的联系。火时而又是神秘的喻指，"在他死去的地方／有一个死去的女人／在那里火葬"（《最后的召唤》），"自由在火光中舞蹈。信仰在火光中跳跃……火是猎手的衣裳／抛弃寒冷的那个素雅的女性，每一句／咒语，都像光那样自豪"（《火神》）。因为信仰中天国和人间之间供灵魂安息、悠然休憩的"石姻哈姆"的存在，火葬的死亡在彝人看来非但不可怕，反倒似返乡的美丽之所在，火神瑰丽奇幻，扑朔迷离，极具传说色彩。火时而还是涅槃的同义语，"我把词语掷入火焰／那是因为只有火焰／能让我的词语获得自由……只有在这个时刻／我舌尖上的词语与火焰／才能最终抵达我们伟大种族母语的根部！"（《火焰与词语》）在火焰中词语获得了升华，它完成了语言意识的自觉，更在与黑暗的对抗中实现了赤诚灵魂的高度攀升。吉狄马加诗中"鹰""火"等主题语象或词根语象的不断弥漫，防止了浪漫诗的滥情，它是诗人原创力的显现，也在某种程度上延宕了读者阅读的心理时间，能够诱发他们展开审美想象或联想，增加诗歌"文思看山不喜平"的"不平"的妙趣。

三是歌唱性的复原。"一整部中国的诗史可谓弦歌之声不绝于耳。有时候倒过来，会把诗歌叫做'歌诗'"。①余光中这段话道出了诗与歌在古代原本不分家的事实，也道出了新诗越来越不景气的一个重要症结所在。新诗萌动以后诗与歌开始分流，而分流的结果是诗与歌两败俱伤，歌词不断被诟病为文学性孱弱，新诗因缺少音乐性和韵律的支撑而难以诵记，日渐边缘化。而吉狄马加诗歌的源泉即来自家乡的"瓦板屋""口头文学"和"那里的每一支充满希望和忧郁的歌谣"，②长期在彝族神话传说和民歌谣曲传统中浸淫，使他从小就对节奏、旋律有着天性的敏感，所以能够在创作中不知不觉地融汇诗与歌的因子，建构一种兼具歌唱性的声音诗学，并因之被一些人誉为"听觉诗人"。

如《灵魂的住址》《宁静》均属于自由诗体，但也都是有韵律和节奏的，前者每段均有"一间瓦板屋"，结句分别以"进出""告诉""孤独"收束，后者每段以"妈妈，我的妈妈"开始，尾行渐次用"想睡""疲惫""很累"断后，二者在音节上读起来均有一种朗朗上口之感。再如《催眠曲——为彝人母亲而作》："天上的雄鹰／也有站立的时候／地上的豹子／也有困倦的时候／妈妈的儿子／你就睡吧（有一只多情的手臂／从那温暖的地方伸来／歌手沉重的额头／寂静如月光的幻影）／／天上的斑鸠／也有不飞的时候／地上的獐子也有停步的时候／妈妈的儿子／你就睡吧……"诗共五段，每段分别以天上的雄鹰、天上的斑鸠、天上的大雁、天上的太阳、天上的月亮领起，各段行数、句式大体一致，同古代"赋"之精神息息相通的反复、排比呈压倒之势，其词语系统和情绪调式既多得彝族民谣清新、忧郁而又神秘的旨趣与味道，那种回环复沓的内在旋律，又延宕了抒情氛围的时间长度。至于像《等待——一个彝女的呓语》从排列形式、段尾韵律到反复手法，"歌诗"的倾向就更明显，"从

---

① 余光中：《余光中集》第7卷，第560页，天津，百花文艺出版社，2004。
② 吉狄马加：《我的诗歌，来自于我所熟悉的那个文化》，《四川日报》1987年3月1日。

火塘旁到石磨旁／白天对于我们来说，很快／就要消失掉。然后／是爬上木梯，然后／是蜷曲身体睡觉。／每天是这样，／每月是这样。／就是半夜醒来，看见／月亮和星星也迷茫……啊，明日就是火把节了，／在温暖的草堆里，影子听见／我疲惫的骨节开始发响"。彝女作为中心意象虽未直接写出却处处存在，它和旁、样、惘、伤、唱、裳、亮、响等"ang"韵律语汇的八次交错，加之文本内部大小回环设置，构成了一种歌的热烈、连绵而又忧郁的情绪氛围，将彝女对身边世界的不满足和对山外世界的向往渴望渲染得满爆到位，让人感觉它似乎不是从笔下写出来的，而是从心里流出来、唱出来的，已经从意象、语词间的弹跳转换成了生命的内在律动，或者说音韵节奏和情绪节奏达成了契合。

对于吉狄马加的"歌诗"化倾向，几乎一些重要的批评家都有所觉察并高度认可。①我以为这种声音诗学的自觉营造和现代汉语语音形象的探索，突破了众多诗人已有的书写经验高度，是文学原处情境的诗性恢复，它在外化抒情主体灵魂和大千世界喧哗的同时，赋予了文本一种动感，使之既能看，又可听。它虽然不容易在短期内改变新诗多用来阅读而非歌唱、诗与歌分离的窘困状态；但却指向、打开了诗歌艺术生长的一种可能，以诗歌中"歌"的成分的调节和重视，在一定程度上恢复了汉诗的可唱性即"歌诗"传统，为诗坛提供了耐人寻味的启迪。

建构另一种形态的"史诗"

优秀的诗人从不在荣誉簿上"原地踏步"，而总会以不断地自我

---

① 高缨认为"没有彝族歌谣，便没有吉狄马加"，见《彝族诗魂的双向辐射——评介〈吉狄马加诗选〉》，《文艺报》1993年7月10日；谢冕肯定吉狄马加"对声音的敏感和对节奏的热爱，也体现着他从民歌的情调和韵律中得到的灵感"，见《高山大河所孕育的》，《星星》2006年第12期。

超越养就多副成熟的笔墨。进入世纪之交后,随着视野的日渐全球化,诗观认知中经验因子比重的增大,吉狄马加意识到如果持续书写文化乡愁,过度倾力于地域质素和民族身份认同,最终势必蹈入脆弱又逼仄的窘境;于是自觉强化一直在场的为生命写作意脉,着力聚焦关乎人类存在的重要命题,相继写下《我,雪豹……》《马雅可夫斯基》等"大诗"。称"大诗"是说其相对而言多执著于生存、自由、尊严、生态、命运、死亡等"大词"追问,主旨宏阔严肃,架构气势恢弘,用语沉稳庄重,境界雄浑,情绪充沛,一切都暗合着世界范围内史诗的规范和要求,可谓另一种意义上的"史诗"。只是有博大的胸襟和创造的个性作底,保证吉狄马加在西方史诗和新时期现代史诗间以极强的"免疫力"出入与消化,建构起了一种独立的"史诗"形态,并因之使创作更加大气,更具精神重量和思想力度。

吉狄马加的"大诗"可视为现代危机中的神性凝眸与呼唤。现代文明的迅猛发展给人类带来的种种便利有目共睹;但对自然、社会生态的空前破坏,对人类的本质异化,特别是商品经济、大众文化的冲击所带来的严重的信仰迷失和道德滑坡,更令人怵目惊心。置身于如此文化困境中,吉狄马加未辱一个精神勘探者的使命,"关注人类的命运,关注今天人类所遭遇的生存危机"[①]和精神危机,在长诗中以崇高的英雄悲剧打造,传递重建人性价值尊严和人类精神生活传统的普泛吁求。他代表性"大诗"的抒情主体都充满神性或圣化色彩。《我,雪豹……》启用隶属于兽类的"雪豹"视角,某些走惯常思维路线的人或许会不适应,但只要调整一下"人为万物之灵长"的中心话语观念,即会发现"人最早的神并非抽象的大自然之力,而是高傲的具有贵族气派的兽和鸟:老虎、狮子、豹、鹰、

[①] 吉狄马加:《为消除人类所面临的精神困境而共同努力》,《吉狄马加的诗与文》,第369页,北京,人民文学出版社,2007。

神鹰、眼镜蛇,等等"。①事实上,诗中"雪豹"的确神性十足,其血统高贵,毛白如雪,身有九命,快过风速,穿行于介乎经验和超验间的"生命意识中的／另一个边缘",禀赋通灵,知晓神语,"仿佛能听到来自天宇的声音",其出身、诞生、形体、颜色、动作、思维、体验乃至记忆均让人感到超凡脱俗,以为天物,简直就是非现实的神灵的化身。作为连接宇宙、自然和人类的神的"使者",雪山的儿子和主人,雪豹驰骋、出没于"至高无上的疆域"里,护卫它"没有雪灾和瘟疫",宣显着生命存在的信念、价值和意义。然而,人类还是违背了"自然法则",以现代科技文明的产物"子弹"击中了雪豹;只是面对流血和死亡,它并无恐惧和退却,而是凛然宣告"我不会选择离开／即便雪山已经死亡",执意继续为土地上的生灵抗争祈福。诗在神性和科技文明对立冲突的推衍中,以悲壮过程和场景的还原,替承受着历史伤痛、具有英雄气质的雪豹传达了"生命的控诉",鞭笞贪欲杀戮、坚守家园和平、警醒生态危机的主旨也便昭然若揭。

而诗人有感于精神信仰危机而作的《马雅可夫斯基》,虽然称马雅可夫斯基"从未在上帝和神的面前下跪",似乎有股反神灵倾向,但信徒、神、十字架、偶像等关乎宗教信仰的语词频繁闪回,却充分证明诗对抒情主人公做了圣化处理。作为"苏维埃时代最优秀、最有才华的诗人"(斯大林语),马雅可夫斯基天才绝伦,享誉宇内,但其命运却聚讼纷纭,几经沉浮,在本质上和"雪豹"同样属于"死而复生"者。他最初在诗坛异峰突起,风云一时,可"未来主义"的极端反叛姿态难讨列宁等当局者喜欢;超越"未来主义"后向"革命歌手"的转换,因斯大林的褒扬被推上荣誉巅峰;苏联解体的再次重创,使他逐渐被读者遗忘;而21世纪他又突然"重

---

① 〔美〕阿尔方索·林吉斯:《尼采与动物》,汪民安译,《生产》第三辑第9页,桂林,广西师范大学出版社,2006。

生"……天才英雄却在命运多舛的悖论背后，批判矛头自然指向了无知者的"讥笑""诋毁""谎言""偏见"，"鼠目寸光之徒"的"近视""狭隘"和"垃圾和苍蝇"们，是他们共同设置的"陷阱"在"埋葬"着诗和诗人。当然，诗人也一直有茨维塔耶娃、艾伦·金斯伯格、帕斯捷尔纳克等一批知己、同道和无数热爱者的拥戴，吉狄马加即是其中的典型代表。他秉承着"同情之了解"的态度，在向诗人进行崇高的致敬同时，更以自己对诗人、诗与时代关系的独到理解，云蔽了构陷者对诗人所造成的蒙尘，完成了马雅可夫斯基这位"彻头彻尾的诗人"和他的诗歌"这个世界一干二净的盐"双重形象的"诗性重塑"。一句"你应该回来了"，道出了吉狄马加为何写作此诗的玄机，在如今全球"价值跌落"、病象丛生的时代，"异化的焦虑迷失在物质的逻辑"，众多灵魂痛苦地跋涉在信仰的荒原，正是在这种背景下吉狄马加企望以马雅可夫斯基的"复活"和"魂兮归来"，呼唤一种诗歌精神、诗歌信仰的回返，只有它们才能抵御住时代道德和精神的继续滑坡。

好诗之妙在于有一种深者得其深、浅者得其浅的艺术功能。读者如果能够读出《我，雪豹……》中生态保护内涵背后潜在的文化批判，和《马雅可夫斯基》对中俄诗人跨越时空"对话"里隐含的精神呼唤，基本上就算读懂了吉狄马加的两首长诗；但还远远不够，因为它们均注意打通诗与非诗的界限，一方面以诗内品质象征秩序的营造，使文本的底层视像之上浮动着象征的光影，一方面以诗外手段戏剧、小说、散文等叙事文类技巧的引入，俘获更丰富的此在生活经验和处理复杂事体的能力，所以常能综合人间烟火与形而上学，属于充满多元复调意向的高层召唤结构，这也是吉狄马加长诗的又一个性。《我，雪豹……》的标题蹊径独辟，将"我"与"雪豹"即人与自然叠合，使二者彼此独立又对位同构，互相发现和照亮，题目本身即含象征功能。雪豹诞生的山地、血统的高贵、生存的孤独险恶、向人类的庄重呼告以及灵魂的悲伤和决绝，完全可视为雪豹、诗人之间的互补认同和内在隐喻,雪豹和"我"共同精神成长的大诗。如此说来,象征意识的贯穿和笼罩,使文本所承载的旨归既不啻于忧思生态环境、重识现代文明的精神救赎,也不啻于神秘而顽韧的生命强力的彰显,又不啻于对自由的生命本质、尊严的叩问和吁求,还不啻于"英雄、诗人、种族的同构性隐喻"和"英雄之死这一种族记忆和悲剧原型的延伸";[1]而是几种意向兼而有之,在其开放性的共享空间里读者尽可以根据自己的审美想象、习惯和需求,做出自己的解读。颂歌与挽歌情调兼具的《马雅可夫斯基》,因将马雅可夫斯基作为诗歌精神或道德信仰"符号化"的象征意识介入,敦促着它的用意也绝非仅仅是让诗人马雅可夫斯基"复活"、呼唤诗歌精神归来那么简单。它恐怕还是诗人对马雅可夫斯基惺惺相惜的崇高"致敬"和颂词,对其独有的批判激情和未来诗学魅力的敞开和确认;抑或是借与马雅可夫斯基的"对话",表明诗人对诗和生活、社会间结构关系的重新认知,彰显一种诗人应介入时代、做人民代言人的诗歌理念和使命,间接批评当下诗坛大量诗歌缺少现实关怀、灵魂风骨的孱弱现实;甚至以马雅可夫斯基死而复生的"翻案"姿态,证明了经典诗人和诗作往往是以事后"追认"的方式表现出来这一命题的正确性。面对它复调式的诗意生长,读者尽可做出可A可B、或A或B、亦A亦B等几种阐释,而不必拘囿于其中某一个固定的点上。

  吉狄马加拓展长诗的诗意空间,不只依赖隐喻、象征意识等诗内品性的强化,还在于他认清诗歌文体自身不足后,对诗外文体优长的自觉引入。契合文本的情感内质,《我,雪豹……》《马雅可夫斯基》都没一味像西方传统史诗那样崇尚客体之实,也没完全恪守东方抒情诗原则强调主体之真,而是尝试启用以直抒为主带动其他、

---

[1] 李震:《雪豹:英雄、诗人、种族的同构性隐喻——读吉狄马加长诗〈我,雪豹〉》,《当代文坛》2015年第3期。

心物相融的传达方式。前者"雪豹"近乎宣言的神完气足的激情喷发，酣畅淋漓，令读者阅读时会被不自觉地裹挟其中，欲罢不能，诗性盎然；后者诗人澎湃的激情和复沓式咏叹遇合，因"内聚焦"的想象跳跃、思绪流转而建构起的心理时空，浓化了情思氛围，也蕴蓄着强烈的情感冲击力。但是单向度的强烈直抒很容易流于粗疏和滥情，伤及诗之筋骨，所以吉狄马加大量运用意象、隐喻、象征手段，维护主客、情理、隐显之间的平衡；特别是注意撷取小说、散文、戏剧领域的非诗技巧支持、完善诗歌，确切说这两首诗中的戏剧独白或对白（包括与他人说话、相互说话、对上帝说话）手法渗透，就有相当浓厚的叙事性文学味道。《我，雪豹……》主要以心理独白架构，有雪豹和诗人自我表述的功能，自传色彩浓郁。而在心理独白架构下，"雪豹""我"和"射击者"之间，又演绎出一个雪山之上人物、地点、环境、时间、事件、情节等叙事文学要素完备的神秘而悲情的故事。其中那段，"昨晚梦见了妈妈／她还在那里等待，目光幽幽／我们注定是——孤独的行者……我的梦境里时常浮现的／是一代代祖先的容貌／我的双唇上飘荡着的／是一个伟大家族的／黄金谱系！"基本以叙述作为维系诗歌和世界关系的手段，梦境内外的人物、画面、细节、情境因子和"雪豹"自我身世的回望、诉说交织，亦真亦幻，赋予了诗一种介乎表现与隐藏、直白与晦涩之间的理想审美状态，宜于读者接受。相比之下，《马雅可夫斯基》更像以诗人和诗歌"兄长"马雅可夫斯基跨时空"对话"方式表现出来的心理话剧。马雅可夫斯基三起三落的命运书写，爱情、艺术、制度与文明、宗教与信仰四个向"对话"的丰富和复杂，已经充满强烈的戏剧性，诗人为完成马雅可夫斯基形象重塑，对其"你是谁"真实形象身份的执著追问，和其各种反对势力之间的观点驳难，以及"并非一个完人"的马雅可夫斯基道德缺陷与心理隐秘的辩护，像伸缩镜头一般时而推远时而拉近，更把对象的人性深度和高度凸显得纤毫毕现。抛却戏剧性叙事的整体覆盖与贯穿，单是开篇的局部呈现就令人击节。"正如你预言的那样，凛冽的风吹着／你的铜像被竖立在街心的广场／人们来来去去，生和死每天都在发生／虽然已经有好长的时间，那些——曾经狂热地爱过你的人，他们的子孙／却在灯红酒绿中渐渐地把你放在了／积满尘土的脑后……从低处看上去，你那青铜岩石的脸部／每一块肌肉的块面都保持着自信／坚定深邃的目光仍然朝着自己的前方"。它如一段清晰鲜活的情景剧，其中广场对比式的场景铺设、浑噩或向上的年轻人形象捕捉、民众对诗人雕像态度的回望、诗人对庸俗世态的微讽，和对马雅可夫斯基从屈辱到"复活"的评价浑融一处，心理、动作细节兼有，氛围、个性场面均出，将马雅可夫斯基在民众中"死而复生"这个连叙事文体都感棘手的话题表现得从容巧妙，显示出作者把握生活特有的细敏与深刻。当然，有诗人情绪渗透的诗性压着阵脚，诗外文体的技巧援助绝不会喧宾夺主，损害诗歌肌理。

10年前，老诗人白桦曾向吉狄马加发出过诚挚的邀约："你能给我们一部彝人史诗么？那必然也是一部人类共同的史诗。"[①]如今吉狄马加做到了。他的《我，雪豹……》《马雅可夫斯基》等长诗那种把握世界的神性思维和感知方式，既不无《阿诗玛》《五彩云霞》等彝族诗歌、民歌抒情传统的脉动，诗人对声音、节奏的敏感热爱，也缘于民歌的情调和韵律的启发；只是它们已经以异于半个世纪前彝族诗歌"集体歌唱"的写作模式，超越了地域种族风情风俗的呈现和文化乡愁的抒放，进入到打通民族个体与人类群体、地域文化选择与世界精神走向的清朗创造阶段。尤其是朦胧诗以降，诗坛的抒情短诗渐入佳境，"好诗"频传，而最能证明当代诗歌繁荣的史诗与抒情长诗却因生产要求过高非常稀少，多数诗人心仪技术，雄壮与崇高久不发声，尽管李松涛、梁平、马合省、于坚等人戮力突围，

---

① 白桦：《吉狄马加，你属于所有人》，《诗歌月刊》2007年第5期。

仍难阻挡史诗与抒情长诗下滑之颓势。在这种信仰模糊、诗魂孱弱的背景下，吉狄马加探寻生态、生命、真理和良知究竟的长诗出场，无疑以其饱具风骨重量、风格悲壮崇高的"男性"力量彰显，和诗内诸种矛盾相克因素的协调与平衡，在"写什么"与"怎么写"两方面拉开了同那些滞于历史外物的"文化史诗"或遵循轻软艺术路线的"大诗"之间的距离，其价值也就远不止于对诗坛流弊的矫正与抗衡了。

论及诗人普希金对俄罗斯的贡献时，吉狄马加称普希金精神所代表的"永远是俄罗斯的灵魂和良心"，[①]其实吉狄马加对中国和中国诗歌来说又何尝不是如此。在当下全球化文学语境中，吉狄马加是中国诗坛最有资格与世界进行对话的少数民族诗人，他从彝族文化的"根"出发，让全世界听到了彝人的声音，标志着民族诗歌获得了一个新的高度，使人们经验中的边缘成了主流与中心；但他从未以"世界性诗人"的身份自居，因为他清楚在多元化的世界诗歌格局中，中国诗歌的地位举足轻重，民族性和世界性正是其一体两面，只有在"世界性"视野下突出中国诗歌的主体建构作用，才会真正创造出跨越时空、具有永恒价值的世界诗歌。你可以说吉狄马加的诗时而流露出好用"大词"表达略显粗糙、抒情空间过满流于直说的缺憾；却必须承认他民族诗意记忆的寻找，开放包容的艺术创造，信仰危机荒原上的史诗构筑，均以一种高度个人化的姿态，在如今文化趋同的时风中独树一帜，打开了百年新诗再度发展的可能性空间，为后来者如何完成民族身份和汉语诗歌的理想融通，最终实现民族性、人类性和艺术性三位一体的结合，提供了一条可资借鉴的路径。他独立的方向感、高度的理论自觉和宽阔的艺术视野，使他30余年间在诗坛的每一步都走得大气而沉稳，在不断输送经典

---

① 吉狄马加：《永远的普希金——献给普希金诞辰二〇〇周年》，《诗刊》1999年第6期。

文本的同时，更输送着宝贵的经验和启迪的质素。对于他而言，通往伟大诗歌的方向已经找到，也攀升到了相对理想的飞翔高度，这或许正是吉狄马加在诗坛的位置和价值所在。

本文原刊于《当代作家评论》2018年第2期

跨界诗歌：逾越后存在的问题

——兼谈消费语境下诗歌的姿态

邱志武

近年来，跨界诗歌成为一种新的诗歌现象。跨界诗歌，简言之，就是诗歌跨越自身的边界与其他艺术元素进行融合而衍生出一种新的艺术。也就是说，诗歌的跨界使诗歌"混搭"了其他艺术元素，诗歌变得不"纯"了。就目前来看，诗歌与音乐、舞蹈、戏剧、电影等艺术形式融合主要有四种方式：一、诗歌与音乐的结合。众多摇滚乐和民谣歌手将诗歌进行弹唱，演奏出新的"艺"境。如海子的很多诗歌被民谣音乐家谱成曲子进行诵唱，周云蓬是近年来在诗歌和音乐两个领域"跨界"最为活跃的实践者，他的《不会说话的爱情》把"诗"演奏成了"歌"。诗歌与音乐的结合并非为中国所独享，而是在世界范围内已经引发广泛影响，2016年诺贝尔文学奖获得者、美国著名音乐人鲍勃·迪伦，对诗歌与音乐的结合做出了巨大贡献，由他作词作曲并演唱的《答案在风中飘荡》广受欢迎。二、诗歌与戏剧的结合。假以戏剧的形式，灌装诗歌的内容和精神，如1990年代于坚的《0档案》由牟森导演进行操盘，在海外公开演出，又如瓢虫剧社以吕约的诗歌《致一个企图破坏仪式的女人》为蓝本创作出了《乘坐过山车飞向未来》。三、诗歌与电影的结合。这种结合形式很灵活，一方面，通过"众筹"方式在影院上线，前段时间一度热播的《我的诗篇》即属此种；另一方面，影视传媒公司将经典的中国现代诗歌拍成微电影，在电视屏幕、视频网站进行播出。四、诗歌与音乐、舞蹈、戏剧的结合。从容是跨界诗歌的积极实践者，她在深圳创办的"第一朗读者"诗歌沙龙是这种形式的典型代表，"其融原创演诗、原创唱诗、原创写诗为一体，向社会大众尽情地展示'诗悦读、诗剧场、诗现场、诗聚焦'。"[1]

不可否认，在一个消费和物质主义盛行的时代，跨界诗歌的出现，确实使清寂寥落的诗歌变得热热闹闹，吸引了众多的眼球，给诗歌注入了新鲜的血液和活力，增加了诗歌的"收视率"，众多批评家对跨界诗歌都给予了高度的评价，有的还称之为"新世纪诗歌的新范式"。[2]然而，在我看来，诗歌的跨界在热闹的背后，也存在一些不容忽视的问题。在这篇文章中，我们重点讨论诗歌跨界后与舞台艺术的结合所带来的问题，以及由这些问题所引发的对消费语境下诗歌姿态的思考。

一、诗歌跨界中的误读

诗歌跨界通常有两种方式：一种方式以诗文本为依托，对诗文本的内容进行再创作，融以音乐、舞蹈、戏剧等艺术元素，实现诗歌的跨界。譬如，"第一朗读者"的诗歌沙龙，其活动的内容就涵盖了"小剧团对于所选诗歌作品的诠释性主题演出"，以及"音乐人对

---

[1] 谢文军、谭志平：《跨界：构建诗歌与时代多元对话——访深圳市戏剧家协会主席、"第一朗读者"创办人从容》，《中国文化报》2015年2月10日。
[2] 罗小凤：《跨界诗歌：新世纪诗歌的新范式》，《南方文坛》2015年第6期。

于主题性诗歌作品的现场演唱"；①又如2010年创立于北京的民间独立戏剧团体——瓢虫剧社以诗人吕约的诗歌《致一个企图破坏仪式的女人》为底本，结合诗歌、戏剧、现代舞、音乐等，创作出第一部诗歌剧场作品《企图破坏仪式的女人》，这部作品在舞台上对诗歌进行了全新的演绎，堪称一部典型的跨界诗歌。跨界诗歌必须要具有诗的因素，跨界是手段，诗歌才是目的，这样才能称之为跨界诗歌。郭小川创作的《一个和八个》，由第五代导演张军钊根据其诗文本拍摄成了同名电影，这种情况已经脱离了跨界诗歌的本体意义，不能称其为跨界诗歌。跨界诗歌本质应该还是诗，其他的元素与媒介只是作为一种新的力量嵌入诗歌中，也就是说，跨界诗歌是有一定边界的，一旦完全跨越，那么诗则变成非诗了。

在探讨跨界诗歌的误读问题之前，首先需要明确的是在同一文本基础上生成的阅读体验能否产生"共识"？不同的读者由于人生历练和文学体验不同，面对同一文本肯定会产生不同的审美感受和审美体验。但是，这种审美感受和审美体验是建立在物质性"文本"基础之上的。对读者来说，从艾青的《雪落在中国的土地上》体验到的那种沉抑顿挫，无论如何也不可能从徐志摩飘逸空灵的《雪花的快乐》中产生同样的感觉。这样看来，文本传递的内容存在一个"定量"的问题。"一个比喻往往有许多可能的意旨，特别是在诗里。我们解释比喻，不但要顾到当句当篇的文义和背景，还要顾到那比喻本身的背景，才能得着它的确切的意旨。见仁见智的说法，到底是不足为训的。"②朱自清从解诗角度强调诗是有其确切的意旨的，必须尊重作品的客观意义，不能随意解释。

但是，这种"定量"在读者那里发挥作用时会发生变化，这也就是接受美学所主张的"一千个读者就有一千个哈姆雷特"。那么，

---

① 焦守林：《"第一朗读者"诗歌沙龙明天开场》，《晶报》2012年9月14日。
② 朱自清：《古诗十九首释》，《朱自清全集》（第7卷），第197页，南京，江苏教育出版社，1992。

这里面存在不存在误读呢？有人认为，文学无所谓误读不误读，如果读者能够结合自身的阅读体验带来审美愉悦，那么文学就完成了其艺术使命。这种说法虽然有一定道理，但在我看来，也存在一定问题。文学是创作者呕心沥血凝练而成的，其中隐匿着创作者的智力、情感、趣味等诸多因素，在传播过程中既传递着创作者的审美感受与审美体验，也传递着创作者的审美理念和审美价值。实际上，诗歌在与世界进行对话的过程中，其能指的空间十分广阔，呈现出一种不确定性，如果读者不解"其味"，就会造成误读。李轻松在一次研讨会中说："我不想看到朗诵者面无表情地拿着诗稿说出来，包括一些著名的朗诵家，都是装腔作势的，几乎不用去看我们就可以明显地想象出这个样子来。"[1]她表达的是自己的诗歌没有被朗读者领悟而遭误读的无奈。对于朗读者来说，由于理解不到位或者其他原因，可能会存在该悲伤的时候没有眼泪而该喜悦的时候没有微笑的状况。事实上，20世纪90年代以来，中国的诗歌批评逐渐出现了缺席的境况。有些批评家倾向于用惯性思维和国外的诗歌理论，甚至用国外滞后的诗歌理论做指导来进行诗歌批评，导致诗歌批评变得有些僵化，存在着误读和隔靴搔痒的情况，而不能深入诗歌的灵魂进行解读，为此很多诗人自己站出来做诗歌批评。那么，不禁让人产生疑问：既然诗评家对诗歌都存在着误读，何况普通读者呢？

对文本的误读存在三种可能：一是夸大了诗歌表现的内容，二是缩小了诗歌表现的内容，三是发生了"错位"，该扩大的没有扩大反而缩小了，该缩小的没有缩小反而进行了延伸。无论是哪种可能，其结果都是造成了诗歌的误读。由此可见，诗歌从"文本—读者"的传播过程中，存在着多种理解，正可谓鲁迅在谈到《红楼梦》时所言："谁是作者和续者姑且勿论，单是命意，就因读者的眼光而有

---

[1] 样子：《诗歌与戏剧联姻的可能性——李轻松诗剧〈向日葵〉研讨会》，《中国诗歌研究动态》（第五辑·新诗卷），第409页，北京，学苑出版社，2008。

种种：经学家看见《易》，道学家看见淫，才子看见缠绵，革命家看见排满，流言家看见宫闱秘事……"①对诗歌的理解，原本应该存在"原点"的解释，但是由于读者的理解角度不同，得出的结论也会不同。

跨界诗歌在实现跨越的过程中，由"文本—读者"的二维链条变成了"文本—跨界诗歌—读者"的三维链条，事实上，由"文本—读者"存在着一次误读的可能，而由"文本—跨界诗歌—读者"不可避免地存在着二次误读。在这一过程中，"量能"的传递必然会发生相应地变化，或者是丰富了或者是缩减了，很难实现"原汁原味"的传递。西川在接受马铃薯兄弟访谈时指出："一年前我还看过另一位年轻导演导的海子的《弑》，也让我觉得其中有很多问题——有些是海子本身的问题，有些是导演和演员的问题，甚至是舞美的问题。"②西川这里所说的"海子本身的问题"，是指《弑》这部诗剧自身的问题，西川这句话的重要意义在于他看到了这种"转换"过程中"导演和演员的问题"，甚至是"舞美"也存在着问题，虽然说西川没有具体指明是什么样的问题，事实上什么问题已经不重要了，关键是西川指出了《弑》这部诗剧由文本搬上舞台所带来的二次误读，导演和演员对《弑》的理解与《弑》本身的具体所指出现了偏差。那么，舞台上的《弑》带给观众的审美体验，还是海子的《弑》所要彰显的吗？可想而知，《弑》这部本身带"伤"的诗剧，搬上舞台后给观众所带来的审美感受和体验与原作相比已是"面目全非"了。

诗剧《向日葵》的导演张旭说："在三个小时之内，要把这一切表现出来，是有很大难度的。我们的音乐其实是和诗剧密切相关的，

---

① 鲁迅：《〈绛洞花主〉小引》，《鲁迅全集》（七），第419页，北京，人民文学出版社，1961。

② 马铃薯兄弟、西川：《保持一个艺术家吸血鬼般的开放性》，《当代作家评论》2011年第4期。

要在尊重观众的观赏心理和观赏极限的前提之下将这些东西很好地整合，就必须有必要的调整。"[1]导演把诗文本搬上舞台的过程中，既要考虑到演出时间、还要考虑到观众的观赏心理，受此种种条件的限制，搬上舞台的诗剧怎能不出现对诗文本有意或无意的错位"误读"呢？更为重要的是搬上舞台演绎的诗歌，可能只是导演"眼"中的诗歌，无论导演的技巧多么高妙，水平多么高超，境界多么高深，可能仅仅展露出作者所表之冰山一角，而冰山下巨大的冰体却被掩盖了。

二、跨界诗歌的代价

诗歌跨界的另一种方式是创作者在创作过程中融合其他艺术元素，实现诗歌与其他艺术的有机结合。下面我们来探讨诗歌创作中的跨界，或者说原创的跨界诗歌。所谓原创跨界诗歌，就是作者不经诗文本改编，而直接进入跨界诗歌的创作，像"第一朗读者"创办者从容曾经尝试的："（每场活动）推出原创'唱诗'音乐作品70多首"，[2]原创的跨界诗歌关键在于"原创"。

海德格尔说过：诗与哲学是近邻。哲学以其深邃的思想性著称，诗歌虽然不像哲学那样去探索真理，但是诗歌是以诗的方式与灵魂进行深层次的对话，这种对话体现着人类对于宇宙奥秘的探知。"诗歌是一种神圣的宗教，是诗人的精神家园，它要求诗人付出绝对的虔诚。那些坚守的诗人都视诗为生命意义的寄托形式，把诗供奉在心灵的殿堂，不让世俗的尘埃玷污；他们用生命和心血去写作，对每字每句都一丝不苟，绝不敷衍，生怕因一丝的粗心草率而损害了

---

[1] 样子：《诗歌与戏剧联姻的可能性——李轻松诗剧〈向日葵〉研讨会》，《中国诗歌研究动态》（第五辑·新诗卷），第409页，北京，学苑出版社，2008。

[2] 谢文军、谭志平：《跨界：构建诗歌与时代多元对话——访深圳市戏剧家协会主席、"第一朗读者"创办人从容》，《中国文化报》2015年2月10日。

诗歌的健康和尊严；他们虽然置身于物质欲望的潮流中而又能拒绝其精神掠夺，置身于日常生活的诸多琐事之后又能以脱俗的勇气出乎其外，保持自己独立的精神空间，致力于日常性的生活的提升。"[①]庄严而肃穆、谨小而慎微，这是诗人在面对诗歌时应有的情怀和姿态。但是，跨界诗歌的出发点却与此不同，作者在进行创作的过程中，重点是以舞台的演出效果为指归，将观众在剧场内的赏心悦目作为落脚点，这样一来，诗歌的重心不再是对自身本体进行哲思，最终的结果必然会对诗歌造成一定的戕害。

诗歌是一种个人化、私语化的冥思和体验，其最高境界在于只可意会不可言传，正如王家新所言："诗歌要达到的，却是某种不可诠释的境界，是写只有诗歌才能写的东西；它不是一种句式和装饰上的复杂，而是一种本质上的不可说；而在语言的要求上，是把生命集中到眼睛中最明亮的那部分，生命的强度与纯粹度由此而生……"[②]诗歌本质上所追求的"境界"是一种不可诠释和不可言说，诗歌拒绝"众声喧哗"的混杂，而诗歌跨界之后出现的"狂欢"效果与诗歌本体是相悖的。在这个意义上来说，跨界诗歌存在的面目就十分可疑，既然诗歌是不可诠释和不可言说的，那还有"跨界"的必要吗？

廖伟棠在谈到跨界诗歌给诗歌带来的影响时说："诗歌本身是语言的艺术，和其他艺术进行跨界的时候，还是要重视本体——语言文字本身。不能说一首诗变成一幅画的图解或注释，或者让一幅画成为一首诗的图解，这都是不恰当的。"[③]廖伟棠的这番话着重强调诗歌不能因为跨界而忽视其语言的重要性。显然，他看到了诗歌跨界

[①] 罗振亚：《喧嚣背后的沉寂与生长：新世纪诗坛印象》，《与先锋对话》，第157页，长春，吉林出版集团有限责任公司，2009。

[②] 王家新：《回答四十个问题（节选）》，《夜莺在它自己的时代》，第54页，上海，东方出版中心，1997。

[③] 何晶、王佳：《跨界诗歌，重回日常?》，《羊城晚报》2015年12月6日。

后，对语言所进行的粗暴处理。诗歌的语言一旦兑换成舞台上人物的语言和场景，哪怕是成为舞台人物诗一般的语言的时候，诗人在创作过程中那种对"物与词"的追求、体验就会遗失殆尽，因为此时此刻诗歌已经发生了变异。

　　诗歌是一种想象力的艺术，是心灵的自由翱翔。但是诗歌跨界之后，由于混杂了其他艺术元素，调动了其他器官的参与，使诗歌对想象力固有的强烈诉求变淡了，诗歌成了"扁平"的艺术。洪子诚指出："多媒体的视觉诗歌，当然扩大了诗的表现力，开掘被掩盖的潜能；事实上，不同艺术门类之间存在互通和互补的可能性。因而艺术门类之间的交往、渗透，总是新锐探索者的着力点之一。艺术分类自然是历史现象，它总是处在变动之中。但这种分类也仍有其根据；设想诗过于倚重视觉图像的支撑，会否动摇我们对语言、文字的信心，削弱、降低我们对语言的感受力和想象力？"[①]诗歌跨界使得对语言、文字的直观感触消失了，对语言、文字的想象力也变异了。不仅如此，问题还在于诗歌跨界后表达的内容还是诗意的吗？或者退而言之，还能在多大程度上表达出诗意？

　　诗歌跨界对诗歌造成了重要的影响，或者说，诗歌要为跨界付出沉重的代价。一方面，从诗歌跨界的过程来看，跨界诗歌对于诗歌的表现，有能表现的，有不能表现的，那么不能表现的该如何处理呢？诗歌作为想象力的艺术，在文本中可以纵横驰骋，像庄子的《逍遥游》一样，在神逸、灵动间展示出壮阔波澜，诗歌一旦转换成视觉艺术或空间艺术显现时，诗歌本身的丰富性不可避免地出现遗失，这是诗歌在跨界过程中对诗歌本体造成的伤害。另一方面，从诗歌跨界的后果来看，一个原本存在着多种可能性的文学作品经过"跨界"搬上舞台，一经演绎之后，就变成一个"固化"的文学形象。这样一来，诗歌跨界造成了对自身想象力的束缚。黑格尔曾经

[①] 洪子诚：《没了"危机"，新诗将会怎样？》，《文艺争鸣》2016年第1期。

指出:"造型艺术主要通过建筑的雕刻或绘画的外在形象,音乐家则通过集中的情感和情欲的内在灵魂以及其迸发于旋律的音调……诗人所要深入体验的事物在范围上却远较广阔,他不仅要掌握心情和自觉的观念这一内心世界,而且还要替这种内心世界找到一种适合的外在显现,通过这种外在显现,诗比其他艺术表现方式能更充分、更圆满地表现出上述理想的完整体。"[1]黑格尔将诗歌与造型艺术和音乐进行比较,由于诗人要发挥充分的想象力,并将想象力诉诸"适合的外在显现",得出诗歌是比其他艺术能够表现得更充分、更完整的"理想完整体"。而跨界诗歌则打破了诗歌的这种"理想完整体",给诗歌带来了一定的压力,影响了诗歌作为一种"理想完整体"的可能。廖伟棠在接受《羊城晚报》记者采访时曾说过:"诗歌为什么能成为独立并且重要的艺术门类,是因为诗歌永远能说出别的艺术说不出来的东西。诗歌能表达的,音乐都未必能表达出来。"[2]诗歌是最具想象力的、最敏感的,能够将不可言之的东西通过诗的方式呈现出来,能够突破造型艺术的具象局限。即便现代的声、光、电高科技手段如何发达,都不可能对诗文本进行传神的"真实"演绎。对于创作者而言,在创作过程中自然而然地将注意力聚焦于跨界后的诗歌与观众之间的关系,将更多的精力投放在诗歌跨界后如何"大马力"地吸引观众上面,事实上,跨界诗歌在吸引观众的路上走的越近,疏离于诗的本质就越远,如此而言,并非说诗歌与大众是矛盾的,而是说诗歌目前的边缘位置决定了诗歌不可能和大众"亲密接触",跨界诗歌利用其他艺术元素的这种"吸睛"效果必然会以牺牲诗歌深度为代价,一味地在诗歌上聚集消费、时尚、前卫的信息和元素,一味地在舞台上的造型、声音、光线等上面下功夫,最终导致的结果是对诗歌自身造成机械的拆解,这是诗歌跨界给诗歌

---

[1] 〔德〕黑格尔:《美学》第三卷下册,第54页,朱光潜译,北京,商务印书馆,1981。

[2] 何晶、王佳:《跨界诗歌,重回日常?》,《羊城晚报》2015年12月6日。

自身带来的最大危险。

有人认为跨界诗歌和诗歌所追求的跨文体写作具有一致性。在我看来，这种说法混淆了跨界诗歌和跨文体写作的本质区别。跨界诗歌是用一种外力将诗与其他艺术强行进行捏合，而跨文体写作则是诗歌对于自我综合技艺的提高。自20世纪90年代以来，由于复杂的社会现实，诗人为了在诗歌文本中容纳更多的可能性，一些具有先锋意识的诗人追慕"混合体写作"，诗歌敞开胸怀，面对一切可能。敞开的诗歌无疑拥有了一个好胃口，增强了吞食纳物的能力。王家新说："一种能够将自己置身于一个更大的文化语境中，不断地吸收、转化，将各种话语引向自身、转化为自身的写作"。[1]陈东东的《喜剧》将神话、梦幻、现实、独白等混于一起，西川的《致敬》《厄运》等都是诗歌文本复杂化的典型。但需要看到的是，诗歌文本内容的复杂化为诗歌的跨界提供了可能。可以想象，单薄的抒情诗和充满对抗主题的诗歌相比，撑起鸿篇巨制是有一定难度的，即使实现了跨界，可能会取得良好的效果吗？

三、诗歌要走向何方

诗歌跨界的原因，一方面固然是由于提倡者自身的经历、教育背景使然。比如，"第一朗读者"的发起人从容曾是一位戏剧工作者，制作音画诗剧《面朝大海》的屈轶曾就读于中央音乐学院，诗话剧《向日葵》的作者李轻松毕业于中央戏剧学院，这些经历和艺术功底对创作者的审美趣味产生了潜移默化的影响；另一方面，不可否认廖伟棠所指出的"出于生计的考虑"的原因，"因为一首诗不能卖"，[2]但是跨界诗歌可以走向剧场，走向票房。诗歌跨界的出现可

---

[1] 王家新：《卡夫卡的工作（代序）》，《夜莺在他自己的时代》，第8-9页，上海，东方出版中心，1997。

[2] 何晶、王佳：《跨界诗歌，重回日常？》，《羊城晚报》2015年12月6日。

能缘于种种原因,但是吸引大众、摆脱诗歌边缘化位置也是其发生原因之一。在我看来,这可能也是跨界诗歌出现的最为重要的原因。诗歌跨界走上舞台,是谋求大众对诗歌进行消费的一种新形式。应该看到,现在批评界对于跨界诗歌的认同或肯定大多是从跨界诗歌与公众相结合的角度出发的。吴思敬认为:"诗剧场这种形式为我们探讨如何结合诗与戏剧开辟了一个很好的途径,诗歌面临着如何走向公众,而一些诗人进行私人化写作,把自己放到一个边缘状态。诗剧场则借助剧场,借助重大题材,让诗面向社会公众,从形式上来说,非常有意义。"[①]敬文东说:"'第一朗读者'有着神奇的魔力,每个人都是剧中人、都是参与者。在这里,诗歌也好,戏剧也罢,都能使观众获得艺术享受。"[②]冷霜则主张:"'第一朗读者'是在诗歌与音乐、戏剧等艺术形式间实现的跨界,而跨界的结果便是营造一个活生生的'诗现场'……'第一朗读者'这种跨界艺术形式,不仅有利于提升诗歌戏剧的传播面、大众认可度,也在培育诗歌戏剧爱好者和基础观众方面做着有意的探索。"[③]这些批评家都着眼于诗歌目前的窘境来进行分析,指出了问题的实质和要害,诗歌极力想提高"收视率",摆脱"小众"状态,因此在某种程度而言,诗歌跨界的使命在于寻找丢失的大众。那么,诗歌跨界后就能找到丢失的大众么?鲁迅有段话或许能够很好地解释这个问题。"在中国,尤其是在都市里,倘使路上有暴病倒地,或翻车摔伤的人,路人围观或甚至于高兴的人尽有,肯伸手来扶助一下的人却是极少的。"[④]鲁迅对国人给予深刻讽刺的同时也说明了中国人具有爱看"热闹"的嗜好。

---

① 杨梓:《让诗歌不再"自言自语"》,《中国文化报》2012年1月10日。
② 谢文军、谭志平:《跨界:构建诗歌与时代多元对话——访深圳市戏剧家协会主席、"第一朗读者"创办人从容》,《中国文化报》2015年2月10日。
③ 谢文军、谭志平:《跨界:构建诗歌与时代多元对话——访深圳市戏剧家协会主席、"第一朗读者"创办人从容》,《中国文化报》2015年2月10日。
④ 鲁迅:《经验》,《鲁迅全集》(四),第413页,北京,人民文学出版社,1961。

凡是只要出现"热闹",总会不缺人围观。所以,诗歌通过跨界变得热闹了,围观的人也就多了,诗歌自然也就逐步走向"大众"了。这是跨界诗歌的发生学逻辑。

从跨界诗歌作者的角度来讲,其心理趋向在于改变诗歌边缘地位的窘境,使诗歌回归曾经显赫的影响力。在他们看来,当今消费压倒一切的语境中,音乐可以商业化、市场化,雕像、绘画和电影也可以商业化、市场化,难道诗歌不可以沿此路向趋近商业化、市场化?于是,诗歌与其他艺术元素进行联袂实现跨界,尔后占据了一定的市场份额。让·波德里亚认为:"消费逻辑取消了艺术表现的传统崇高地位。……流行以前的一切艺术都是建立在某种'深刻'世界观基础上的,而流行,则希望自己与符号的这种内在秩序同质:与它们的工业性和系列性生产同质,因而与周围一切人造事物的特点同质、与广延上的完备性同质、同时与这一新的事物秩序的文化修养抽象作用同质。"[1]这段话一方面很好地揭示出消费对跨界诗歌的催生作用,另一方面则说明了由于消费逻辑的指引使诗歌在走向跨界的过程中变得平庸。但是,应该看到诗歌与音乐、电影等其他艺术的结合,并非是诗歌本身艺术发展的一个必然阶段,而是对商业化、市场化的一种迎合。这样,必然会带来一个问题,任何诗人在写作过程中,"就会更多地考虑如何使自己的'产品'能更多的占有市场份额,如何最大限度地满足广大的受众群体而非文学艺术品的审美价值,这是在市场经济下文学家、艺术家优先考虑的问题",[2]为此,诗人不再以追求诗歌的"理想完整体"为指归,而必然是以如何赢得市场、如何吸引读者的眼球为着眼点,诗歌创作者开始集中于观众的耳朵和眼睛上下功夫,不可避免地会导致诗歌自身的迷失,

---

[1] 〔法〕让·波德里亚:《消费社会》,第121页,刘成富、全志钢译,南京,南京大学出版社,2000。

[2] 宋宝伟:《新世纪诗歌研究》,第2页,北京,中国社会科学出版社,2015。

甚至于让人担心诗歌是否还能进行自身本体意义的探讨。

既然诗歌的跨界带来如此诸多的问题，那么跨界诗歌能否可以回避当下的消费语境呢？事实上，诗歌不是闭门造车的产物，一定会与历史、时代、现实发生复杂的关系。应该看到，诗歌与消费联结起来与市场经济的出现关系密切。1950到1970年，诗歌是带有政治使命的，而这种使命是为了使政权更加稳定，随后，朦胧诗也好，"第三代"诗歌也好，诗歌的生发语境都不是建立在消费基础之上的。诗歌开始与消费建立联系应该是1990年以后的事情，是与当时的政治、经济环境息息相关的。诗歌的消费性不是以换取经济效益为目的，而更多地体现出对大众"眼球"的吸引，一些诗人开始用商业性的思维来"经营"诗歌，在市场经济的包围下，固然存在"饿死诗人"的可能，但也有很多诗人能够在商品大潮中自由地游弋和纵横捭阖，使诗歌在消费语境中如鱼得水，畅快淋漓。

跨界诗歌的问题，说到底在于诗歌在消费语境中不甘于目前的"小众"状况而做出的搏击，通过以上的分析可以看出存在的问题很多。那么，诗歌在消费语境中应该如何自处呢？诗歌该走向何方呢？对于诗歌在消费语境中的姿态必须要有理性的考量。诗歌一味地迎合消费，终会因为围着消费"旋转"而迷失自身，从而失去存在的价值和意义，但是在现实的消费语境中，诗歌又不能回避消费、拒绝消费，同时诗歌也不能迎合消费，显然，迎合消费的后果和诗歌成为政治工具的后果是一样的。诗歌不能让消费把自己打扮得"花里胡哨"，必须在消费语境中保持自身的"矜持"。王家新对诗歌在消费社会中的角色有着精辟的见解，

"我们不可能生活在消费社会之外，但我们一定要保持清醒。更重要的，是要通过我们的写作，拒绝成为消费的对象，或者说，让消费社会不那么好消费你。"[1]在他看来，诗歌要在消费的张力和空隙

---

[1] 王家新：《诗歌与消费社会》，《扬子江评论》2013年第1期。

中，保持自我的底色。诗歌一旦成为消费的俘虏，那么诗歌自身就会成为消费的一部分。诗人在消费时代的使命就在于抵制和拒绝消费的侵蚀和围剿。王家新有一首诗《牡蛎》，"聚会结束了，海边的餐桌上／留下了几只硕大的／未掰开的牡蛎。∥其实，掰不开的牡蛎／才好吃，在回来的车上∥有人说道。没有人笑，∥也不会有人去想这其中的含义。∥夜晚的涛声听起来更重了，／我们的车绕行在∥黑暗的松林间。"对于这首诗，王家新自己曾颇为得意。在他看来，诗歌最主要的就是对"大时代"的抵制，表现出一种孤绝、傲然的姿态。诗歌不能跟着时代潮流走，要坚守自己的理想和情怀，而一旦这种潮流无法阻挡不得不迎头面对的时候，要表现出对潮流的拒斥、阻绝和抗议，而决不能成为这种时代潮流的推手。也就是说，在消费语境中，诗人要坚守自己，在时尚潮流面前要反应迟钝一些，不要在追求潮流中迷失自己。诗歌不要轻易地去跨界，而要葆有自己的姿态和品格。正如周瓒所指出的："诗人中不乏头脑聪明的人，不乏搬弄各种知识进行的发声练习和在纯思辨中获得的取巧回报，可我倒是宁愿写作的人笨拙一点，与随大流的愤怒、怨恨保持距离，更多一些身体力行的执拗。"[①]这是跨界诗歌在逾越后带来的问题给予我们的启示。

诗歌在消费语境中应该展示出何种姿态，罗振亚对新世纪诗歌的期待性评述为我们带来了启发性思考。"我认为新世纪的诗歌如果能够扬长避短，在时尚和市场的逼迫面前拒绝媚俗，能够继续关怀生命、生存的处境和灵魂的质量，坚守时代和社会的良心；同时注意张扬艺术个性，提升写作特别是底层写作表现对象、抽象生活的技术层次，避免在题材乃至手法上的盲从现象，那么目前的困惑与沉寂，就会成为跋涉途中的暂时停滞与必要调整，重建诗歌的理想

[①] 周瓒：《匿名、隐身与行动者诗人——后消费时代，诗人何为？》，《新诗评论》（2012年第2辑·总第16辑），第47页，北京，北京大学出版社，2013。

便会在不久的将来化成现实。"①说到底,诗歌不能为取悦市场、迎合市场而失却自身的质的规定性,应该着眼于对人类命运和灵魂的关怀,挖掘自身的艺术特长,并适度合理地融合、吸收、升华其他艺术特质,最终构建出一种新的诗歌姿态和诗歌理想。

本文原刊于《当代作家评论》2018年第2期

---

① 罗振亚:《喧嚣背后的沉寂与生长:新世纪诗坛印象》,《与先锋对话》,第160页,长春,吉林出版集团有限责任公司,2009。

诗歌报纸在1986年

贺嘉钰

对诗歌本体的阐释性研究、对诗人与流派的探源性描述以及对诗歌史的分段体察基本建构起新诗研究的骨骼，不同论者的审视角度与论述风格又逐渐丰满着新诗研究的血肉。但一个问题不容忽视：拥有话语资源的研究领域因为具有较高"可阐释性"始终热度不减，偏门冷门的领地却常年无人问津，长此以往，文学史的建构就有可能因为研究者的"有意规避"或"无意绕道"形成"坍塌性"硬伤。"诗歌报纸"或可位列其中。有关报刊的跨学科研究近年来颇为热闹，具体到一份报纸或一种报业现象，已有研究取得了诸多成果。但对诗歌报纸形成、发展与呈现的关注，还较为少见。

就笔者所掌握的资料看，目前对当代诗歌报纸仍缺乏最基础的整理工作，有关诗歌报纸整体及个体化面貌的诸多基本信息依然空白，当代诗歌报纸的整体生态与存在状况在研究领域仍然未获关注。而诗歌报纸资料的获得与阅读更具难度，笔者在国家图书馆查找当年由安徽省文联主办、正式公开发行，在其时具有较大影响力的《诗歌报》，也只能查到1984年9月创刊号至1985年全年，以及1989

年全年报纸，无法窥其全貌。本文意图，在初级整理一手资料的基础上，以观察到的历史面貌和觉察到的问题对80年代诗歌生态的某一切面做尝试性解读，集中到1986年这一具体时段，力图呈现出一个时代段落里诗歌的丰富面貌。

之所以截取一个特定年份为考察对象，有两点考虑：一是1986年的转折意义与反映于诗坛的复杂状态使其具有深入探讨的价值，二是鉴于资料庞杂和个人能力有限。1986年之所以特殊，不仅表现为这一年集中创刊了几份有影响力的"诗歌质报"、[①]发生了轰动诗坛的"1986年现代诗群体大展"事件，还表现为以此为节点，80年代诗歌再一次显示出更迭与分化。

一、1986年的诗歌现场与诗报生长

朦胧诗潮自身的渐退与后继者们入场的意愿共同滋养着诗歌领地的生长，"盛世"降临于1985年。散落在全国各处的文学青年以刊物为"据点"，渐渐编织起规模颇为庞大的诗歌网络。这张隐形、自由、充满弹性的"诗网"在自发生长的同时刺激并网罗更多爱诗者入场。"入场"是他们冲动的表达与实践方式，也是对"在场"的自我要求与期待。官方与民间，主流或小众，参差样貌的小诗场逐渐组构出"诗歌盛世"的一种模样。

（一）《中国》[②]与1986年诗歌

文学刊物《中国》的出现、发展与停刊是一个复杂的问题。它

[①] 笔者尝试引入新闻学中"质报"概念，以指具有追求严肃性的办报理念和高质量的报纸水平的诗歌报纸。

[②]《中国》筹办于1984年，创刊于1985年1月，终刊于1986年12月，共出刊18期。

曾聚集起一群"左派",却以"激进的启蒙精神""新锐而富有朝气的个性"和对无名后生的"倾心扶掖",对"那些将文学视为生命体验的作品的推崇与鼓励——而给广大读者尤其是青年读者留下无法磨灭的印象"。①笔者此处只探讨1986年它与诗歌的一些交集。

自1986年,《中国》每期封二位置都刊出一首诗歌,而诗作者往往还不为人知。"它们是我们从读者来稿中选出来的,在这个显著的位置上,刊登这些正在成长的文学爱好者的诗歌比刊登那些有名气的或老前辈的诗歌或名言要有意义,当然比刊登广告更有价值,这是我的建议。《中国》一向重视对年轻人的扶植和发现新作者。我曾在《中国》与部分地方文学期刊联谊会上的发言中说过:我感到这些年轻的作家和诗人是许多老作家无法比拟的,他们身上体现着中国文学的可以预见的希望。对我们来说,就应该责无旁贷地为他们提供创作的条件和机会。"②

除了封二显著位置的奖掖,1986年第1期始,刊内固定刊出青年诗人诗作,配以"编者的话"解读,笔者所见包括1986年1月至8月、11月、12月几期。《中国》1986年第2期于2月18日出刊,牛汉、冯夏熊在"编者的话"中介绍了对"新生的诗"的关注:"不完全是因为巧合,本刊上一期的全部作品,都是青年人写的,他们中的年龄最大的不超过三十四岁。这一期的主要作品仍然是年轻人写的。……我们注重发表新诗领域中新生的诗,还将发表更新一代的新诗。"③3月18日,第3期刊有牛汉诗论《诗的新生代——读稿随想》,他将80年代青年诗人的投身热情评价至一个新高度:"诗的时间概念是飞速的。今天这一代新诗人,不是十个、八个、几十个(像'五四'白话诗时期和'四五'运动之后那一段时期),而成百

---

① 孙晓娅:《访牛汉先生谈〈中国〉》,《新文学史料》2002年第1期。
② 孙晓娅:《访牛汉先生谈〈中国〉》,《新文学史料》2002年第1期。
③ 转引自刘福春:《中国新诗编年史》,第1172、1174页,北京,人民文学出版社,2013。

上千地奔涌进了坑坑洼洼的诗歌领域。即使头脑迟钝的人也会承认这是我国新诗有史以来最为壮观的势态。这个新生代的诗潮,并没有大喊大叫,横冲直冲〔撞〕,而是默默地扎扎实实地在耕耘,平平静静、充满信心地向前奔涌着。"[1]是否"最为壮观"还有待历史的检视,但新生代诗人所昭示的群体性真诚与诗歌耐磨度已经得到了一定程度的认可。

《中国》对青年诗人的持续关注与扶持是一种眼光的体现,这与副主编牛汉本人的诗人身份不无关系,"进入新时期以来,诗歌创作的发展速度是很快的。我们感觉到:继北岛和舒婷等新诗人之后,诗歌领域又出现了更为年轻的'新生代'。本期发了十位作者的诗作,目的在于表明我们对于这'新生代'出现的喜悦和支持,我们希望大家也予以关注"。[2]在推介作为"群体"的这一新生代诗人之外,《中国》的编辑还沉潜入作品内部,以细致精微的审美感受给予这些年轻诗人的诗作富有张力且真诚的评介:"又来了一群年轻可能也是陌生的诗人,于荣建、刘晓波、柯平……他们从城市来,带来中国最前沿的城市意识,有一切焦灼、困倦、神秘、荒诞的感受构成的审美心态。他们触到城市的每一个细节,每一根敏感的神经末梢,既有痛感又有快感,他们既能抒情又会嚎叫!中国的城市诗虽未成气候,自有其原因,但所谓成熟不一定就是好诗,不成熟则预示发展。"[3]阶段性展示之后,也会进行回顾与反思:"新生代的诗已形成强大的势头。一代诗人正在崛起。包括本期在内我们连续推出他们的作品。新生的是稚嫩的,富有生命力的。这些作品中体现出

---

[1] 转引自刘福春:《中国新诗编年史》,第1172、1174页,北京,人民文学出版社,2013。

[2] 牛汉、杨桂欣:"编者的话",《中国》1986年第3期,转引自刘福春:《中国新诗编年史》,第1174页,北京,人民文学出版社,2013。

[3] 牛汉、邹进:"编者的话",《中国》1986年第5期,转引自刘福春:《中国新诗编年史》,第1179页,北京,人民文学出版社,2013。

的深度与力度，显示了他们的顽强与自信。"[1]

至1986年12月18日《中国》1986年第12期终刊，《中国》对新生代诗歌给予了"很高的礼赞"，[2]认为新生代诗歌的范畴冲破了朦胧诗所生发的"小圈子"，以不可阻挡的势头在全国各地生长起来。也正是80年代自身的"气场"，形成了诗场得以开疆拓土的氛围，正是80年代自身的创造力与吸附力，为诗歌生长与遭遇的各种可能性提供了契机与环境。

（二）1986年的诗报诗刊

如果说诗歌书籍的出版是对前期的总结与检视，那么以诗报诗刊为主体的现在时记录则取消时间的延滞，更"逼真"地呈现出诗场即刻的发生与关注所在。

1986年6月6日，《诗歌报》第42期刊出"崛起的诗群"专版。在翟永明的诗前登有《诗之我见》："正如我不久前写到过：'诗作为一种暗示贯注我全身'，我希望我内心的语言和我的诗的语言最终融为一体，并使我面对现代世界更加深思熟虑。"个体态度的累积或可聚合为时代的气场，从翟永明的表述中可见，一些诗人对待诗歌态度真诚，将诗歌创作视为勾连心灵的通道而非一种单纯"手艺"的训练。一种理想的诗场氛围是：诗人内向地深掘拓展诗歌的可能，公共媒体外向地敞开提供展示的平台，这两点在80年代的诗歌场域实现过一些真诚的互动。在1986年第7期《当代诗歌》中，编者专门发文《设"新诗潮"专栏以来》表明立场："我们想：当代中国诗歌是多元的，既有当代现实主义的，也有当代现代主义的。大圈圈

---

[1] 牛汉、那耕："编者的话"，《中国》1986年第6期，转引自刘福春：《中国新诗编年史》，第1179页，北京，人民文学出版社，2013。

[2] 牛汉、陈华积：《〈中国〉杂志、丁玲与80年代文学》，《上海文化》2010年第3期。

里套着小圈圈,小圈圈里又满是骚动的'点儿'。既然面对着多元化的诗歌态势,《当代诗歌》理应呈现这态势。为此,我们不想关闭这个窗口。"《诗刊》也在1986年7月号上首次刊出"大学生诗座"专栏,《飞天》杂志设有"大学生诗苑"栏目。

9月30日,《深圳青年报·两界河》副刊刊出"86'中国现代主义诗歌群体大展"预告。10月21日,"中国诗坛1986'现代诗群体大展(第一辑)"在《诗歌报》第51期第2版、第3版上刊出,第二辑在《深圳青年报》第2版、第3版上刊出。10月24日,第三辑在《深圳青年报》第2版、第3版、第4版上刊出。《星星》诗刊1986年11月号"中国诗歌社团诗选专号"中刊出的《中国诗歌社团诗选专号编辑小记》上记载:"中国究竟有多少诗歌社团,谁也说不清楚。估计是三百至五百个之间吧。"

《诗刊》1986年9月号卷首语上有这样一段值得揣摩的表达:"本刊8月号发表了《天安门广场》受到读者注意,这期我们又推出了张志民的长诗《梦的自白》。它以直朴的语言,真实到令人颤栗的程度,相信会引起当代人的沉重反思,为什么这样的诗在十年后才出现,恐怕也正是改革所带来的宽松气氛的结果。这种宽松使得人能纵深地思考历史和现实,也给了诗人敢于正面抒写的勇气。"[①]作为最具权威性的国家级诗歌刊物,《诗刊》在传播优质诗歌的同时还发挥着身份性文艺导向功用,诗歌的发表与点评的偏向,特别是卷首语的表达,与现实社会的情绪往往保持一种密切关系。

撷取诗报诗刊1986年进程中几个片段来观察,笔者有四点感悟:一是个体书写的真诚与努力是80年代诗场蓬勃的原动力;二是官方诗媒的敞开与提携为新人进入诗场和受到公众关注提供平台;三是基于诗场自身资源,媒体的自我策划与造势"合谋"了80年代诗歌

---

① 转引自刘福春:《中国新诗编年史》,第1188页,北京,人民文学出版社,2013。

在整个文学场的风生水起;四是在时代个性与社会氛围的浸润中,"文化场""诗歌场"所抵达的开放自由程度让诗人有"条件"创作具有"经典"品格的作品。

(三)对几份1986年创刊诗报的观察

以"创刊"为遴选条件,笔者试将研究样本锚定在创刊于此年的部分诗报上。与只是"存在"相比,"创刊"的标志性与时间性更为突出,可视为1986年诗报存在中"凸起"的骨节。以笔者所见为样本,以期纵深地进入,从中清理出一种可能的观察路径。

1. 有关16份创刊诗报的基本信息

报刊名称	创刊时间	创刊地点	主编	备 注
文学创造	1月	武汉	谷未黄	编辑:王家新、王建浙、王大鹏、方方、马竹、邓一光、古远清、刘富道、刘益善、舟恒划、谷未黄、陈应松、邹建军、周忠良、洪烛、南野、胡发云、郭良原、饶庆年、赵国泰、高伐林、徐鲁、雪村、程光炜、董宏猷、董宏量、楚良、鄢元平、熊召政、管用和 出版:由武汉市汉南区文化馆
中国大学生诗报	1月	福州	邵长武 沈雯雷	主办:中国大学生诗协
诗中国	2月	武汉	熊召政 饶庆年	编辑:江苏省南通市诗歌学会苏中青年诗社《青年诗作》编辑部、南通市苏中青年诗社联谊会
青年诗作	2月	南通	徐泽 曹剑任	编委:曹剑、徐泽、万川、葛洪、顾耀东、海燕、杨建、郁斌、王彬彬、顾来红 顾问:牛汉、公刘、夏阳、沙白、张松林、曾卓、丁芒、忆明珠、朱先树、马绪英、邓海南、陈敬容、朱红、赵恺、王辽生、黄东成、潘洗尘、冯新民 备注:江苏第一家青年诗报[①]

---

① 《青年诗作》创刊号标注。

续表

报刊名称	创刊时间	创刊地点	主编	备 注
中国当代诗歌报	3月	四川	王琪博 尚仲敏	编委：徐梅、肖红、王琪博、卢泽明、李明、夏阳、杨涌、尚仲敏
中学生校园诗报	3月	大兴安岭	姜红伟	顾问：臧克家、张志民 备注：创刊号发行16000份，其他两期共计发行八千份。发表了21个省、自治区的94位中学生诗歌作品100余首[①]
非非评论	8月	西昌	周伦佑	主办：四川省青年诗人协会现代文学信息研究室 备注：5月，《非非》杂志出刊，为"非非主义"诗歌运动内部交流资料之一
松花江诗报	10月	松花江	于金廷	副主编：于富、战林、柘子 编委：于金廷、于富、王昭全、孙玮、李锡洪、宋永学、季家骧、战林、柘子 顾问：胡昭、阿红、芦萍、上官缨 报头题字：胡昭
诗	10月	福州	福建《诗》报编委会编	编委：蔡其矫、舒婷、孙绍振、刘登翰、田家鹏、蒋庆丰、王性初、宋瑜、廖一鸣、林祁、陈志华、苏小玲、李闽山、缪又凌、王欣 报头题字：陈奋武
存在客观主义诗歌资料	10月	南阳		编辑：中国现代诗歌信息交流中心
中国高校诗报	11月	淮北	宁敬 张佑兵	编辑：郭传火、潘小平、刘海洋、易海明、山风 美编：罡夫 主办：淮北煤炭师范学院中文系学生会
中国诗人	11月	重庆	夏阳 燕晓冬	编委：王琪博、楼刚、卢泽明、何芝琼、燕晓冬、夏阳 主办：现代派诗歌研究学会 赞助单位：楚天业余诗人协会、拉萨晚报社、香港新穗出版社、重庆青年翻译出版公司、重庆环球轮船公司 赞助人：熊衍东、洋滔、陈煦堂、肯斯勒、王德川

---

① 姜红伟：《改革开放30年中国民间诗歌报刊备忘"民刊收藏家系列访谈录之姜红伟篇》："创刊号发行一万六千份，其他两期共计发行八千份。发表了21个省、自治区的94位中学生诗歌作品100余首。"，引自http：//blog.sina.com.cn/s/blog_4a10c6890100cnr5.html。

续表

报刊名称	创刊时间	创刊地点	主编	备注
中国诗歌天体星团	11月			备注：刊有黄翔《狂饮不醉的兽形——"诗学选集"断章》和哑默长诗《飘散的土地》节选等
存在客观主义诗歌导报	12月	南阳	皮客	主办：河南省现代诗歌信息交流中心、存在客观主义诗歌研究中心 备注：刊有《存在客观主义诗歌第一号公告》
世纪末诗人	12月	开封	孔令更	副主编：齐遂林、李锐锋 编委：孔令更、尹清轶、齐遂林、李锐锋、杨超、陆健、易殿选、郎毛、周保生、徐勤、常崇光、程光炜、墨梡 主办：河南青年诗歌学会开封分会 顾问：公刘、苏金伞、青勃、舒婷
中外诗歌交流与研究	12月	重庆		主编：西南师大中国新诗研究所第三研究室 备注：后更名为《中外诗歌研究》，诗学季刊

2. 试析诗报的基本特征与属性

作为媒体，无论影响力大小，"存在"即是对公共文化空间的进入，对诗人而言，无论"场"的大小，发表作品即是"在场"。由于缺乏必要的训练与自觉，对"诗报"本身界定的不清晰，专凭诗人（或称诗报人）对诗歌热忱的"非制度性"因素，诗报的不确定性、不稳定性与复杂程度大大增加，一些诗报还显现出狭窄、稀薄，甚至局促的面貌，在呈现丰富与自由的同时造成一种乱象。

（1）诗报基本特征

尽管以"报纸"这一媒介形式为承载，但诗报所表现出的时效层面的"非及时性"、传播内容方面的"非信息性"、受众层面的"非大众性"、发行数量层面的"有限性"、经营层面的"非盈利性"、社会影响方面的"小众性"等，似乎对普遍意义上的报纸特征表现出全方位的"颠覆"。同时，在自我预期与成品展现上，诗报还往往表现出一种"断裂"，由于众多诗报都逃避不出"短命"这一显性宿命，发刊词的阔大与现实诗报格局的狭窄便形成一种鲜明的反观对照。

（2）诗报属性

就自觉生长而拥有的属性看，创刊与存在于80年代的大部分诗报都体现出"青年性""自发性""起步性""地域性""非职业性""非制度性""非盈利性""圈子化"与一定程度的"江湖"气质。

以笔者所见"1986年创刊诗报"为样本，16份诗报中：《中国大学生诗报》《中国当代诗歌报》《中学生校园诗报》《中国高校诗报》《存在客观主义诗歌导报》《中外诗歌交流与研究》均依托于高校或以校园为背景创办，《诗中国》《世纪末诗人》的编辑成员均有当地青年诗歌学会的参与，大多数诗报的主编与编辑由高校学生担任。正由于大多数办报人"经营"诗报为一项"副业"，诗报也因此处在"不独立""边缘化"的地位。由于诗报主办者往往就是诗人，而"诗人"身份的非独立性影响着诗报存在的非独立，笔者欲将此定义为"非制度性"，即缺少某种制度化的保障与约束力整饬诗报内部事务，使其免于频繁的人为与人事因素干扰而保证诗报正常印行出版的条件。但诗报的创办常常是一个诗人或一个诗歌小圈子的"冲动"行为，即便"缔结"共同认可的章程，也由于群体与追求本身的自由而不具强制性。

在"非盈利性"方面，以经费来源为例，一般谁出资谁就会影响报纸性质与办报方针。一部分诗人所拥有的天然追求"民间"的心态使其对官方资助抱持自觉的疏离甚至抵制态度，诗报上基本鲜见广告，笔者猜测原因有二：一是办报人不求广告，以保证报纸的纯文学性；但更有可能的是无广告青睐投放于诗报，毕竟诗报受众有限。若无官方资金注入，诗报一般会呈现出"小规模""少资金"与"短存在"的现实状态，这导致了诗报的创办与停刊此起彼伏、旋生旋灭的生存状态。但是，一味将历史分类归纳其实是一种简化，我们不能忽视偶然性因素在其间发挥的作用。

在"报纸"与"诗歌"之间，本身就存在一种"悖论"关系。

通常而言，报纸"过日即废"，但诗歌却具有应被反复琢磨与思索的质地，对与时间保持紧张关系的报纸而言，诗歌更体现出对时间的消解甚至取消。应该说，用报纸表达诗歌是一种"形式"上的错位与背离，但诗报为何会如此广博地存在呢？笔者认为原因有二：一是出版报纸相较于书籍刊物，经济成本低廉，这对于大多数缺乏资金支持的诗报创办者应是最实际的影响因素；再者，"报纸"在出版物中比较"易成""入门"，在设计排版上拥有更自由的发挥空间，且更易被赋予一些"江湖气"，容易短时间形成特定"氛围"，更易吸引想要进入"诗场"的初级选手，对他们而言，发表就是意义，作品的留存似乎还未进入考量。同时，一部分诗歌实践者在经历过"诗报""诗刊""诗集"等多种出版形式后，当反思作为出版"初试"的诗报，会认同在创办经验的累积中为日后更"长存"形式的诗歌出版物打下了坚实底基。[①]无意中，"办报"的经历成为具有深刻影响性的中间过程。不仅在于围绕诗报所形成的诗歌圈、生长于诗报的诗歌场，办报过程中约稿、组稿、编辑、印刷、出版等细节工作增益着直接着手刊物与书籍创办的诗歌实践者无法接触并内化的诗歌训练。诗报作为"中间过程"，它的存在价值可能更多并不体现于"展示"，而是提供了创办者与诗人快速进入诗歌场域的"途径"，给予了他们"在场"的心态，将其实质性地结构进公共诗歌领域。报纸天然的引导舆论与造势功能将诗歌场具体化，落实在一份可观可感的报纸之上，为"在场"留下证据的同时将生长出更为自觉的诗歌出版面貌。

（3）诗报的"合法化"策略

在整个社会文化氛围开放活跃、诗歌场域热闹积极的80年代，年轻人的集合活动常常自赋使命。在进入官方话语体系受阻、民间

---

① 2015年1月28日，笔者访问《审视》诗刊主编人与时，受访者所谈。人与，1997年在郑州大学创办诗报《黄河诗魂》，办至2000年停刊。同年创办诗刊《审视》。

大规模的同质化存在又将导致被遮蔽等多重因素挤压下，寻找"权威性"与"创新点"，成为诗报"合法性"的有效支撑。此时，以高校文学社为主办支持或挂靠当地文联、诗歌协会，邀请著名诗人担任诗报顾问、编委，请知名书法家为诗报报头题字，成为了底层诗报"入场"自寻"合法性"的主要方式。仍以16份1986年创刊诗报为例，除前面谈到的6份诗报[①]具有校园背景，《文学创造》由武汉市汉南区文化馆出版，整个80年代及其后依托于当地文化馆建设的诗报不胜枚举。

在诗报内容之外，"名人"出场往往是报纸获得权威认可的重要砝码，但顾问、编委的效用往往止步于名气的借挂，并不会对报纸内容本身产生实质性的影响。在笔者统计的1986年创刊诗报中，《青年诗作》的顾问有牛汉、公刘、夏阳、沙白、张松林、曾卓、丁芒、忆明珠、朱先树、马绪英、邓海南、陈敬容、朱红、赵恺、王辽生、黄东成、潘洗尘、冯新民等；《中学生校园诗报》的顾问有臧克家、张志民；《世纪末诗人》的顾问有公刘、苏金伞、青勃、舒婷。

"归来"诗人基于在诗坛的威望作为权威的代表以顾问、编委的身份被编织进诗报的"影响结构"，诗报创办者在这里采取"诉诸权威"的传播手法，而权威在诗报中的真正地位却是非常边缘化的。虽然代际之间的诗歌追求、诗意表现已大为不同，但诗坛似乎历来认可老诗人对新诗人的举荐。

由于1988年以前，我国的报刊刊号未做统一规定，各省市、自治区以及直辖市的报刊出版管理仍由当地宣传部门负责管理，故对报刊刊号的研究梳理未进入笔者考察范围。

---

① 分别为《中国大学生诗报》《中国当代诗歌报》《中学生校园诗报》《中国高校诗报》《存在客观主义诗歌导报》《中外诗歌交流与研究》。

二、诗歌报纸的显在与隐在：从"1986诗歌大展"谈开

1986年，一次衍生于报纸的事件完成了被诗歌史铭记的"井喷"式能量释放——"'86'中国现代主义诗歌群体大展"，这年10月由《深圳青年报》与《诗歌报》联合推出。

1986年9月30日，《深圳青年报》刊出由徐敬亚执笔的大展公告，①宣布《深圳青年报》、安徽《诗歌报》将于10月隆重推出新中国现代诗历史上第一次规模空前的断代宏观展示，并提出三点举办"大展"的合法性依据：一是从新诗扮演了民族意识演进探索先锋的视角，回顾与呈现1976年至1986年中国与"新时期文学"如何还原和再生了中国人的心灵世界；二是反思朦胧诗"大论战"本身的丰富深邃而历史记录的贫瘠匮乏，所产生出保留现时诗歌现场的冲动；三是基于展现"后崛起"诗群所形成的艺术与出版繁荣所怀带的欣喜与焦灼。1986年10月21日，安徽《诗歌报》大展第一辑展示诗群20家，同日，《深圳青年报》大展第二辑展示诗群23家，10月24日，《深圳青年报》大展第三辑展示诗群22家。"'大展'是中国新诗出现以来，第一次如此集中地把青年诗人集合在现代主义旗帜下的壮举，也是上个世纪末中国诗坛最有价值的活动盛事，它标志着中国诗歌进入一个多元化的阶段。"②

报纸发行量是其影响力的一个重要指标，就此，大展策划者徐敬亚回忆："至当年末，总订数已达到15万份！""非非"诗人杨黎也

---

① 徐敬亚：《历史将收割一切》，徐敬亚、孟浪、曹长青、吕贵品编：《中国现代主义诗群大观1986—1988》，第559页，上海，同济大学出版社，1988。原载于1986年9月30日《深圳青年报》。

② 苏历铭：《徐敬亚：不原谅历史》，《细节与碎片：一个人的诗歌记忆》，第31页，长春，时代文艺出版社，2014。

谈及《诗歌报》"发行在十万份左右"。①

在朦胧诗诉诸政治且追求语言革新之后,"崇高和庄严必须用非崇高和非庄严来否定——'反英雄'和'反意象'就成为后崛起诗群的两大标志"。②"后来者开始轻率地否定新诗潮的经验","革命性迫使有些人必须要灭掉先行者的背影,以便'替代'得更合情合理一些"。③于是,大展将"两反"以集体面目推到了历史的前端。然而,此次狂欢的单薄化与盛世景观的自我命名"嫌疑"使这一集体亮相在历史的反思中收割了赞誉,也招致了诟病。例如就有徐敬亚在《中国诗歌流派2011宣言》中的表述——"中国现代诗'86大展',冲决了一统天下的诗坛格局,打破了中国人对艺术集结的传统恐惧,促成了'第三代'诗人群体式登上诗歌舞台的历史转化。从社会学的意义认定,'86大展'是一次中国人在诗歌范围内自由结社的经典范例"与"六十几块尿布膨胀式的自我欢呼"这样的两极对照的评价。

(一)两份报纸与"大展"的因缘

纵观当事人与学界回忆与讨论,争锋大多聚焦于此次大展在诗歌史的开拓意义,而鲜有从"报纸"与"诗歌","媒介"与"内容"的角度对"大展"进行的解读。笔者无意从其诗歌史意义做深入评判,而更倾向于探索此次"诗歌事件"与传播媒介之间存在的或许偶然或许必然的联系。

---

① 罗文军:《成都内外——对四川第三代诗歌传播的社会学考察》,《海南师范大学学报》2009年第2期,第22卷。
② 徐敬亚:《历史将收割一切》,徐敬亚、孟浪、曹长青、吕贵品编:《中国现代主义诗群大观1986—1988》,第1页,上海,同济大学出版社,1988。
③ 谢冕:《多梦时节的心律——〈中国当代校园诗人诗选〉序》,《谢冕论诗歌》,第325、329页,南昌,江西高校出版社,2002。

"大展"得以举办的原因是多方面的。80年代诗歌的"土壤"与"果实"客观上提供了可供展示之内容,"至1986年7月,全国已出的非正式打印诗集达905种,不定期的打印诗刊70种,非正式发行的铅印诗刊和诗报22种。其中,以四川'非非主义'为代表的诗歌探索群体,已向体系化、流派化方向发展。1986年9月在兰州召开的'全国诗歌理论讨论会'上,无论是自囿于沉寂原序的中老年批评家,还是呈挑战者姿态的青年理论者,都对纷纭庞大的诗坛现断面,发出了驾驭的困惑。"[1]而考虑"大展"为何由这两份报纸连袂举办,就不能忽视人为的"偶然性"因素。

《深圳青年报》为共青团深圳市委员会的机关报,创刊于1984年2月2日。这一份着重特区经济、政治改革的报纸在展现城市青年精神面貌的同时积极推进并传播文化。《深圳青年报》设有"短波发射台""记者来信""周五特写""名人说世态""警世录""体坛纵横""人·岁月·生活""内地人看深圳""海外趣闻""缤纷世界"等栏目。每周二、五出版,公开发行。[2]

1983年,徐敬亚发表于《当代文艺思潮》的《崛起的诗群》作为"三个崛起"之一,引发了中国文坛一场大震动,并经历了批判资产阶级自由化的浪潮。1985年,徐敬亚南下,任《深圳青年报》副刊部编辑,而作为诗人、诗评家的他与其时诗坛也保持着亲近的关系。他常常收到诗友寄自全国各地的诗集、诗报、诗刊。"应该有一个实体的呈现,来代替人们茫然的思考和谈论",基于对诗坛整体风貌的判断与预感,徐敬亚意识到新诗需要整体地向诗坛展示发展的成果并着手落实。1986年7月5日,徐敬亚向全国几十位诗歌朋

---

[1] 徐敬亚:《历史将收割一切》,徐敬亚、孟浪、曹长青、吕贵品编:《中国现代主义诗群大观1986—1988》,第559页,上海,同济大学出版社,1988。原载于1986年9月30日《深圳青年报》。

[2] 中国青少年研究中心青运史研究所编:《中国共产主义青年团团史词典》,第265页,沈阳,辽宁人民出版社,1993。

友[①]发出名为"'我的邀请·中国诗坛1986'现代诗流派大展"的信，告知他欲在《深圳青年报》副刊上举办一次"'中国诗坛1986'现代诗流派大展"，或称"'中国诗坛1986'现代诗流派雏展"的整版专辑。对于徐敬亚此举，时任《深圳青年报》总编辑的刘红军、副总编辑曹长青给予极大的赞同与支持。为了落实版面，徐敬亚与安徽《诗歌报》[②]主编蒋维扬和编辑姜诗元商议共办"大展"一事，《诗歌报》欣然应邀。此次"大展"得以举办一个不可忽视的因素是核心人物的组织与动员能力。

（二）诗歌对报纸功能的有意搭乘

无论发表作品，还是推动诗歌事件，"办报"是一种相对低成本、易操作，甚至带有艺术化的行为实践，同时契合一部分诗人通过将私人行动链接进入公共空间，实现对诗歌圈内某种话语权占领的愿望。

将"'86'中国现代主义诗歌群体大展"视为一次"诗歌事件"，"大展"操办者在"地利"优势的基础上充分发挥了报纸特性，扩大了影响。

[①] 其中包括黑龙江的朱凌波、吉林的季平、上海的孟浪、四川的尚仲敏等活跃于当时诗坛的诗人。

[②]《诗歌报》1984年9月25日在合肥试刊，1984年11月6日正式创刊，为总第4期。《上海文学》1984年9期第49页刊出消息："安徽将出版《诗歌报》"，消息称：为了活跃我国的诗歌创作，推动诗歌界学术争鸣，我国诗坛第一张大型报纸《诗歌报》，将于安徽合肥正式创刊。《诗歌报》暂定为每月两期，每期四版，除刊登中外诗坛重要新闻、诗人动态、诗歌信息外，还辟有"诗坛争鸣""诗人剪影"专栏，以及"诗歌知识讲座""古诗精华选""外国诗歌介绍""诗坛掌故""中外诗坛轶事"等固定栏目，对在校学生和广大诗歌爱好者学习诗歌创作进行基础辅导。该报还以大量版面刊登各种形式诗歌作品，特设"诗坛新星"专栏，专门介绍首次发表处女作的青年诗人及其作品。与此同时，还辟有"学生诗苑""校园诗社""旧体诗词"等专栏。

首先，传播媒介共有的天然属性——制造舆论、引导舆论的功能伴随信息的送达过程常常作用显著，特别是当其具有官方认可的"合法"背景，或恰好在此对立面时，就更有可能在大范围内实现"舆论"的抵达。就1986年"大展"而言，《深圳青年报》与《诗歌报》本身就拥有庞大而稳定的诗歌读者市场，[①]在传播平台与受众参与度的双重保障下，"舆论流"的形成与流动完成了对大展的"造势"。

　　从传播学进入，1986年"大展"作为传播事件也具有诸多可探讨之处，以时间节点来呈现诗歌的信息传播模式与舆论体系过程将是一次有意义的探索性研究，对具体历史细节的打捞将组构起"大展"如何组织、如何动员、如何发展，又在何种程度上完成了"神话"这一完满的过程。笔者在此提出这一进入问题的视角，而结论还需建立在确凿的数据基础上由命名衍生出的诗歌"大展"范式。

　　"'86'中国现代主义诗歌群体大展"广泛与深远影响力的又一表现是，其后诸多发表于报纸的诗歌登展都选择以"大展"定名。据笔者不完全统计，其后以"大展"为名称的诗歌展示活动就包括：

---

①《深圳青年报》与诗歌的交集表现为：1985年2月21日，《深圳青年报》刊徐敬亚《这一次我能够游过去》、梁小斌《风把你吹到我的怀里》等诗；1985年3月21日，第三版刊出"诗专版"，刊北岛、舒婷、江河、梁小斌、顾城、杨炼、傅天琳、李刚、骆耕野、王小妮、孙武军、王家新、陈所巨、梅绍静、杨牧、张学梦、叶延滨、徐晓鹤、徐国静、高伐林的诗；1985年8月1日，"两界河"副刊刊出"深圳诗歌专版"，编者按："你信不信？在深圳——这块被人称为'经济绿洲'的土地上，竟孕育出数以百计的青年诗人！在灿若群星的公司、匆匆急急的快餐、旋转迷幻的夜生活之间，有几百支笔在神圣地思忖与流泻……深圳年轻的文学，深圳之诗——正如这里过去不曾有过，但如今已遍地萌生的摩天楼群一样，将会从无到有，由弱至强，发出一束束强烈的灵魂之光。从百余名作者中选撷三十一家诗歌新人，推介给读者，并祝之播衍、繁茂于这块绿色的土地"；1986年3月7日，第三版推出"深圳女诗人专号"等。种种表现可见该报对诗歌的"关爱"。

"1988年中国首届高校诗人诗歌大展"、①由《新诗报》②举办的"中国新诗1988：内蒙古青年诗人群体大展"、《大陆诗报》于"1989年春·创刊号"推出的"江西青年诗人现代诗大展"、《锋刃》于1993年9月30日登载的"中国民间先锋诗群实力大展（第一辑）"、《浣花》于1993年推出的"中国现代诗大展诗专号第一辑"、《江南诗报（浙）》于总第20期1997钢铁号第三版推出的"青年诗人陈超作品大展"等。

"86大展"之后，这一命名似乎得到规约，无论登展规模何如，都会冠以"大展"的头衔。而"'86'中国现代主义诗歌群体大展"之前，笔者却未见诗歌展示活动如此表述。尽管"'86'大展"是否真正为命名的滥觞无法确切考证，但它的存在一定大大拓展了这一命名的流通性，并使"大展"的表述与诗歌产生某种亲近的联结。

在此，一个有趣的细节是，徐敬亚在"大展"的邀请信中曾明确提起过此次活动的名称为"'中国诗坛1986'现代诗流派大展"或"'中国诗坛1986'现代诗流派雏展"，现实征用中，举办者选择"大展"弃用"雏展"，或可视为一种微妙的取舍，从命名上就自我赋予某种强势心态。

小到一张具体诗报，大到八九十年代蔚为大观的诗报生态，是诗报的"显在"；诗报背后的人缘网络、诗报之上的诗意追求以及诗歌对报纸功能有意无意的"搭乘"，则都可归为诗报的"隐在"。"隐在"是根，是原因，"显在"是根部以上的茎叶和果，是表现。

当对所掌握到的诗报做细读与梳理后，会不由得产生一个疑问：出版发行如此活跃、整体数量如此众多、地域散布如此广泛的当代

---

① 这次活动由黑龙江省学联与哈师大学生会、哈师大中文系主办，中国作家协会黑龙江分会协办，中岛发表征文告示《全国各界诗友们联合起来》。

② 《新诗报》由内蒙古包头市青年诗人协会主办、蒙原主编，笔者所见为1988年12月"大展专号"。

诗歌报纸，为什么大多没有进入研究者的视野？为什么诗歌报纸在诗歌史中几乎不占席位？这一"缺项"的客观原因可能包含三点：一是选题缺乏研究价值，二是研究者仍未探寻到其学术支点，但更有可能的原因是，诗歌报纸全貌史料的难以获取是造成研究缺位的天然障碍。

本文原刊于《当代作家评论》2018年第6期

当代诗歌"刺点"及"刺点诗"的价值及可能

董迎春

20世纪80年代末兴起的口语叙事,成为主流诗歌话语并影响着一直以来的当代诗歌写作,从对无聊、乏味的日常化、凡俗性的现实叙述的关注开始,慢慢形成了文本的机智与幽默的鲜活"口语"风格,这种以"反讽"话语为特征的文本"刺点"的合宜运用,在形式上、技巧上保证了口语写作的有效性及影响力。因而,口语叙事类的诗歌,保持诗性的往往就是这类"刺点诗"。

"口语写作"过多使用"刺点",也同样会走向形式的局限与束缚,导致审美、及物的叙事所凝聚的"诗意"表现出重复化、雷同化的倾向。就诗学探索的丰富性、复杂性及语言的修辞及话语效果而言,显然,这种"刺点诗"写作中的反讽策略也表现出诗的思维与表意空间的局限与束缚。当代诗歌必然要面对时代,关注个体存在的体验与孤独,从时代鲜活的文化语境探讨诗人与世界的多重关系,形成"文化刺点",这样才能真正触摸时代的灵魂深处。"刺点诗"才能真正从文本策略的反讽走向时代的认知和关怀,从技巧层面转向文化内在的反思与建构。

一、文本的偶然性、痛感

"刺点",这个概念很好地解决了口语写作、叙事性诗歌的话语分析问题,能从诗性这个层面探讨口语的语言特征和形式技巧。"刺点"作为概念的提出,出自法国著名后现代理论家罗兰·巴尔特生前最后一本著作《明室》,这本书重点探讨了20世纪初比较流行的摄影话语及相关理论问题。在他看来,源于现实生活中的摄影,需要处理,并非简单复制,而是有针对性与意义联想的"取景","聚集之处"正是生活的照亮之处、意义之点。由此,他引用了Studium／Punctum这一组拉丁词来阐释自己的"刺点"观念。学者赵克菲将其译成"意趣／刺点",[①]而符号学家赵毅衡先生将其译为"展面／刺点"。[②]前者依据了"意趣"文化性的可行分析,是巴尔特法国式的书写特征及符号学思维,将意趣与刺点关联,形成一种抽象的纵深关系;后者将其译成"展面",更倾向美英式的理据性、可描述性的客观展示,"展面"与"刺点"形成了符号学视野下一种可形式描述的纵横聚合的符号关系。

摄影中的"取景",完全出自"意趣",集中了取景中的动作、背景、形象、姿态、面孔,一种整体立体综合而成的文化"展面"。与它相对应的则是"Punctum"(刺点),出于集中关注的点,和私人化强烈的意义观察点,这些摄影文本也俨然存在这个形同"标点""敏感的点","准确地说,这些印记,这些伤痕,就是一些点。"这些点所形成的光晕,则像用利器造成的印迹、针眼与伤处,这个刺

---

① 〔法〕罗兰·巴尔特:《明室:摄影札记》,第34页,赵克菲译,北京,中国人民大学出版社,2011。

② 赵毅衡:《符号学原理与推演》,第167页,南京,南京大学出版社,2011。

点就变成"针眼、小孔、小斑点、小伤口",正是这些东西形成了照片的偶然之点、意义之点,即刺点或者痛点。因此,将"Studium"(意趣)译成"展面",将"Punctum"译成"刺点",的确有效地分析了现代诗歌的理据性滑落,从而看出当代诗歌口语写作所表达出的客体性、及物性对当代诗歌写作的意义,从诗性角度肯定了刺点类诗歌写作的形式和价值。借助巴尔特分析"摄影"的话语思维,能够有效地分析与考察当代诗歌话语中口语写作出现和广泛传播的现象,这种"偶然性""刺痛感"的"刺点诗"丰富和推助了当代诗歌的发展。

在符号学家赵毅衡看来,"当代艺术美为标出之美,标出性本身具有一种美感。正是因为得不到社会认同,才存在于艺术之中。"[①]可见,刺点是各种艺术保持新奇和审美的关键,并及时地打破了读者的期待视野、文化观念,通过出其不意的陈述("偶然性"),衍生为阅读(主题)的另一种出其不意和"接受"的可能。当代诗歌口语"刺点"的运用,冲破了朦胧诗以来宏大叙事的文化"展面",对20世纪80年代的抒情话语与精英文化进行反常化、解构性的处理,代之以反讽性的叙事与语境转换,实现了对艺术常规及常规媒介的颠覆与突围。罗兰·巴尔特的"刺点"理论经符号学家赵毅衡的译介慢慢形成了当代诗歌分析"口语写作"话语分析的重要理论之一。当代诗歌的"口语写作"能在诗性维度保持诗的审美性、艺术性"标出"的主要集中"刺点诗"。诗歌的"展面"是当代诗歌话语中的凡俗化、日常化的叙事,这里面包括个人的背景、事件、人物、命运,不动声色、叙述客观,自然清新、鲜活亲切,显然,这种近似散文、小说文体风格的"叙事",如果没有"刺点"无意或者有意的布置、插入、运用、标出,形成的"针眼、伤痕与印迹",这个"展面"就缺失了诗性的意义与价值。"刺点诗"的"刺点"是幽默

[①] 赵毅衡:《趣味符号学》,第133页,重庆,重庆大学出版社,2015。

自嘲，也是机智解构，从存在论角度对"世界"的解构与探究，文化上则表现为对宏大叙事与过度抒情的自觉疏离与话语"翻转"。

毋庸置疑，当代诗歌的写作，可从"刺点"这一文本思维探求书写的活力与突破，它们丰富汉语书写的表意空间，特别是对鲜活的时代内容和情感世界有所捕捉与展示。"刺点"思维的运用无疑形成了一种诗歌的写作范式与展示技巧，广泛的影响力和文化传播形成了"刺点诗"的书写可能，其灵活、机智、幽默，不经意与偶尔性的刺点与刺感形成了较强的文本效果。"刺点诗"书写与技巧的展示，突破了以往的写作范式与文本阅读期待，吻合了当代诗歌在形式上创新与诗意追求的话语特征。

赵毅衡先生译介了"刺点"、探讨了"刺点诗"之后，"刺点诗"研究逐渐被当代诗歌研究所关注，许多学者将其运用于当代诗歌的写作理论与话语实践。

中国古代文论中也有近似"刺点"的诗歌写作探讨和表达。"诗中固须得微妙语，然语语微妙，便不微妙。须是一路坦易中，忽然触着，乃足令人神远。"（刘熙载：《艺概·诗概》）这种"触着"，正是诗中的"刺点"，可见中国古典诗歌也重视这种"展面/刺点"的创作意识，也追求意境旨远的诗意境界。诗歌"刺点"及其"刺点诗"写作，在当下表现出更为宽泛、稳定的写作可能。反正规、反正常的文本书写驾驭更为到位，反正规、反正常的文化意识更为明晰。

二、话语的"聪明主义"

20世纪80年代末以来，当代诗歌口语化、中心化的叙事特征已然成为了一种不可忽视的书写趋势。80年代"第三代"诗中的"口语写作"颠覆、解构了早期的"朦胧诗"的抒情话语及其文化上的精英情结与宏大叙事，形成了对以抒情为特征的文化诗学的颠覆、拆解现象，丰富了当代诗歌的写作可能与发展路径。"自我既是点又是过程；它是一个自足的结构，并无休止地重复着其自身的过去。"① 通过非理据性的"任意"错指、强指的语言现象去解构汉诗因袭的表意传统与文化常规，加强了客观性、及物化的话语效果。"刺点诗"中的强指、错指，强化了语言的表意力量，丰富了语言的联想空间，这也是口语写作的"聪明"所在，我们把这样的"聪明主义"归结为"刺点"理论的合理运用。"口语写作"的冷抒情、客观性展示，深深颠覆了现代诗歌的抒情性、意象化的审美价值的文化话语，以伊沙为代表的当代诗人又不断区别于其他诗人，几乎每首诗都能从平淡、零度的情感中运用到"刺点"，抑或对诗人生存的反讽，抑或指向语境式的文化反讽，从而加强了反讽这种修辞的"刺点诗"进程。

当代诗歌的"刺点"写作或者"刺点诗"的类型大致可以归纳为以下几点：

第一，末端尤其结束句的刺点。文化"展面"中的漫不经心、客观自然的叙述在诗篇结尾处的"刺点"，形成了"展面/刺点"的诗意聚集，表现出其不意、耳目一新的文本效果，夸张与反讽的诗性建构了口语写作的价值与可能。这种情形以伊沙、徐江、沈浩波的创作为代表。如沈浩波的诗歌《心是一尊虚伪的神》最后把"心"的形状描述为成年男性的特征和神的喻指，在诗结尾处自觉地运用"刺点"而形成文本的震荡与惊奇效果，在习以为常的日常性主体"我"与高高在上的、幻象的神性相联系，让处于观念与认知之中真实的"心"产生联想与神性。显然，当下诗歌多数运用诗篇末端设置"刺点"的写作特征，很好地处理了诗歌写作被人所诟病的一味"正规""正常化"，紧抓反常与偶然性的痛感与"刺点"，并最终把

---

① 〔英〕马尔考姆·波微：《拉康》，第22页，牛宏宝、陈喜贵译，北京，昆仑出版社，1999。

诗导向解构性、互文性的现代之维与表意空间。

在当下"正常化""常规化"的文化语境中，一种不同于传统的抒情话语的叙事诗意与反讽表达，让"刺点诗"有了更多的接受与传播空间。但是我们也注意到，下半身、垃圾派中文化审丑、粗俗反抗、叛逆趣味，也有极端化、滥俗化的趋势，走得极端的甚至发展成民间多种场合所讲的段子、黄色笑话之类的"游戏"之作。

第二，诗中两次或多次"刺点"合宜展示。在叙事中，"口语写作"中的"刺点"运用一般集中在诗的结束处，出其不意、意料之外，以此达到抓点、痛点。但是，许多成熟的口语写作绝不一味地限制于末端句，"刺点"还可以出现文本的开始、中间，或者多处出现，这种"提前"能够为文本创造更多的表意空间。口语叙述中的二处或者多次"刺点"，就是多次对叙述的破坏、强化文本的反讽效果，也是在场形而上学对冰冷冷的世界的"刺点"，最终启示文本的意义之点和诗性焦点，形成饱满、丰富的"叙事"诗意。多次刺点的合宜展示，不同于线性、单一的零度叙事或者冷抒情的叙事话语，通过多次刺点聚集意义之点，形成诗对个体体验与时代关怀所形成的刺痛感与时代反思。两处或者多次刺点的诗意聚集，交织成诗的光晕，让再现类的叙事变得意趣横生、意味深长。

第三，诗的整体或主旨的"语境反讽"形成"文化刺点"。诗歌的整体"展面"作为刺点出现，往往指向现实处境与时代文化"展面"，通过语境式反讽与互文，形成诗中的"文化刺点"。这也较典型地反映出罗兰·巴尔特"刺点"的文化情怀，从一种整体情境"文化展面"出发，反常地、异项地表意、错置，通过偶然性的发现，以刺痛感的新情感、新观念、新思想的新文化形式介入时代语境与灵魂深处。文化语境的转换与时代话语的反差与突兀，在常规、秩序的时代语境中歧生为一种"文化刺点"。文化"刺点诗"强化了形式上对刺点的运用和展示，更综合地反映了写作者的综合素养和文化情怀。一般认为，诗的"标题"、结构与结构的设置，往往提示或揭示诗歌文本的内容,这是一种约定俗成的写作共识。然而,由于现代诗的自由、开放及积极的诗性特征与后文化的解构性,当下诗的"标题"与诗的整体"主题"已非完全对应与联结,两者之间表现出或等同、或偏差、或断裂等不同的"互文"关系。诗歌"标题"与"主题"的语境反差,这也为"文化刺点"的"刺点诗"写作实践提供了更多机会。

现代诗歌,一方面是再现,一方面也是表现;前者体现在口语诗歌的现实叙事话语当中,后者则往往追求表现式的现代主义话语。"刺点"的写作则更集中于叙事话语的再现,而现代主义的表现话语中,"刺点"运用方面的探索也极有可能。在时代精神与文化抱负方面,海子、昌耀倡导的"大诗写作"积极地担当起隐喻、象征主义的神话与神性写作,自觉地表现出对当下以"反讽"为时代特征的叙事话语的疏离意识,诗在表现中歌唱性与抒情话语的回归与强化也让"诗"在整体语境上对再现的叙事话语形成某种解构,以此形成不同于时代叙事的"文化刺点"。由此,隐喻与神话的超验之心就是对当下娱乐、消费的物质文化的颠覆、解构,通过抒情的情感确认与文化认同,重新找回叙事诗歌不能传达的诗性空间与文化情怀。此类回归语言本体、回归"文化刺点"的诗性写作,形成对当下文化的反思与认同的"刺点"。面对这种商业化、欲望化表征的当代书写,"第三代"诗中后朦胧诗一派中王家新、西川、张曙光、肖开愚等的坚持,正是对物文化追求、商业写作的时代语境的介入和疏离。海子晚期的"太阳七部书"以其现代主义表现的魔幻与超验,起到了以文化"刺点"解构娱乐"看点"的积极意义,其混沌、神奇的写作,丰富了汉语诗歌的写作景观,其"诗、哲学与宗教"合一的追求,在商业文化占支配的时代语境中形成极具召唤的"文化刺点",为文化的回归、反思和重建提供极具文化价值的"时代"启示。

当代诗歌写作中"刺点"的"聪明"运用,成为颇具探索性、建设性的文本效果与诗体形式。极具时代精神与现代之维的"文化刺点"的运用和"刺点诗"的文化反思与哲理观照，形成了对时代"展面"的深度思考。由此，诗歌作为"异项"艺术与"刺点体裁"，也形成了独特的文化意蕴与思想可能。以"反讽"为中心叙事的口语写作，正是深刻地抓住了这种技巧，表现出对时代的深刻领悟与敏锐把握，其否定性的"反思"思维强化了诗对文本与时代的双重介入，诗的文本效果变得生动且深刻，从文本之刺点到文化之刺点，当代汉语诗歌表意空间不断突围与生成。"当代汉语诗歌应怎样从困窘和艰难起飞中寻求突围，最大可能地摆脱功利的诱惑和客观条件的制约，既回到诗歌自身的真实位置，又让诗歌与诗人以及与世界发生的联系更为直接与本真"，[1]而替代、解构"反讽"的隐喻与神话的写作，形成肯定性的情感结构与价值的"文化刺点"，进而深入文化内核去审视与反思当下的价值结构与文化认同。

让"文本策略"的"小聪明主义"写作导向文本策略与意趣展面兼有的"文化刺点"深化，对写作者的综合素养与文化情怀提出了挑战，这的确需要一种迎难而上的文化情怀与担当意识。这种"肯定"价值与情感结构的"文化刺点"写作，对当下文化中虚无主义情结也是一种纠偏与警示。

三、"文化刺点"书写：从"否定"走向"肯定"

"刺点"作为一种打破文化常规的书写方式，运用于诗歌艺术，自然而然地破坏了以正规、抒情为主的审美话语。反讽式、解构性的"破坏"，意味着"否定"的情感认同和时代特点。"刺点诗"向"文化刺点"的价值张扬和拓展，极具"肯定"的文化建构价值。如

---

[1] 庄伟杰：《诗人自我拯救与诗歌大国气象——"二十一世纪诗群流派大展"引发的思考及其意义》，《当代作家评论》2016年第2期。

何从"反讽"叙事的否定情感与否定价值的"刺点诗",回归和兼顾以歌唱、抒情为本体的"文化刺点"写作,背后的文化意识则意味着一种"肯定"的时代价值对"否定"趣味的规避和升华,也重新点燃当代诗人的形上冲动与写作热情。"刺点"的掌握与使用,很好地发展、深化了诗中"刺点"的现代技巧与表达内容。刺点、"刺点诗"的写作实践,为当代汉语诗歌的发展与形式探索提供了某种可能。

第一,刺点:叙事话语"偶然性"的机智语言与"发现"之美。

从20世纪80年代以来,当下诗歌中的口语写作,不自觉地将客观化、及物性的叙事推向了当代诗歌表意的某种中心。这种叙事的整体语境及书写现象刚好对应了摄影中的"展面",而"口语写作"所使用的反讽、解构的现代技巧则靠近了"刺点"。从形式、技巧来看,口语叙事与反讽、解构为特征的技巧之间的关系表现为"展面/刺点"关系,这种合理性、技巧性的展示自然推进了90年代诗歌"反讽叙事中心化"形式内因与"口语写作"的盛行,其反讽的时代语境背后则指向了文化虚无。反讽、解构叙事中"刺点诗"逐渐演变为当下诗歌写作的形式技巧与主流话语,"刺点诗"的有效传播很大层面得益于这种机智话语与情感共鸣,得益于诗歌这种标出的差异体裁所形成的文化性对日常性、正常性的颠覆与破坏,"诗作为刺点体裁,也是当读者介入时可以获得狂喜的文本"。[①]20世纪以80年代末伊沙为代表的口语诗歌鲜明地呈现了刺点文本与文化刺点的话语追求与文本探索,形成了解构、颠覆特征明显的"反讽叙事",[②]90年代以来反讽叙事,导向了另一个反正规、反常态、客观化、及物化的文化展面与时代之思。机智语言的刺点文本背后渗透着文化的解构与重构意识。由此,在时代语境中,"第三代"诗中

---

① 陆正兰:《诗歌作为一种"刺点体裁"》,《福建论坛》2014年第1期。
② 董迎春:《当代诗歌:走向反讽中心主义》,《社会科学研究》2012年第4期。

"民间写作"主要以口语写作为策略的创作群体也形成了以"刺点诗"为书写方向的"文化刺点",表现出"刺点文本"与"文化刺点"并行推进的双重特征。机智的刺点书写,抓住个体存在际遇的痛感、反常性,从语境上进行文化反讽、互文,使其破坏文化常规,以期抵达"发现"的新奇和"异项"艺术的趣味。

第二,文化的"展面/刺点"强化了叙事口语的诗性聚集与"肯定"价值。

20世纪90年代诗歌的叙事性及其表现出来的客观性、零度情感等,让诗歌与读者拉近了距离,推动了当代诗歌的接受和广泛传播,特别是90年代网络文化、新世纪以来自媒体等媒介的运用与繁荣,更进一步地推动了"口语写作"的影响力,展示了当代诗歌与广泛的写作群体、大众读者的互动的文化景观。"文化刺点",代表着口语写作的文本与文化形式上的双重冲动,也是时代文化深处的阶段性的调整和"肯定"推助。

叙事口语的"平易之风"将语言拉向及物性、客观性,摆脱精英语言的矫情与高蹈化。与"平易之风""展面"伴随的,是一种线性、惯性、复制、秩序的口语中心写作现象,这种写作与阅读大大降低了诗对复杂现实与时代文化的处理能力,减弱了作为语言本体的诗歌体裁本身所追求的诗性和审美。而较成熟的口语诗人往往善于从"口语"出发,在诗内合宜、合理地用到"刺点",形成了他们较为机智的"聪明主义写作",语言上表现为机智、奇特、诙谐、幽默,而哲理上则完成了反常化、偶然性的生命反思与对现实与时代的内心关怀,构成了诗中"刺点",而客观化、及物的叙事也自然展示出时代意趣的文化体验与现象存在的发现之美。正是"刺点"的运用,强化了诗的这种文体特征与语言的本体认同。"口语"之风的刺点写作既是"聪明"技巧,也不断表现它的局限和束缚。它们往往少了诗意表现的语言力量与文本效果,他们走向了雷同化、复制化的同一性、秩序性话语,局限了诗意的丰富和可能。"对待九十年代先锋诗歌，我们既要倡导客观辩证的认知态度，也要对辩证法本身潜在的思维陷阱有所警惕"，[①]摆脱门派之见，正确合理地展示"口语"的诗学价值，在"第三代""后朦胧诗写作"中有所发现与实践。口语写作，不仅是"民间写作"的话语追求，也表现在"知识分子诗人"的诗歌创作中，如西川、王家新、王寅、张枣等，他们都自觉践行了"刺点"写作，同时在文化深处重视语言本体的诗学趣味与文化观照。他们一方面注重"口语"的叙事性、及物化的"刺点"表现，也注重超验与感应，增强了诗对现实与时代的处理能力。他们深入到生命、幻想的深度体验与反思，将冲动、知性与神性等融入文化刺点的追求与践行之中，通过语境置换、解构的大面积的"文化反讽"形成"文化刺点"，表现更为复杂的时代主题和文化情景，回到语言的传统，建构一种"肯定"的当代诗歌发展之路。

第三，"刺点"文本与文化的双重探索，扩充、丰富了"刺点诗"的表意空间和文化情怀。

"口语写作"所带来的中心化、秩序化的局限与困境，决定了新的"文化刺点"如何回应传统与隔离影响，如何打破与突破固袭的、既定的文化系统，并重新对文化进行编码。以语言为表现维度的诗体追求本身决定了诗的异质性、通感性的存在，对语言理据性的自觉疏离突破了线性、同质、常规、秩序的"刺点"束缚，隐喻与神话的"象征"写作也表现出不同于"反讽"背后的"虚无"语境，形成一种"肯定"情感结构的"文化刺点"书写。在客观叙述中强调陌生化、异质性的意象，"诗是游戏，但它是一种认真的游戏，顶真到死的游戏。"[②]从"聪明"口语的"刺点诗"兼顾了隐喻、象征的语言意蕴的文化价值联结，从而弥补了因叙事性所导致审美不足的

[①] 张德明：《如何理解九十年代先锋诗歌——以罗振亚〈一九九〇年代新潮诗研究〉为例》，《当代作家评论》2016年第2期。

[②] 赵毅衡：《反讽时代：形式论与文化批评》，第268页，上海，复旦大学出版社，2011。

叙述话语缺陷，提升了审美之维与现代探索对表意空间所产生的积极推动与文化影响。

诗中"刺点"的合宜展示，或者一首诗中多处使用刺点，将有效地增加"口语写作"的表现技巧与表意空间。但是，"刺点诗"不仅是单一媒介的"异项"表现，而且更应融入现代诗学、生命哲理等"文化刺点"的敏锐捕捉与诗意表现，在形式与内容上实现诗与哲学的合一，语言与思想并行，这样的刺点诗或者刺点写作就突破了文本与文化形式的局限，转向时代深处的语境与文化反思。诗就是不断打破正常与正轨的表达，完成"刺点体裁"与"异项艺术"的"延异"精神；诗是语言的高格局的游戏，更是文化情怀与情结的"肯定"精神结构的展示。"刺点"作为一种形式，自然也突出文化的格调，突破了当代文化中的虚无倾向，完成了文化的"肯定"建构意义。

另外，从现象学、符号学出发，窥探"刺点"这种话语策略，为当代诗歌书写提供了某种可能。当代"刺点诗"实践，变成诗的写作思维，也变成一种话语行动。具有悖论意义的是，艺术"正规""正常"，则意味着某类艺术自身的成熟与定型。特别像"反讽"这种话语，极其成熟，要想突破，必须走向文化转型与思维认知层面，走向肯定诗学中隐喻象征的写作。在差异、反常思维带动下，"文化刺点"则形诗性、哲学的双重维度，形成了情感刺点、价值刺点，也汇聚成文本的"文化刺点"。

第四，"文化刺点"的写作，意味着诗歌作为语言艺术的体裁认同与诗体"肯定"。

大量"刺点诗"的写作，也带来文本形式上的自我局限与束缚。20世纪80年代末的口语诗歌追求日常性、凡俗性，这种叙事性话语对80年代"朦胧诗"等形成的语境进行的系统置换，其背后渗透的消费主义、物质主义替代了80年代初期文化追求上的精英性、崇高性。同时，叙事话语对抒情话语不断进行解构，形成了时代语境论中的"文化刺点",在90年代新的消费文化、娱乐文化为主的时代,物质主义的过度重视也慢慢表现出时代的文化危机与发展局限,背后潜藏"虚无主义"。

然而,"诗歌"这种"文体"本身指向抒情的"歌唱性"话语,兼顾"文化刺点"的"刺点诗"不断增补与修复口语写作的局限,通过超验与感应之心完成对时代情感和价值的"肯定"认同,"思想之所以有意义,完全是由于它具有阐明的、导致可能的作用,由于它具有内心行为的性质,由于它具有召唤现实的魔力。"[1]海子、昌耀等倡导的"大诗写作",从文化内核深处扎根,承受着时代转型与精神断裂所带来的文化疼痛感与撕裂感,他们迎难而上,这种隐喻与神话追求的写作,就是在文化语境上重新确立"文化刺点"的存在价值与本体回归。文本的技巧与精神感应汇聚成时代的"文化刺点",丰富了汉语诗歌的表现与表意功能。这种结合文本策略的"刺点"技巧关注兼顾"文化刺点"的"当代诗",或者现代诗歌的张扬维度,拓展了"刺点诗"的文化意蕴。"文化刺点",既是时代语境的文化断裂,也是从"否定"走向"肯定"的诗学回归和文化认同,更是在当下物质主义、消费主义为代表的物文化中建构的一种反思与醒觉意识。

本文原刊于《当代作家评论》2019年第3期

---

[1] 〔德〕卡尔·雅斯贝斯:《生存哲学》,第83页,王玖兴译,上海,上海译文出版社,2005。

为散文诗一辩
——以周庆荣为考察对象

敬文东

从《秋夜》和《秋夜独语》说起

在古典汉语诗歌中,悲秋意识既源远流长,又根深蒂固,其间的原因何在,至今众说纷纭。《礼记》只知其然地说:"秋之为言愁也。"[1]这部伟大的汉语经典究竟是不知其所以然呢,还是不愿意道出其所以然?作为一个外族人,松浦友久反倒提供了一个素朴并且看似得体的解释:较之于"安定""固定"又漫长难耐的酷夏与严冬,春秋两季显得极易"变化""推移",倾向于它们自身的春和日丽、秋高气爽却又转瞬即逝,惜春之感油然生焉,悲秋之情勃然兴焉。松浦友久很务实,他甚至把汉语思想之核心产区的经纬度都考虑进

---

[1] 见杨天宇:《礼记译注》,第821页,上海,上海古籍出版社,2004。

去了，以便为自己的观点助拳、掠阵。①正所谓"老去悲秋强自宽，兴来今日尽君欢"（杜甫《九日蓝田崔氏庄》）；也有道是"一声梧叶一声秋，一点芭蕉一点愁，三更归梦三更后"（徐再思《水仙子·夜雨》）。观堂主人有言："最是人间留不住，朱颜辞镜花辞树。"（王国维《蝶恋花·阅尽天涯离别苦》）很容易想见，似乎韶华易逝、光阴难留，才算得上华夏古人悲秋惜春的心理基础。

面对古人曾经面对的秋日和秋夜，现代人鲁迅已经从心理上和悲秋的古人有意识地拉开了距离。孙玉石观察得很准确：作为鲁迅久负盛名的散文诗篇，《秋夜》展示了抒情主人公对抗绝望的宏愿、反击虚无的决心——并且心境荒寒、态度决绝。②完成《秋夜》之后不多日，鲁迅在写给许广平的信中有言："我自己对于苦闷的办法，是专与袭来的苦痛捣乱，将无赖手段当作胜利，硬唱凯歌。"③其后，鲁迅对此还有着更为明确的言说：因为要向虚无做"绝望的抗战"，所以，他的文字中就有着太多"偏激的声音"。④秋夜以及秋夜的天空在鲁迅的笔下显得面目可憎，最起码满是消极和负面的音容，就很容易得到后人的理解与同情：秋夜的天空"似乎自以为大有深意，……仿佛想离去人间"（《野草·秋夜》）。孙玉石不无极端地认为，被《秋夜》咏诵的那个秋日夜空，或许正等同于鲁迅在另一首散文诗（《失掉的好地狱》）里提及的那方"好"地狱。⑤和华夏古人

---

① 见〔日〕松浦友久：《中国诗歌原理》，第11-13页，沈阳，辽宁教育出版社，1990。

② 见孙玉石：《现实的与哲学的——鲁迅〈野草〉重释》，第16-17、19页，上海，上海书店出版社，2001。

③ 鲁迅：《两地书》，《鲁迅全集》第11卷，第15-16、20-21页，北京，人民文学出版社，1981。

④ 鲁迅：《两地书》，《鲁迅全集》第11卷，第15-16、20-21页，北京，人民文学出版社，1981。

⑤ 见孙玉石：《现实的与哲学的——鲁迅〈野草〉重释》，第16-17、19页，上海，上海书店出版社，2001。

不同，鲁迅对悲秋心理持完全否定甚或不屑一顾的态度，[1]这很有可能是彼时之鲁迅早已经历过现代意识（尤其是现代诗学意识）的深度洗礼。[2]李泽厚甚至将鲁迅认作法国存在主义的中国先行者。[3]在鲁迅完成《秋夜》差不多90年后，周庆荣也写出了相同题材的篇什：

我看到一粒粒蓝色的纽扣，子夜，夜空披上纯黑的大衣，蓝纽扣在闪光。

人间中秋刚过，离愁是月光的苍白，多年不说，这次，我同样不说。

我说窗外的蟋蟀，秋事丰富。

我说我夜深时听到的狗吠，它们是城市的流浪者。声音里听不出幸福与否，我仰望天空的时候，不愿简单地把这些声音当作噪音。

生命的动静多么美好。

玉米被收获了，十月，高粱也将被收获。

秋天的语言要赶在冬天封冻前说完，夏末未及说出的爱情，就让高粱变成酒，酒后再说。

蟋蟀集体说，流浪的狗被集中起来说。

我在中秋之后的子夜，一个人说。

---

[1] 鲁迅后来回忆他作《秋夜》的意图：在秋天，"荷叶却早枯了；小草也有点萎黄。这些现象，我先前总以为是'严霜'之故，于是有时候对于那'虞秋'不免口出怨言，加以攻击"。见鲁迅：《华盖集续编·厦门通信（二）》，《鲁迅全集》第3卷，第374页，北京，人民文学出版社，1981。"怨言""攻击"云云，恐怕和"秋之言愁也"的悲秋心理搭不上界吧。

[2] 见赵瑞蕻：《〈摩罗诗力说〉注释·今译·解说》，第280-290页，天津，天津人民出版社，1982。

[3] 见李泽厚：《中国现代思想史论》，第111-120页，北京，东方出版社，1987。

说得夜空解开一粒粒纽扣,胸怀大开。

如果有人说出忧虑或者悲伤,天能够拥抱他们。

——《秋夜独语》[1]

在《秋夜》里,天空"非常之蓝",闪着或眨着"几十个星星的眼,冷眼";在《秋夜独语》里,"披上纯黑大衣"的夜空有众多星星像"蓝纽扣在闪光"。前者的蓝固执地坚守,坚持了自己原本的冷色调:它在用冰冷的语调嘲讽下界,意欲"离去人间"(在汉语中,几乎所有的颜色都有其声调和冷暖);后者的蓝则试图突破作为自身之本分、自身之规定性的冷:它有冷的语调,却想尽力温暖中秋之后子夜时分的人间(在汉语形成的整一性语境中,所有视觉的都可以转化为听觉的与触觉的)。《秋夜》的抒情主人公在"夜半""吃吃地"笑,《秋夜独语》的抒情主人公则在"中秋之后的子夜,一个人说"。前者独自发笑,是因为茫茫夜半只有他孤身一人(就像整个田纳西州只有一只坛子),周遭的事物都外在于他,他只得用冷眼打量它们,它们则顶多是他的对象罢了。后者也是一个人在说,但他言说的诸多事物——蟋蟀、秋事、狗吠、酒、玉米、高粱、爱情——无一例外,都跟他有关。前者笑,是因为笑着的人夜半孤身一人,只得笑给自己听,以缓解围绕他、装饰他、定义他的孤独,而"孤,顾也,顾望无所瞻见也"。[2]后者说,是因为说着的人唯有夜半才有机会从人间俗务中解脱出来,将太多诉说万物的话说与万物听,而不是单单说与自己听。这个人不会孤独,因为周遭都是朋友和亲人,这个人"顾望"之处,无物不可以被"瞻见"。

---

[1] 周庆荣:《秋夜独语》,《有温度的人》,第117页,成都,四川文艺出版社,2017。本文所引《有温度的人》皆出自此版本,不另注。

[2] 刘熙:《释名》,第50页,北京,中华书局,1985。

古希腊人使用的语言〔亦即逻各斯（logos）〕[1]以视觉为依傍,[2]华夏古人使用的汉语则以味觉为靠山,味觉化汉语是华夏先民感世应物的主要媒介——假如不说唯一媒介的话。他们须得以味觉为中心,借以组建自己的世界图式（world schema）,[3]华夏古人必须围绕主观性较强的味觉,借以构筑自己的思维内里。[4]和上帝超验性地以言创世（Creation by words）——而非群氓世俗性的以言行事（Doing things with words）——迥乎其异,以味觉为依傍的汉语自有它无神论层面上独具一格的创世—成物论:"诚者物之始终,不诚无物。……诚者非自成己而已矣,所以成物也。"[5]味觉化汉语的要害正好在于:它以诚为自身之伦理;而以诚为伦理的汉语不仅让人成其为人（亦即"成己"）,还得让"成己"之人帮助物成其为物（亦即"成物"）。能够成物之人必定是成人,这样的人断不会发出清脆、稚嫩的童声,他发出的是浑厚粗犷,甚或略带沙哑的沧桑之音;成物之人因为物由己出,必定是惜物之人和爱物之人,这样的人开口说话必定自带悲悯和怜惜的嗓声,恰如父母呼唤稚子。[6]在味觉化汉语的念想中,即使是春秋两季,也终究不过是君子成己以成物的终端

---

[1] 海德格尔认为:在希腊语中,逻各斯的本义是把言语所指涉之物展现给人看,却在拉丁语里被转译成理性、逻辑或定义;由此,人类从言谈的动物,"进化"为理性的动物,逻各斯则被贬值为——或变质为——一种现成事物的逻辑。〔德〕海德格尔:《存在与时间》,第38页,陈嘉映、王庆节译,北京,生活·读书·新知三联书店,1999。本文就是在海德格尔提供的层面上,将逻各斯等同于语言。

[2] 关于逻各斯以视觉为中心这个问题的论述,见高秉江:《现象学视域下的视觉中心主义》,第3-5页,武汉,华中师范大学出版社,2013。

[3] 见敬文东:《味与诗》,《南方文坛》2018年第5期;敬文东:《汉语与逻各斯》,《文艺争鸣》2019年第2期。

[4] 见贡华南:《味与味道》,第127-139页,桂林,广西师范大学出版社,2015。

[5] 朱熹:《四书章句集注》,第42、41、440页,上海,上海古籍出版社,2006。

[6] 见敬文东:《李洱诗学问题（中）》,《文艺争鸣》2019年第8期。

产品。其间的深刻原因，正存乎于如下辉煌的言说之间："唯天下至诚，为能尽其性；能尽其性，则能尽人之性；能尽人之性，则能尽物之性；能尽物之性，则可以赞天地之化育；可以赞天地之化育，则可以与天地参矣。"①人因为参与到天地的运行之中而成就了春夏秋冬，造就了二十四节气。味觉化汉语具有舔舐万物的普遍性能，②因此，它支持人、物一体，所谓"万物皆备于我"，③我与万物同一，人与物构成了一种零距离的我—你关系。归根结底，悲秋心理源于味觉化汉语及其支持的世界图式：华夏古人成就了春秋，春秋被以诚为伦理的汉语和华夏古人所造就。华夏先民会非常自然地以悲悯语气和沧桑语气诉说春、陈述秋，就这样，秋和春零距离地贴在他们的皮肤上，溶解在他们的呼吸里。他们即便是在谈论令他们高兴和轻松的物、事、情、人时，也会因独具一格的创世—成物论而自带沧桑和悲悯的语气。此等情形意味着，松浦友久对悲秋惜春给出的解释要么太皮相化，要么顶多是味觉化汉语的助手，是偏师，在辅佐味觉化汉语悲秋惜春。

　　和必然要悲秋、必然会惜春的古人使用的语言大不相同，鲁迅使用的乃是深受逻各斯侵染因而高度视觉化的汉语（亦即现代汉语），味觉的成分处于这种语言的边缘位置（但不是没有位置或者竟然完全丧失了位置）。④众所周知，视觉化汉语来自声势浩大的白话文运动。白话文运动的头号目的，是拿建基于视觉的逻各斯改造味

---

① 朱熹：《四书章句集注》，第42、41、440页，上海，上海古籍出版社，2006。
② 对味觉化汉语舔舐万物之性能的详细论述，见敬文东：《味与诗》，《南方文坛》2018年第5期。
③ 朱熹：《四书章句集注》，第42、41、440页，上海，上海古籍出版社，2006。
④ 《秋夜》是白话文运动的产物。但这并不是说白话文运动以前不存在白话，事实上，书面白话文自晚唐起一直存在。见王力：《古代汉语》第1册，第1页，北京，中华书局，1962。而对汉语如何被视觉化的详细论述，见敬文东：《汉语与逻各斯》，《文艺争鸣》2019年第2期。

觉化汉语；这场运动的实质被汪晖一语破的："不是白话，而是对白话的科学化和技术化洗礼，才是现代白话文的更为鲜明的特征。"[①]所谓"对白话的科学化和技术化洗礼"，就是让视觉尽可能挤占汉语中原本属于味觉的地盘，从而为汉语输入了强大的分析性能，变主观性较强的语言为客观性极为可观的言说工具，亦即现代白话文或现代汉语。这种样态的汉语更愿意以真为自身之伦理。和味觉化汉语提倡零距离地感世应物迥乎其异，现代汉语（亦即视觉化汉语）热衷于在人、物之间，构筑一种我—他关系。我—他关系意味着：物只是人的对象而已；在人、物之间，必须保持恰切的距离，因此，人与物不可能零距离相往还，也不大可能长时间"相看两不厌"。[②]鲁迅炮制的天空"仿佛想离去人间"，就在情理之中。

正所谓"福无双至，祸不单行"：求真的视觉化语言——比如逻各斯——在为人类带来方便、舒适和安逸的同时，也为毁灭人类提供了虽潜在却体量过于庞大的可能性。"作为逻各斯最为辉煌的成果之一，原子能既可以温暖人间，也可以将人间沦为废墟和瓦砾。就这样，逻各斯不仅自带求真伦理，由求真伦理导致的反讽特征，也是它的基本秉性和天赋。"[③]现代汉语（亦即视觉化汉语）因为已经被高度地视觉化，所以，它必须照单接管视觉化语言——比如逻各斯——从娘胎处就随身携带的反讽特征，只因为反讽特征是视觉化语言的天赋和秉性。依照这种视觉化汉语组建起来的时代，可以被名之为反讽时代；委身于这个时代的每个人，可以被称作反讽主体。所谓反讽主体，就是努力向自身意图进发，最终，却走向自身意图

---

① 汪晖：《现代中国思想的兴起》下卷第2部，第1139页，北京，生活·读书·新知三联书店，2004。
② 关于这个问题的详细论述，见敬文东：《李洱诗学问题（中）》，《文艺争鸣》2019年第8期。
③ 敬文东：《李洱诗学问题（上）》，《文艺争鸣》2019年第7期。

之反面的那些尴尬角色,[1]有类于《秋夜》中原本为追求光明,却注定丧身于烛火的小虫子,它们被《秋夜》以饱经沧桑的语气精确地——而非主观有味地——唤作"这些苍翠精致的英雄们"。作为一个诚实的反讽主体,鲁迅深知自己所做的一切均为徒劳,充满了极其强烈的反讽意味。他曾激愤地说:"我的可恶有时自己也觉得,即如我的戒酒,吃鱼肝油,以望延长我的生命,倒不尽是为了我的爱人,大大半乃是为了我的敌人……要在他(即鲁迅所谓的正人君子——引者注)的好世界上多留一些缺陷。"这个反讽主体深知自己的生存真相,这个反讽主体十二分地推崇视觉化汉语。[2]以上两项相加获取的结果之一,就是被《秋夜》咏诵的物、事、情、人尽皆处于自身的分裂状态,以至于深陷虚无主义的泥淖;每一个被咏诵的对象,甚至包括咏诵着的抒情主人公,尽皆处于绝对的孤独之中,就像《秋夜》一开篇出现的那两棵相貌模糊的枣树,互不搭界、彼此猜忌、拒绝相互致意,以至于最终独木不成林。正如鲁迅曾经亲身体验到的那样,孤独是视觉化汉语特有的产物,[3]是一个扎扎实实的现代事件;[4]它无法被根除,除非汉语的视觉化能够被阉割。[5]

---

[1] 赵毅衡对反讽特征和反讽主体有恰到好处的叙说:"例如第一次世界大战时英美的动员口号'这是一场结束所有战争的战争'(The War That Ends All Wars),结果这场战争直接导致第二次世界大战。还有,工业化为人类谋利,结果引发大规模污染;抗生素提高了人类对抗病毒的能力,结果引发病毒变异。如此大范围的历史反讽,有时被称为'世界性反讽'(cosmic irony)。"见赵毅衡:《反讽时代:形式论与文化批评》,第8页,上海,复旦大学出版社,2011。

[2] 这一点可以从鲁迅对味觉化汉语的攻击中见出:"中国的文或话,法子实在太不精密了。……这语法的不精密,就在证明思路的不精密,换一句话,就是脑筋有些胡涂。倘若永远用着胡涂话,即使读的时候,滔滔而下,但归根结蒂,所得的还是一个胡涂的影子。"见鲁迅:《二心集》,《鲁迅全集》第4卷,第382页,北京,人民文学出版社,1981。

[3] 见敬文东:《感叹诗学》,第83-90页,北京,作家出版社,2017。

[4] 见敬文东:《艺术与垃圾》,第10-18页,北京,作家出版社,2016。

[5] 见赵汀阳:《第一哲学的支点》,第132-134页,北京,生活·读书·新知三联书店,2013。

论反讽的成色,周庆荣生活的时代未必弱于鲁迅生活的时代;论视觉化的程度,周庆荣使用的汉语较之鲁迅使用的汉语很可能有过之而无不及。但《秋夜独语》却有能力将它咏诵过的每一种动物、每一种植物统一起来,把它轻轻抚弄过的每一种生活景色、生活实象、空气和季节连为一个整体。它们彼此间,呈现出一种和睦、和谐、亲切的迷人关系,《秋夜独语》不允许它们自由散漫,游离于集体之外:这个集体"一个都不能少"。[①]对于唐人张水部来说,秋日子夜正是"愁人不寐畏枕席,暗虫唧唧绕我傍"(张籍《秋夜长》)的心烦意乱、多愁善感之时。对于《秋夜独语》的抒情主人公而言,在秋日寂静的子夜,流浪的狗吠声不再是令人心烦意乱的噪音,它让人温暖,不让人失眠;夜幕中暗自红透的高粱即将被收获,即将被酿成美酒,酒后之人即将说出夏末来不及说出的爱情;天空不但不想"离去人间",还"能够拥抱"说出"忧虑或者悲伤"的那些人,还会在抒情主人公的独语中"解开一粒粒纽扣",以至于"胸怀大开"……《秋夜独语》甚至不露声色地公开声称:"人间中秋刚过,离愁是月光的苍白,多年不说,这次,我同样不说。"连视觉化汉语原本热衷的孤独(亦即"离愁"之"离")都不屑于诉说,又何况味觉化汉语心心念念的悲秋(亦即"离愁"之"愁")?

其间必有隐情。

散文诗何为?

众所周知,散文诗(poème en prose)一词为波德莱尔(Charles Pierre Baudelaire)所首倡,新文化运动开始不久即传入中国,鲁迅是迄今为止最有名的汉语尝试者。王德威将散文诗唤作"混杂的文

[①] "一个都不能少"借用了张艺谋导演的一部电影的片名。

体"，①西渡则称之为"一个相当含混的概念"。②散文诗在中国文学批评界至今广受质疑，也许肇始于此。小说、散文、抒情诗、戏剧、史诗之所以能够被称为"体"，乃因每种特定文体都是一种框定世界（To frame the world）的特殊方式，不同的文体框定世界的方式必定大异其趣。此中情形，正合华莱士·马丁（W. Martin）之所言："当我们用不同的定义来绘制同一领域的版图时，结果也将是不同的。"③"不同的定义"当然也会让杰姆逊（Fredric Jameson）所谓的认识测图（cognitive mapping）大相径庭。如果不从框定世界的方式、观察世界的角度等方面去看待文体，文体就既不得称体，更不配为体。④顾名思义，散文诗乃是散文（prose）和诗（poème）的混搭。为什么要在原本已经十分丰富的文体之外，单设散文诗一体呢？究竟是什么原因，让散文诗作为一种文体不得不在波德莱尔的年代诞生于巴黎？

卡尔·克劳斯（Karl Kraus）在创作上面临的困境，得到了乔治·斯坦纳（George Steiner）的高度理解；卡尔·克劳斯为解决困境设置的方案，也得到了乔治·斯坦纳的真诚认可。斯坦纳为此而写道：面对日常生活的危机日益加剧，卡尔·克劳斯"用独有的方式表明，这个危机既不是诗剧或现实主义剧能解决，也不是散文或小说能解决的；这些文体的固定形式其实是个假象，是受到了凶猛无序的社会现实和政治现实的蒙骗"。⑤乔治·斯坦纳的言下之意大约是：每一种特定的文体都有它固有的特殊性，因此，所有的文体尽皆具有它无从克服的局限、盲点和死角——特殊性意味着对普遍

---

① 〔美〕王德威：《史诗时代的抒情声音》，第84页，北京，生活·读书·新知三联书店，2019。

② 西渡：《论散文诗》，《中国投资》2014年第6期。

③ 〔美〕华莱士·马丁：《当代叙事学》，第1页，伍晓明译，北京，北京大学出版社，1991。

④ 见敬文东：《从本体论的角度看小说》，《郑州大学学报》2003年第2期。

⑤ 〔美〕乔治·斯坦纳：《语言与沉默》，第103页，李小均译，上海，上海人民出版社，2013。

性的普遍排斥；仅仅依靠某一种特定的文体，比如诗剧、现实主义剧、散文或小说等，实难准确、完整地反映"凶猛无序的社会现实和政治现实"。宛如乔治·斯坦纳暗示的那样，这双重的现实意味着：现存的文体已经不敷使用；尚处乌有之乡的新文体必须前来勤王护驾。与其像爱默生（Ralph W. Emerson）那样说，新的经验在呼唤新的诗人，还远不如说，新的现实在等待新的文体——文体永远大于使用和驱遣它的那些表面上吆三喝四的主人们。

斯坦纳之言确实称得上一针见血。但他道明的只是结果（亦即"知其然"），不是导致这个结果的原因（亦即"所以然"）。从追根溯源或沿波讨源的层面上看，导致文体不敷使用的真正根源，仍然是逻各斯。在古希腊，逻各斯的本意是说话，甚至还可以充任语言的代名词，[①]这种语言（亦即逻各斯）态度强硬地建基于视觉中心主义，唯视觉之马首是瞻。[②]因为逻各斯强调纯粹的观察、客观的透视，所以，它主动将真——而非诚——认作自身之伦理；逻各斯因为过度强化真，以至于导致了理性至上的神话；理性至上的神话导致了强硬无比的工具理性；工具理性则十分顺畅地接生了"单面人"（One Dimensional Man，最早被译作"单向度的人"）。这实在是一个来路清晰的逻辑链条，即便在神权至高无上的中世纪，启示性神学真理也没能抑制住这个逻辑链条在暗中发育，在暗中成长、壮大。[③]马尔库塞（Herbert Marcuse）令人信服地证明：高度发达的工业社会肇始于启蒙运动以来愈演愈烈的工具理性。工具理性呢？则肇始于逻各

---

① 海德格尔对此有明确的解释："表示道说的同一个词语逻各斯，也就是表示存在即在场者之在场的词语。道说与存在，词与物，以一种隐蔽的、几乎未曾被思考的、并且终究不可思议的方式相互归属。"〔德〕海德格尔：《在通往语言的途中》，第236页，孙周兴译，北京，商务印书馆，2004。

② 见高秉江：《现象学视域下的视觉中心主义》，第4-10页，武汉，华中师范大学出版社，2013。

③ 见〔美〕爱德华·格兰特：《中世纪的物理科学思想》，第70-133页，郝刘祥译，上海，复旦大学出版社，2000。

斯导致的理性至上的神话。马尔库塞道出了真相：工具理性使工业社会成为一个新的极权主义社会；而在这个充满反讽特性的时代，几乎所有的反讽主体都逃无可逃地成为了单向度的人。所谓单向度的人，就是失去了否定、批判和超越能力的诸多个体；这样的人根本不可能设想或者想象另外一种生活。单面人更愿意坚信：被强加给他们的现实生活，才称得上唯一真实的生活，因为他们对生活的被强加特性一无所知；对他们而言，诗意是不存在的，想象力是不可能的。①想象力意味着旨在反抗的意识形态，②意味着诗意，意味着"发明一个原创性的全新世界"，意味着正在满怀激情地"夺"现实生活之"权"。③沈宏非说得很机智："人体最性感的部分以及世上最好的春药，乃是想象。"④但这样的想象力，这样的春药，显然存乎于单面人的想象之外。

就是在里尔克（Rainer Maria Rilke）所谓的这个"严重的时刻"，波德莱尔以其天才的直觉，设想了散文诗这种从未有过的新文体，并且身体力行地写出了《巴黎的忧郁》，一部不折不扣的伟大作品；巴黎也因散文诗这种全新的文体，获得了前所未有的腰身、线条，以及非凡的生殖能力。散文诗在纸张上微雕般型塑（to form）了新巴黎，有类于乔治-欧仁·奥斯曼（Baron Georges-Eugène Haussmann）在现实中大规模改造了旧巴黎。⑤以波氏之见，这个杂交文体理应具有的特征是："无韵无律的音乐性，既柔软粗犷，易于

---

① 见〔德〕哈贝马斯：《单向度的人》，第129-152页，刘继译，上海，上海译文出版社，1989。
② 见〔英〕伊格尔顿：《二十世纪西方文论》，第23-24页，伍晓明译，西安，陕西师范大学出版社，1986。
③〔法〕夸特罗其等：《法国1968：终结的开始》，第132页，赵刚译，北京，生活·读书·新知三联书店，2001。
④ 沈宏非：《食相报告》，第256页，成都，四川人民出版社，2003。
⑤ 关于这个问题，〔英〕大卫·哈维写了一部厚厚的《巴黎城记》（黄煜文译，桂林，广西师范大学出版社，2010），才将之交代清楚。

适应种种表达：灵魂的抒放，心神的悸动，意识的针刺。"①很容易发现，波德莱尔在这样讲话时，明显低估了他发明和倡导的新文体，也低估了唯有《巴黎的忧郁》才更有能力面对"新的极权主义社会"这个"新"的事实。作为一个杰出的视觉化汉语诗人，西渡成功地替波德莱尔抹去了那个"失察的时刻"（这个短语为歌德所常用）："波德莱尔的《失去的光环》（为散文诗的诞生）给出了一部分的理由——为那些已经被工具理性—物质主义现实损害了心灵完整、失去了诗歌感悟力的现代人搭起一座进入诗歌的桥梁。"西渡紧接着不失时机地继续写道，散文诗"以散文的伪装解除了'单面'的现代人（也就是'散文'的人）对诗歌的抵制，并成功地把他们诱入诗歌的领域——这也许就是散文诗的文体价值"。②

在西渡充满善意的理解中，波德莱尔迫于"新的极权主义社会"发明散文诗的首要目的，乃是帮助单面人摆脱单一、干燥、漠然的散文思维，让单面人从工具理性控制下的感世应物的方式中抽身而出；散文诗鼓励单面人把诗的想象力纳于自身，重新确立马尔库塞极力倡导的新感性（new sensibility），经由此路，让单面人在丰沛、湿润和饱满中，得到解放，获取新生。安徒生坚信，当他有意安放在菌子根部的小礼物被那个不知内情的小女孩捡拾后，小女孩便自以为遇到了奇迹，从此，"她的心，不会像没有体验过这个奇妙的事情的人那样容易变得冷酷无情"。③散文诗相信：有了它精心培植的新感性，单面人就有望像那个小女孩一样，心有回暖，舌有回甘——《巴黎的忧郁》中诸多抒情主人公的精彩表现，很是完美地呼应（而不仅仅是证明）了这个了不起的结论。波德莱尔以其在散

---

① 转引自叶维廉：《散文诗——为"单面人"而设的诗的引桥》，楼肇明、天波编：《世界散文诗宝典》，第595页，杭州，浙江文艺出版社，1995。
② 西渡：《论散文诗》，《中国投资》2014年第6期。
③ 见〔俄〕K.巴乌斯托夫斯基：《金蔷薇》，第183页，戴骢译，桂林，漓江出版社，1997。

文诗方面的丰硕成就雄辩地证明：较之于小说这种"市民社会的史诗"，[①]相对于小说这种"被上帝遗弃的世界的史诗"，[②]散文诗更有资格被视作启示真理在反讽时代的投影，或者闪光；甚至可以被视作俗世和神界之间的文体纽带，它能更轻松地赋予单面人以想象力和诗意，更准确地对"新的极权主义社会"做出反应。纯粹的诗创造一个全新的世界，因其深奥和丰沛的想象力不为单面人所理解；纯粹的散文沉思一个现成的世界，因其高度的务实性不会被生活在现成世界中的单面人所需求。或许，这就是散文诗较之于小说、诗和散文的优越之处。波德莱尔为更好地表达反讽时代，尤其是为拯救作为单面人的反讽主体，发明了称手的新文体，有类于培根（Francis Bacon）称颂过的那个伟大的新工具，那个可以为科学开疆拓土的新范式，那个被委以重任的归纳法。

汉语散文诗何为？

至少从表面上看，汉语散文诗是横的移植的产物，似乎过于缺少纵的继承。但这并非事情的全部真相。味觉化汉语以舔舐为方式，[③]零距离地感世应物，充满了可以想见的主观性。[④]因此，味觉化汉语本身就意味着诗，意味着诗意，[⑤]费诺洛萨（Ernest Fenollosa）甚

---

① 〔德〕黑格尔：《美学》第3卷，第167页，朱光潜译，北京，商务印书馆，1991。
② 〔匈〕卢卡奇：《卢卡奇早期文选》，第61页，张亮等译，南京，南京大学出版社，2004。
③ 见敬文东：《味与诗》，《南方文坛》2018年第5期。
④ 见敬文东：《汉语与逻各斯》，《文艺争鸣》2019年第3期。
⑤ 张枣对此有极为清醒的认识："中国当代诗歌最多是一种迟到的用中文写作的西方后现代诗歌，它既无独创性和尖端，又没有能生成精神和想象力的卓然自足的语言原本，也就是说它缺乏丰盈的汉语性，或曰：它缺乏诗。"见张枣：《朝向语言风景的危险旅行——当代中国诗歌的元诗诗歌结构和写者姿态》，《上海文学》2001年第1期。

至认为，在现存的各种语言中，汉语也许最适合于诗歌写作，这从他的一篇文章的题目"作为诗歌手段的中国文字"中就可以见出。[①]用味觉化汉语创造的散文（古人乐于称之为"文"）不仅要"解"万物之"义"（解义），还得"解"万物之味（解味）。[②]解味胜于解义，是味觉化汉语的根本特性：真实地传达万物之意义，被认为远逊于诗意地品尝万物之味道。面对万物，味觉化汉语之"文"用诗意的方式以感而思（亦即感思而非沉思），[③]但感思首先得被诗意所环绕。白话文运动催生了分析性极强的现代汉语，视觉化一跃成为这种语言的首要成分，但并不意味着味觉化已经被全盘取代，果若如是，就不成其为汉语，毕竟汉语之为汉语自有它基因层面上不可被撼动的部分。不偏不倚，这不可被撼动的部分刚好是味觉化，以及味觉化导致的沧桑语气与悲悯嗓音。[④]视觉化让中国的反讽主体（或单面人）尽可能客观地分析、沉思（而非感思）给定的现成世界，它是散文式的，负责解万物之义；味觉化则让中国的单面人（或反讽主体）尽可能在舔舐万物的过程中，构筑情状各不相同的可能世界（而非现成世界），它是诗的，负责解万物之味。视觉化（散文）与味觉化（诗）相加，在理论上造就了汉语中的散文诗，这很可能意味着：现代汉语从"纵的继承"之维度固守了味觉化因素，才让散文诗被"横的移植"成为可能，并且首先在鲁迅那里开了花，结了果。

叶维廉在他那篇有关散文诗的名文中如是断言："波德莱尔和马拉美等人的散文诗，通过他们所处的社会空间的批判，最后呈现的

[①]〔美〕费诺洛萨：《作为诗歌手段的中国文字》，赵毅衡译，作为附录收入庞德《比萨诗章》（黄运特译，桂林，漓江出版社，1998）一书。
[②] 贡华南：《味觉思想》，第208页，北京，生活·读书·新知三联书店，2018。
[③] 见贡华南：《味与味道》，第214页，桂林，广西师范大学出版社，2015。
[④] 见敬文东：《李洱诗学问题（中）》，《文艺争鸣》2019年第8期。

是'美'与'理想',偏向于'纯诗'的追求;则鲁迅在关怀上无法与波、马认同,他写的是中国在外来文化与本土文化争战下的一种颓然绝望,最后虽然希望较理想的中国文化再现,但绝对没有想到'纯诗'和'美即宗教'。"①波德莱尔等人以散文+诗的独有方式,去谋求"美"和"理想",去强调"美即宗教",既暗含了具有解放效用的新感性,也充满了世俗性的救赎精神。吊诡的是,暖色调的"理想"和"美"在鲁迅那里,打一开始就是不存在的,更不用说信奉"美即宗教"。②鲁迅在秋夜间的"颓然绝望",源于他从视觉化汉语那里获取的反讽主体(而非单面人)之身份。和单面人不同,鲁迅拥有不竭之诗意;和波德莱尔发明散文诗以拯救单面人不一样,鲁迅因"横的移植"成为可能而相中散文诗的首要目的,乃是急于表达他一己之心中的"颓然绝望"。反讽主体意味着:鲁迅只能走向他自身意图的反面;和铁屋中人对自身处境的毫不自知相比,鲁迅太清楚他的生存真相,太了解"颓然绝望"对他到底意味着什么。因此,鲁迅更愿意将散文诗视作拯救自己、表达自己的利器,更愿意将散文诗称作开在"地狱边沿上的惨白色小花"。③

鲁迅使用的语言视觉化占绝对成分,辅之以味觉化;西方文明原本是"两希文明"(视觉化的希腊文明和听觉化的希伯来文明)杂交、混合的产物,④因此,到了波德莱尔的时代,欧洲人使用的语言

---

① 叶维廉:《散文诗——为"单面人"而设的诗的引桥》,楼肇明、天波编:《世界散文诗宝典》,第609-610页,杭州,浙江文艺出版社,1995。
② 见敬文东:《夜晚的宣谕:关于鲁迅的絮语》,《天涯》2009年第6期。
③ 鲁迅:《二心集》,《鲁迅全集》第4卷,第356页,北京,人民文学出版社,1981。
④ 关于这个问题见〔美〕弗洛姆(Erich Fromm):《心理分析与禅佛教》,〔日〕林木大拙、〔美〕弗洛姆等:《禅与心理分析》,第120页,孟祥森译,海口,海南出版社,2012。

也得视觉化占绝对成分,辅之以听觉化。[①]作为辅助物的味觉化当中暗含的诚,敌不过作为绝对成分的视觉化对真的迷信而获取的反讽主体之身份,因此,鲁迅"颓然绝望"的地狱心境、视散文诗为"地狱边沿上的惨白色小花",就自有其源于语言层面上的必然性。鲁迅的散文诗始终是内向的,它拒绝指向外部。在鲁迅动用的所有文体中,散文诗在表达"颓然绝望"那方面,很可能更直接、更方便;尽管鲁迅在杂文、小说中多多少少表达过"颓然绝望",却不免间接、躲闪和游弋。[②]作为辅助物的听觉化当中暗含的救赎精神,虽然敌不过作为绝对成分的视觉化导致的反讽主体和单面人之身份,却可以有限地抚慰单面人和反讽主体。因此,波德莱尔视散文诗为拯救之物就暗含着绝望中的希望,也有它来自语言层面上的必然性。像鲁迅一样,波德莱尔的散文诗也起自纯粹的个体写作,却指向外部,救世精神竟然如此这般罕见地出现在现代主义文学先行者的笔下。在大面积的视觉化倡导的大体量的真面前,少许的味觉化携带的少许的诚无足道哉,因为归根结底,诚是世俗化的,没有强制性,它更多关乎愿望(愿望的句式是:我要／不要……)。[③]在视觉化占

[①] 〔德〕马丁·布伯(Martin Buber)看得很清楚,早期的犹太人"与其说是一个视觉的人,还不如说是一个听觉的人……犹太文字作品中最栩栩如生的描写,就其性质而言,是听觉的;经文采纳了声响和音乐,是暂存的和动态的,它不关注色彩和形体"。转引自〔美〕杰拉尔德·克雷夫茨:《犹太人和钱——神话与现实》,第166页,顾骏译,上海,上海三联书店,1992。

[②] 在赵毅衡看来:"叙述者决不是作者,作者在写作时假定自己是在抄录叙述者的话语。整个叙述文本,每个字都出自叙述者,决不会直接来自作者。……无论在何种情况下,我们作为读者,只是由于某种机缘,某种安排,看到了叙事行为的记录,而作者只是'抄录'下叙述者的话。"见赵毅衡:《当说者被说的时候》,第3、9页,北京,中国人民大学出版社,1998。果若如是,则鲁迅小说中所有叙事人都不可能完全代表鲁迅,因此,小说不如散文诗那样可以直接表达鲁迅的内心,何况鲁迅的小说更意在启蒙。杂文是对众人说话,不是对自己说话,它是投枪和匕首,也不可能是对地狱般"颓然绝望"的直接表述。

[③] 关于这个问题,见敬文东:《随"贝格尔号"出游》,第265页,开封,河南大学出版社,2010。

绝对成分的时刻，救赎精神虽然成分也不大，却因为出自绝对命令，可以让人处于绝望之中却不被允许放弃被救赎的希望（绝对命令的句式是：你必须……）。在散文诗《希望》中，鲁迅就曾意味深长地引用过裴多菲（Petofi Sandor）的著名诗句："绝望之为虚妄，正与希望相同。"这很可能意味着：鲁迅非常清楚愿望与绝对命令的区别究竟在何处；只要还有一毫克听觉化的救赎精神存活，希望固然是虚妄的，但绝望同样是虚妄的——这正好是希望之所在。因此，波德莱尔指向外部的散文诗有足够的能力和信念，去抵制"颓然绝望"。这似乎刚好应验了本雅明（W. Benjamin）那句尽人皆知的名言："正因为没有希望，希望才给予我们"（It is only for sake of those without hope is given to us）。

作为汉语散文诗的后进者，周庆荣似乎打一开始就有意与鲁迅拉开了距离。从他给自己的散文诗集所取的书名上，就不难推知这一点："有理想的人""有远方的人""有温度的人"，如此等等。与这些暖色并且富有体温、充满希望的作品比起来，鲁迅的《野草》就显得过于荒寒和阴冷："生命的泥委弃在地面上，不生乔木，只生野草，这是我的罪过。野草，根本不深，花叶不美，然而吸取露，吸取水，吸取陈死人的血和肉，各各夺取它的生存。当生存时，还是将遭践踏，将遭删刈，直至于死亡而朽腐。"[①]《野草》意味着世界的空无、寒冷、凛冽，意味着人的绝对孤独、虚无与绝望，也意味着死亡、腐朽和凋敝。这或许是视觉化语言眼中的终极真相，但周庆荣更愿意如是写道：

当太阳照耀在别人的天空，我把太阳变成我心脏的模样。太阳在我体内，我收藏了它的全部的光芒，当我讲出

[①] 鲁迅：《野草》，《鲁迅全集》第2卷，第159页，北京，人民文学出版社，1981。

不冷的故事，世界，请不要把我误会成虚伪。

——《有温度的人》之四[①]

  绝望者们彼此之间永远互为孤岛，唯有心怀希望的人能够集结起来，盖因为绝望者没有任何必要彼此抱团取暖，否则，他们就成了心怀希望的人，喜剧性地走向了自身意图的反面。在众多充满善意（而非仇恨）的希望者眼中，万物各得其所，充盈自在，它们不仅"并育而不相害"，[②]还倾向于相互携持、相互致意。当周庆荣的抒情主人公把照耀"别人的天空"的太阳变作自己的"心脏的模样"时，无异于周氏牌散文诗在公开表态：汉语散文诗虽然无力拯救作为反讽主体的单面人（或作为单面人的反讽主体），却坚决反对自己成为"地狱边沿上的惨白色小花"。它告诫自己必须要谦卑地成为服务于人间万物的太阳，但更应该成为愈来愈谦逊的光线，温暖所有的事物，尤其是温暖围绕万物组建起来的各色故事，那些尽可能好的故事。这种样态的散文诗更愿意、更乐于遵循的句式是"我要……"，而不是"你必须……"："风来了，云要动。月明时星要稀，黑暗黑到无奈，天应该亮，我提醒天下这就是规律。"（《诗魂——大地上空的剧场》第一幕）这种样态的散文诗之所以愿意半心半意支持庞德（Ezra Pound）的豪言："我发誓，一辈子也不写一句感伤的诗"，[③]是因为有人正确地说过："完全不忧伤的不一定是一个坏诗人，但肯定是一个坏人。"[④]随时忧伤或深度忧伤呢？又会伤害了那些尽可能好的故事。作为充满诗性的反讽主体（而非自外于诗性的单面人），周庆荣的抒情主人公之所以在反讽时代竟然有底气讲

[①] 周庆荣：《有温度的人》之四，《有温度的人》，第73页。
[②] 朱熹：《四书章句集注》，第46页，上海，上海古籍出版社，2006。
[③] 转引自柏桦：《张枣》，宋琳、柏桦编：《亲爱的张枣》，第21页，北京，中信出版社，2015。
[④] 韩东：《写作、创作、工作》，《花城》2019年第5期。

出"不冷的故事",这个"不冷的故事"还不会被众多单面人视作"虚伪",很可能得益于周庆荣对视觉化汉语的独到理解——

> 天地大美。我放下文字,拿起长杆,在寒江独钓。
> 钓出温暖,然后,苍茫大地不再冷酷。
> 浮华的话语岂能立言?文章千古事,所述不能空。
> 谁知道握笔的手,握着的却是一声叹息?
> ——《诗魂——大地上空的剧场》第七幕[①]

如前所述,味觉化汉语以诚为自身之伦理,它乐于围绕诚组建自己特有的感叹语气(感叹语气可细分为沧桑语气和悲悯嗓音);[②]虽然在视觉化汉语(亦即现代汉语)的内部,味觉化早已被挤到边缘地带,但终归没有——也不可能——真的消失殆尽。船山有言:"诚,固天人之道也。"[③]诚也就理所当然地"固"味觉化汉语之道也。周庆荣和他精心制造的抒情主人公一道,尽力开发视觉化汉语中劫后余生的味觉化及其随身携带的诚;和鲁迅的抒情主人公对诚持不那么信任的态度和无所谓的心态截然相反,作为反讽主体的周庆荣对诚极尽信任、呵护之能事。他的抒情主人公愿意顺着诚给予的方向,尽力展开自己的意图,而不至于全然走向自身之意图的反面——这是一个反讽主体的大幸之所在。周庆荣的散文诗似乎一直在致力于这样一种功课:努力开发视觉化汉语(亦即现代汉语)内部暗含的味觉化,用以抵御视觉化导致的反讽时代。正是在这个珍贵的层面上,周庆荣的抒情主人公才敢口出豪言:"浮华的话语岂能立言?""浮华"之言的反面意味着诚;而自白话文运动以来的现代汉语造就了多少浮夸、浮华和无耻之言。显然,周庆荣制造的抒情

---

① 周庆荣:《诗魂——大地上空的剧场》第七幕,《有温度的人》,第12页。
② 见敬文东:《李洱诗学问题(中)》,《文艺争鸣》2019年第8期。
③ 王夫之:《船山全书》第2册,第368页,长沙,岳麓书社,2011。

主人公被劫后余生的味觉化所滋养；在一个荒寒的反讽时代，唯有这样的主人公能理解感叹语气究竟为何物："谁知道握笔的手，握着的却是一声叹息？"很容易推知，这声叹息来自味觉化汉语自带的伦理（诚），它冷中带暖，它洗尽铅华，它饱经沧桑，却不失悲悯怜惜。正因为有诚打底，在寒意愈来愈深的反讽时代，被视觉化汉语滋养成人的反讽主体才有足够的能力，赋予散文诗以别样的理解：

> 不大的土地只需长出三百斤麦子，温饱之后，我上竹子数株，松树一棵，冬天再开放梅花数朵。有一石桌，黄昏摆茶，夜晚放酒，墨一碗，毛笔一支，我想写什么就写什么。世界风云尽可变幻，老子从正楷写到狂草，必要时用红笔给所有的丑恶和仇恨打叉。不写苦，只写有意义的甘甜，即使我有千百种理由绝望，我也要祝福万物苍生。至于两个小孔，一孔留给活命的呼吸，一孔用来经天纬地。一切的天机从地面长起，比如向日葵，头颅只离地三尺，光明却高远在整个天穹。
>
> ——《围棋》[1]

这个异常珍贵的片段，可以当作周庆荣心目中的散文诗宣言：散文诗不仅不能成为"地狱边沿上的惨白色小花"，还必须成为祝福万物苍生的新工具，尽管它注定无法成为拯救物。有理由认为，这很可能是所有型号的文学工具论中，最具人性化的工具论，因为它存身于反讽时代却在有意识的倒退中，再次听从了诚的告诫，听从了来自汉语基因层面的指令。和鲁迅一样，周庆荣也因现代汉语从"纵的继承"之维度固守了味觉化而成功地将散文诗纳于自身，成功地将散文诗当作了称手的武器；和鲁迅一样，在一个没有拯救传统

---

[1] 周庆荣：《围棋》，《有温度的人》，第26页。

和彼岸的国度，在绝对世俗化的汉语空间中，周庆荣也必然性地不会将波德莱尔的救赎精神纳于自身。和鲁迅的散文诗指向自身地狱般的内心或内心的地狱完全不同，周庆荣的散文诗从内心出发，却指向天下万物；和鲁迅的散文诗热衷于诉说"颓然绝望"迥乎其异，周庆荣的散文诗方向朝外，对天下万物施以祝福的姿势："即使我有千百种理由绝望，我也要祝福万物苍生。"苏珊·桑塔格（Susan Sontag）如是断言：在逻各斯统治的世界上，"写作被视为宣泄一种燃烧的能量的猝不及防、难以预料的流动；知识必须在读者的神经里爆炸"。①有了含量不高的味觉化从旁襄助，周庆荣的散文诗无须燃烧，它浑然天成；用于祝福的周氏牌散文诗也不会在"读者的神经里爆炸"，它滋润读者的心田。

龚鹏程对汉语诗歌的源头有过上好的观察：在《诗经》时代，"作品通常总是充满了赞颂的态度。是对天地、神祇、祖先、国族社会、伟人圣哲的讴歌……其中均充满了惊异、欢乐、唱叹、颂美。人生不是没有忧苦，对社会不会没有批评，但整个精神却是以赞颂为主的"。②以《雅》《颂》为代表的赞美诗是汉语诗歌的源头，但其后的汉语诗歌却疏远了赞美，以讽喻和哀怨为旨归，③意在称颂和祝福的诗篇极为罕见。④汉语在得到充分的视觉化以后，真诚的祝福、并非浮华的称颂就显得更加稀薄。⑤在这个大背景下，周庆荣居然将散文诗定义为祝福反讽时代和反讽主体的新工具，显得十分罕见，

---

① 〔美〕苏珊·桑塔格：《在土星的标志下》，第25页，姚君伟译，上海，上海译文出版社，2006。
② 龚鹏程：《汉代思潮》，第84页，北京，商务印书馆，2005。
③ 见钱锺书：《七缀集》，第115-132页，北京，生活·读书·新知三联书店，2002。
④ 比如杜甫写过很多押韵的谀词，但它们在杜甫那里即使不成为笑柄，也是地位很低、品相不佳的作品。见敬文东：《牲人盈天下》，第308-310页，桂林，广西师范大学出版社，2011。
⑤ 见敬文东：《颂歌、我—你关系、知音及其他》，《当代文坛》2016年第4期。

也令人大为不解。

其间必有隐情。

散文诗：重塑有机生活的新工具

大历二年（767年），杜甫登高望远于群山万壑之夔州。孤苦无依的诗人自称"万里悲秋常作客，百年多病独登台"，但因了味觉化汉语的滋养，呈现在杜甫眼前的所有事与物无不相互关照：风急天高时啸哀着的猿、从渚清沙白间飞回的鸟、萧萧飘下的无边落木、滚滚而来的不尽长江，甚至是繁杂的霜鬓、潦倒的浊酒和盛满浊酒的杯子，都处于相互指涉的有机关系当中。在味觉化汉语思想那里，物与事原本就密不可分。《孟子》云："万物皆备于我。"[①]赵岐注曰："物，事也。"阳明子说得更干脆、更笃定："意在于事亲，即事亲便是一物；意在于事君，事君便是一物；意在于仁民爱物，即仁民爱物便是一物；意在于视动言听，视动言听便是一物。"[②]这种性质的汉语从根子上，保证了万物万事间具有抹不掉的亲和性。就在杜甫登高望远于夔州的1248年后（亦即2015年5月23日凌晨），周庆荣如是写道：

> 沙子的错误在于没有意识到抒情的本质原本就是让五湖四海离不开水。
>
> ——《又想到沙漠》之二[③]

这行行文优雅的散文诗意味着：所谓抒情，就是在物与物之间建立起亲密的关系，像孤苦无依的杜甫那样，让万物免于孤独，解除万物在反讽时代普遍患有的抑郁症。这是祝福的上佳方式，出自

---

① 朱熹：《四书章句集注》，第440页，上海，上海古籍出版社，2006。
② 王阳明：《传习录》，第7页，长沙，岳麓书社，2016。
③ 周庆荣：《又想到沙漠》之二，《有温度的人》，第102页。

现代汉语中极为宝贵的味觉成分，但更应当称作周庆荣刻意为之的结果。《秋夜》意味着：所谓抒情，就是要让那两棵枣树互不理睬、互不买账，就是要让"夜游的恶鸟"发出孤独的"哇"鸣声，就是要让灯罩和灯火不怀好意地静候冲向它们的小飞虫……总之，就是要让万物处于孤独当中，但这一切，都出自现代汉语中占绝对因素的视觉成分，因为绝对的孤独正好来自汉语的视觉化，更何况鲁迅有意识地强化了现代汉语中的视觉成分。与说明性的非文学语言直接指向事物和只指向事物比起来，文学语言除了指向生活世界，还需要自指，并且必须要自指，必然会自指（亦即指向语言自身：language calling attention to itself)。①因此，操持文学语言的人与文学语言之间，构成了一种共生关系；文学语言和人在相互争执和相互妥协中，走向终点（比如小说或散文诗）。鲁迅自动效忠于文学性的视觉化汉语；视觉化汉语导致的普遍孤独，则是鲁迅的散文诗急需展现的主要内容。这种被强加的现实，让鲁迅的散文诗逃无可逃。物与事在鲁迅那里彼此各各分离，并以绝对的分离，达致抒情的最顶峰，十分吊诡的是，鲁迅的散文诗篇所具有的伟大力量，正源于这种样态的分离。周庆荣却尽力强化、突出现代汉语中处于边缘地带的味觉成分，并且态度强硬，意志坚定；他始而让视觉性的现代汉语有所妥协，继而让味觉成分自带的伦理（亦即诚）焕发出光辉，并由此温暖了反讽时代，至少是有限度地解除、克服了态度强硬的孤独，万物得以在一种珍贵的有机关系中相互点头致意。

逻各斯不仅怂恿了孤独、单向度的人，而且还造就了反讽时代和反讽主体，更加严重的是，它还宿命性地造就了甚嚣尘上的虚无主义。在尼采（F.W.Nietzsche）看来，所谓现代精神，本质上乃是一

---

① 见周英雄：《结构主义与中国文学》，第124页，台北，东大图书公司，1983。

种虚无主义（Nihilismus）。[1]尼采终究不愧为尼采，在宣布上述结论后，他还从追本溯源的角度大胆地暗示说：虚无主义的根子，仍然存乎于建立在视觉中心主义之上的逻各斯。依照尼采的高见，柏拉图因严格遵循逻各斯给予的教诲，而过于迷信非感性的理念世界；正是这一点，使柏拉图之后的西方形而上学一方面将虚构的理念世界实在化，另一方面又把原本实有的生命虚无化。怀特海（Alfred North Whitehead）说得好："整个欧洲哲学传统无非是在给柏拉图做注脚。"[2]如此看来，尼采的断言就来得正确无比：欧洲传统的形而上学本身就意味着虚无主义。[3]逻各斯经过长途跋涉，多方辗转，终于造就了风生水起的现代性和现代性自身的风生水起，"现代性的神话之一，在于它采取与过去完全一刀两断的态度。而这种态度就如一道命令，它将世界视为白板（tabula rasa），并且在完全不指涉过去的状况下，将新事物铭刻在上面"。[4]虚无主义也许更有资格被视作现代性的本质特征，因为白板即空无，过去乃虚空，白板正是逻各斯自我运转的结果。现代汉语受到了逻各斯的高度感染（事实上，现代汉语原本就是逻各斯加入味觉化汉语之后开的花，结的果），因此，汉语世界出现声势浩大的虚无主义就是自然而然的事情。鲁迅作为一名虚无主义者，连他自己都无从否认，鲁迅作为迄今为止最有名的虚无主义者，已经得到了普遍的公认。[5]与鲁迅几乎完全不一样，周庆荣态度坚定地写道：

---

[1] 见尼采：《权力意志》，第229页，张念东等译，北京，商务印书馆，1991。

[2] Alfred North Whitehead, Process and Reality, New York: Free Press, 1978, 2.1.1。

[3] 见〔德〕尼采：《悲剧的诞生》，第311页，周国平译，北京，生活·读书·新知三联书店，1986。

[4] 〔英〕大卫·哈维：《巴黎城记》，第1页，黄煜文译，桂林，广西师范大学出版社，2010。

[5] 见朱国华：《选择严冬：对鲁迅虚无主义的一种解读》，《文艺争鸣》2000年第3期。

> 我因此不说爱是虚无。
>
> 我只说真实。
>
> 真实很短,虚无很长。
>
> 不卑鄙,不高尚,只是风吹走雾霾时,存在里发出一声惆怅。

——《存在与虚无》①

就像虚无主义的根源在逻各斯,周庆荣的散文诗对实有的赞颂、对虚无的反对,其根源仍然存乎于现代汉语中暗自存活的味觉成分,但尤其是这少许的味觉成分中自带的伦理——诚。诚的重要含义之一,就是实有。王夫之的解说值得信赖:"诚者实也:实有天命而不敢不畏,实有民彝而不敢不祇;无恶者实有其善,不敢不存也,至善者不见有恶,不敢不慎也。"②"诚"即实有,"实有包括对天命、民彝乃至人性中善的价值的认定"。③味觉化汉语的主旨之一,就是反对虚无,更反对由虚无而滋生的绝望感。有诚在,汉语世界无须超越性、拯救性的宗教,自能抵抗绝望和虚无,尽可以游心于实有之境,并由此得以安放身心。周庆荣作为一个反讽主体,在虚无主义盛行的时代居然有能力藐视虚无,正得力于残存的味觉化汉语中自带的诚;周庆荣的散文诗在发掘味觉化汉语这方面用力之深,以至于每每能够直抵味觉化汉语的本性,在不少极为成功的时刻,甚至还能短暂地恢复汉语的本性,还诚以本来的面目。因此,周氏牌散文诗只需听从诚的指引生发诚挚的祝福,无须像波德莱尔的散文诗那样立意在拯救。周氏也因此有意识地呼应了船山先生的呼吁:

---

① 周庆荣:《存在与虚无》,《有温度的人》,第45页。
② 王夫之:《船山全书》第2册,第241页,长沙,岳麓书社,2011。
③ 王宇丰:《王船山的实有精神——以〈尚书引义〉中对"诚"的阐发为例》,《孔子研究》2016年第4期。

"夫诚者实有者也，前有所始、后有所终也。实有者，天下之公有也，有目所共见，有耳所共闻也。"[1]诚是对白板的坚决否定。在诚的支持下，不仅爱不是虚无，连一向被众人认作子虚乌有的乌托邦都是实有，都看得见，摸得着："乌托邦，其实就是一杯咖啡。"（《创可贴·第二贴》）咖啡是提神的绝佳饮品，不可等闲视之。此等情景对过于信任视觉化汉语的鲁迅来说不可思议，虽然他绝对精通味觉化汉语。鲁迅的抒情主人公更倾向于赞颂行走在无物之阵上的战士，这个战士面对的，正是绝对的虚无：

> 他在无物之阵中大踏步走，再见一式的点头，各种的旗帜，各样的外套……
> 但他举起了投枪。
> 他终于在无物之阵中老衰，寿终。他终于不是战士，但无物之物则是胜者。
> ——《野草·这样的战士》[2]

与鲁迅表达"颓然绝望"截然两样，被诚缠身与附体的周庆荣有足够的能力如是言说：

> 小算盘打出来的小文章，谁是闷酒的主角？
> 世界感染了我，它或者光荣，或者阴暗，它感染了我，我要对它有所表示。
> 我用哲学换下小算盘，用四面八方的宽广覆盖小文章。
> 酒应该这样喝。精神站在麦芒上，麦子站在田野。第一杯：荡去胸中浊气；第二杯：血液仿佛泉水那样纯净；第

---

[1] 王夫之：《船山全书》第2册，第306页，长沙，岳麓书社，2011。
[2] 鲁迅：《野草·这样的战士》，《鲁迅全集》第2卷，第214-215页，北京，人民文学出版社，1981。

> 三杯：奉献含蓄在心底的豪迈，准备原谅一切悲伤。接下来的几杯，装进马背上的皮囊壶内，马蹄声急，壶内不能是水，天空在上，酒魂是草原上飞翔的鹰。
>
> ——《天空在上，我们一起痛饮》[①]

大胸怀仍然是周庆荣对诚有意识地尽力开发所致，现代汉语里被周庆荣尽力开发的味觉成分，让周氏牌抒情主人公胸中浊气顿消，让这个抒情主人公的血液再次变得纯净，其后到来的，正是豪迈之情。濂溪先生有言："圣，诚而已矣。诚，五常之本，百行之源也。"[②]诚乃味觉化汉语推崇备至的第一德行（性）。因此，味觉化汉语乐于如是宣称："诚者，天之道也；诚之者，人之道也。诚者，不勉而中，不思而得。从容中道，圣人也。诚之者，择善而固执之者也。诚者自成也，而道自道也。诚者物之终始，不诚无物。是故君子诚之为贵，诚者非自成己而已也，所以成物也。"这种样态的汉语乐于敦促君子以其至诚，愉快地加入到造物之中。"临邛道士鸿都客，能以精诚致魂魄。"（白居易《长恨歌》）味觉化汉语以诚滋养、浇灌君子的胸怀，唤起他们热切的愿望，就像尼采在最充满善意的时刻所说的那样："我会成为一个把事物变美的人。"[③]小算盘、小文章、可以用"小"来框定的闷酒，当然还有古往今来数不清的小人，都是被诚反对的低级、庸俗之物。孟子云："充实而有光辉之谓大。"[④]去除浊气、清洁血管而后到来的豪迈，完全有资格被称为"充实而有光辉"。豪迈的大胸怀是实有的极致；对实有的高度推崇，则是对苍生万物的极致性祝福，是周氏牌散文诗的经脉之所在。"诚

[①] 周庆荣：《天空在上，我们一起痛饮》，《有温度的人》，第48-49页。
[②] 周敦颐：《通书》，李敖主编：《周子通书·张载集·二程集》，第5页，天津，天津古籍出版社，2016。
[③] 转引自李洱：《应物兄》，第883页，北京，人民文学出版社，2018。
[④] 朱熹：《四书章句集注》，第467页，上海，上海古籍出版社，2006。

者，非自成己而已也，所以成物也。成己，仁也；成物，知也。性之德也，合内外之道也。"①有理由认为，诚对实有的热切称颂，尤其是对极致化实有（亦即大胸怀）的高倍聚焦，必然会导致爱（亦即"仁也"）的出现：

  我爱运河的水胜过奔波的船。
  怀念桨声的时候想到挖河的人，他们早已被河底的泥土覆盖。我尽可能地多想想幸福的事情，泥土上长出今天的稻谷，而且，隋朝远去，我不是挖河的人。
——《夜运河素描》②

  一想到爱，我的沉默就变成动词的模样。我怕一味地隐忍，会把男人变成副词，副词似乎可有可无，它们再努力也做不了主语。
——《爱的时态》③

  红灯笼如同我酒后布满血丝的双眼，到了岁月的深处，我早已不写爱情，但我依然希望身旁的红灯笼，左边是仁，右边是爱，像我们众人的双目。
——《红灯笼》④

  周庆荣的抒情主人公发出的沧桑语气和悲悯嗓音在此意味着：当周庆荣（以及他的抒情主人公）直抵味觉化汉语的根部，或者，当周庆荣恢复味觉化汉语的本性，诚必将再次进入它自身本有的澄

---

① 朱熹：《四书章句集注》，第2页，上海，上海古籍出版社，2006。
② 周庆荣：《夜运河素描》，《有温度的人》，第46页。
③ 周庆荣：《爱的时态》，《有温度的人》，第86页。
④ 周庆荣：《红灯笼》，《有温度的人》，第89页。

明之境。此时的诚更倾向于昭示的，必定是乐；诚让散文诗祝福万物苍生，必将令人心生喜乐。尽管悲悯着的嗓音依然存在，沧桑着的语气风骨犹存，却不但不会影响乐，反而让乐显得更加厚重、真实、圆满而可靠。"我尽可能地多想想幸福的事情"中的"我尽可能……"，"我怕一味隐忍，会把男人变成副词"中的"我怕……"，"但我依然希望身旁的红灯笼，左边是仁，右边是爱"中的"但我依然希望……"等，多少厚重、扎实和饱经沧桑的祝福尽在其间，而从中透露出的艰难之爱（亦即仁），却足以让一个拥有大胸怀的人骄傲、欣慰，直至快乐。由此，周氏牌散文诗将祝福提升到信仰的层面。牟宗三说："认知系统是横摄的，而凡指向终极形态之层次皆属于纵贯系统。"[1]最终，周氏牌散文诗指向纵贯性的"终极形态之层次"——由祝福而来的爱（仁）和乐。因此，周庆荣的散文诗不屑于悲秋，用于祝福的散文诗唯有因祝福而来的快乐。这和鲁迅的散文诗不屑于悲秋大不一样。鲁迅受制于视觉化汉语，深陷于虚无主义的泥淖，视万物为数不清的孤独者，根本没有心思悲秋。但他对孤独和虚无的彻底承当，对内心地狱的深度理解，却让《野草》崖岸高峻，至今让人难以企及。

　　有现代汉语中残存的味觉部分勤王护驾，以祝福为内在含义的散文诗乃有底气致力于重塑有机生活，再一次让人与人处于关系之中，而非互为孤岛；让人与物、物与物处于关系之中，而非相互遗弃。"所谓有机生活，就是在人与人和睦相处、物与人和谐共生的状态中，方能出现的那种整体性的生活，那种整体性涌动着的事情的集合。在理想情况下，有机生活因预先排除了异己之物，排除了自我矛盾更兼自我冲突之物，更加有利于生生（趋势、生—变、生—生）毫无滞碍地运行自身、把控自身，直至生生无所驻

---

[1] 牟宗三：《中国哲学十九讲》，第327页，上海，上海古籍出版社，2005。

心——亦即无我或忘我——地工作。"①有机生活就是万事充满生机，万物欣欣向荣，让万物在各美其美的前提下，达致美美与共的境地。周庆荣的散文诗通过祝福万物苍生，在艺术想象中（或至少在艺术想象中），让人与人重新亲和，让人与物互为知音，也让物与物携起手来。经由如此这般的途径，周氏牌散文诗再一次激活了味觉化汉语的赞美能力，回到了汉语诗歌的源头——而祝福就是赞美，祝福就是乐。

在反讽时代和单面人密集的当下中国，这样的写作称得上悲壮，这样的写作充满了大仁大爱，这样的散文诗自有它存活的权力。

其间再无隐情。

本文原刊于《当代作家评论》2020年第2期

---

① 敬文东：《味、气象与诗》，2019作，未刊。（现刊于《文艺争鸣》2021年第1期。）

主体、话语与地方

——女性人文主义视野中的辽宁女性诗歌

何言宏

性别政治的人文超越

当代中国的女性文学界，一直存在着一个非常有趣的现象，就是很多女性作家和女性诗人往往不愿意承认自己是"女性/女权主义者"，甚至常常抱怨"女作家"或"女诗人"的称谓被过分地突出和强调了自己的性别身份，这一点，恰如贺桂梅教授所说："自从二十世纪八十年代以来，虽然性别问题一直是文学界讨论的问题，但存在一个非常有意思的'落差'，就是批评界或理论界更愿意谈性别问题，而创作界和作家不大愿意谈。无论二十世纪八十年代还是九十年代，女作家们（更不要说男作家）普遍的态度是不大愿意接受女权主义或者女性主义这个说法。"① 这一现象的存在长期且普遍，而

---

① 贺桂梅：《性、性别与文学创作中的性别观自觉》，《天涯》2019年第4期。

且涉及到20世纪80年代以来的很多女性作家与诗人,这其中一定隐含着值得我们进一步思考的问题。实际上,贺桂梅的观察已经揭示出,这一现象中的"落差"主要发生在"理论批评界"和"创作界"之间,我们接下来需要追问的问题只是,为什么"落差"会发生在上述二者之间?二者之间的"落差"具体又表现在哪些方面?在这个问题上,以我个人对女性文学的有限阅读,我认为一个很重要的原因便是,我们的很多关于女性文学的理论批评工作由于过分片面地追随西方女权主义理论中更为极端和激进的方面,以此简单套用和强制性地阐释我们自身的女性文学实践,将我们远为丰厚的女性写作过于狭隘地化约和对应于西方激进女权主义的激进观念。在此基础上,又由于我们的学术生产机制和批评文化等方面的复杂原因,致使这样的理论批评陈陈相因,止于学院,脱离创作实际地空转与重复,因此便形成了女性文学的理论批评界与创作界总体上的脱节与"落差"。如果我们再进一步考察这些"落差"所忽视与省略掉的具体方面,便会发现,20世纪80年代以来中国女性文学创作之中丰富多样的人文内涵并未得到应有的重视,而这正是"落差"产生的真正原因。"学院女性主义"对于突出代表着西方政治正确观念的性别政治的热衷与追逐,使得她/他们没有能够充分注意和阐释女性文学中蕴含深厚的"女性人文",导致她/他们的性别政治阐释要远远小于、低于、单薄于和褊狭于女性文学实际,大多数女性作家与诗人"不大愿意接受"的"普遍的态度",便由此产生,也非常容易理解。所以在这样的意义上,当代中国的女性文学批评与研究,一个很迫切的任务便是回归或扩展到更加开阔的人文主义视野,进行性别政治的人文超越。

实际上,西方女性主义的一个很重要的生成动因,便是以质询和挑战的方式去弥补文艺复兴以来的西方人文主义在性别问题上的偏颇与缺失。经过女性主义者的几波实践,目前的情况是,一方面,"在众多国家中,女权主义的许多目标都已经被公认为是政治的一部分",①某种程度上,已经在制度和实践中完成了性别体制的转型;另一方面,激进女性主义的性别政治理论发展到朱迪斯·巴特勒(Judith Butler)的性别操演理论和罗西·布拉伊多蒂(Rosi Braidotti)的后人类游牧主体理论,不仅已经物极必反地以她们悖论性的独特方式重返人文,而且包括性别政治在内的那些"认为万事万物都是政治的""对于每种不满、对于一切不满,包括内心压力的一切变化,都必定存在一种政治的解决方式"的对于"身份政治"的过度强调,也在西方女性主义思想内部遭到了有力的批判与反思,②亟须超越。

而就中国的情况来看,如果按照很多人的说法,我们把五四新文化运动比作中国的"文艺复兴",则我们的"文艺复兴"不同于西方的点是,我们起初就包含着女性的解放,只是这种解放从五四时期,甚至之前的清末民初,一直到后来的20世纪六七十年代,均有突出的政治化倾向,而且这种政治化还很严重地偏至于现代民族国家政治,这一特点,曾有学者做过相当系统的研究。③20世纪80年代以来中国女性文学的意义,一方面在于引入西方女性主义的性别政治观念,纠正"偏至",丰富、深入和拓展以往的政治化内涵;另一方面,更是在包括性别政治的政治化之外,书写和表达更加广阔、深厚和朴素的人文内涵。因此,如果我们只从性别政治的角度对其阐释,显然难窥全豹,会失之于片面。综上所述,无论是中国和西方女性主义思想理论的历史发展及内在问题,还是我国女性文学创作的实际状况,都要求我们超越既往性别政治的阐释阈限,拓宽眼

---

① 〔英〕希尔维亚·沃尔拜:《女权主义的未来》,第228页,李延玲译,北京,社会科学文献出版社,2016。
② 〔美〕让·爱尔斯坦:《公共的男人,私人的女人:社会和政治思想中的女性》,第385页,葛耘娜译,北京,生活·读书·新知三联书店,2019。
③ 见张念:《性别政治与国家:论中国妇女解放》,北京,商务印书馆,2014。

界，以更广阔的人文主义视野关注我们的女性文学，转换生成和建立一种新的女性人文主义的阐释框架。

个体主体性的自觉

如果我们以女性人文主义的框架来重新阐释当代中国的女性文学，我们将面对的无疑是一片浩瀚的海域，即使是其中的女性诗歌，所呈现给我们的也是一派潮流激荡、气象万千的风景，而且其内涵丰富深厚。这两年来，我通过对辽宁女性诗歌的集中阅读，于此深有体会。她们的创作也在一定程度上代表了当代中国女性文学，特别是女性诗歌的特点与状况。

在当代中国的女性诗歌中，辽宁的女性诗歌创作从20世纪80年代开始到今天，一直都很有活力，涌现出了林雪、阎月君、李轻松、韩春燕、宋晓杰、川美、颜梅玖、苏浅、苏兰朵、娜仁琪琪格、袁东瑛、贺颖等许多著名的女诗人。她们虽然均处北国，同为女性，诗歌创作上不无共性，个体主体性的多样化建构却又使她们各具特色，体现了人文主义最为核心的方面。

辽宁的女诗人，无论是在诗歌观念，还是在创作实践中，普遍具有女性主体的个体自觉。比如李轻松在她关于女性问题的《女性意识》一书中，就曾指出并"感奋与激动"于"中国的女性在经历了漫长的压抑之后，终于可以在二十世纪末有了自己比较独立的姿态。虽然在这个男权社会里，她们的个性仍然受到种种的挤压，但是在这种挤压中发出的声音已经显示了某种爆发之态"，[①] "个性""自我"与"独立"，经常为她所强调，她认为"现在已经是一个人跳舞的时代了，那种集体写作已经解散，而我们无论是个人学识、经验，还是思想，都已经成熟并进入独立的内心世界，我们到了应

[①] 李轻松：《女性意识》，第22页，北京，中国广播电视出版社，2001。

该对自己的生命进行辨认与袒露的时候"，①应该"尽可能发出自己的声音，以使个性与品质不至于被淹没"。②而苏浅则在个体自我与诗歌表达之间持有一种非常独特的观念，认为"诗首先应该是自己的，出自自我内心不可抑止的诉求"，"当我写诗，我不是在诗歌中找到了一个位置，而是在诗歌中重新找到了一个自己。这个新我，带我抵达和触摸生活，有时，也把我从那里带走。这个'我'只存在于诗歌中，理解我，丰盈我，但不干预和影响我在现实里的日常存在。她仅是词语的，和诗歌一起生长，在诗歌中获得独立存在"。③苏浅的诗歌观念中所设想的个体自我——这个"词语的""新我"——一经创造与生成，甚至具有了自己的生命，能"和诗歌一起生长"，独立于她的现实自我。

　　这种具有主体性的个体自我，表现在辽宁女性诗歌创作的许多方面。与20世纪80年代以来的中国女性诗歌一样，辽宁女性诗歌同样深受西方女性主义理论，特别是美国自白派诗歌的影响，女性主体的个体表达经常会采取身体书写的策略。比如在李轻松的一些诗作中，身体"汁液饱满"，激情四射，凌厉地表达着它的觉醒和"爱，与死"（《碎心》）；在林雪的笔下，女性的身体虽也曾是一座"血肉的宫殿"（《相术》），但这座"宫殿"，随着"那一去不返的爱与青春"，也终会有衰败（"生锈"）的时刻；李见心的《头发》《脸上建筑》《我的身体周围》、颜梅玖的《乳房之诗》《疯女》《子宫之诗》《阴道之诗》《一条和浪漫主义无关的河》等诗作对女性身体的书写，都给我们以鲜明的印象与强烈冲击，且都具有各自的特点。西方女性主义的重要代表埃莱娜·西苏认为，由于女性身体的惨痛命运，她们的"身体曾经被从她身上收缴去，而且更糟的是这身体

---

① 李轻松：《到了该回忆的时候了》，《星星》（上半月刊）2008年第3期。
② 李轻松：《关于中国新诗标准之我见》，《诗刊》（下半月刊）2002年第6期。
③ 苏浅：《诗札，或者一时之想》，《诗探索》2012年第2期。

曾经被变成供陈列的神秘怪异的病态或死亡的陌生形象,这身体常常成了她的讨厌的同伴,成了她被压制的原因和场所",因此她主张妇女必须"返回到自己的身体","通过她们的身体来写作","通过身体将自己的想法物质化","用自己的肉体表达自己的思想",以此来逃离和挑战男性霸权,进而"用身体的唯一话语刻画出一部急速旋转无限广大的历史","跳出整个男人的历史"。[①]所以,身体书写便成了西方女性主义者们建构主体、创造历史的具有战略意义的重要策略。但是,在我们如上所述的林雪、李轻松和颜梅玖等人的诗作中,她们虽然也都曾以身体书写来表达和建构女性主体,但同时也更加突出一种具有强烈深厚的人文蕴涵的"伦理情感",特别是在林雪的《身体》和颜梅玖的《乳房之诗》《疯女》等作品中。

在最为属己的身体书写之外,辽宁女性诗歌个体主体性的建构还表现在诗人们对孤独体验的深切表达,也正是这样的表达,塑造和呈现出了她们各自不同的个体主体形象。在林雪八九十年代的诗歌中,我们经常会看到一个期待和渴望着爱情的孤独主体——"我坐下来等待他时/是单独的一朵花/单独的、我自己的年华"。林雪是一位爱的乌托邦幻想者或爱的理想主义者,很多时候,爱的理想主义会引致失望、绝望和痛苦。在这首写于1985年的《九月八日》的诗中,诗人的等待落空,剩余一个孤独的个体——"我坐下来等待他/黄金的山峰摇动/湖水渐渐变白""在蜜蜂与蚊子的舞步里我坐下来等待""但那人迟迟未来/我等到眼睛黯淡,指尖枯萎/终生被自己怀念,目光迎迓"。这种在执着而又漫长的等待之后重新复归和只能面对自己孤独个体的情境,在其后1987年的《远离》中仍然有着类似的表现——"世界如此喧嚣,我是单独的叶子/看黄金的山峦褪色,湖水/渐渐灰白""我却依然如朝圣者/在蜜蜂与蚊子的

---

① 见〔法〕埃莱娜·西苏:《美杜莎的笑声》,张京媛主编:《当代女性主义文学批评》,北京,北京大学出版社,1992。

舞步里／坐下来，等待"。在生命的某些时刻，"独自进餐""倒向／独自一人的床"，或者是"在冷风四溢的房间里／独自地、慢慢拉上披肩"，面对、体味和"迎迓"自己的孤独，是这位爱的"朝圣者"非常典型的个体形象。李轻松诗歌非常重要的特点与价值在于其确立自我的同时，刀刀见血般地解剖自我，因此她的孤独者形象，就是厌弃和警惕于自己"每天被风一样的人群裹挟着／与自我相形或相悖"（《一种若有若无的气息》），并且在这种"相形或相悖"中，十分清醒地找回自我，保持着自我。于是，我们便在《跟孤独散散步》中，看到诗人一方面在其内心"孤独的那部分／带着脸上的倦怠／慢慢地找到了自己"；另一方面，却又解剖和反省着自我在尘世和生活中的迷失，"那些尘世的污垢，藏在生活的缝隙／在我的指甲里开花／我想不到它会那么美／以至于让我忘了清高／忘了自我"。李轻松的诗歌经常不放过对自我的严厉解剖，而因为对孤独个体的深刻挖掘超越了古代诗人仅仅局限于"自我凝视"的孤独感，[1]获得了独有的现代性特征与价值。而在宋晓杰的诗歌，特别是其诗集《宋：诗一百首》中，孤独个体的形象却完满自足，有一种置身浮世、"纯白地坐在逝水中央"向着世界"吹奏《雅歌》"（《第四十二首》）般的祈祷者的色彩，在这部诗集的《第三十一首》中，宋晓杰写道："一个人应具备四种美德：／勇敢、远见、同情、孤独／如果这个箴言有真理的意味／那么，我愿意尽情地享用孤独／暮晚时刻，双手插着裤袋儿／走在鸽群和晚霞栖落的林荫道上／我的眼里蓄满闪亮的忧愁"。明显不同于林雪和李轻松，宋晓杰的孤独体验更多地具有自我感伤，甚或"享用"的审美意味。而颜梅玖呢？对于这位自陈"跟拉金一样以孤独为欢乐的人"来说，[2]"孤独／是长期挤在

---

[1]〔日〕斯波六郎：《中国文学中的孤独感》，第8页，刘幸、李曌宇译，北京，北京师范大学出版社，2019。

[2] 颜梅玖：《我始终在窥视那条荒芜的小径》，《大海一再后退》，第1页，武汉，长江文艺出版社，2016。

我嘴巴里的口音"(《这样的时光不多见》),是其诗歌的基本主题。在《自画像》的开头和结尾,她一再以"女人。妻子。母亲。女儿。/ 中国公民。保姆。无产阶级。涂鸦者。/ 忧郁。瘦弱。自闭"来形容自己。她的"自闭"似的孤独表面上有点类似于宋晓杰,实际上却非常不同。颜梅玖诗中的孤独个体形象"自闭",甚至自足,如其《孤独之诗》所写的那样,散发着个体的光芒。颜梅玖屡次在《疯女》《水落石出》《凉水塔》等诗篇中通过写人或咏物来揭示这种"独自的光芒",如写被围观的疯女人"那么沉浸,旁若无人 / 坐在自身的美中";写水落石出后的石头,"坐在自己的光阴里";也写"夕阳下,高出周围任何事物的凉水塔 / 孤独而又庄严"。但是在另一方面,正如她在《与孤独主义无关》中所说:"我并不是孤独主义的享受者 / 在这个变幻多端的时代 / 每当从梦魇中醒来 / 我还是愿意保持衰弱的形状,哭那么一会儿"。这时候的孤独对于颜梅玖来说,丝毫没有自我审美的意味,而是一种"致命"的创痛(《噢,爱情》)。所以她不可能像宋晓杰那样,"要尽情地享用孤独 / 并把所爱的人,置于我的孤独之中",然后"我们一同"云云。被颜梅玖经常"一同"地置于其孤独之中的,倒反不是"人",而是"物",是她的"星月"(《歧途》)、"衣饰"(《项链》)或万物,恰如同是"莫兰迪的瓶子"之于莫兰迪(《莫兰迪的瓶子》)。

女性主体的多样建构

实际上,我们对辽宁的女性诗人通过孤独体验来表达个体主体性的讨论与分析,已经涉及到了她们的个体多样性问题。我们生而为人,最具属己性的身体和自我的孤独感,无疑是个体主体性建构的精神与物质(肉身)基础。而且真正深刻的个体主体之间,也不会同质,他们的身体感觉和自我的孤独感,也一定会多有不同。所以,我们便很自然地看到了几位女性诗人的孤独体验及主体形象之间的差异。

女性主体的个体差异，同时意味着个体多样性的建构，这种建构首先便很突出地表现在她们诗歌写作的自传性上。在女性主义"妇女必须写自己"的理论主张中，身体策略之外，自传性是她们特别重视的另外一种写作策略。在埃莱娜·西苏看来，女人"她自己就是本文"，"她的生活和她的艺术之间几乎没有什么距离可言"，所以女性作家与女性诗人便很天然地"偏好"书信、自传和自白诗等文体。[①]而自传性也正是对中国女性诗歌影响最大的美国自白派诗歌的主要特点。

就我所读到的辽宁女性诗人和对她们的有限了解来看，她们诗歌的自传性在书写故乡、出身、家庭、亲人和各自人生经历、日常生活等方面，都有不同程度的体现。正是在她们笔下，我读到了作为她们各自故乡的抚顺的山冈（林雪《那山冈并不遥远》《乡村和二十岁的诗》），辽西的医巫闾山（李轻松《北望医巫闾山》），辽河（宋晓杰《秋风辞：逝水之湄》），大、小凌河（娜仁琪琪格《大凌河边的停顿与出发》《小凌河》），也读到了她们对亲人的深厚感情。几乎每一位诗人都写过她们的父亲和母亲。我特别感动于林雪、宋晓杰和颜梅玖对父亲的感情，她们诗中的父亲形象，特别是个性，令我印象深刻，久久难忘。在李轻松的诗作如《萨满萨满》中，我还读到了被诗人尊为神的祖母形象（"祖母，你尊一切为神／而我尊你为神"）。李轻松的祖母是当年"名扬辽西"的大萨满师，对诗人的精神性格有很重要的影响。在《我的童年我的神》中，李轻松说自己的童年就是在祖母的身边度过的，"是她给了我文学的启蒙与神秘的精神气质"，"是她让我与诸多神秘的事物相遇，对世界有了异质的发现，这些都幸存于我的精神深处，使我对一切保有敏锐的感觉

[①] 见〔法〕埃莱娜·西苏：《美杜莎的笑声》，张京媛主编：《当代女性主义文学批评》，北京，北京大学出版社，1992。

和不能言说的秘密"。[①]却原来，李轻松的贲张激越、近乎通神的诗歌风格其来有自，渊源于其至亲的祖母，渊源于血缘，也形成了她区别于其他所有女性诗人的独特的个体主体性。所以依此来看，诗人们的家庭出身、血缘亲情、童年经历对于她们主体性的多样建构，具有非常重要的意义。

在以自传性书写建构女性主体的差异性与多样性方面，我以为娜仁琪琪格的诗歌非常值得重视。辽宁的女性诗群不同于其他省份的一个重要方面，便在于其所具有的满、蒙族群因素。娜仁琪琪格的蒙古族身份和苏兰朵的满族身份在她们的作品中都有体现。特别是娜仁琪琪格，她在《在玫瑰庄园或玫瑰峰》《天使找回自己》等很多诗作中，都突出地表达了她对自己蒙古族身份的认同，"我从一出生，就向远方行走。放逐与自我放逐的／路上，有太多的迷茫与困顿""我在玫瑰峰，重新确认，找回自己"（《致哈伦阿尔山》）。正是在哈伦阿尔山，在玫瑰峰，诗人说自己"一定是从这里开始　从玫瑰峰／深入血缘的故乡"（《天使找回自己》），因此她"拜伏"于起伏的山峦和辽阔的草原，"双膝跪地"，抒发着自己强烈的族裔情怀，"长生天啊，阿尔山，我的大内蒙／放逐天涯的女儿，终于回来"（《拜伏》）。在诗集《嵌入时光的褶皱》的序言《在诗歌中安放我的草原》中，娜仁琪琪格曾经讲述过她襁褓时期，便随工作调动的父亲迁往"辽西朝阳这个蒙汉杂居的地方"，[②]并且在成长的过程中不断形成自己坚定而清醒的蒙古族认同，"马头琴，苍凉的蒙古长调，一直都储存在我生命的河谷里，在那里风吹草动，低吟浅唱。草原是

[①] 见李轻松：《在戏剧与梦幻里抵达·我的童年我的神》，《行走与停顿》，沈阳，沈阳出版社，2013。

[②] 见娜仁琪琪格：《在诗歌中安放我的草原》，《嵌入时光的褶皱》，武汉，长江文艺出版社，2015。

我血缘故乡"。[①]娜仁琪琪格的族群意识与身份认同有着浓厚的人文情怀，明显超越了西方社会狭隘偏执的所谓"族裔政治"，而体现出深厚的"族裔人文"，使她的个体主体性在形成独特性与差异性的同时，达到了更加开阔的精神境界。

当然，女性主体的多样性建构，除了表现在不同的个体之间，在个体主体的内部也表现出丰富复杂的多样性。罗西·布拉伊多蒂在竭力倡导和"推进"她的"激进后人类主体性"时，"支持复杂性"，并将"重心相应地从统一主体性转换到游牧主体性"的因由，[②]大类于此。实际上，在辽宁的几位女诗人这里，个体主体内部的诸多侧面、变化与自我冲突，确实复杂多样。在此方面，我以为像苏浅和李轻松，在诗学观念和创作实践当中均有明显的自觉。比如李轻松，正如她在诗中所写的，"我善于表现我的双重性"（《戏剧作为对自我的抗拒》）。她惯于在诗中利刃般地向自己下手，通过将自我他者化或者将自我分解为戏剧性的双重角色，一方面使得诗歌文本成为自我冲突的戏剧化空间或舞台，另一方面又不断地对自我进行挖掘、拷问与辨析，不留情面地解剖自我，诗的情感与思绪便在这种冲突与解剖中深入、飞腾、展开和推进，自我内部的复杂性与多重面向，因此便得到了丰富的呈现。如在《垃圾与糖》和《一个人在深夜》等作品中，她甚至以"呕吐"的方式，挖掘和清理着"我"所"吃进"的"这个世界的垃圾""我身体里的垃圾"与"积垢"；而在《与过往有关》中，这种清理和挖掘，更是被提到了很高的精神层面，质询和对峙于历史和时代，"我已经失去了清白的可能／极度地失语。我背着这个时代的病／回不到过往，喝不到清水／时间的流逝与灵魂的壮大／在清算我犯过的'罪'"。李轻松的诗歌也正

[①]〔意〕罗西·布拉伊多蒂：《后人类》，第71页，宋根成译，郑州，河南大学出版社，2016。

[②]〔意〕罗西·布拉伊多蒂：《后人类》，第71页，宋根成译，郑州，河南大学出版社，2016。

是在对自我的反复剖问中,获得了深刻和巨大的内容,指向了时代。李轻松曾经说过,少年时代的她曾经因为同学间的误会而深受伤害:"从此我变成了一个人的世界,学会了跟自己玩儿,学会了跟自己说话,我便彻底沉入到自我之中去了。有时我会分裂成无数个自我,我跟他们做各种游戏,去我想象的地方,说别人听不懂的话。它使我原本孤独的性格愈加严重。"①及至后来,在她的自我世界中,也一直"存在着两个'我',一个现实里被规范的'我',一个心灵世界中无限自由的'我'""在这个世界里,我与另一个我不断地纠缠、对峙、探询或融合"。②正是通过双重自我间的不断"纠缠",通过这种可贵的诗学自觉,李轻松的诗作形成和揭示了自我的深度和复杂性,也建构了具有丰厚的精神与历史内容的个体主体的多样性。

爱的呢喃与诉说

每当我们讨论女性诗歌,总会谈到其中的爱情书写。虽然在整个世界的文学史上,爱情一直是男性和女性作家与诗人共同书写的永恒主题,但在我们这个时代,就我的有限阅读来看,我们的男性诗人似乎已经不再将爱情作为自己的写作重点,爱的呢喃与诉说,似乎主要表现在女性诗歌中。爱情,自然也是辽宁女性诗歌非常重要的话语主题,不仅以话语言说的方式表达着每一位个体,进一步呈现女性主体的多样性,还因为与爱的对象所建立的个体伦理——爱的伦理,即阿兰·巴迪欧所说的"最小的共产主义"③——扩展和增益着主体。

---

① 见李轻松:《我的小学生活》,《行走与停顿》,沈阳,沈阳出版社,2013。
② 见霍俊明、李轻松:《爱上打铁这门手艺——李轻松访谈录》,《行走与停顿》,沈阳,沈阳出版社,2013。
③ 〔法〕阿兰·巴迪欧:《爱的多重奏》,第118页,邓刚译,上海,华东师范大学出版社,2012。

像巴迪欧所喻说的那样纯粹与无私的爱情话语，非常类似于李见心在《精神的宽度》一诗中所写的："我不向往宇宙／只向往太阳系／我不羡慕无限／只羡慕有知／我不信仰佛教、基督教、伊斯兰教／我只信仰真、善、美／信仰诗歌和爱情"。对于李见心来说，爱情超越了很多空阔无限的事物，成了她最为切实的"信仰"，所以她在《模拟爱情》《投降》《不穿肉体地爱你》和《我要是个疯女人该多好》等诗作中，才会有直率、真切和热烈的表达。她在《投降》中写"爱情就是一个人对另一个人的屈服／我屈服于你的屈服／犹如丁香屈服于春天的势力""尘埃落定，我落进你的怀抱／每天的任务就是用呼吸数你的心跳""我举起五瓣丁香，向幸福投降／举起你的笑脸，向爱投降"。而在《不穿肉体地爱你》中，这种发自灵魂的彻骨的爱，已渗入诗人的整个生活与身体，以至于一切，"我在淘米时想起你／米粒立即变得晶莹剔透／我在擦拭灰尘时想起你／灰尘立即颤抖得想哭／我在独坐黄昏时想起你／落日立即变得金黄、缓慢／我在读书时想起你／文字立即走出来与我跳舞／／每个文字的间隙都藏着你的仁慈／每个文字都是你的身影／我的眼睛跳不出这些文字的米粒／我的心靠你喂养／／我新生的一根白发，是为了你／我活着，是为了你／死，也是为了你"。

这种对爱情近乎宗教般的"信仰"，实际上在林雪的诗中表现得更加突出。这一点，诚如李震所说的："爱情，对于林雪来说，似乎完全不属于世俗情感的范畴，而是先天地就被当作一种宗教情感""她始终是这种宗教的持有者和朝拜者"。[①]林雪的诗歌，近乎完整和自传性地记录了她少女时代对爱情的向往、渴望与追求，以及后来在爱情中所经受的痛苦、挫折与创伤，在我所读到的当代中国的女性诗歌中，这种自传性与完整性，少有人及。林雪有一首题为"爱

---

① 见李震：《我只是取了那杯我自己的水：林雪和她的诗歌写作》，林雪：《在诗歌那边》，沈阳，春风文艺出版社，1997。

娃"的诗作，可以作为她的"爱的誓言"："只有一秒钟可以活。只能说一句话／一个字、仅仅一个／／以后的光阴突然消失。声音陷入更深的沉寂中／如果我的一生只能说一句话／只能活一秒钟／／我想最后说一次我爱""一千次濒临死亡。在／一句话的此生前。除了说我爱／我能说出什么？"林雪以富于节奏感的延宕的方式所强调的"爱"的话语，不仅贯穿整个诗篇，实际上也贯穿了她的人生，是其诗与人生的"唯一的核"，即使在爱的痛苦和失望中自我哀怜为"一堆被遗弃在岸边的瓦砾"，她仍然是"额上的灵光／闪耀着语句，一天天默诵着／爱情……"（《盲点》）。爱的话语不唯表现在幸福的时刻，在巨大和深刻的爱的创伤中，爱的呢喃与诉说才更闪耀着神圣的光芒。

爱的话语自然包含着创伤与痛苦。我们在李轻松、宋晓杰、李见心、娜仁琪琪格和苏兰朵等人的诗中，经常会读到关于创伤的书写，特别是在颜梅玖的诗中，那些伤痛、隐忍与低回，都有一种动人的光辉。在一首关于枯叶蝶的诗中，颜梅玖曾经以"一个把生活过成了生存的人，失眠的主顾／爱情朝圣路上的失语者"等来自嘲（《枯叶蝶》）；在另一首记述电玩游戏的诗中，诗人在"完全迷醉于莫名的快感"的同时，回忆起从前，"哦，此刻多么像我的从前：／偏激，孤傲／幻想着一步步走到设想的前途，从一个美梦／进入到另一个美梦""但青春的哭声一直传到现在／生活像一台街机，它捕捉了我""我成了一个不走运的人"，成了命运与生活中"游戏与被游戏的见证者。包括／一度被称为爱情的东西"（《在汤姆熊电玩城》）。从这些诗句中，我们依稀能够解读出颜梅玖的爱情经历、心灵经历。但让我非常钦佩的是，即使是在创伤中，即使经历了很多我们难以确知的伤害，她在精神上仍然具有令人尊敬的坚持与坚强。颜梅玖的《被砍的树》《钝刀》《灵隐寺》《五只玻璃杯》《起风了》《大海如此完整》《大海一再后退》等诸多诗篇告诉我们，诗人所受的创伤，除了来自爱情，同时也来自更加广阔和艰难的人世。但也正是这些诗篇，呈现出一个伤痕累累却仍葆有尊严、葆有精神和人格的健全与完整的诗歌主体，如在《起风了》中，那尊"命定的礁石／退潮时，一点一点地，露出了／全身的蜂窝"，也像《大海如此完整》中，虽然"含着苦味"，"破碎""汹涌""绝望"，但"并没有失去一点点重量"，仍然"闪着锋利的光"，"如此完整"。

爱的信仰、体验与爱的创伤的呢喃与诉说，使得辽宁女诗人爱的话语具有了相当的情感深度。斯坦福大学的李海英教授曾经在"儒家感觉结构""启蒙感觉结构""革命感觉结构"的框架下考察现代中国的爱情谱系和话语变迁，[①]如果我们依此来看，则辽宁女性诗歌爱的话语表达已经基本上逸出了这样的话语框架，而达到了更加开阔、深厚且属于女性的"女性人文"。

她的地方，她的北国

实际上，辽宁女性诗歌爱的话语结构中，并不只有"爱情"话语。女诗人们爱的话语还包括对亲人、民众、自然、乡土的爱——特别是在李轻松、宋晓杰、韩春燕、贺颖等诗人的作品中，甚至有着宗教意义上的爱——对于她们爱的话语的整体考察，应该是另外一个很有意义的关于情感主义的课题。特别是她们对包括母亲在内的其他女性（如女性历史人物和底层女性）的爱、在母性的意义上对孩子的爱、契合于生态女性主义的对于自然万物的爱，都蕴含着非常重要的人文学术价值。但是，作为一个同时具有地域性的女性诗歌群体，辽宁女性诗歌的地方性书写，尤其值得我们注意。

在我国幅员辽阔的版图中，辽宁地处东北。英国学者彼得·戴维森在谈到北方的观念时，曾经一再指出："每个人心中都有一个不

---

① 见〔美〕李海燕：《心灵革命：现代中国爱情的谱系》，北京，北京大学出版社，2018。

一样的北方""每一个个体心中都有专属于他自己的极北之地,真正的、纯净的北方",[1]具体对中国来说,"一堵城墙,雄壮巍峨,它的出现开启了北方"。[2]所以在我个人看来,无论是在自然地理还是在人文地理的意义上,辽宁地处北纬40度和山海关以北,不管是在中国,还是在整个世界的地理空间中,都属北方。因此,辽宁女性诗歌对东北的书写,实际上同时也是具有世界性意义的北方书写,戴维森所讨论的由地形、历史和文学想象交织而成的"北方的观念",同样存在于辽宁女性诗歌中。

诚如戴维森所说的"每个人心中都有一个不一样的北方",每一位辽宁女性诗人的笔下,也都有着不一样的北方,专属于她们的个体北方。但在总体上,对于作为家乡的北方的地理、自然和历史文化的关切与热爱,是她们诗作中的共同主题。在此意义上,她们对北方的爱,正是她们爱的话语结构的重要内容。由于她们不同于男性的"环境感知和环境价值判断",也使她们对北方的"恋地情结"[3]很自然地意味着她们女性主体的丰厚、拓展和延伸。

对于辽宁的女诗人来说,北方是她们的家乡,她们对北方的故乡之情无可置疑。她们的精神性格中,宿命般地存在着北方气息。这一点,恰如宋晓杰的一段诗意的文字中所说:"我是生于斯长于斯的土特产,是这片曾经荒蛮的土地上破土而出的一棵碱蓬,是飒飒秋风中摇曳的一朵芦花,是碧空中渐渐弱下去的一声鹤鸣,是稻田的香,盐碱地里的咸。那些贯通于骨骼中的支撑和精神,融于血脉里的气质和秉赋,像影子一样亲密随行,任凭什么力量和风雨都休

---

[1] 〔英〕彼得·戴维森:《北方的观念:地形、历史和文学想象》,第7、6页,陈薇薇译,北京,生活·读书·新知三联书店,2019。
[2] 〔英〕彼得·戴维森:《北方的观念:地形、历史和文学想象》,第7、6页,陈薇薇译,北京,生活·读书·新知三联书店,2019。
[3] 〔美〕段义孚:《恋地情结》,第91页,志丞、刘苏译,北京,商务印书馆,2018。

想改变它。""我深深地知道,一个个体,只有依赖于他'在场'的广阔的生存背景,他的存在才是鲜活的,才有价值可言。"①而林雪也在一首诗中写过"我无法改变／土地所赋予我的性格／如同在秋天,不能停止对田野／经纬线交织般／绵密的怀想"(《我还是喜欢榛树林》)。正是出于这样的自觉,她们的诗中才会有对北国深切的爱与认同,"年轻时候,爱远方、新鲜和热闹多一些／像泡沫,爱大的、亮的、空的一切／／现在,我是一棵不好看的翅碱蓬／不要翅膀,不要好风／更不要千万里的追寻和伤透心肺的悲喜／只想紧紧地伏在盐碱地上"(宋晓杰:《现状》)。

在辽宁女性诗群对北国的爱与认同中,以辽宁为中心与重点的北方的历史文化是很重要的内容,这些内容实际上极有意义地构成了她们"北方的观念"中的"文化北国"。比如我们从李轻松的诗中,就读到过著名的"北普陀"(《上山,下山》)、"牛河梁女神"(《牛河梁》)、"积石冢"(《积石冢》),更读到了赫哲人的"伊玛堪"(《四下漫游·在黑龙江听〈伊玛堪〉》)和具有神秘的原始气息的萨满文化(《萨满萨满》)。在我们的诗歌史上,存在着一种"被萨满文化影响的包括北方原住诗人、非原住(北方)诗人所创作的包含萨满文化意蕴的"北方"萨满诗歌",②李轻松的诗歌不仅在题材内容,更是在诗学、美学、创作心理机制、抒情和想象方式等很多方面,具有突出的萨满色彩,非常值得进一步研究。在辽宁的女性诗歌对"文化北国"的书写中,我以为林雪的一系列关于赫图阿拉古城的诗篇具有重要意义。赫图阿拉地处辽宁新宾满族自治县,为清朝的奠基者清太祖努尔哈赤所建后金都城。在《遥远的鹤》《炊烟小鸟》《在一个叫赫图阿拉的地方》《永恒的黄金和人民》等许多诗篇中,林雪以其热烈的情怀,尽情讴歌着赫图阿拉,"赫图阿拉!今天的

---

① 见宋晓杰:《内流河》,《流年》,北京,时代文艺出版社,2006。
② 韩春燕、李张建:《中国北方萨满诗歌与萨满文化关系初探》,《华夏文化论坛》2014年第1期(总第11辑)。

你／身披夜晚，像身披全人类／苍穹的深蓝从你的山谷／一直滑落到我的心灵／我变成我一直歌唱着的事物"（《在通什的谷地停下》）。正是在这样的"歌唱"中，林雪已经与赫图阿拉在精神与心灵上深深地融合，赫图阿拉已经成了林雪的个体的古城。或者说，林雪已经与李轻松一样，在精神和美学上深深融入文化北国，而且不容忽视地包含了少数民族的族裔文化色彩。

实际上在辽宁的女性诗歌中，我最爱读的，还是她们对北国的自然与风光的书写。她们作品中北国的荒野、大地、山峦与河流，北国的草原、北国的雪，让我一次次沉迷。在袁东瑛的诗中，我读到了"碧玉"和圣殿般的天池（《天池断想》）；在娜仁琪琪格的诗中，我在想象中领略扎鲁特草原壮阔的大美（《晨光，扎鲁特草原》《黄昏，扎鲁特草原》《星光璀璨的扎鲁特草原》）；宋晓杰的诗集《忽然之间》中的诸多诗篇，能让我们深深地感受到诗人以其生命在体察着、呼应着北国的春夏秋冬和风霜雨雪。雪和大地，是辽宁女性诗歌非常典型的基本母题，特别是大地，在她们的笔下，实际上已经超越了地理自然的属性，而包蕴着非常深刻的生命启示与精神内容，"北方的冬天，是如此意味深长／你看那清冽的晨昏里／收割后的土地／封冻的河流／空荡荡的原野上，只有肆虐的风／低垂的云／生命撤退后，留下／枯萎的草，残败的叶"，"此时，你看不到生命的喧闹，却感觉得到／大地上到处游荡着／万物的灵魂"（韩春燕：《北方的冬天，是如此意味深长》）。万物的灵魂、大地的灵魂，蛰伏或游荡在伟大的北国，这是一派何其壮阔、何其令人神往与震撼的景象。

许久以来，一直觉得我们的女性文学批评与研究工作过于强调性别政治，过于偏好西方激进女性主义的好战风格，并因此忽视了我国女性文学创作实际中颇有价值的人文内涵，所以对辽宁女性诗歌的讨论，我尝试着以女性人文主义的阐释框架对此进行转换与超越。我以为，西方女性主义的性别政治理论，甚至是激进的女性主义,虽然也存在着一定的人文价值,但是在另一方面,我们应该很明确地知道,人文包含和宽广于政治,女性人文主义甚至具有削弱和防范性别政治极端化倾向的价值,在世界范围内的政治正确正在引发世界性论争与危机的当下,[①]明确这一点尤其重要。所以在这样的意义上,我对辽宁女性诗歌的讨论,与其说是对某一诗群的具体研究,不如说是一种新的阐释框架的开启或尝试性建构——起码是对我而言。

本文原刊于《当代作家评论》2020年第4期

[①] 见佟德志、樊浩:《美国"政治正确"的语义流变及其三重向度》,《探索与争鸣》2020年第3期。

"重构"我们时代的"诗歌伦理"
——对新世纪中国诗歌的一种考察

张立群

一

从 2000 年至今,中国新诗已走过的这 20 年历史,自是积累了许多经验,并可以在未来某一刻适时而发,为新诗创作和研究提供某些资源。在此前提下,"'重构'我们时代的诗歌伦理"可作为一次总结后的问题再思。

时间回溯至 2005 年,在批评界还为已莅临 5 年之久的 21 世纪文学努力寻求命名契机,并已初步诞生"打工文学""底层写作""草根性"以及"世纪初文学"名称的时候,"伦理"一词也以不同的面相进入当代诗歌批评之中:2005 年,由张清华撰写的《"底层生存写作"与我们时代的诗歌伦理》就将"底层生存写作"这一"我们时代的诗歌"和"伦理"结合在一起,进而诞生了"诗歌伦理"的概念。同是 2005 年,《新诗评论》第 2 辑刊载了钱文亮的《伦理与诗歌伦理》一文。此文主要针对"当前一些来自诗歌之外的道德化伦理化的公共性概念",指出诗歌界应保持"足够的质疑和批评",并认为"有必要提出'诗歌伦理'来申明诗歌艺术的合法性与正当性"。由于钱文从坚守诗歌艺术本位的立场出发,与从"打工""底层"的角度介入诗歌,为后者提供更为广阔的写作世界的思路形成了某种对立,所以,在之后围绕"诗歌伦理"以及"诗歌道德伦理"的争鸣中,其一直被引用且多受质疑,而对"诗歌伦理"的讨论也随即成为数年间诗歌界反复言说的热点话题之一。

如果仅从围绕"诗歌伦理"的角度考察相关的论述,那么,在2006年至2007年间,较大规模的集中探讨大致有三次。第一次是《南方文坛》2006年第5期推出的吴思敬的《面向底层:世纪初诗歌的一种走向》、王永的《"诗歌伦理":语言与生存之间的张力》、罗梅花的《"关注底层"与"拯救底层"——关于"诗歌伦理"的思辨》、冯雷的《从诗歌的本体追求看"底层经验"写作》。第二次是《南都学坛》2007年第1期推出的"诗歌与道德伦理研究(笔谈)",包括吴思敬、张立群的《诗歌的"想像"与"真实"——从现象出发论"诗歌伦理"的问题》、张桃洲的《诗歌与伦理:批判性观察》、刘金冬的《诗歌的伦理责任与时代承担问题》、张大为的《诗歌道德承担的四个层次》。第三次是2007年《中国诗歌研究动态》第3辑刊发的霍俊明的《诗歌伦理与深入当代》、龙扬志的《什么是诗歌伦理》,以及冯雷的《近年来"诗歌与底层经验"研究综述》。除上述提到的文章之外,对"诗歌伦理"的探讨还包括部分散落在文学期刊上的相关文章。鉴于"诗歌伦理"最初是从"底层写作""打工文学"等现象中生成,进而成为"世纪初十年诗歌"批评的重要关键词,是以从更为广阔的视野着眼,"诗歌伦理"话题的争鸣还涉及2005年至2010年间(具体持续时间应当比此更长)发表在《文艺争鸣》《南方文坛》《星星诗刊》《上海文学》《山花》《天涯》《文艺报》等刊物上,一系列与之相关的以"底层写作""中产阶级趣味"为主题的文章和对话,以及2005年召开的"世纪初中国新诗走向研讨会",等等。[1]而作为"潜在的历史",对"诗歌伦理"的论辩还包括2009年4月"诗歌与社会学术讨论会"期间,钱文亮在发言过程中对众多引述其文章但并未完全理解其本意的文章的"回应"和"再解读",以及霍俊明2010年的文章《重返"政治"和社会学批评——对21世纪以来一种流行的诗歌批评倾向的批评》和张清华的回应文章《什么"政治",又何为社会学批评？——回应一篇批判文章兼谈几个问题》,[2]只不过后两者更多涉及的是诗歌批评的方式方法和命名问题,已与诗歌写作本身拉开了一定的距离。

从2010年以后当代文学批评的发展状况可知,"诗歌伦理"的话题虽有所减少,但理论界对文学伦理的关注度并未降低。2014年《文学评论》第2期发表了"文学与伦理"的笔谈,共刊出聂珍钊的《谈文学的伦理价值和教诲功能》、高楠的《文学的道德批评》、陆建德的《文学中的伦理：可贵的细节》三篇文章,分别从文学历史发展、文学批评和文学实践的角度谈及文学和伦理的关系。从纷繁芜杂的文学现象到具体命名的生成与演绎,再到理论的提升与再度向文学扩容,包括"诗歌伦理"在内的"文学伦理"无论从普遍还是具体层面,均已具备了可以深入展开的可能与条件。至于在此基础上如何言说,则不仅是一个视野的问题,还是一个如何讲述的问题。

二

尽管对于"诗歌伦理"一词的理解见仁见智,但作为亲历者,我还是可以明显感受到诗歌批评界在当时对其质疑者居多,而作为当代诗歌的实践者,诗人们更多是将其视为把诗歌之外的东西强行

---

[1] 关于这几年间相关文章的概况,见冯雷：《近年来"诗歌与底层经验"研究综述》,《中国诗歌研究动态》2007年第3辑。

[2] 两篇文章分别发表于《南方文坛》2010年第5期和第6期。

植入诗歌，为诗歌写作增加负累而不以为然。[1]结合这样的现实，"诗歌伦理"在当时产生争议并最终偃旗息鼓似乎已成定局。然而，从学术研究和当代诗歌的发展现状考察"诗歌伦理"，问题似乎又没那么简单。

历史发展原本曲折无限，许多命名的出场虽看似偶然，但其背后往往隐含着必然的因素。当十年之后，我们以客观的态度从远处回望，不难看到"诗歌伦理"从现象到命名及争议的症结所在。为了能够将问题说得更为透彻，我认为有必要先交代如下两个前提。其一是文学批评（包括诗歌批评）的使命和当代文学批评的现状。"诗歌伦理"是将社会学概念引入文学批评，但从文学批评的角度及其实际发展情况来看，并不应受到过多的指责。与文学研究不同的是，文学批评的重要任务之一就是要及时追踪文学热点现象，为其命名，甚至是"制造话题"，进而引领一时之风潮。文学批评的边界可能更加模糊、更少历史的沉积，文学批评极有可能在未来经不起时间的检验、学术的推敲，但这样的后果并不应当由批评本身来承担。今日之批评为来日之研究奉献了丰富的文献史料，而其价值更多地应当交由文学史家和文艺理论家去发掘、整理。在此过程中，批评家所需的只是同时具备独到的眼光、发现的能力，以及可以自圆其说的阐释就足够了。与此同时，我们还应看到的是，当代文学批评甚至是当代文学研究出于对新意的追求，正日趋呈现出"跨界批评"的倾向——文学批评和文学研究不断通过借用文化研究等新的理论话语，或是通过引入其他学科理论来保持自身的前沿性和新鲜感早已屡见不鲜，而日趋年轻化、不断扩大的批评与研究队伍更

---

[1] 如笔者在2008年4月接受《汉诗》（季刊）杂志邀请写一篇对于"诗歌伦理"质疑的文章时，邀稿者（是一位著名诗人）的态度就大致如此。后来，我选择了分析概念生成的方式写了题为《身份与权利、表意的策略及其时空生存状态——重估世纪初诗歌的"底层写作"等相关命名》的短文，发表于《汉诗》2008年第2季。

使传统文学批评和研究范式遭遇强烈的冲击。在此背景下，我们当然期待那种纯粹意义上的、融入生命体验的和有见地的文学批评的出现，但这一期待并不意味着漠视、排斥，甚至取消其他样式批评的实践及其相应的合理性。

其二，"诗歌伦理"有着深远的历史文化传统，并随着时代的变化而处于变动的状态。也许，对于部分当代诗人来说，"诗歌伦理"的提法有些不伦不类，甚至是空穴来风，但如果我们放眼历史，"诗歌伦理"的提法一直有着深远的文化传统。孔子的一部《诗经》，不仅确立了古代诗歌"思无邪"，可以"兴观群怨"，以及在此基础上衍生出的"温柔敦厚""美刺"等诗教传统，而且还确立了中国传统诗歌的写作伦理和批评伦理。现代诗歌即新诗作为中国诗歌的晚近阶段，虽以"反传统"的姿态和现代化的追求拓展了自己的历史，但显然其自生成之日起就笼罩在传统浓重的阴影之下。胡适、陈独秀、鲁迅等新文学的开路先锋，虽都在不同场合和文章中多次否定过诗教传统，但其或是出于矫枉过正的立场，或是部分否定传统的腐朽落后之一面，都使新文学自生成之日起就与传统保持着密切而又复杂的关系。具体至新诗，胡适的白话诗尝试虽使现代诗创作自生成之日起就面临着世俗化的趋势，但其使引车卖浆之徒皆可读诗、写诗的策略，却因为符合"平民的文学"和"人的文学"的标准，而适应时代对诗歌的要求，暗合"群"的逻辑。20世纪20年代后期兴起的左翼诗歌，虽在相当长时间里因"大众化"以及"工具化""概念化"而被认为艺术性不高，但必须看到的是，在"大众化"的背后有着强烈的思想启蒙和革命文化教育的诉求，因而具有时代、社会和政治、文化的合理性。诸如此类的例证还有很多，限于篇幅，不再一一罗列。

结合以上两点看21世纪最初10年的"诗歌伦理"命名及其争鸣，作为研究者，我们首先应当在学理上承认其合理的一面。在"打工者"所占比重越来越多，诗歌写作在客观上日益关注社会底层，甚至是许多"打工者"开始动笔参与写作的现实背景下，将包括"写底层"和"底层写"在内的"底层生存中的写作"与"时代的诗歌伦理"[①]联系起来并无什么问题。反映现实生活、书写时代，本就是"诗歌伦理"的一部分。同时，将"我们的时代"作为"写作伦理"的修饰语，也充分显示了批评的使命和应有的尺度。同样地，如钱文亮文章中的"有必要提出'诗歌伦理'来申明诗歌艺术的合法性与正当性"[②]式的提醒，则因为强调诗歌的艺术性即基本的审美属性，也遵循了业已形成、被普遍接受的"诗歌伦理"。至于原本应是出自一家的"两位兄弟"最终给人留下了"相互对立"的印象，在我看来，除了因为望文生义而人为地割裂了"诗歌伦理"的普遍性和特殊性的关系之外，如何更为客观、合理地表述和全面、公正地理解恐怕也是重要的原因。

三

何谓"诗歌伦理"？这个多层次同时又是一个多义性的概念，如果从"伦理→诗歌伦理"的角度加以解读，恐怕会因为伦理自身的古今之异、中西之辨而落入命名的陷阱。"诗歌伦理"作为一个专有名词，有其特定的言说范围。"诗歌伦理"是诗歌创作过程中为实现真善美而遵从的原则、规范及其有效的实践方式。"诗歌伦理"是比"诗歌道德"更小的概念——如果"诗歌道德"的命名也可以成立的话，"诗歌伦理"是"诗歌道德"的实践层面，因而具有时代性和可塑性的特质，但从评判角度上说，它无法拒绝以道德的尺度加以衡量。

中国诗歌历史悠久且在相当长的时段内一直占据主流地位，所

[①] 见张清华：《"底层生存写作"与我们时代的写作伦理》，《文艺争鸣》2005年第3期。

[②] 钱文亮：《伦理与诗歌伦理》，《新诗评论》2005年第2辑。

以在经历长期发展和阐释之后，已形成了前文所述、可以追溯至《诗经》的诗学传统。这一传统既涉及诗歌创作，又涉及诗歌批评，在经过充分的时间积淀之后已超越了历史，稳定而绝对，成为中国"诗歌伦理"的普遍价值。它以潜移默化的方式影响着每一个中国诗人的创作、每一个批评者的阐释，进而成为后者在具体实践过程中自觉遵循的原则和律令。与"诗歌伦理"的普遍价值相比，具体实践过程中"诗歌伦理"还有时代性和可变性的特点，这些特点在新诗的历史上往往表现得尤为明显：一则新诗表现的现代价值与传统有很大不同，造成其伦理价值易于和普遍伦理形成某种张力；二则新诗天然的近距离，也易于人们在考察其历史和现实的过程中发现其这方面的特性。"诗歌伦理"的时代性及可变性决定其具体的言说离不开特定的语境，而具体实践意义上的"诗歌伦理"又是诗歌自然属性和社会属性即"审美"与"意识形态"之间交融、对话的结果。具体的"诗歌伦理"可能在外力的作用下换取了诗歌的艺术性、削弱了其贵族气质，但其强调诗歌功用意识的内在需要却让我们无法过分地苛责历史，诗歌审美与功用的二律背反同样是"诗歌伦理"可能存在的一种表现形式，"诗歌伦理"有特殊性的一面也正在于此。

　　从世纪初围绕"诗歌伦理"产生的争鸣，我们不难看出，恰恰是"诗歌伦理"特殊性一面占据了上风，才使这个本可以进一步深入的课题未及大面积展开便草草收场。"特殊性"虽代表着生动的个性，符合世纪初诗歌"个人化"的趋势，充满活力；但只强调"特殊性"则极有可能使本属同一事物的不同层面彼此孤立、各执一词，从而走向事物的反面。为此，我们有必要区分"诗歌伦理"，特别是当代语境下"诗歌伦理"自身的不同维度与多义层次，而后方能在"既见树木，又见森林"的同时，实现"诗歌伦理"历时性与共时性的立体呈现。

　　为了能够全面揭示"诗歌伦理"的内在构成，笔者在结合已有经验的基础上将其大致分为五个方面。其一，心灵感动的层次。任何一首诗的创作就其孕育和起始阶段来看，都不同程度地经历了心灵的触动，而后才是"缘情"与"言志"。没有心灵感动的诗歌是模式化、概念化的，缺少内在的生命力。同时，只有经历心灵的感动，才能全面展现诗人真实的生命体验和诗歌所要表达的喜怒哀乐。心灵感动承担着诗歌创作中的"真"，虽常常只是一闪而过、带有"非理性"的直觉，但这个并不具备任何评判价值的层次在某种意义上恰恰是"诗歌伦理"最具道德价值的部分；其二，思维观念的层次。思维观念层次同样与创作主体关系密切，但受业已形成的理性原则的制约，同时，也不可能不受到外界因素的影响。简言之，思维观念的层次决定诗人在具体创作中的诗歌想象方式，它不仅包含诗人可以明显意识到诗歌创作时应有的美与丑，而且还包括诗人对于自己创作主观判断上的对与错。思维观念的层次最能显现诗教传统及"诗歌伦理"普遍价值对于不同时代诗人的影响，同时也充分展现了一个诗人对于时代文化的深刻感知；其三，语言伦理层次。语言伦理层次顺应思维观念层次，自然强调诗歌语言及形式的美感，同时诗歌的语言伦理层次还意味着与现实对话过程中如何保持固有的美学品格。语言的伦理层次最终会营造出一种诗歌风格：或是雄浑苍劲，或是唯美灵动，而其表现手段往往是通过对"差异"即"陌生化"和"难度"的追求展现一个诗人的个性，至于其拒绝与回避的自然是语言的媚俗与放纵；其四，意义功能的维度。诗歌写作必须要承担某种意义，具有某种功能，通过有价值的思想内核，唤起读者某种情感的共鸣，获得审美的愉悦，这是诗歌得以继续存在下去的根本。否则，诗歌必将成为一堆空洞的符号或是一堆漂亮的废话，无法肩负写作的使命；其五，阅读鉴赏的维度。诗歌写作可以追求难度，但必须限制在可以阅读鉴赏的范围之内，否则诗歌将无法进行有效的传播，自然也不能实现自身的价值。一般来说，现代诗歌由于使用现代汉语，本不必过分担心阅读时存有阅读的障碍。但诗歌可以阅读鉴赏显然不能仅仅停在读懂文字的程度，从艺术的角度上考察，诗歌可阅读鉴赏其实在客观上要求诗歌是一种"有意味的写作"和"有意味的形式"，而后才能在"得意妄言"的感悟中形成诗歌阅读与鉴赏过程中的良性互动。

以上五方面虽以历时性的方式讲述，但在具体展开时它们是以共时性的方式共同支撑着诗歌的伦理。它们当然可以进一步区分，如前三个层次可纳入诗歌创作的主体维度，而"意义功能的维度"和"阅读鉴赏的维度"之所以以维度而非层次言说，是因为它们已脱离了创作主体，或在创作主体与接受主体之间，或已完全进入阅读、接受和传播的环节。"诗歌伦理"正是由这些要素构成并在和历史、现实的交流对话中不断呈现新的面孔，进而塑造出自身实践的品格。

四

任何一个议题的出场，特别是时隔多年之后的旧话重提，都肯定包含着相对于当下的现实所指，这一逻辑自是同样适用于本文所言的"诗歌伦理"。如果我们采用一种逆向思维，或许会得出"诗歌伦理"的此刻再现是因为近些年诗歌正隐藏着某种伦理的危机，而一旦事实果真如此，我们又当如何高扬"我们时代的诗歌伦理"呢？

"我们时代的'道德议程'充满了过去时代的伦理学家几乎没有或者根本没有接触到的题目，因为它们没有被清楚地表达为人类经验的一部分。"[1]鲍曼这段话道出了进入后现代社会之后，由于网络科技和全球化等因素的影响，许多事物及其价值都无法像之前那样可以准确地判断，人们正经历前所未有的文化变革时代——日常生活速度变快，竞争比率增大，城市化进程使生存居所从平面转向立体

---

[1] 〔英〕齐格蒙特·鲍曼：《后现代伦理学》，第1页，张成岗译，南京，江苏人民出版社，2003。

空间，增加了生存的孤独感与围困意识，还有经验、交流以及日常生活方式正日益遭受技术的异化，网络技术虽以快捷的方式缩短了时空距离，但同样也限制了人们的情感和想象力。在此背景下，人们会因为生存焦虑而倾向于务实的原则，进而使一部分读者无暇于品读并逐渐远离了诗歌。当然，远离诗歌还与消费时代兴起弥合了大众文化和高雅艺术之间的鸿沟、流行文化占据大量阅读空间等有关。除此之外，网络新媒体还凭借其技术优势改变了人们的阅读方式，从而使传统纸媒从写作到发表都受到前所未有的挑战。诗歌不再像往日那样高高在上处于文学的顶端，而是走下神坛成为失意的贵族，从写作到评价都发生了重大变化。对于那些仍旧不改初衷坚持写作的诗人，我们必须抱有敬意，因为在他们身上寄寓着诗歌的希望和未来，但若换另一个角度，我们又不得不承认诗歌日趋进入一个狭窄的空间，圈子化，自说自话，与时代、社会现实对话能力持续减弱，正成为我们时代诗歌的处境。

应当建构一种"诗歌伦理"，以便更好地把握和处理21世纪以来诗歌与时代的关系，这种来自诗歌内部的需求既决定我们时代的诗歌观念，同时也决定着诗歌的未来。应当强调一种"诗歌伦理"，或至少是关于诗歌的伦理意识，以确立当代诗歌的写作秩序和评价标准，提高当代诗歌创作与批评的整体水平。应当逐步确立完整的"伦理观"，缓解"诗歌伦理"整体化和个人性理解过程中的张力，为当代诗歌带来新的课题与认知领域。没有行走意义上的当代"诗歌伦理"，就无法全面理解"底层写作""打工诗歌"在主客体方面具有的正当性、合理性，以及相应的现实关怀。同样地，缺乏正确的"诗歌伦理观"，则不能看到我们时代的诗歌正在时代的推动下悄然发生着改变。诗人需要通过有效的写作呈现、深化这种改变，而更为直接的是，"诗歌伦理"有助于确立一种关于诗歌的普遍认同的道德规范，减少因消费主义、大众文化、网络化思维而诞生的表演式的诗歌、哗众取宠的作品、失度的"身体风暴"，对抗没有诗性的书写、非诗与伪诗的流行与效仿,对抗过度沉湎于自我、片面理解"个人化"写作、创造性和能动性日渐萎靡等问题。

考虑到这里所说的"诗歌伦理"主要指向近年来的诗歌创作,它在面对传统诗歌的"诗歌伦理"时常常让人感到有些底气不足,所以,我们更应当强调其建构过程中有效的"介入方式"。"毫无疑问,'介入'需要一种道德的力量,同样也需要一种美学的力量。对于诗歌来说,'介入'的道德,首先是一种对于语言的道德。而'介入'的美学则须通过'介入'的道德实践才能实现其价值。"①张闳在20年前对于90年代诗歌创作经验的总结与思考在今天读来仍具有强烈的现实意义。"介入"的诗歌不仅意味着从观念到诗艺再到文本呈现的"过程伦理",更意味着诗歌面向时代、现实、社会时对话能力的增强。"介入"的诗歌会将诗歌的"词与物"紧密地联系起来,言说及物,以历史、道德、美学统一的方式表现深刻的现实关怀,拓展诗歌的叙述和生存空间。

也许,在多年以后,人们重新面对今天的诗歌,谈论的或者说留下的记忆只是我们时代的高端写作,即最具探索性、艺术性以及影响力的典范之作。但立足于当下,我们却需要,同时也会真切感受到一种紧迫感:"诗歌伦理"的出场与普遍的自我认同,可以呈现更多执着写作但被诗坛浮躁之风遮蔽的"沉默的诗人"。同时也是提升当代诗歌自我约束力、凝结出优秀之作的必经之途,通过"诗歌伦理",当代诗歌将获得充分的公共参与意识和历史意识。

五

从2006年10月参加"新世纪中国新诗国际学术研讨会",到

---

① 张闳:《介入的诗歌——九十年代的汉语诗歌写作诸问题》,孙文波、臧棣、肖开愚编:《语言:形式的命名》,第317-318页,北京,人民文学出版社,1999。

2009年4月参加"诗歌与社会学术研讨会",当代诗歌"适度公共化""适度政治化",一直是我反复陈述的观点,这一及至晚近也初衷不改的观点,在多年间不乏和多位诗歌研究同行产生共鸣,但由于种种主客观因素的限制,一直没有找到强有力的、具有指导性的理论依据。事实上,诗歌"适度公共化""适度政治化"并不是个新话题,它不过是相对当代诗歌的处境和现实有感而发。从理论上讲,它完全可以参照特里·伊格尔顿在《二十世纪西方文学理论》中的观点来解读,即"我用政治的(the political)这个词所指的仅仅是我们把自己的社会生活组织在一起的方式,及其所涉及的种种权力关系(power-relations);在本书中,我从头到尾都在试图表明的就是,现代文学理论的历史乃是我们时代的政治和意识形态的历史的一部分……文学理论不应因其政治性而受到谴责。应该谴责的是它对自己的政治性的掩盖或无知,是它们在将自己的学说作为据说是'技术的''自明的''科学的'或'普遍的'真理而提供出来之时的那种盲目性"。[1]如果将上述言论的"文学理论"替换成"诗歌"和"文学",也是完全可以成立的。同样地,如果我们借用鲍曼的"'承担责任'与其说是社会调整和个人教育的结果,不如说它建构了萌生社会调整和个人教育的原初场景,社会调整和个人教育以此为参照,试图重新框定和管理它",[2]考察我们时代的理性与道德存在,那么,当代诗歌显然也无法置身事外,需要拥有、履行并实现一种"担当"。而从实践上讲,诗歌"适度公共化""适度政治化",其实是期待当代诗歌能够走出狭窄的空间,通过书写时代表现自身的现实关怀,密切诗歌与时代之间的关系。应当说,当年以"在生存中写作"为议题进而推动的"底层写作""打工诗歌"以及"诗歌伦

---

[1] 〔英〕特里·伊格尔顿:《二十世纪西方文学理论》,第196-197页,伍晓明译,北京,北京大学出版社,2007。
[2] 〔英〕齐格蒙·鲍曼:《生活在碎片之中——论后现代道德》,序言第1页,郁建兴、周俊、周莹译,上海,学林出版社,2002。

理",本就着意于此。除此之外,从当时文学发展的整体趋势看,写实性、民生关怀也是众多文学期刊发表作品和各级文联、作协评奖的重要原则与标准,只不过,从"诗歌伦理"的生成和发展来看,这种趋势虽为批评所触及,但却并未深入。值得一提的是,其间诗坛虽一度掀起诸如"地震诗"的热潮,但这种主题式的、现象式的涌动却由于其外在的、暂时的波动,很难承担起诗歌"适度公共化""适度政治化"的全部。为此,"诗歌伦理"的再度出场肯定还需要现实语境提供堪称历史性的机遇,才会在拥有坚实基础的同时获得时代的合理性。

我是在谈及"新时代诗人主体的自我建构"时再度与"诗歌伦理"相遇的,[①]并由此打通了困扰我许多年的难题。"新时代"不仅为当代诗歌提供了新的社会文化语境,而且也为当代诗人提供了新的写作空间。"新时代"文艺思想在为当代文学确立总体方向的同时,会潜移默化地影响到当代诗歌的创作理念和相应的发展方向。与此同时,还应当看到的是,"新时代"文艺思想还会贯注到当代诗歌生产、传播和阅读等各个环节,确立一种新的评价标准和舆论导向,从而深刻影响到当代诗歌的写作方式与精神面貌。当代诗歌将由此实现"个人化"写作方式的转换,抵达更为广阔也更为深入的领域。在告别或是纤弱无力或是空洞无物、狭窄局促且肤浅表面的写作之后,当代诗歌将再度焕发自己纠正、宣示的力量,通过语言建构弘扬价值。而当代诗歌多年来略感停滞的写作机制将以"介入"的方式被重新适度激活,在打开一片新的空间视域之后与时代同步,并在展现新质与活力的同时重构自己的文学地位、专业能力与专业精神。

回顾21世纪以来20年中国新诗的发展历程,虽有一些话题已对

---

① 见张立群:《"新时代"诗人主体的自我建构——兼及写作的道德伦理问题》,《中国当代文学研究》2019年第6期。

其历史进行了十分恰切的描述，而在话题之外，当代诗歌也从不乏以自我的行为方式（如各种诗会活动、民间评奖等）不时为其制造一些热点，甚至是热潮，但热点与热潮显然不是高峰与高潮。从漫长的诗歌历史来看，20年的光阴或许只是匆匆一瞬，不应有过多的要求；但从现实的角度出发，无论是时代社会，还是诗歌自身，都会自然而然地有不满于现状、有所期待的意识甚至理想。是以，"诗歌伦理"虽无法为诗歌制订某种规约、律令式的物化标准，而只能像道德、伦理一样作为当代诗歌写作的内在理念和言说尺度，但其现实意义仍然是不容忽视的："诗歌伦理"深刻反映了当代社会对诗歌的基本要求，积极回应；它不仅有助于诗歌走出"个人化""圈子化"的泥潭，还可以拒绝说教式的、表演式的、浅表化的写作，使当代诗歌在重获历史感和现实感的同时，重构自己历史与文化的想象力。重构我们时代的"诗歌伦理"是一个契机，同时也是当代诗歌与时代对话、思考其合理路径的必然结果。在此过程中，当代诗歌将由此获得创作与艺术的生命力，其研究的视野也将由此获得一次新的打开。

本文原刊于《当代作家评论》2021年第2期

"现代汉诗"与中国诗学"当代性"的生成

陈培浩

一、作为文学启新机制的"当代性"

近20年来,对于中国当代文学学科来说,历史化和当代化构成了学科前进的车之两轮、鸟之两翼。关于"历史化"的讨论和实践甚多,学界对其内涵的界定实颇参差甚至含混,但总体上体现了一种使当代文学研究去批评化,更具史料基础、更重考证理据、更具方法论和历史视野,从而更有成熟学科合法性的研究倾向。某种意义上说,"历史化"就是以更复杂的历史学科制作工艺,将某阶段的文学现象打包、封印并送进历史。这边厢,"历史化"这套知识工艺方兴未艾,那边厢"当代化"的知识生产车间(或审美实验室)也热火朝天。"历史化"冲动背后是对"当代"与"历史"天然矛盾的焦虑,"当下"乃是最切身的"当代",其正处于晦暗未明、胶着对峙之中,如果"当下"不能被有效地辨认、分类、命名和盖棺论定,送上"历史叙述"的陈列架,"当代文学"就免不了在"古典文学""现代文学""文艺学"等成熟学科面前抬不起头来的尴尬和焦虑。"当代化"的发动机则装在"当代文学"天然还要走下去的双腿上。当代文学区别于古典文学、近代文学、现代文学等学科的,就在于其"未完成性"。上述其他学科对象都具有鲜明的"完结性",学科的研究对象都走进了历史,"未完成"的只是研究者历史叙述的知识工艺。但对当代文学学科来说,新的作家、作品和审美现象还在源源不断地产生,当代文学不待扬鞭自奋蹄,但前路究竟是沼泽迷途还是康庄大道,在"一切坚固的都烟消云散了"的文化境遇中,置身于不断裂变的现实和随时失效的书写构成的炸裂漩涡中,文学的"当代化"在作家那里是如何在叙事与时代之间不断对焦,如何定格交叉小径的审美花园中的内在景观;在理论家处,文学的"当代化"则是带着狗鼻子上路,对崭新的文学实践作出辨认、预判,疾言厉色或为之鼓与呼,都源于对新的迫切性和有效性的坚定执念。某种意义上,艺术"当代化"的过程,就是对"当代性"的辨认过程。

"当代性"近年又成热点,讨论却非始于近年。早在20世纪80年代初,中国文学界就有一场关于"当代性"的讨论,当时便有学者将这一概念溯源到别林斯基《论巴拉廷斯基的诗》中去。[①]不过,随后评论家李庆西便反驳:即使"当代性"一词最早见于别林斯基,也不意味着别林斯基之前的时代就没有"当代性"的思想。[②]李庆西反对用机械反映论去理解文学与现实的审美关系,认为文学的当代性可以有不同的表现。不难发现,对文学"当代性"的讨论,投射着文学批评在新的时间节点辨认新生活和新审美,凝聚新的当代意识的冲动,发挥了批评启新的功能。换言之,讨论"当代性",蕴含着在复杂文学场域和话语博弈中向前走的问题意识和思想潜能。

---

① 见王东明:《关于文学的当代性的思考》,《文学评论》1984年第1期。
② 见李庆西:《文学的当代性及其审美思辨特点》,《文学评论》1984年第4期。

已有文学研究主要从以下几个层面使用"当代性"概念：一、将其作为现实性（时代性）、现实感（时代感）、现实生活内容的转喻，从内容和审美两方面界定文学"当代性"的呈现方式。使用者通常把"现实"自明地当成"当下现实"，因而具备"现实性"便被视为具备"当下性"及"当代性"。二、将其作为与"现代性"对举的概念。此种视域下的"当代性"常近于"后现代性"。三、将"当代性"视作"现代性"的一部分，认为"当代性"作为不断滑动的能指，没有凝固的、确定的所指。不难发现，对"当代性"的讨论，总是内置着"锁定"与"开放"的对抗和张力："当代性"概念的巨大切口，使其本身也需要被清理和界定，从而获得相对稳定的内涵。另一方面，由于"现代性"这一理论概念吸引了包括哲学、历史学、社会学、政治学、文学、人类学等大量学科顶级思想者的无数论述而成为影响深远的巨型话语，一些有抱负的学者也试图将"当代性"建构成与之对应的理论范畴，这就使得锁定"当代性"论述成为一种孜孜不倦的努力。但是，"当代性"天然内置自我更新的动力装置，彼得·奥斯本认为当代性"在把现在与它所以认同的最切近的过去拉开距离方面，产生了立竿见影的效果"。[1]事实上，"当代性"既是一种将当下从过去中区分出来的时间意识，也是一种通过辨异创造新价值的召唤性机制。在看似自明的"当代文学史"时间范围中，通过"当代性"装置创造"更新的"文学这一冲动从未衰竭。由此，"当代性"就拥有了持续向未来开放的一面。

2020年世界性的变动之下，丁帆先生惊呼"人类的意识形态发生了巨大紊乱、逆转和抵牾，原来从单一到多元的前现代、现代和后现代的叙事交流话语已经紊乱，甚至连理论家都无法用自洽理论

---

[1]〔英〕彼得·奥斯本：《时间的政治》，第30页，王志宏译，北京，商务印书馆，2014。

去阐释现实世界的突变现象"。①世界常变，使"当代性"话语常新。关于"当代性"，我更愿意将其视为一套启新的动力装置。换言之，虽然人们不断惊呼第三次技术革命的到来，但几次技术革命内部之间并不能区分出一种完全不同的社会和思想形态，如近现代从古代那里区分出来那样。因此，某种意义上，"当代性"可能确实只能居于"现代性"的延长线上，作为"现代性"的变体和新形态出现，而无法成为在理论内涵和稳定性上与"现代性"对标的概念。"当代性"内在的活跃性使其不可能被某一节点凝定，这决定了对"当代性"的讨论只能语境化地展开，不可能通过理论思辨一网打尽。因此，不先验地锁定"当代性"理论内涵，也不简单地将"当代性"当作"时代性"和"现实性"的转喻，但又试图延续"当代性"天然的活力和动能，本文倾向于将"当代性"当作一个动词，一种启新的文化程序，"当代性"的意义就在于它是一个不断自我生成、蕴含着否定辩证法的动力机制。不管是评价文学创作还是文学理论，其是否具有"当代性"，最关键的标准在于它是否具有鲜明的问题意识，其理论或实践是否既将既往艺术方案问题化，又提供了崭新的、有效的艺术方案。

本文将以20世纪90年代以来学界对"现代汉诗"的探讨，反思这套诗学方案与中国诗学"当代性"的生成过程中的规律与得失。行文中，"当代性"与"现代汉诗"将始终被置于引号内部，是因为：并不存在绝对、普适、放之四海而皆准的当代性，而只有特定语境、领域和条件下的"当代性"。因此，讨论诗歌"当代性"，并不否定小说、戏剧、散文等其他文类的独特"当代性"路径。我认同这种看法：没有"任何一种以特定诗歌经验为对象的'诗学'，有权力根据特殊的经验对象，把自身确立为某一特定知识范围内唯一

---

① 丁帆：《"当代性"与马克思主义批判哲学视域下的文学批评与阐释》，《当代作家评论》2021年第1期。

有效的'诗学'理论，拒绝其他'诗学'理论的批判和检验"。[①]本文试图通过对"现代汉诗"和"当代性"的探讨，在自觉的限度意识下，激活多种"当代性"的间性交往。

二、"现代汉诗"：一份民刊和一个命名的"当代性"

"现代汉诗"常被视为现代汉语诗歌的简称，并作为可以跟"新诗"互换的表述，但需意识到这个概念与"新诗"的差异背后的问题意识和方法论。当我们将"现代汉诗"视为"新诗"的当代性方案时，我们首先要弄清的是：这个概念从何而来？

"现代汉诗"一词被用于现代汉语诗歌领域，并逐渐成为具有问题意识和方法论内涵的诗学话语是20世纪90年代的事情。现在不少论者将美国加州大学奚密教授1991年由耶鲁大学出版社出版的英文著作 Modern Chinese Poetry: Theory and Practice Since 1917 视为"现代汉诗"概念的第一次自觉理论建构。这种判断可能忽略了 Modern Chinese Poetry 与"现代汉诗"的跨语际意义差异：奚密著作由英文写成，直到2008年才出中文版本。事实上，不是大陆学界得到奚密 Modern Chinese Poetry 的启示而有"现代汉诗"之命名和研究，反是奚密得到大陆诗歌界"现代汉诗"命名的启发将 Modern Chinese Poetry 译为"现代汉诗"，并对此概念产生了更强的理论自觉。

在英文学术语境中，Modern Chinese Poetry 对应的是在海外汉学界普遍使用的 Modern Chinese Literature 这一上位概念，Modern Chinese Poetry 根据字面更确切对应的是"现代中文诗歌"，并无"现代汉诗"这一概念在汉语语境中的新创性。在奚密的英文论著中，Modern Chinese Poetry 指1917年文学革命以来的新诗，其学术方法

[①] 段从学：《中国现代诗学的可能及其限度》，张桃洲、孙晓娅主编：《内外之间：新诗研究的问题与方法》，第252-253页，北京，社会科学文献出版社，2012。

自有独创之处，但并未对Modern Chinese Poetry这一概念进行自觉理论建构。因此，奚密之Modern Chinese Poetry并不必然就是汉语的"现代汉诗"，其上位概念Modern Chinese Literature也更多译为"中国现代文学"而非"现代汉语文学"。1991年，奚密在《今天》第三、四期合刊上撰文《从边缘出发：论中国现代诗的现代性》；1999年，奚密与崔卫平对话《为现代诗一辩》发表于《读书》第五期。二文采用的都是"现代诗"的称谓。1999年，奚密汉语论文《中国式的后现代：现代汉诗的文化政治》①则使用了"现代汉诗"这一称谓。2000年由广东人民出版社出版的《从边缘出发：现代汉诗的另类传统》同样采用"现代汉诗"这一译名。可见Modern Chinese Poetry的汉译在奚密存在着从"中国现代诗"到"现代汉诗"的变化。这与20世纪90年代大陆的诗歌界的相关实践有密切关系。

1991年，芒克、唐晓渡等人创办的一份诗歌民刊被命名为《现代汉诗》，这是"现代汉诗"概念首次被用于指称现代汉语诗歌。此前，相关称谓主要有产生于五四时代的"白话诗""新诗"；产生于八九十年代的"朦胧诗""第三代诗""先锋诗""实验诗"等；台湾地区则主要称"现代诗"，并无"现代汉诗"之说。因此，这一称谓本身便具有命名和新创的意味。90年代以前，"汉诗"在中国的学术语境中主要指汉代诗歌；在海外学术语境中则指"中国古典诗歌"。1986年，由宋炜等人编的民刊《汉诗：二十世纪编年史》首次将"汉诗"概念用于指称现代汉语诗歌，虽未取得广泛影响，但它提示了一种从母语视角进入现代诗歌的思路，对日后"现代汉诗"概念的形成产生了影响。"现代汉诗"这一命名出现后获得广泛认可，既被作为一些诗歌刊物、选本的名称，也在王光明、奚密等学者的阐释中获得理论内涵和方法论意义，但《现代汉诗》的创刊者，并无人对此命名的由来缘起、意旨兴寄、微言大义做出说明与揭示，显

---

① 见贺照田主编：《学术思想评论》第5辑，沈阳，辽宁大学出版社，1999年。

见此概念超乎初创者预想的活力与潜能。①

《现代汉诗》创刊于1991年,首年分春夏秋冬四卷,采用的是相同的大红色封面,由"现代汉诗"四个繁体华文琥珀体黑字占满,设计的"简单粗暴"既燃烧着上个时代诗歌革命的激情,又隐含着向新时代转型的信息。收录的作品则兼有诗歌和诗论,据唐晓渡介绍,《现代汉诗》坚持发表原创,但参与其间的诗人都是一时之选,以1991年春季号为例,发表了包括杨炼、欧阳江河、吕德安、于坚、梁晓明、翟永明、王家新、韩东、邹静之、西川等诗人的作品,还有已故诗人海子尚未发表的遗作。《现代汉诗》1991年冬季号开始发表诗论,当期有耿占春《语言的欢乐》、西川《悲剧真理》、于坚《拒绝隐喻》等文章。诗歌和诗论都投射着中国当代诗人们对巨大时代转型的困惑、迷惘和努力消化的情绪,诗论则颇为明显地显示了某种通过语言重建意义的倾向,无疑都是深具"当代性"的。

西川认为八九十年代转型之际"诗人们对一种强大的精神存在的期盼迎来了一些全国性的民间诗刊的创立,其中首推《现代汉诗》"。②何以对时代转型中"强大的精神存在的期盼"会召唤出"现代汉诗"这一崭新命名?"现代汉诗"这一命名又承载了何种新的美学理念与立场?一般而言,置身于某种民族语言内部的写作,并不会刻意去强调其民族语言的身份。这是何以此前更多称"新诗""现代诗",而不强调"汉诗"这层意思。事实上,"现代汉诗"这一概

---

① 关于《现代汉诗》的命名,诗人默默倒是在文章中宣称该归于其名下:"1990年冬,与芒克、唐晓渡、林莽、梁晓明、金耕等创办《现代汉诗》,宗旨是要把那些真正的诗人他们的真正的佳作公诸于世。作为创办者和《现代汉诗》的命名者,我自然是干得热火朝天,约稿信像雪片似的洒向全国各地。"见默默:《把李森揪出来千刀万剐》,《星星·诗歌理论》2010年3月(下半月)。唐晓渡在接受笔者电话采访时认为,据他的回忆,这个命名应来自他的创意,当然不排除不谋而合的可能。

② 西川:《民刊:中国诗歌小传统》,杨克主编:《中国新诗年鉴2001》,第471页,福州,海风出版社,2002。

念的出场，强调的也不是"汉诗"的民族语言身份，而是"现代汉语"的语言质料。换言之，从20世纪80年代的诸多诗歌称谓到20世纪90年代"现代汉诗"的转换，显示的是"现代汉语"这一语言质料得到前所未有的重视，隐含的是一种当代诗从政治和文化中撤退，到语言中重建意义和价值的"语言转向"。

自1992年开始，《现代汉诗》封面上开始出现中英文刊名，英文刊名正是 Modern Chinese Poetry。换句话说，"现代汉诗"不是对 Modern Chinese Poetry 进行的汉译，相反，Modern Chinese Poetry 是作为"现代汉诗"的英译。90年代大陆诗歌界的探索对奚密产生了真切影响。2000年，奚密《从边缘出发：现代汉诗的另类传统》由广东人民出版社出版，此书乃奚密首次将 Modern Chinese Poetry 译为"现代汉诗"的论著。作者在后记中感谢了芒克、孙绍振、唐晓渡、王光明等"多年来曾提供给我宝贵资料的诸位"大陆诗人及学者，特别感谢"在百忙中抽空为我翻译第二章的唐晓渡先生"。[①]不难发现，奚密的研究对大陆学界的最新潮流非常敏感，她坦言其研究对现代汉诗"非主流倾向"的强调可以从陈平原、陈思和等学者处"找到共鸣"。不难发现，"现代汉诗"作为汉译是奚密有感于中国大陆学界自90年代中期兴起的"现代汉诗"研究氛围，并受到唐晓渡直接影响的结果。一个由中国《现代汉诗》创办者主动确定的英文译名影响了英文语境中的中国现代诗歌研究者奚密，其理论实践使 Modern Chinese Poetry 与"现代汉诗"对译关系被自明化。人们遂以为"现代汉诗"概念乃西方汉学影响大陆学术的结果，实与事实相去甚远。

此番辨析，其意旨实非关命名归属权，以及大陆和海外汉学之间的"文化领导权"。实际上，大陆和海外的"现代汉诗"研究各有

---

① 奚密：《从边缘出发：现代汉诗的另类传统》，第257页，广州，广东人民出版社，2000。

其问题意识、贡献和限度。我更感兴趣的是，20世纪90年代以降海内外的诗学问题意识何以集结在"现代汉诗"这一命名之下？其各自的出发点和问题意识何在？它们如何在各自的语境中成为"新诗"的"当代性"方案？

三、"现代汉诗"：诗学"当代性"的内部张力

由于内在呼应和凝聚着某种转折时代的诗学共识，民刊《现代汉诗》所确立的新称谓在90年代获得了越来越多的学术阐释。1995年，王光明及其学术团队开始"现代汉诗的百年演变"的研究；1997年，福建师范大学等单位主办的"现代汉诗国际学术研讨会"在武夷山召开，"现代汉诗"这一学术概念得到全方位探讨；1998年，王光明在《中国社会科学》第4期发表《中国新诗的本体反思》一文，阐述以"现代汉诗"这一现代中国诗歌的形态概念取代含混的"新诗"概念的必要性；2003年，王光明《现代汉诗的百年演变》一书由河北人民出版社出版；2008年，奚密《现代汉诗：一九一七年以来的理论与实践》由上海三联书店出版。以上是"现代汉诗"研究历程中的重要节点。王光明和奚密是大陆和海外最自觉地进行"现代汉诗"理论建构，并产生了较大影响的学者，关于他们的研究评述甚多。[1]青年学者刘奎敏锐地意识到王光明的"现代汉诗"研究

---

[1] 孙玉石、洪子诚肯定王光明史论著作《现代汉诗的百年演变》在时空结构上的整合性和贯通性及"以问题穿越历史"的史述方法；谢冕肯定王光明"呼唤诗的艺术自觉"的本体立场。姜涛、张桃洲、荣光启、伍明春、赖彧煌、陈芝国等人也对王光明"现代汉诗"的"本体诗学""问题诗学""现代汉诗史建构"有多角度论述。洪子诚、姜涛、张桃洲等学者对王光明"现代汉诗"史述存在的"理想主义""本质主义"倾向提出商榷。张松建、翟月琴、张晓文、董炎等概括奚密"现代汉诗"研究的"边缘诗学""中国主体性""四个同心圆"方法论和整合广大华语地区的学术视野，勾勒奚密为"现代汉诗"的革命精神一辩的理论立场，肯定了奚密对"影响-反应"论的超越和中国主体性立场的强调。洪子诚则对奚密"现代汉诗"研究中存在的非历史化倾向提出商榷。

反思"新诗"唯新情结,希望借由"现代汉诗"这一更加平和中正的概念使诗获得文类秩序的稳定性;而奚密则肯定"现代汉诗"草创阶段的革命精神,"试图找到中国现代诗人如何借鉴西方资源,进而建构现代汉诗自身的独特形式"。[1]王光明和奚密都重视"现代汉诗"概念整合海内外现代汉语诗歌的涵纳性,但他们的问题意识却各有差异,生成了错动而互补的诗学"当代性"方案。

  王光明的问题意识更多基于中国大陆的文化语境和诗歌进程。进入20世纪90年代以后,随着中国大陆社会和文化的转型,反思现代性成了重要的学术议题。不少新诗研究者意识到,内化现代性无限向前的直线时间观,新诗的"唯新"情结将使其无法在文类的象征秩序上走向稳定和成熟。因此,以现代汉语为标识的"现代汉诗"出示了将母语置于新诗优先性地位的研究进路。王光明认为"现代汉诗"对"新诗"的反思"不是给定的,而是生成的",它追问的是新诗的展开如何既坚持现代性,又反思现代性;既坚持"对非常情绪化的五四'新诗'革命的反拨"和反思,又反对以凝固的"古典性"来反思现代性。[2]换言之,即坚持在现代性内部反思现代性,"从现代汉语出发又不断回到现代汉语的解构与建构双重互动的诗歌实践中去";"正视中国现代经验与现代汉语互相吸收、互相纠缠、互相生成"。[3]反思新诗难处在于如何站在现代性困境的内部继续推进现代性。因此,这种问题意识使王光明将"现代汉诗"视为一场未完成的探索:"它面临的最大考验,是如何以新的语言形式凝聚矛盾分裂的现代经验,如何在变动的时代和复杂的现代语境中坚持诗的美学要求,如何面对不稳定的现代汉语,完成现代中国经验的诗

---

[1] 刘奎:《"现代汉诗"的概念及其文化政治——从奚密的诗歌批评实践出发》,《世界华文文学论坛》2019年第2期。
[2] 王光明:《中国新诗的本体反思》,《中国社会科学》1998年第4期。
[3] 王光明:《中国新诗的本体反思》,《中国社会科学》1998年第4期。

歌'转译',建设自己的象征体系和文类秩序。"①王光明的"现代汉诗"理论令人想起本雅明对弥赛亚时间的建构,意识到现代性的危机,那种不可逆的直线时间所催生的凝聚困境,本雅明在深刻地揭示了机械复制时代艺术作品审美逻辑的转型之后,致力于在现代性的时间中召唤一种弥赛亚的神学时间。②某种意义上,王光明乃是在意识到新诗不可逆的"唯新"性所带来的减损效应,便寻求以"现代汉诗"凝聚性的诗学时间补足"新诗"的直线时间。

王光明的"现代汉诗"研究,以本体诗学和问题诗学二特征最为显豁,后续回应最众。所谓本体诗学是指对现代汉语和相对稳定的诗歌文类秩序孜孜不倦的探求。后继者如张桃洲的《现代汉语的诗性空间——新诗话语研究》③阐述现代汉语与古典汉语的差异性如何影响着现代汉诗的诗性空间,论之甚详,令人信服。20世纪以来,关于现代格律诗的探讨不绝如缕,这些诗歌本体研究也多获得了一种重"声"而轻"律"的思维,如李章斌以为"不可能强求诗人去构建一些公共的、明确的形式规则",④而只能去思考种种个体化的韵律;李心释则揭示"声、音、韵、律诸概念之间的差异",对此缺乏辨析,"以致既有人钻进格律陷阱重新自缚手脚,又有人完全抛弃诗歌的声音追求,在歧路上徘徊"。⑤王光明的研究反对锁定历史,提倡开放历史的问题空间,这种问题化的研究方式,为越来越多诗学研究者所共享。有论者就认为"以新诗发生与发展过程中的'诗学

---

① 王光明:《现代汉诗的百年演变》,第639页,石家庄,河北人民出版社,2003。
② 见胡国平《弥赛亚时间的建构》,《文艺理论研究》2012年第10期。
③ 张桃洲:《现代汉语的诗性空间——新诗话语研究》,北京,北京大学出版社,2005。
④ 李章斌:《韵之离散:关于中国当代诗歌韵律的一种观察》,《中国当代文学研究》2020年第3期。
⑤ 李心释:《诗歌语言中"声、音、韵、律"关系的符号学考辨》,《江汉学术》2019年第5期。

问题'作为基本导向,在呈现自身'问题意识'的过程中,不断唤起'读者'的'问题'理念"[1]乃是近年新诗史研究的新范式。

美国的奚密教授使"现代汉诗"研究获得了内部的张力和对话性。奚密的问题意识来自:1. 为现代诗一辩;2. 为汉语新诗一辩。前者来自更加庞大的古典诗歌研究传统的压力,后者则来自欧洲文化中心主义的压力。奚密强调古典汉诗"在汉语里的长期积淀意味着其美学典范的自然化和普世化",[2]但"现代诗"构成了自成一体的美学典范,其独立性必须被充分意识到。奚密研究有一重要的论辩对象来自宇文所安——注意到他作为研究中国古典诗歌的汉学家身份绝非没有意义。1990年11月19日,宇文所安在《新共和国》发表了一篇关于北岛诗歌的评论文章《什么是世界诗歌?》。宇文所安的文章并未迅速在国内产生回应,然而却引起了海外汉学研究界很多批评的声音。"针对这篇书评影响最大的早期回应是奚密的《差异的忧虑——一个回想》,[3]直到2006年大陆才由《新诗评论》刊出此文,同期还译介了宇文所安发表于2003年的另一篇文章《进与退:"世界诗歌"的问题和可能性》。《什么是世界诗歌?》的偏见和洞见同在:文章以北岛为例,揭橥想象的"世界诗歌"背后的不平等文化权力秩序,嘲讽那些提供透明的"地方性"以加入"世界诗歌"的精心迎合之作。宇文所安本意在切入20世纪末世界文化政治的症候:"我们看到一个奇特的现象:一个诗人因他的诗被很好地翻译而成为他

---

[1] 张凯成:《作为方法和研究范式的"新诗史"》,《江汉学术》2020年第3期。

[2] 奚密、翟月琴:《"现代汉诗":作为新的美学典范》,《世界华文文学论坛》2019年第2期。

[3] 见〔美〕宇文所安:《进与退:"世界诗歌"的问题和可能性》,洪越译,田晓菲校,《新诗评论》2006年第1辑,北京,北京大学出版社。原载《现代语文文献学:中世纪与现代文学研究集刊》(Modern Philogy)2003年5月号,芝加哥,芝加哥大学出版社。

自己国家最重要的诗人。"[1]但是，却不可避免地陷落于"东方主义"的陷阱：宇文所安将北岛的诗歌地位跟翻译绝对地关联起来，暗示了在其评价尺度中，中国的本土性因素被置于无足轻重的地位。此外，宇文所安反对"世界诗歌"文化政治催生的怪象，却不自觉地袭用了其背后的"世界／地方"逻辑，将中国诗歌区分为价值失重的两端："犀利、机智；充满了典故和微妙的变化"的古典诗和"脱离历史""文字可以成为透明的载体，传达被解放的想象力和纯粹的人类情感"[2]的新诗。基于顽固的"东方主义"思维，西方学界（不仅是汉学界）总是把中国想象成伟大的古典中国和不断贬值的、作为西方劣质模仿品的现代中国两部分。对本质化的静态"中华性"的深描中包含了对现代中国文化主体性的无知和傲慢。不妨说，奚密的学术工作是在欧洲中心主义的偏见世界中为现代汉诗的合法性论辩。多年来，奚密致力于向英语世界译介"现代汉诗"，与威廉·兼乐、宇文所安和郑敏等"现代汉诗"批评者论辩，孜孜不倦地为在现代社会中已居边缘的现代汉诗伸张文化主体性。

奚密的"现代汉诗"论辩置身于"世界文学"语境下第三世界文学挥之不去的身份焦虑之中，力求确认世界现代转型的普遍进程中多元现代性和现代中国文化主体性的可能性。奚密和王光明的"现代汉诗"建构恰好构成了"现代性"两个分题的合题：奚密以论辩的姿态确认非西方现代性的可能性；王光明则以反思的姿态确认非西方现代性自我反思和自我更新的努力。事实上，正是由现代性内部出发的现代性反思的持续存在，一种具有活力的非西方现代性

---

[1]〔美〕宇文所安：《什么是世界诗歌？》，洪越译、田晓菲校，《新诗评论》2006年第1辑，北京，北京大学出版社。原文宇文所安（Stephen Owen）："What is World Poetry"，载《新共和国》（New Republic），1990年11月19日。

[2]〔美〕宇文所安：《什么是世界诗歌？》，洪越译、田晓菲校，《新诗评论》2006年第1辑，北京，北京大学出版社。原文宇文所安（Stephen Owen）："What is World Poetry"，载《新共和国》（New Republic），1990年11月19日。

才会持续葆有活力。

回看"现代汉诗"这一概念的理论旅行：它产生于90年代初诗歌界对中国社会转型和文化危机的应对之中，由国内影响于海外，又经海外再影响于国内，兼容了差异化和错动的问题意识，反而具有了不可多得的理论张力。以诗学"当代性"生成的视角观之，一个新的诗学概念、命名、理论或话语并不必然就是"当代性"，生成"当代性"的要义在于新诗学所创造出来的理论纵深和思想共振。"现代汉诗"命题的理论纵深在于，它产生于90年代，却超越90年代而成为一个世纪的诗学命题；它产生于中国大陆，却成为一个扩展于海内外的世界性命题。换言之，"现代汉诗"的理论实质是如何看待现代性，如何面对现代性的产生和展开，如何面对非西方艺术在现代化与主体性之间复杂微妙而异常艰难的平衡。甚至可以说，自"新诗"革命以来，尚没有哪一个诗学命题的理论纵深可与之相比，即便是新诗史上大名鼎鼎的"朦胧诗""第三代诗""先锋诗"，它们都是一个时代的诗学命题，而不是一个世纪的诗学命题。因此，"现代汉诗"乃是"新诗"的当代性方案，既是新诗革命的反思，也是新诗建设的续航。

"现代汉诗"的理论旅行提示着，一种具有文化共振、张力和兼容性的理论才是具有活力的理论。事实上，即使我们不同意宇文所安的一些观点，但其某些问题意识却依然包含于"现代汉诗"的话语场之中。宇文所安认为国家文学体制及其文学史叙事排斥了现代的古典诗。这一对古典汉诗的推崇所衍生的对"现代汉诗"的批评后面则演变为要求拓宽"现代汉诗"的内涵。2009年，宇文所安的妻子和合作者——田晓菲的文章《仿佛一坡青果说方言——现代汉诗的另类历史》[①]被译介发表于国内，文章所指的"现代汉诗"内涵

---

① 田晓菲：《仿佛一坡青果说方言：现代汉诗的另类历史》，《南方文坛》2009年第6期。

并非习见的"现代汉语诗歌",而是"现代的汉语诗歌",由此"现代汉诗"这一概念包含了"现代汉语诗歌"和"现代的古典汉语诗歌"两个层面。虽然对"现代汉诗"概念的这种使用方式,并未获得更多共鸣,但要求重视现代社会的古典汉诗,却不乏同调者,近年甚至成为某种热门的研究。此外,关于"现代汉诗"的批评也来自少数民族文学研究界。"现代汉诗"这一命名本是为了规避"中国现当代诗歌"这一以民族国家文学名义进行全称判断的概念在面对少数民族语言诗歌时的乏力和窘迫,但依然被视为保护着民族傲慢和汉民族中心主义。[1]这些批评虽然并不完全成立,但批评的存在反而说明"现代汉诗"所激发的诗学辐射波的存在,印证了"现代汉诗"仍在继续它的理论旅行。无疑,"现代汉诗"理论既不为某一人所专美,也远不是已经完成的话语。要使"现代汉诗"理论具有真正的"当代性",就必须警惕其独断性和封闭性,已有的"现代汉诗"理论建构,完成了在"世界诗歌"语境中关于中华文化主体性的论辩和反思现代性背景下现代性如何继续推进的难题,但"现代汉诗"内部能否成为与西方现代主义诗学对话的当代"中国诗学",仍召唤着新阐释者和建构者。

四、20世纪90年代的文化转型与中国诗学"当代性"的追寻

"现代汉诗"这一概念在20世纪90年代初的提出,实质是现代汉语在当代诗学方案中地位的凸显,看似妙手偶得,却隐含着时代的文化无意识。讨论"现代汉诗"理论的"当代性",必须回到它产生的特定时代,考察其凝聚的时代意识,其所处的社会转型,以及其置身其中的诸多理论设计。此间,旧范式在新现实面前周转不灵而释放的文化焦虑,激发出种种"当代性"方案,获取诗学新的有

---

[1] 见姚新勇:《虚妄的"汉诗"》,《扬子江评论》2007年第5期。

效性。不妨说,"现代汉诗"与"90年代诗歌""历史的个人化""语言的欢乐""知识分子写作""叙事性""拒绝隐喻"等90年代诗学话语分享着同样的文化危机和诗学焦虑,甚至也不乏相近的问题意识和思想资源,但从当代性诗学生成的角度看,却是"现代汉诗"理论更深地切入了中国诗学的腹地。

且回到八九十年代之交的当代诗学焦虑的漩涡。关于时代转折带来的诗学震荡,欧阳江河这段话被引述甚多:"在我们已经写出和正在写的作品之间产生了一种深刻的中断。诗歌写作的某个阶段已大致结束了。很多作品失效了。"[①]这种断裂性体验为很多诗人所共享,"青年们的自恋心态和幼稚的个人英雄主义被打碎了";[②]"我的象征主义的、古典主义的文化立场面临着修正"[③];王家新说:"一个实验主义时代的结束,诗歌进入沉默或是试图对其自身的生存与死亡有所承担"。[④]八九十年代的社会文化转型一定曾予诗家们以满脑空白的眩晕,此间仍有秉持着痛苦的崇高姿态从80年代的精神高空继续俯冲进90年代的,如陈超,其完成于90年代的《生命诗学论稿》透露的已不再是80年代诗学顺流而下的神圣感,而是在荒凉戈壁继续神圣事业的悲壮感:

> 我在巨冰倾斜的大地上行走。阳光从广阔遥远的天空垂直洞彻在我的身体上。而它在冰凌中的反光,有如一束束尖锐的、刻意缩小的闪电,面对寒冷和疲竭,展开它火焰的卷宗。在这烈火和冰凌轮回的生命旅程中,我深入伟大

[①] 欧阳江河:《1989年后国内诗歌写作、本土气质、中年特征与知识分子身份》,《站在虚构这边》,第49页,北京,生活·读书·新知三联书店,2001。

[②] 西川:《答鲍夏兰、鲁索四问》,第242页,长沙,湖南文艺出版社,1997。

[③] 西川:《大意如此》,第2页,长沙,湖南文艺出版社,1997。

[④] 王家新:《回答四十个问题》,张桃洲主编:《王家新诗歌研究评论文集》,第448页,上海,东方出版中心,2017。

纯正的诗歌，它是一座突兀的架设至天空的桥梁，让我的脚趾紧紧扣住我的母语，向上攀登。①

陈超用充满诗意的语言描述了他在90年代初所感受到"倾斜"与摇晃，以及语言和生命诗学对时代地质板块碰撞的化解。生命诗学"所要涉入的精神领域，是现代诗歌与现代人生存的致命关系"。②存在主义与现代诗学的相遇并不始自陈超，80年代王家新便阐释了诗与生命之思的关系，对诗人而言，只有"与世界相遇的时刻，他才成为'诗人'"。③但是，与正在行进时代的文化交感赋予陈超的生命诗学前所未有的悲壮感。

置身90年代的入口，诗人与学人们深刻感到昔日的价值和话语在新现实面前苍白乏力，再继续挥舞着"主体性"和"启蒙论"的长矛与90年代商业社会的风车鏖战，不过是"堂吉诃德"式的不合时宜。因此，重探新诗学，重建诗的价值论和方法论已势在必行。此间，王光明的个案颇堪回味。王光明曾通过散文讲述罗兰·巴特《符号学原理》一书对于他90年代学术认同重建的意义："我多么庆幸自己读到了这本书。《符号学原理》在当时对我是一种拯救，让我明白了孤独的知识个体存在的意义。"④当80年代的文学话语及其建构的文学价值观终结之后，存在于90年代的80年代人就成了话语的亡灵，需要接受新的文学方法论的调度。"与法兰克福'批判的知识分子'不同，结构主义和符号学家罗兰·巴特并不把自己看做是一个

---

① 陈超：《从生命源始到"天空"的旅程》，张桃洲主编：《中国新诗总论1990-2015》，第82、83页，银川，宁夏人民教育出版社，2019。
② 陈超：《从生命源始到"天空"的旅程》，张桃洲主编：《中国新诗总论1990-2015》，第82、83页，银川，宁夏人民教育出版社，2019。
③ 王家新：《人与世界的相遇》，吴思敬主编：《中国新诗总系·理论卷》，第618页，北京，人民文学出版社，2009。
④ 王光明：《一本书的拯救》，《边上言说》，第23页，福州，海峡文艺出版社，2011。

用语言来改变世界的人,而是看做在语言领域中工作的人。"①对于典型的"80年代人"而言,用语言工作是为了批判并改变社会;当介入论被历史宣告失效之际,80年代人的悲剧感是可想而知的。此时,从结构主义者那里传来福音:"在语言中工作"才是知识分子更恰当的岗位。显然,正是罗兰·巴特那种"文本的快乐"的语言本体论重建了王光明的知识认同。90年代以后王光明从批评转向研究并在现代汉诗领域取得令人瞩目的成果,这里包含的从批评到研究的转型以及知识方法的转型显然是具有典型性的。

事实上,理解八九十年代诗学转折,必须从诗与社会关系之变化入手。"如果说,诗歌在1980年代很大程度上参与了那个时代文化氛围的营造(那些充满激情的书写与当时的理想主义文化氛围和审美主义文化观念是合拍的),甚至一度处于社会文化瞩目的'中心';那么在1990年代的历史语境中,诗歌与社会文化的关系开始变得若即若离,直至全然退出后者关注的'视野'。"②诗人身份因之也发生种种变迁:"从一体化的体制内的文化祭司,到70年代末至80年代末与'体制''庞然大物'既反抗又共谋又共生的文化精英,到90年代以来身份难以指认的松散的一群人。"③

诗人们在80年代的自我认同是先知和英雄,80年代诗歌在语言上是一场现代主义运动,但在氛围上却是浪漫主义的,诗由是被赋予某种超灵的属性。"诗之所以为诗,因为它属于理想。"④"诗人,我认为除了伟大他别无选择。……伟大的诗人乃是一种文化的氛围

---

① 王光明:《一本书的拯救》,《边上言说》,第23页,福州,海峡文艺出版社,2011。
② 张桃洲:《从边缘出发:范式转换与视野重构》,《中国新诗总论1990-2015》,第1页,银川,宁夏人民教育出版社,2019。
③ 周瓒观点,见洪子诚:《在北大课堂读诗》,第424页,武汉,长江文艺出版社,2002。
④ 金丝燕:《诗的禁欲与奴性的放荡》,《诗刊》1986年第12期。

和一种生命形式,是'在百万个钻石中总结我们'的人。"①这种关于诗歌和诗人的浪漫主义表述在80年代是具有社会共识的。曹丕谓文章为"经国之盛事,不朽之事业"。这种崇高意识在80年代诗歌中是广泛存在的,诗歌虽涉日常,仍在承担着时代、社会和民族。90年代初,诗人们最煎熬的是他们在新时代一脚踩空,不再是文化英雄,需要生成诗与社会新的契约。80年代韩东就提出了"诗到语言为止"的观点,但彼时并没有被普遍接受,只有进入九十年代以后,诗歌通过语言来落实社会承担的观点才获得普遍接受。因此,T·S·艾略特"诗人做为诗人对本民族只负有间接义务;而对语言则负有直接义务"②的观念在90年代以后的中国流传甚广,原因是"时代语境变了,诗人对语言和现实关系的理解也与过去不大一样了,诗正在更深地进入灵魂与本体的探索,同时这种探索也更具体地落实在个体的承担者身上"。③

90年代的诗学现场,"九十年代诗歌""个人化的历史想象力""拒绝隐喻""语言的欢乐""作为写作的诗歌""生命诗学""叙事性""口语写作""知识分子写作""民间写作"等命题,构成了诗学"当代性"新的设计和展开。90年代诗学命题虽纷繁复杂,但也不乏基本共识,并主要体现为对本体诗学、历史诗学、生命诗学、叙事诗学等目标的追求上。某一诗家重点阐释的诗学命题可能交叉回应着这几个诗学倾向;不同诗家对不同诗学命题的阐释,也可能交织在上述某一诗学追求中。如"九十年代诗歌"这一概念,作为一个诗学概念被提出来,在诗学上对于特定时间性的强调,不仅是为了给论述对象划定时间边界,更是希望捕捉和打捞特定时间中涌现的

---

① 欧阳江河:《诗人独白》,唐晓渡、王家新编:《中国当代实验诗选》,第132页,沈阳,春风文艺出版社,1987。

② 〔英〕T·S·艾略特:《艾略特诗学文集》,第243页,王恩衷编译,北京,国际文化出版公司,1989。

③ 王光明:《个体承担的诗歌》,《诗探索》1999年第2辑。

新美学经验,凝聚新的有效性。作为"九十年代诗歌"的重要阐释者,程光炜一再反对将此概念宽泛化从而弱化其问题意识。"九十年代诗歌"显然是程光炜显影90年代诗学"当代性"的装置,"九十年代诗歌"在他那里既呼应着本体诗学,也与"历史诗学"相重叠,强调"叙事性"则呈现了他及物性诗学的追求。

不难发现,90年代诗学"当代性"的展开,基本是以80年代为反思和对话对象的。程光炜等人所强调的"叙事性"中,包含着对"表现为'无限'的诗歌实验冲动和群体文化行为"[①]的80年代诗风的反思;而臧棣认为"在后朦胧诗的写作中,写作远远大于诗歌",[②]他试图缩小内容和思想在诗歌中的比重,彰显诗歌的语言属性。80年代那种无限扩张的文化主体性难以为继,就转化成90年代无限的语言主体性,历史介入被诗人转化为一场借由语言而展开的个人化的想象力展示。如此,臧棣才斩钉截铁地说:"90年代的诗歌主题实际只有两个:历史的个人化和语言的欢乐。"[③]90年代,重返语言的领地几乎成为最大的诗学共识。本体诗学的倡导者强调"语言的欢乐",其对语言的强调自不待言;"生命诗学"的阐释者也强调"让我的脚趾紧紧扣住我的母语"。被视为知识分子写作的欧阳江河、王家新重视语言,被归于民间派的于坚、韩东又何尝不把语言放在第一重要的位置。事实上,强调语言的自足性,将对诗歌语言本体的专注视为最高使命的"纯诗"话语既非始于中国,更非始自90年代,纯诗化与大众化的论辩已构成20世纪新诗史重要的诗学线索。90年代初,文化焦虑所产生的诗学转型,使语言成了诗学的最大公约数,母语成了诗人最基本的写作共识。80年代中国知识界流行萨特,90年代改宗罗兰·巴特,这在中国大陆是具有症候性的转变,从主体论到

---

① 钱文亮:《1990年代诗歌中的叙事性问题》,《文艺争鸣》2002年第2期。
② 臧棣:《后朦胧诗:作为一种写作的诗歌》,《文艺争鸣》1996年第1期。
③ 臧棣:《90年代诗歌:从情感转向意识》,《郑州大学学报》(哲学社会科学版)1998年第1期。

符号学的转变中,语言之于诗的作用也在某种程度上被神话化和绝对化:"许多诗人相信语言和现实是同一事体的正反面,两者是同构的。或者,语言是现实的唯一源泉""语言是比现实更高的存在领域"。①世界的语言化是对90年代文化转折所做出的诗学应对,显现于其间的自律性与先锋性重叠的甜蜜时刻不可能持续太久,"世界的语言化"就遭到了"语言的世界化"的强势挑战。90年代末的"盘峰论战"被视为"一场迟到的诗学理念的交锋",②事实上所谓的"民间派"诗人何尝不是知识分子,而所谓的"知识分子派"又何尝不是在民间。所谓的"民间"和"知识分子"所转喻出的其实是对诗歌自足性的不同理解,不妨说,"纯诗化"和"大众化"之争,在90年代的特殊文化语境中,化身为"民间写作"与"知识分子写作"的对垒。

必须指出,新概念与新话语并不必然生成诗学"当代性"。90年代的诗学建构,常以80年代为潜在对话对象,这意味着,它在超越80年代诗学的同时依然深刻地被80年代诗学所规定。90年代诗学的迷思之一在于,将"当代性"误读为绝对的"当下性",将彼时的"当下"视为尚未充分展开的未来的代表,因而将诗学时间分解为80年代和"后80年代"(或者"朦胧诗"与"后朦胧诗""新诗潮"与"后新诗潮")。将当下绝对化,由当下的危机出发展开诗学方案固然是重要的"当代性"意识,但将当下的危机置于多深的历史坐标,却决定了"当代性"具有多大的有效性。

结语:"当代性"如何生成?

90年代诗坛,郑敏对"新诗"的反思成为难以忽略的声音,原

---

① 臧棣:《90年代诗歌:从情感转向意识》,《郑州大学学报》(哲学社会科学版)1998年第1期。
② 陈超:《个人化历史想象力的生成》,第21页,北京,北京大学出版社,2014。

因在于，当大部分诗学观念以新时期以来的20年为尺度时，郑敏的反思[1]矗立于五四以来的20世纪历史长度之中。跳出了80年代以来的当代诗传统，郑敏质疑"关于汉语的前途，我们也仍未进行严肃的、有20世纪水平的学术探讨"，她回到五四，反思新文学运动背后那种破坏的、革命的语言方案乃"违背语言本性的错误路线"，这对"新文学创作所带来的隐性的损伤，只有站在今天语言学的高度，才能完全的认清"。[2]郑敏的反思迅速在学界激起层层涟漪，并成为90年代诗学进程中的重要节点。某种意义上说，郑敏的反思不仅关涉如何评价新诗，更关涉重估五四和激进现代性问题，其背后是文化保守主义和文化激进主义在90年代诗歌和语言领域的对垒。具体到语言和诗学上，郑敏认为古典诗和新诗存在于可沟通的语言传统中，向现代民族国家转型过程中的语言改造应"从继承母语的传统出发，而加以革新"，[3]而非彻底"推倒"传统。新诗领域，与郑敏商榷的最有份量的文章当属臧棣的《现代性与中国新诗的评价问题》，臧棣借用哈贝马斯的见解——"在黑格尔看来，现代性和现代文化无法也不愿从另外一个时代获取它所需要的准则。相反，它必须从其本身内部获得一切它所遵循的准则和基础"，[4]在他看来，新诗的评价标准同样只能从新诗史所形成的小传统中获得。

郑敏的文章深具历史视野，却欠缺了限度意识，故而其声音虽重要，却没有导向真正有效的"当代性"。所谓欠缺限度意识，是指

---

[1] 郑敏的反思文章主要包括《世纪末的回顾：汉语语言的变革与中国新诗创作》(《文学评论》1993年第3期)、《中国诗歌的古典与现代》(《文学评论》1995年第6期)、《语言观念必须变革》(《文学评论》1996年第4期)。

[2] 郑敏：《世纪末的回顾：汉语语言的变革与中国新诗创作》，《文学评论》1993年第3期。

[3] 郑敏：《世纪末的回顾：汉语语言的变革与中国新诗创作》，《文学评论》1993年第3期。

[4] 臧棣：《现代性与中国新诗的评价问题》，现代汉诗百年演变课题组编：《现代汉诗：反思与求索》，第87页，北京，作家出版社，1998。

郑敏不自觉地将古典语言传统绝对化，将其想象成一个无限的、可通约现代汉语的语言共同体，而忽略了不同的社会和语言将催生截然不同的诗意。强调现代汉语的独立性，并非拒绝在现代汉语和古典汉语之间构建共通的桥梁，而是要求要意识到任一方的限度。当现代汉诗被镶嵌进古典汉诗的伟大传统中时，"传统"确立，"现代性"（或"当代性"）窒息乃是必然的结果。当社会存在被"现代性"和"当代性"经验裹挟着滚滚向前，我们如何可能在一个凝固的"传统"秩序中安居？

将无限裂变向前的"当代性"安置进一个静止凝固的"传统"，这种思维返祖发生在现代和后现代理论修养极高的郑敏先生身上，让人感慨。郑敏先生的写作深受现代主义大师里尔克的影响，她对于弗洛伊德、德里达也有着极深的理解。如果不是有意无意将古典语言传统理想化，郑敏的很多诗学观点都理性厚重且充满洞见。这反证了"现代性"自身文化困境的深重，使郑敏先生终于也企图向祖先呼救："现在我的漫游已经走向自己的诗歌的故乡，中国古典诗，发现了汉语的魅力与古典诗词在用字、语法方面的灵活与立体性，超时空限制所形成的强烈艺术动感与生命力。"[①]无独有偶，将古典汉语作为现代主义解毒剂的另类后现代主义者不止郑敏，叶维廉先生也可引为同调。在《中国诗学》中，叶维廉反思白话现代诗深受印欧语系影响，定词性、定物位、定方向、属于分析性的指义元素的表意方式，反而把古典汉语"原是超脱这些元素的灵活语法所提供的未经思侵、未经抽象逻辑概念化前的原真世界大大地歪曲了"。[②]他所提倡的"中国诗学"，某种意义上是基于古典汉语特质的"中国诗学"。

事实上，郑敏和臧棣所代表的立场都不能生成真正有效的诗学

---

① 郑敏：《中国诗歌的古典与现代》，《文学评论》1995年第6期。
② 叶维廉：《中国诗学》，第6页，北京，人民文学出版社，2007。

"当代性",前者以古典诗歌传统裁定当代诗,其传统观的偏颇自不待言;后者秉持一种"新诗就是新于诗"的不断求新立场,同样无法使诗获得有效的凝聚。思维返祖不是发明传统,思维返祖显示了与"当代性"截然不同的时间意识:如果说"当代性"思维倾向于从当下区分出一种绝对的新质的话,思维返祖则倾向于将所有时间的神经末梢都理解为接受古老逻辑支配的无差异局部,由此一切新质都将消逝。只有坚持"现代性"内部反思"现代性",才能推进"当代性"的生成,而非将"当代性"的尺度悄然置换为"古典性"。但是,对"新"无条件的捍卫,其催生的"当下性"因复制了直线向前的时间而缺乏了与历史的对话和可交往性,因而也不是有效的"当代性"。这提示着在"当代性"生成过程中,历史意识和限度意识缺一不可。历史意识使我们意识到当下并不自足,当下内部必须设置与历史交往的通道;限度意识使我们意识到"传统"并不具有绝对通约性,"传统"被置身于限度之中新质才可能生成并被理论所捕捉。

"现代汉诗"及其"当代性"的生成提示着如下的理论进路:当代的问题化、问题的历史化和历史的诗学化。当代的问题化意味着当代问题不能仅被现象化处理,意味着提问方式从"是什么"向"为什么"转变,意味着现象背后的文化逻辑开始被审视;问题的历史化则试图在新问题和旧问题的谱系中辨认传承、转型与新变,在新与旧,传统与当代之间建立辩证尺度;但建立历史谱系还不够,文学理论的实质在于创造,所谓"历史的诗学化"意味着在历史与当下的勾连中为理论创造腾出空间。"当代的问题化,问题的历史化和历史的诗学化"的实质就是在历史和当下的现象中透析问题,在问题中发现普遍性,再据此发出创造性理论清越的声音。

由"现代汉诗"出发的研究,其主旨不仅在于对这一理论概念的辨认,也不在于对90年代以降诗学脉络的梳理,而在于当代中国理论的生成问题。新理论每天都在催生,但大部分不过沦为思想泡沫和话语呱噪，像众声喧哗时代的五彩气泡，不待升空就已破灭；小部分成为升腾于时代低空的气球和彩带，时间一过即被拆除。突破云层，成为宇宙空间中循着特定轨迹运行的星体，应是理论的理想。每一个时代成为星体的理论，便生成了其时代当之无愧的"当代性"，这种当代性，并不随生随灭，而具有不可更改的稳定性和物质性。

本文原刊于《当代作家评论》2021年第3期

"使用好你的渺小"
——臧棣植物诗的方法论问题

西 渡

臧棣最近出版了他的新作《诗歌植物学》。这是一本规模宏大的诗集，是诗人关于植物的诗歌全集，收入诗作291首，写作时间长达35年，涉及植物的数目与诗篇数目约略相当。书分三卷，第一卷咏花，第二卷咏树，第三卷则分咏入食、入药各类植物。书腰上说诗集"涵盖了日常生活中所能见到的全部的植物，是诗歌史上罕见的集中书写植物的诗集"。前半句语涉夸张，后半句却是实情。即使在农耕时代，中外诗史上似乎也找不到规模相当的同类个人诗集。与传统的植物诗相比，本书在主题、方法、风格、语言上都有令人瞩目的创新，可以说发明了一种具有鲜明的臧棣特色的植物诗学，或许应该说是臧棣诗学，因为其原理是普遍的，并不限于植物诗。无论从规模，还是从诗学意义的发明上看，这本诗集不但在臧棣个人创作史上，而且在当代诗史上兼有标程和标高的意义。本文拟对臧棣植物诗在方法上的创新加以分析，探讨其对当代诗歌的启示。

与同代人相比，臧棣是一个特别关注事物的诗人。臧棣的植物诗（还有动物诗），是这种关注的一个副产品，这种关注同时也浸润、养成了他的"小诗学"。近年来，臧棣在访谈和讲座中谈到其创作意图时，多次用到"为细小的事物辩护""用诗歌记录细小的生命"这样的说法。①其实，从小入手是臧棣很早——至少从1998年开始写作"协会诗"的时候——就形成的诗歌方法论。2003年，臧棣在接受木朵访谈时说："毋庸讳言，我是一个比较关注'小'事物的诗人。……20世纪90年代以后，我确实也在有意追寻中国古典审美中优异的那一面，小中见大。尤其是从更新当代诗歌的措辞系统上说，专注于'小'，可以避免许多大而无当。""诗歌应该尽可能关注事物细微的那一面，从容于'精细'，才能给我们带来'惊喜'。"②在其未刊诗论随笔《诗道鳟燕总汇》③中，臧棣从多个角度阐述了这一方法论。从诗歌文化的角度，臧棣认为："随着现代书写的兴起，诗的疯狂刷新了我们和语言的私人关系。倾向宏大叙述的历史诗学曾经极力否定和排挤诗歌书写中的这种语言的私人性。但随着诗的实践的深入，人们有一天也许会意识到，我们和语言之间的私人关系，是我们曾从现代的诗歌文化中获得的多么珍贵的一种财富。"语言的私人性在解构宏大的历史诗学的同时，又建构了一种倾向于日常经验和细小事物的个人诗学。从题材的角度，臧棣谈道："诗歌中从来就没有小事情。对诗而言，写到的东西无论多么细小，无论多么看起来无足轻重，无论多么边缘，它们都涉及我们的深邃，宇宙的秘密。""哪怕是最微小的事物都经得起思想的最大的反思。"在《诗道鳟燕》中他写道："诗的写作可以彻底颠覆小大之辩。正如布莱克说

---

① 见贾茹：《臧棣携新诗集来深 用诗歌记录细小的生命》（《深圳晚报》2019年7月24日）、许旸：《臧棣：写诗种菜，为细小日常的事物辩护》（《文汇报》2019年9月1日）等相关报道。

② 木朵：《臧棣："诗歌就是不祛魅"》，引自http://bbs.tianya.cn/post-books-26897-1.shtml。

③ 臧棣：《诗道鳟燕总汇》（未刊本，2016年9月14日整理）。本文引文除注明外皆出自此总汇。

的,一粒沙子里有一个宇宙。在诗歌中,看起来很小的素材,只要细心洞察,都会触及很大的主题。哪怕是一个杯子、一片树叶、一只蚂蚁,都能协调我们对存在的根本观感。……一首诗就是一本书。"①从体裁的角度,他为短诗辩护:"短诗的文学抱负甚至比长诗的文学抱负更强烈。短诗涉及一种诗的战略性的眼光。长诗往往沉溺于一种战术性的行动。短诗体现了一种微妙而伟大的决心:它敢于把诗写短。换句话说,好的短诗从来没有在诗的意义上短小过。长诗往往是短诗的缩影。而好的短诗绝不会是长诗的缩影。"从诗意的角度,他说:"在古典的表达中,诗意是有大小的。但在现代的表达中,诗意被突然取消了大小。从体验的角度讲,新诗的写作根源于大诗意。"诗意的大小在古典的表达中指向题材、主题的大小,乃至情感的等级,这种诗意的等级制在现代表达中被取消了,取而代之的是更新诗意的能力,也就是超越小大之分的、越界的诗意,臧棣称之为"大诗意"。从灵感的角度,他说:"很小的灵感,在写作中,常常会比巨大的灵感,更有益于诗人处理他的题材。"从技艺的角度,他把细节视为诗的根本,他说:"对于诗,一个细节就是一个小小的奇迹。每个诗人都在某种程度上继承了诗的一个信念:诗的细节是我们的奇迹。""诗的细节在本质上反映了诗的洞察的尺度""好的语言首先意味着一个巨大的细节""诗的细节即诗的窄门"。最终,在臧棣看来,这种对小事物的关怀事关诗歌的伦理,它不仅关乎我们与具体事物的关系,也关乎一种新的文化秩序的构建。对那种以题材、主题大小、篇幅长短划分等级的诗学观念的抵抗则关乎诗的文化使命:"诗只在乎秘密,不在乎大小。并且很显然,这构成了一种绝对的精神倾向。"很可能,这种精神倾向有望成为一种新的伦理学的基础。当这种伦理学来源于诗歌,成立于我们的感性,它将比那种思辨的、功能的伦理学更深入,更稳固,也更富于实践性。

---

① 臧棣:《诗道鳟燕》,第78页,西安,陕西人民教育出版社,2017。

这本《诗歌植物学》典型地体现了诗人从小入手的诗歌方法论。但臧棣的诗歌方法并非只有"小"的一面,也有"大"的一面。这"大"的一面,一方面固然是"小中见大",从小事物见出宇宙的秘密——这方面一些优秀的诗人也能做到,而真正见出臧棣非凡之处的是他通过无数"小"积累所达成的诗歌地理学现象。这方面臧棣的成绩在当代诗歌中可谓罕有其匹。臧棣至今已出版20多本诗集,每本都很厚重,创作之丰富令人赞叹。更重要的是,其巨量作品背后的整体性考虑。他说:"我偏爱对差异的观察,对世界的细节的捕捉,我认为这种对生活的细节的捕捉和描绘,是我们抵抗意识形态对生活的绑架,以及它对存在的遮蔽的最有效手段。""对那些瞬间的、偶然的、细小的、孤独的、奇异的、纯体验性的事物进行无限的呼唤,意在从细节、差异和尊严这几个角度肯定生存的可能性。而生活的可能性,实际上也是建立在对细节的尊严充满差异的观察和想象之上的。""几乎每首协会诗都闪烁着一个隐含的抵抗线索。"[1]这一诗歌主题学上的整体设计,只要我们深入阅读,是不难体会到的。与此相比,其结构上的整体设计更容易被忽略,也就是说,我们很容易把这些诗当作一首首单独的诗来看,而无视它们之间的联系,以及这种联系所成就的总体性。几乎出乎所有人意料,《诗歌植物学》到最后竟然是一部交响乐。阅读《诗歌植物学》,我想到的是现代诗史上两部伟大的总体性诗集:惠特曼的《草叶集》和聂鲁达的《诗歌总集》。有趣的是,在《诗道鳟燕》中,臧棣本人也谈到了其系列诗的总体构思与这两部诗集的关系:"最开始,我是把《沸腾协会》作为一个'诗歌总集'来写作的。早年读聂鲁达的《诗歌总集》给我留下深刻的印象。……聂鲁达身上的'拉丁气质'和诗的热情融合在一起时,会散发出一种独特的开放的气息。惠特曼的《草叶集》,在我看来,也是一个带有'诗歌总集'性质的作品。"

---

[1] 臧棣:《诗道鳟燕》,第71页,西安,陕西人民教育出版社,2017。

"事情好像也很简单，有一天我踱到书架前，原来想去查证一个资料，但目光却被放在那里的《草叶集》吸引住了。于是我想，我也该写写我的诗歌总集了。这样，就有了《沸腾协会》里的那些协会诗。"①诗人说："在我的诗歌潜意识里，系列诗是对付长诗写作的一个比较有趣的方法。"② "像协会诗这样的系列，就是长诗的一种变体"，在这些短诗之间起到黏合作用的是一种贯穿始终且依赖并不断生成于与书写对象对话的"对世界的态度"，诗人"通过不断调整自己看待世界的态度，来挖掘世界的秘密，从而展现犀利的审美认知"，同时激发和释放"写作的即兴性"。③《诗歌植物学》比臧棣的其他诗集更具有"诗歌总集"的性质。当然，《诗歌植物学》"对世界的态度"、感知和书写事物的方法，与《草叶集》《诗歌总集》绝然不同。惠特曼、聂鲁达都是钟情于宏大书写的诗人，热衷于书写大江大河、大历史、大事件，风格上偏爱崇高、雄壮，往往雷霆万钧，气势磅礴（也因此缺少细节的魅力），与《诗歌植物学》"记录细小的生命"的初衷相距甚远，但从最终的诗学效果看，《诗歌植物学》与《草叶集》《诗歌总集》一样，构造了一种巨大的、不容忽视的诗歌地理学现象。某种程度上，我们可以把臧棣称为微积分的惠特曼。臧棣的个人诗学同时应用到"微分"和"积分"的方法。臧棣同样有他关于诗歌的宏大想象和总体设计，但他在方法上倾向于把他的宏大想象和总体设计先行"微分"，从小的题材和主题切入："我发现我经常在做的事情，就是要将很厚的传统打磨得很薄。厚的东西很少能触及具体，但薄的东西却可以轻盈地触及具体。薄得像蝴蝶的翅膀，将具体的东西变成细节的舞蹈。"然后，他通过"积分"的方法建构一个微观的宇宙，创制一种芥子纳须弥的诗歌奇迹。在《诗歌植

---

① 臧棣：《诗道鳟燕》，第80页，西安，陕西人民教育出版社，2017。
② 臧棣：《后记》，《沸腾协会》，第65页，桂林，广西师范大学出版社，2006。
③ 臧棣：《诗道鳟燕》，第78页，西安，陕西人民教育出版社，2017。

物学》中,"微分"的单位是每一种成为书写对象的植物,其极限则是词语,再通过这些细小单位的"积分",成就一种别样的诗歌地理学。这一数学原理的诗学应用在臧棣这里变成了一种新的诗学视野,并从中延展出新的诗歌地平线。这也是《诗歌植物学》具有特别的诗歌史意义的原因。从小入手不仅是整本诗集的基本方法论,也渗透于其具体诗作的主题,以至深入到词语层面。试看下面的诗例:

> 与其说它是为你而生的,
> 不如说它是为你而来的:
> 为报答你,在这晦暗的尘世中
> 并未错过它奇异的卑微
>
> ——《金莲花简史》

> 在高高堆起的脏兮兮的回收物中,
> 她养护的雏菊美丽惹眼,
> 像一首首无声的圣歌;看上去
> 与她的身份严重不符,却构成了
> 卑微的生活中最深奥的秘密
>
> ——《雏菊简史》

> 它们的死里,有一种说不出的轻微。
>
> ——《穿心莲协会》

> 比温柔还玲珑,将每一朵白花
> 都开得那么细小,
> 假如我仍不习惯低下头,
> 如何才能抓住那无暇的重点?
>
> ——《满天星简史》

> 表面上，它用它的矮小，
> 降低了你的高度；
> 但更有可能，每一次弯下身，
> 都意味着你在它的高度上
> 重新看清了我是谁
>
> ——《人在科尔沁草原，或胡枝子入门》

> 使用好你的渺小，利用好你的孤独
>
> ——《香樟树下》

植物安静于它的小，并以它的小镇定我们躁动的野心。这些关于小的智慧都是在人与植物的相遇和对话中，由细节激发出来的新颖的、活力四射的主题，它也是主题和方法的统一。就像诗人在《茼蒿简史》中写的："信任必须源于细节。"或如他在《诗道鳟燕总汇》中说的："在诗歌中，有一条道路叫我思故我在。在诗歌中，有一种境界叫我诗故我在。在诗歌中，有一种欢悦叫我湿故我在。"在这里，诗的主题并不先于诗，它产生于诗写的过程，产生于人与诗与书写对象彼此进入的欢悦——这个过程既是彼此失身的过程，同时也是彼此附身和赋身的过程。作为发现诗学的身体力行者，臧棣相信，产生于这个湿润过程的主题才值得信任。在臧棣的诗学中，诗始终是动词，一个不断越界的动词，"诗其实不是诗，而是一件特别的事情。诗作为一件事情的含义是，在生存的历程中，你需要认真用生命去处理一些东西……（现代诗的）文学目标是要将我们的生存经验引向更强悍的自我塑造"。[①] "一种隐秘的敬畏：诗人是诗的作品。表面上，似乎不容置辩的，诗是诗人的作品。但就创造活

---

① 臧棣：《诗道鳟燕》，第138页，西安，陕西人民教育出版社，2017。

动的本质而言，我们也需要逼近另一种洞察：诗人其实是由诗塑造的。"近日，诗人还在朋友圈发过一条消息："在人和语言之间，诗是一项伟大的运动。"而作为名词的诗、已成的诗，在诗人看来，都可能是对作为动词的诗的反动或反面。

　　从用词的角度，臧棣偏爱用细、小、微等词语来状物拟人。既然写小事物，强调细节，这样的语言习惯并不特殊，我所说的词语层面的影响并不是指此，而是指诗人的方法论迫使大词小用，以大为小服务。这种用法明显地体现在他的诗歌标题中，众多细小事物通过与"协会""丛书""简史""入门"等大词或抽象的词汇进行似乎并不协调的搭配，来"伸张它们的生命主权"。[1]在臧棣笔下，"宇宙""真理"这样的大词也在不同寻常的搭配中，缩小了它们的身形，降低了它们的身段。譬如，在这样的句子中，"而我现在，心细得就像一根断弦。／养得这么好，一定懂政治，／于是，植物的礼貌就有了宇宙的深意"（《金色的秘密丛书》），"政治""礼貌""宇宙""深意"这些词语在诗的语境中改变了其固有的意义和那种骄傲的姿态，变得亲切，如欲俯身亲人。再如，"向阳坡上，细长的枝条钓向／你的心池，我敢打赌／它的面积甚至不小于／我们见过的任何一座天池"（《黄刺玫入门》），由于诗的语境，由于"心池""天池"的牵手，"天池"也变成了微缩景观，陈列于我们的心眼前。又如，"神圣的理由早已小得像蜗牛的口型／对不上黑缘红瓢虫的口号"（《银杏的左边简史》），"神圣"与"蜗牛的口型"，"口号"与"黑缘红瓢虫"的搭配，抽去了这些大词的意识形态和道德评判之梯，让它们回到地上，站到细小的事物一边。"除非我从一开始／就不害怕更大的麻烦，／声称此处已是人类的尽头"（《琼花的逻辑入门》），"人类的尽头"在海子的诗里带有强烈的悲剧色彩，结合于一种崇高、悲壮的风格，但在臧棣笔下被此地化、日常化了。也有反用的

---

[1] 臧棣：《诗道鳟燕》，第9页，西安，陕西人民教育出版社，2017。

例子，把小的事物夸张地放大，达到为小者辩护的效果，例如，"一个词，正从卷起的舌尖跳下，／狠狠撞向牙齿的白悬崖。"（《加利福尼亚的棕榈入门》）这也是诗的魔术的一种。下面我从《诗歌植物学》中摘录了部分包含"宇宙""真理"的诗句，大家不妨通过这些例子继续品味臧棣这种大小之变的魔术：

安静的颜色中，唯有杏黄
比影子的真理还顽固。

——《银杏入门》

就好像有些草木
生来就属于真理

——《韭菜简史》

凡乐观主义者能想到的真理，
它们都会给出一种形状。

——《蘑菇简史》

它把自己能把握的真理
都献给了单纯的事物。

——《蓝靛果丛书》

和它们有关的真理
始终是朴素的，就像一道篱笆
最终能否成立取决于附近
永远也不会有大象出没。

——《紫叶小檗简史》

将它们混入枸杞后,又把宇宙的影子
慢慢加热了十分钟

——《山茱萸协会》

它们的倾斜,沿凛冽的坡度
造就的集体之美,在我们中间
加深了宇宙的挽留。

——《岳桦树丛书》

我担心宇宙会给我穿小鞋。

——《暗香学丛书》

沿内心的花纹
重现宇宙的萼片

——《铁线莲学会》

有时,我仿佛面对过整个宇宙。
有时,即使面对整个宇宙
也不如面对一株安静的海棠。

——《垂丝海棠》

臧棣的这些植物诗在构思上并不遵循统一的模式,其写法也不能以"以小见大"一言以蔽之。其中的出色之作,都有其进入题材和主题的独特角度,构思迥异,想象力的姿态也各不相同,令人有繁花满目之感。要说这些诗在写法上的共同之处,那就是其诗思的推进绝不单一依赖叙述、抒情或沉思,而体现了一种综合的特点,观察、想象、沉思、经验、情感、知识、语言都参与其中,在这些元素的对话、共舞中营造出色的文本效果,编织出一种复杂的语言织体。如果我们把想象力看作推进诗思的基本机制,也可以说,臧棣的想象力具有这样的特点,它能够把观察、沉思、经验、情感、语感、节奏感凝聚成一种复合的燃料,并借此极大地提高它们作为单一成分时的燃烧效率,从而发明迄今为止最高效的诗歌推进器。在新诗史上,郭沫若的想象主要依赖情感,卞之琳在想象中引进了感觉、沉思和微妙的语感,艾青在想象中引进了观察,穆旦则在想象中引进了智性和经验。当代诗人中,海子的想象偏于情感,骆一禾的想象兼有情感和理智的成分,同时引入了独特的时间和历史意识,戈麦也兼有情感和智性的特点。显然,臧棣的想象综合了最丰富的元素,同时具有极好的平衡能力,可以说配备了最齐全的诗歌工具箱。这种能力既体现在写作的持续和丰富,也体现在其海量文本的良好平衡性上。

在谈到90年代诗歌的审美特点时,臧棣曾经指出:"90年代诗歌完成了一个极其重要的审美转向:从情感到意识。换句话说,人的意识——特别是自我意识,开始成为最主要的诗歌动机。许多变化都与此有关。比如风格很可能形成于一个诗人对语言的节奏的某种偏执,而不再是对文学的表达程式的某种熟识。主题重要性也相对变得次要了(约·布罗茨基即说过俄国诗不是主题诗——而我以为今后相当一批中国诗歌也不再会是主题诗)。"[1]以上述论断反观臧棣的诗作可谓恰如其分。臧棣植物诗的写作动机、诗思的推进机制都不是典型的主题诗,"丝丝入扣却唯独不扣主题"(《抒情诗》)。如果非要概括这些诗的主题,也可以说不断变化、转向、始终处于形成中的自我意识,才是这些诗的主题。从主题(情感、经验、感觉)的诗转向意识的诗,可以说是当代诗的又一次解放。与袁可嘉以意识最大化为诗的追求目标不同,臧棣追求的是意识的最活跃、最流

---

[1] 臧棣:《90年代诗歌:从情感到意识》,《郑州大学学报》(哲学社会科学版)1998年第1期。

动、最摇曳。小说家康赫认为，从表现的对象看，臧棣和普鲁斯特有一种神秘的相似，他们都倾心于表现人的意识状态，而且这种意识状态几无边界，具有无限可能；李洱则认为臧棣更接近乔伊斯，作家的意识可以渗入所有的事物和经验。[1]两位小说家的观察越过了文类的界限，把握到了臧棣诗歌的精髓，特别值得我们重视。

在臧棣看来，诗歌是"人类能力的体现"，是"用语言追忆到的人类的自我之歌"，[2]而活跃的自我意识正是人类能力显现的方式，也是人类自我之歌最难定调的晦暝时刻。同时，它又是一种强力的自我塑造和生命能量的激活和释放。或者说，在一个后行动、反行动的时代，生命的强度正是由意识的活跃和丰富的程度来定义的。臧棣的意识无时不在活跃状态中，生活中是如此，写作中更是如此。在我们的意识处于慵倦、休眠、停滞时，他的意识却在不断地攀高、扩张，浸染它所接触的任何事物。正因如此，不断激活和演化的意识让臧棣能够把普通、琐屑的题材，诸多日常的事物统统变成诗的对象。作为诗人，臧棣似乎无所不能，没有什么事物、事件不可以成为诗的题材，但同样醒目的是，这些事物、事件很少成为直接的主题。事实上，这种无所不能在主题诗的写作中几乎不可能。主题诗的写作在高潮之后往往面临漫长的不应期，无论作者的才华如何卓绝——瓦莱里、里尔克可称为这类诗人的原型，冯至、卞之琳可看作它的中国版本。因此，诗人的写作总是断续的，或者勉强维持写作的习惯，却以降低文本的水准为代价，如在白居易、陆游、雨

---

[1] 康赫的说法来自2022年1月9日康赫与笔者的谈话。李洱的说法来自2022年1月10日李洱在"白鲸文丛第二辑"诗集分享会（雍和书庭）上的谈话。李洱认为臧棣更接近乔伊斯的原因在于他和乔伊斯都表现意识的当下状态，而普鲁斯特表现的是记忆。从对世界和事物的态度看，我更倾向于康赫的说法：臧棣和普鲁斯特的摇曳长句都出自写作主体、语言对世界和万物的爱恋。

[2] 臧棣：《假如我们真的不知道自己在写些什么……——答诗人西渡的书面采访》，肖开愚、臧棣、孙文波编：《中国诗歌评论·从最小的可能性开始》，第268页，北京，人民文学出版社，2000。

果的写作中，很大一部分作品已退化为日常生活的记录。意识的诗对这样的写作是一种救赎。当然，它仍然有赖于诗人的诗歌能力——意识的丰富和活跃。前已说及，比起已成的诗，臧棣更关注动词的诗。实际上，动词的诗且只有动词的诗，才是保存和延续人类诗性能力的思维体操，而动词的诗是要以意识为燃料的。对于一般的诗人，这个意识燃料的库存是有限的，在经过连续的消耗后，需要时间来补给；但对于臧棣，其库存似乎是无限的，甚至它燃烧得越猛烈，其自然的补给越充分。这种库存和补给的秘密是什么，我们并无多少了解，我姑且名之为天才，并对它保持敬意。

臧棣认为，人类诗性能力的核心是"神化事物的能力"，而这个"神化事物的能力"正是臧棣意识活动的中枢。这是他作为诗人的根本特征。在我们同时代的人物中，在意识的强度上也许有可以与他匹敌的，但是就"神化事物的能力"而言，他无疑是跨越世纪的王者。他说："对事物的神秘观感，是人类最基本的风格意识。我曾把自己描绘成一个反神秘主义的神秘主义者，或许，这是一种恰当的自我写照。"[①]诗人这种"神化事物的能力"为我们不断在日常中遭遇这些神秘提供了契机。譬如，在《雏菊丛书》中，一位收破烂的老太太在高高堆起的回收物中养护的雏菊，在诗人的眼中"像一首首无声的圣歌"，"构成了卑微的生活中最深奥的秘密"；在《杨梅简史》中，"手里拎着一大袋杨梅"把一位灰白头发的父亲变成了星外的信使，"剩下的路途是以星光为单位的"，"他距离美丽的土星还有八百三十六天的路程"；在《百香果》中，诗人形容百香果的"百香"时说："你有一个好听的名字／就像是一口井里／一下子掉进了一百只猫。／那里，它们狂乱的嗅觉是一部歌剧"，视觉、听觉、嗅觉在短短几行诗里打成一片，让我们充分领略到想象在感觉领域里

[①] 臧棣：《假如我们真的不知道自己在写些什么……——答诗人西渡的书面采访》，肖开愚、臧棣、孙文波编：《中国诗歌评论·从最小的可能性开始》，第270-271页，北京，人民文学出版社，2000。

飞行的景象；在《绣球花丛书》中，绣球花丰满得如同生活的乳房的形象，让叙述者获得了"轮回"的视野，"从里面向外转身"，辨认生命的奥秘；在《剥洋葱丛书》中，从"剥着，剥着，竟然把人给剥空了"，到"剥洋葱剥到的空无／恰恰是对我们的一次解放"，经历了一个神奇的转化；在《一串红丛书》中，废墟中绽放的一串红构成了历史的一个例外，这也构成了臧棣植物诗独特的魅力，并与传统对象化、主题化的咏物诗拉开了距离。更多的时候，诗人用一个神奇的比喻、一次想象的跳跃、一个精确的细节，就把我们带入非凡的、神秘的境界。不妨略举数例：

  地球就没梦见过它自身
  是一颗硕大的深蓝色栗子？
——《栗子简史》

  花头即佛头，才不管大小
  合不合塞窄的比例呢；
  如此，洁白的小花瓣就层叠在
  一个紧密的依偎中，向你示范
  精灵们是如何巧妙隐身
  在我们周围的
——《雏菊丛书》

  香菜和百合
  摆放得如此挨近，就好像我身体里
  有一只你爱抚过的兔子
  正温柔地注视这一切。
——《香菜简史》

我想到一个词，蜜蜂就吃掉一个词——
它们像是刚打败了精灵，
甚至有办法吃掉我仅仅想到
但还没说出口的词。

　　　　　　　　——《源于琼花的烟花学丛书》

暴风雨的考验对我们而言
有时仅仅是比喻；对它们来说，
必须是颀直的竹竿像一把钢刀插进去，
稳住大地的摇晃

　　　　　　　　　　——《佘山竹影简史》

浑身疲惫，看上去像是刚从银河深处
潜泳归来

　　　　　　　　　　——《野豌豆简史》

整个世界安静得犹如
一个侍者，捧着从花心
直接递过来的果品，请求你
暂时离开你自己一小会儿。

　　　　　　　　　　——《秋红入门》

它放任成对的山雀在它的阴影里
将热带的声音折叠成
一把透明的小椅子。解决了
那些该死问题后，你也不是
绝对没有机会坐在上面。

　　　　　　　　　　——《木瓜灯协会》

美丽高大的楸树安静得

就像黄昏时的一座马厩。

它们发散出的植物的气息

也恰似一群马颠跑着,在我的脑海里

按摩你的影子。

——《楸树入门》

  这种效果,用《铁线莲协会》中的比喻,就像是用力掷出的骰子神奇地变成了闪烁的星辰。臧棣曾以"诗歌就是不祛魅"作为2003年一个访谈的标题,其中他说道:"说到诗歌与现代的祛魅之间的关系,我的看法是,诗歌就是不祛魅。也不妨说,伟大的诗歌都坚持了这一传统。"[1]所谓"不祛魅",就是保持事物和存在的神秘性。他后来又在《诗道鳟燕总汇》中补充道:"当代诗确实面临着一个任务:把我们重新带回到存在的神秘之中。"这也是在工业、后工业时代的祛魅环境中坚持事物自身权利的一种努力。事物向人开放,但并非向人的理智、人的解剖刀开放,而是向互为主体性开放;面对解剖刀,事物有权利保持自己的封闭和完整。里尔克在1897年写道:"我如此地害怕人言,/他们把一切全和盘托出……过去和未来他们一概知道。"(《我如此地害怕人言》)人类这种攻击性的、有为的知识,很快变成对事物的伤害。为了保卫事物,诗人一方面像里尔克似的"使事物转化",用语言为事物营造一个存在之家;另一方面又使人转化,把那种有为的、衡量的、侵略性的知识让渡给一种无为的知识——"无知":"诗歌的诞生其实并不复杂,它起源于人类对自身'无知'的好奇。就是这种好奇,把人类对其境况和自身的神

---

[1] 木朵:《臧棣:"诗歌就是不祛魅"》,引自http://bbs.tianya.cn/post-books-26897-1.shtml。

秘感受变成了一种审美活动。""诗歌带给人类的最基本的乐趣之一,就是它能不断地在我们'已知'中添加进新生的'无知'……让我们欣悦于我们所能知道的事情,也让我们兴奋于我们所不知道的事情。"[1]里尔克说:恐惧造物。臧棣说:无知(无为)造物。这是两位诗人认知的差异,也是感受力的差异,它们既源自个体的差别,也源自各自传统的差别。

对日常事物、现象、经验的"神化",是一首诗的秘密,往往有诗人自己也难以解释的、来历不明的地方。在《咏物诗》中,臧棣写道:"每颗松塔都有自己的来历,/不过,其中也有一小部分/属于来历不明。诗,也是如此。/并且,诗不会窒息于这样的悖论。"过去,批评往往把它归于灵感;一些诗人则喜欢把它归功于自己的天才;现代批评更多地把它归于语言的贡献,骆一禾称之为"语言的超前性""诗歌语言的先验性",它是"诗歌向我说话"。[2]

也是他者向主体的进入。在臧棣的植物诗里,这个他者的范围扩大到了一直被无视的林木花草、水果蔬菜。骆一禾认为,语言的超前性联系于诗人的内在精神生活:"它是一种加速度,是为精神运作的劳动提供的速度驱动,它是精神活动逼近生命本身时,生命自身的钢花焰火和速度,这里呈现给我们以生命自明中心吹入我们个体的气息。"[3]语言的这种超前性在臧棣的诗中也多有体现,但骆一禾、海子在语言的超前性中往往强调精神活动的加速度,而臧棣则强调慢,在呼吸的调匀和平静的冥想中,让语言自己在主体退席和退让的情形下如涌泉一样汩汩而出。在这种情形下,诗人是一个挖井人,当挖掘的工作抵达一定的地层,泉水就会自己冒出。或许,在诗的意义上,某种慢就是快,某些快倒很可能是慢。

---

[1] 臧棣:《诗歌的封箱》,《青年文学》2006年第9期。
[2] 骆一禾:《美神》,《骆一禾诗全编》,第841页,上海,上海三联书店,1997。
[3] 骆一禾:《火光》,《骆一禾诗全编》,第852-853页,上海,上海三联书店,1997。

叙述视角的多样化，也是臧棣的植物诗在方法上的一个创新。在臧棣的部分植物诗中，植物是作为第一人称叙述者出现的，例如《薰衣草丛书》《柴胡简史》《桑叶简史》，这样的叙述角度完全颠倒了传统的物我关系，让我们从植物的角度去观察它们，同时也从植物的角度反观我们自身，从而对植物、人（自我）及其关系产生新的领悟。另一部分诗中，植物或自然作为第二人称的对话者出现，例如《雪莲简史》《芒果入门》《百香果》《红柳丛书》《琼花的逻辑入门》《骆驼草协会》《银杏入门》。在《蓝玫瑰》中，人称在第二、第一和第三之间持续转换，带来了另一种令人着迷的叙述效果。人和植物的关系在这些诗里处于"你和我之间"。对话使植物和人之间发生神秘的交换，坐实"花中有人，人中有花"。在《骆驼草协会》中，表面上毫无共同之处的骆驼草和诗人在对话中互相发现，骆驼草召唤出了诗人"身上的骆驼"，而诗人变成了"一匹诗歌的骆驼正走向一个假球（骆驼草）"；在《银杏入门》中，"你"受益于秋天的邀请，经历了"无名的丧失"，到最后身上有了树的味道，变成了"比我们更接近纯粹的人"；在《蓝盆花协会》中，"你"一开始对蓝盆花的习性是无知的，到后来蓝盆花"将你的头颅绽放成骄傲的花心""你身上所有的弯曲……都会被它用坚挺的草茎重新弄得直直的"；在《黑眼菊，或雌雄同体协会》中，自然的启示令"你"开始怀疑"我不可能是你"的教条。这类诗中，植物与人的"互为主体性"表现得最为充分，在其营造的情境中，植物的植物性和人的人性都发生了溢出，在诗的试管中化合为某种既不同于物性，也不同于人性的东西，也可以说，通过扩展彼此的"间性"，双方都开阔了存在的领域，"这相遇本身，就已构成一种命运的修剪"（《琼花的逻辑入门》）。当然，在大部分的诗作中，植物仍然以第三人称的他者身份出场。不过，这种出场并不取消植物的主体性，可以说诗人在每一首诗中都充分尊重了植物自身的物性，人和植物那种互相让渡的情形也没有消散。例如，在《橄榄树协会》中，少年的成长历程始终伴随植物的教育,"我的本能肯定被它粗糙的树皮惹毛过,/而它的芳香又是我的年龄的弹簧:/轻轻一按,我的飞翔/就会在它的枝条间找回全部的翅骨"。面对他的对象,诗人的姿态绝不高于它们——实际上,诗人往往处于比物更低的地位,面对植物的时候,他采用俯身、蹲下、跪下的方式:"你必须蹲下,才能看清/它的小花球像一个信念"(《马樱丹协会》),"我单膝跪地,但愿藏在你背后的精灵们/能看见我"(《百日红丛书》)。这种人称和姿态的调整,实际上是人与物的"距离的组织",体现了一种臧棣式的距离诗学。这种距离诗学是臧棣的"小诗学"的内涵之一,也是其方法论的内在要求:它把目光从远方收回到身体周围,从庞然大物转向细小的事物,从仰望转为俯视,从眺望转为端详。在臧棣看来,端详的目光同样能够发现宇宙的深邃奥秘:"从眺望到端详,距离的组织/甚至能沿内心的花纹/重现宇宙的萼片。"

行文至此,有必要回应一下对臧棣的一个老生常谈的批评,即臧棣被认为写作太过风格化,以致陷于自我重复。如果着眼于单个的文本,这样的结论也许有几分道理,但是如果从宏观的视野来考察,这种重复其实是其诗歌方法的内在要求。实际上,惠特曼的《草叶集》和聂鲁达的《诗歌总集》也不断受到同样的批评,但是如果硬要把所谓的重复从这两部伟大的诗集中抽去,那么"诗歌总集"就不可能存在。换句话说,方法、风格、主题,乃至修辞的某种程度的重复,正是"总集"的内在要求,也是其总体格局下的必要的修辞手段。这与一首诗以词句重复为修辞手段没有什么不同。在我看来,与其喋喋不休地议论诗人的重复,不如静下心来反思一下我们对重复的恐惧可能存在的偏见。也许,对重复的恐惧正源自缺乏总体性,以一首一首的、单独的好诗博选家眼球的小诗人心理,而针对重复的这类批评往往掺杂了小诗人的小心眼。对此,诗人曾做过自我辩护:"某种意义上,在已知的诗歌情境中,我们或许确实没法回答:诗和重复的关系,以及诗人的自我重复的问题。但我们也确实知道,魔鬼从不会重复自己,这也意味着,在我们面前,恶永远是新的知识。而天使只能重复天使。这差不多同样意味着,善是原始的知识。所以,诗的重复根源于一种原始的冲动。"这是智慧的辩护,但我认为,诗人的辩护不如植物的辩护更直接,更强有力。这个植物的辩护来自《狗尾草简史》:

世界上没有两片树叶是相同的;
尤其是,猫头鹰从茂密的枝叶中飞出
扑向思想的黄昏之时;而它们
则另取捷径,只热衷于彼此的混同。

至于能否算例外,随意到随你挑:
它们中间的每一株都很像相邻的另一株,
而另一株则将这碧绿的相似性
迅速传递到它的周围。

早期的无知中,它们仿佛也曾
靠数量取胜。这似乎有点原始,
以至于即便你是圣徒,也很难正确看待
这些阿罗汉草对同一性的热爱。

事实上,对同一性的热衷是植物的智慧之一。许多不起眼的小花小草,像二月蓝、薰衣草、马鞭草等,都是依靠同一性的积累而演变成壮丽的景观。这可以说是植物的"积分"精神。这也是有着总体性目标的大诗人所具有的精神,聂鲁达是如此,惠特曼是如此,臧棣也是如此。

本文原刊于《当代作家评论》2022年第3期

传统的接续与语境的更新

——新诗新时期以来对新古典写作的探索

吴宜平

新诗百年,以去古典化为开始,胡适首倡白话诗,他的诗集,也是中国新诗的第一本诗集,取名为《尝试集》,可见其推动新诗白话方案的决心,却也有对来路的忐忑。由此,古典诗歌的体例与形式、音韵与节奏等都不再成为新诗的规范,一切都失效了。废名在北京大学讲授"现代文艺"时认为,新诗应有"诗的内容,散文的写法",[①]并且注意到"新文学运动的成功,外国文学的援助力甚大",正因为受了外国文学的影响,"新文学乃能成功一种质地","即是由个性的发展而自觉到传统的自由,于是发现中国文学史上的事情都要重新估定价值了"。[②]可见,一方面,新诗诞生得益于西方由惠特曼开启的近代自由诗,它是随着现代主义的到来而占据重要地位的;另一方面,这种新旧诗歌语言系统的转型是自身个性发展的结果。

---

① 废名:《谈新诗》,第29页,北京,商务印书馆,2018。
② 废名:《谈新诗》,第98页,北京,商务印书馆,2018。

实际上，古典诗歌在新的时代语境之下，已经内外交困。从内部而言，古典诗歌在唐代达到高峰之后，随经典而来的模式化与凝固化、语言的陌生化与意义的流动性、对万物的命名能力、同一主题书写的重要性等方面都在衰退。从外部来说，与古典诗歌相对应的语境已不复存在，也即与之相配套的农耕文明被新的工业文明取代之后，那种词与物之间的对应关系开始瓦解失效。

去古典化确实是矫枉过正，但以中国人固有的中庸思维，不下猛药，怕也无济于事。去古典化与新文化运动的目标是一致的，那就是建立与现代相匹配的文化观念、思维方式。在那之后，新诗以中国现代语境为内容，西方现代主义方法为参照，其现代性诉求也成为百年历程中最主要的方向。但对古典诗歌的回望与承接也一直是一条重要的隐线。从20世纪20年代开始，就有诗人不断尝试古诗今译，郭沫若的《采耳集》即是代表。这种回溯与融合一直持续到当下，例如2018年梁晓明出版了《忆长安：诗译唐诗集》。80年代，张枣在自己的诗中重新关注古典意境的营造后，怎样承接古典传统成为越来越重要的一个主题，特别是进入21世纪以来，这甚至成为最让人期待的方向之一。其后，肖开愚、柏桦、朱朱、杨键、陈先发、沈方、苏野、飞廉等人都在这方面做了不少有价值的探索。正如江弱水重新注视古典诗所具有的现代性价值，"对于中国古典诗这一辉煌的传统来说，立足于现代诗学而加以新的解释，以寻找一个使这份宝贵的遗产在新的语境里转生的契机，更有着迫切的需求"，[①]新诗也在现代语境中试图重新接纳与整合古典传统。

本文主要围新时期以来新诗新古典写作的几种思路，阐明新古典写作与新诗现代性的内在关系、在当下取得的成果，以及它带来的可能性。

[①] 江弱水：《绪论》，《古典诗的现代性》，第2页，北京，生活·读书·新知三联书店，2017。

一、古典话语体系的失效

无论是《文心雕龙》《诗品》,还是《沧浪诗话》《随园诗话》这些古典的诗文批评论著,由于身在此山中的缘故,其目光总体上都是从古典诗歌内部对诗文加以品评辨析。今天,我们则可以做一个更完整的回望,也就是重新思考古典诗歌与传统时代之间的关系,重新思考古典诗歌的根基和有效性如何得以生成。

总体精神的宏阔处,古典诗歌展现了天地精神与圣人之教。对自然的观摩与领会构成了一极,师法天地运行之道,强调以自由的心灵与之相应和,独与天地精神相往来,所谓"此中有真意,欲辨已忘言""寄蜉蝣于天地,渺沧海之一粟,哀吾生之须臾,羡长江之无穷";仁者之心构成了另一极,"致君尧舜上,再使风俗淳""身多疾病思田里,邑有流亡愧俸钱",这是儒家的理想,张载谓之"为天地立心,为生命立命"。儒道两家思想构成了诗的底色。王维的诗文虽然佛家思想颇重,但已是佛老相融。而屈原的《天问》实属异类,它本有可能成为第三极,即理性与智性的传统,但与诸子百家竞争中名家、数术家之学的式微与消逝相同,其在中国古代并没有生存的土壤,以激发起人们探索自然科学与形式逻辑的巨大兴趣。

每个时代书写每个时代的精神与生活,古典诗歌的主题是山水、田园、离愁、怀人、咏物、言志、闺阁等,其依托的是一整套古典体系,这里当然包括制度、生产、生活,比如士人阶层的产生与变化,像两晋士族兴起、隋唐科举取士、北宋崇文抑武,对文人的宽容优厚,产生了璀璨的诗文,更重要的是,农耕时代时间与空间构成的基础性感知与古典诗歌是非常匹配的。农耕时代人感受到的是一种循环的时间观,没有大的技术革命,自汉以降,王朝的更迭也没有产生制度上的根本性改变,整体上处在一种时间之慢的缓慢节奏中。无论是官员还是士人,悠闲都是比较常见的生活状态,而悠闲的状态得以孕育细腻的情感,捕捉敏感的诗思,如广袤的土地以及与现代相比数量较少的人口,加之陆路水路交通流动需要耗费大量时间。想象一下像陶渊明这样一出门就面对自然田园的,自然田园和四时的农事也就成为他写作时的主题;而像李白这样四处游历的诗人或者苏轼这样频繁调任贬黜的文官,其对山水风光、别后可能很难再见的朋友、旅途的孤寂、得意时的言志和失意时的抒怀,显然感受更深刻;以女性视角创作的闺阁诗,更加具有封建时代女性从属地位的特征。

随着工业化时代的来临,科学技术带来了极其强大的改革动力,它导致的是一种断裂性的后果,也就是新的时期与之前所有时期完全不同。英国社会学家吉登斯认为,"现代性以前所未有的方式,把我们抛离了所有类型的社会秩序的轨道"。[1]他认为现代社会制度与传统的社会秩序之间的断裂,主要是现代性带来的绝对速度、巨变浪潮的全球性与现代制度、社会组织形式和原先的非延续性。在时间轴和变化程度构成的坐标系中勾勒出来的曲线,由平缓逐渐变为急速上扬,这种变更的绝对速度在近30年中愈加明显,城市化的加速、计算机的普及、智能手机的使用、人工智能的快速发展,以及中国高铁网络的星罗棋布,彻底改变了我们的生活方式。以舒缓的节奏看待世界的方式一去不返,快速运转的城市节奏、压力和焦虑构成了新的境况。在飞机、高铁提速的支持下,城市之间,甚至国家之间的距离,都被缩短了,从北京到广州不过是3小时的航程,这对山水、田园、离愁、怀人、羁旅等诗歌主题都产生了根本性的冲击。随着女性解放和其经济社会地位的提升,闺阁诗同样不再成为写作的主题。因此,"在现代技术对我们生活带来的颠覆性改变中,最深刻变化之一是对我们基础性感知之'景深'的时间和空间的重构。时间感的加速与空间感的缩短让传统的诗歌主题:山水、田园、

---

[1] 〔英〕安东尼·吉登斯:《现代性的后果》,第4页,田禾译,南京,译林出版社,2011。

乡愁、别离正经历着全然的变化"。①此外，这种断裂性的变革中，传统的价值观也面临着失范的状态，也就是说，它们不再成为有效的道德准则和依据。

长久以来，新诗对古典语言及方法的承接如果只是单纯的对古典语词的嫁接和传统价值的移植，其有效性就变得可疑了，这就是新诗自白话运动以来，或者说采用现代的自然语言以来，尝试接纳古典主义的一个未曾解决的问题。对古典诗歌的承接必须找到新的语境，它绕不开现代性的意识，而不是在古典语境窠臼下的修修补补，现代性和传统之间的融合重新成为需要厘定和尝试的重要问题。

二、古典意象的再融合

1984年，22岁的张枣写下了《镜中》和《何人斯》两首诗，特别是《镜中》，受到了广泛的关注。相较于他后来写的《卡夫卡致菲丽丝》《和茨维塔耶娃的对话》等，《镜中》并不是最成熟的作品，但从影响上来说却比后两者要大得多，其原因就在于它提出了一种现代性与古典相结合的路径，这一路径虽然在之前的尝试中还没有出现深富有效性的范例，但却如地下的群笋，已准备破土而出了：

> 只要想起一生中后悔的事
> 梅花便落了下来
> 比如看她游泳到河的另一岸
> 比如登上一株松木梯子
> 危险的事固然美丽
> 不如看她骑马归来

---

① 吴宜平、江离：《轻逸、自治与自我塑造》，《当代作家评论》2020年第5期。

面颊温暖

羞涩。低下头，回答着皇帝

一面镜子永远等候她

让她坐到镜中常坐的地方

望着窗外，只要想起一生中后悔的事

梅花便落满了南山

大家注意到这首诗呈现了某些古典诗歌的意象、审美，也就是说它与古典传统建立起了一种联系。张枣的密友诗人柏桦说他从最早的手稿中看到的原诗里，"皇帝"这个词是划掉了的，但柏桦劝说张枣把这个词留了下来。可能张枣最初之所以想要划掉"皇帝"这个词，是因为它对上下文和当下现实来说都有些突兀。但是另一方面，保留这个词，确实也让诗的时空感得到了极大的拓展，它让这首诗从封闭的纯文本中跳跃出来，具备了更大的空间。《镜中》中文的首发编辑及后来英译的编辑、诗人郑单衣也注意到"镜子"这个词，认为好诗就像镜子具有自我生殖能力。张枣的友人评论家钟鸣认为诗里面呈现出独特的语气和认知上的多种折射。而评论家冷霜曾进一步详尽地探讨过《镜中》所具有的独创性，认为张枣在这首诗中，相较于意象因素，更具统摄性地位的是它对独白式抒情语气的出色把握、转化和拓展，而更为重要的是，他在处理古典意象时所具有的现代性建构："《镜中》对古典诗词中常见的意象和抒情声音的化用，这种联系，往往是具体的，在创造性的技艺实践中确立起来的，而在另一层面上，在现代知识语境中，'传统'这一概念总是一种颠倒的认识论装置的产物，是一系列现代性的知识／话语从自身出发作出的阐释。"[1]

---

[1] 冷霜：《诗歌细读：从"重言"到发现——以细读张枣〈镜中〉为例》，《文艺争鸣》2015年第5期。

这首诗在新诗史中的重要意义来自它带来的启示性：一是在新诗新时期之后，张枣重新将人们的视野引向了古典的方向，重新激活了新诗中古典承接的问题。新诗不再以"去古典化"的方式确立自我，它与传统之间的紧张对抗关系，变成在现代性框架下的融合关系。二是张枣用一种现代语境来重新建构和配置古典的元素，这使这首诗在当下具有了古典承接的有效性。这种现代语境最直接的表现就是个人经验的当代表达，尽管张枣在这一表达上保留了一定的私密性，从而导致意义上的晦暗不明。一方面，对个人性的强调、对个人经验的当代表达，是当时严密的集体主义话语开始松动与离析时产生的新的方式，非常符合社会生活从以"政治—阶级斗争"为中心向以"社会—经济生活"为中心的转型；另一方面，在新诗面对传统时，是以"我"为主，展现了对现代文化意识的强烈的信心。

张枣对传统非常重视，我们从他的一段文字中就能看到，"传统从来就不会流传到某人手中。如何进入传统，是对每个人的考验。总之，任何方式的进入和接近传统，都会使我们变得成熟、正派和大度。只有这样，我们的语言才能代表周围每个人的环境、纠葛、表情和饮食起居"。[①]但是以现代性为主要框架来融合传统与古典，则是新时期以来新诗带来的启示。他对新诗与古典的重新联系显示了极强的信心，正如冷霜所言，《镜中》的"魅力与其说是源于它所建构的与中国古典诗歌之间的联系，毋宁说是在建立这一联系时，面对后者所显示出来的强烈的信心。而这种强烈的信心，正是八十年代文学、诗歌所体现的文化意识给我们留下的最深刻的记忆"。[②]

[①] 唐晓渡、王家新编选：《中国当代实验诗选》，第109页，沈阳，春风文艺出版社，1987。

[②] 冷霜：《诗歌细读：从"重言"到发现——以细读张枣〈镜中〉为例》，《文艺争鸣》2015年第5期。

三、新古典的风格化与怀疑精神

一个非常有意思的事情是，张枣在写作《镜中》两年之后去了德国，而另一位当代诗人肖开愚则是在1997年去的德国，并且在那里有了一个明显的写作上的转向，即对古典语言进行采掘与使用，重新思考传统能传递给新诗什么。2004年，在张曙光等诗人办的民刊《剃须刀》春季号上，肖开愚发表了《致传统》一组4首诗，包括《琴台》《月亮》《突至的酒友》《衣裳》，此外还有一首《天鹅》，写作时间都是在2003年。《新诗评论》敏锐地注意到了这些诗具有的独特意义，2005年第一辑刊发了肖开愚专辑，包括以上作品以及桑克等人的3篇评论文章。对比他之前的代表性作品《向杜甫致敬》《在公园里》《北站》等就能发现，他向传统寻求资源的转向非常明显。在德国的经历也许对他的这种转向有着重要的影响。尽管他的写作在国内已经特立独行，但在国外，那种独特性就湮灭在西方众多文本构成的大海里。因为我们的新诗采取的是西方看待世界的方式，即肖开愚所认为的新诗形成自身传统的支持之一是西方人文思想背景。我们采取的写作方式是源自西方的，这对骄傲的肖开愚来说，无疑是一种冲击。这些促使他重新思考在世界性的写作坐标里，他自身的独特性何在，而他得出的合乎逻辑的思路就是，在这样的视野中，得以让自身确立的正是传统。

肖开愚提到了新诗与古典诗的异同："'第一义'，是踏实说来的诗学中的非文风部分。在古典诗时期，是美刺言志，新诗时期，是重建人和世界的关系。前者依据孔子西周王道模式的道德政治系统，后者期待'新民'与'民主社会'的理想实现。两者性质一致，均为'政治性'。此政治，不只关于权利，尤关心行、人际、人与社会（和国际）、人与自然等棘手关系，乃是根本政治。根本的生存、生活理想问题。前者表现在诗，端庄风雅，有所不言；后者表现在诗，以刺为美，尖锐彻底。现代诗的这个颠倒，并未颠覆古典诗学的第一义的内容、性质和地位。"[1]从中我们可以看到肖开愚诗的旨归所在，即诗的宏旨与意义是在关心人根本的生存、生活理想，封建道统的教化模式在现代变成了理性的怀疑主义精神，重新去评估生活与传统，这是很重要的一点，也只有在现代理性的启蒙下才有可能达成。我们可以看到在方法运用上，现代尖锐彻底的怀疑精神、含蓄雅正的古典语言经他改造，则多表现为采用部分古典语言，用词险峻，使人置身在玄奥与玄虚之间，意义游移而具有不确定性，从而形成了强烈的个人风格，但其晦涩也是显而易见的。那么这种险峻、不确定性是怎么形成的呢？它是否为我们向古典承接提供了可参考的思路？我们来看《致传统》（四首）里的第一首《琴台》：

  薄冰抱夜我走向你。
  我手握无限死街和死巷
  成了长廊，我丢失了的我
  含芳回来，上海像伤害般多羞。
  我走向你何止鸟投林，
  我是你在盼的那个人。

  我所看到的几个解读效果都不尽理想，鉴于这组诗的总题为《致传统》，如果将传统喻为琴台，解释起来似稍能贯通些。琴台是奏琴的台所，让人想起伯牙子期高山流水遇知音，司马相如琴挑卓文君。杜甫、岑参等诗人都写过关于琴台的凭吊司马相如的诗。琴台的核心是听玄歌而知雅意，是知音，在这里，即为传统的知音。"薄冰抱夜我走向你"，这一句意为在传统被遗忘，经受冷遇的寒夜，我重新走向你；"我手握无限死街和死巷／成了长廊"，传统的种种

---

[1] 肖开愚：《我看"新诗的传统"》，《读书》2004年第12期。

有如死街死巷,已没有了生气,但当"我手握",即是要接续而让这传统成为新的通道和矿藏;"我丢失了的我／含芳回来",那失去的我们自身文化的一部分,将会重新焕发香泽与芳彩;"上海像伤害般多羞",上海作指代,意为现代,"上海"与"伤害"是谐音,也是偏学院诗人喜欢的小技巧,也就是现代应为对传统的伤害感到羞愧;"我走向你何止鸟投林,／我是你在盼的那个人",这里"我走向你"呼应第一句,我回归传统,就像鸟回到了树林——我们遗忘的家园,而我,正是沉睡的传统在等待的那个,是承担这一艰苦工作再合适不过的那个人。如果肖开愚此诗的指向并非如此,将给这一解读带来极大的信任危机,但是相对来说,这一解释是合乎此诗,也合乎肖开愚骄傲的雄心的。

我们对他强烈的个人风格做一下分析。首先,诸如"薄冰抱夜",词语奇崛险峻,在肖开愚之前是没有人这么用的,但他偏偏这么用了。再如,这组诗里另外的句子"你老而眼噙寥廓""蹊跷像个支书""我倒拎阴沟,另一手拎狂舞,／坚坐着",这种强行的扭结需要强大的力气,才不至于牛头不对马嘴或者半途而废。他是通过他之前的作品提供了信用担保,从而使我们不得不去重新审视这种写法是否能带来新的路径。其次,通过对惯常语法的突破,如主谓结构的分拆,使诗具有不确定性。再次,通过判断句式和决断的否定来达到方生方死、自我相因的效果,从而增强意义上的深邃感。如《衣裳》中"有人实是无人,黄昏是我的破晓,睡者正是死者,／我梦见你的梦但又不是",正是他典型化的处理方法。

肖开愚新古典写作的个人风格特征非常强烈,并且很有吸引力,包括他之后写就的《一次抵制》《就近谈致诗友》等。他的写作技术非常全面,关注的问题也颇具意义,就像《内地研究》用田野考察的方式,对当代中国乡村的问题给予关注。这其中,他对古典的承接,特别是理性怀疑主义的注入,以及语言的独特性,都是引人注目的。关于这种风格模仿者不少,但都达不到很好的效果,关于这种风格形成的具体因素还需要不断研究，以便让他的这种开拓成为未来有效的资源。

四、与古典的互文和当代重构

2000年，朱朱写作了《清河县》，一组围绕着《金瓶梅》里人物写作的作品，6首诗分别以郓哥、西门庆、武大郎、武松、王婆、陈经济为主角，除了写郓哥这首里郓哥是以被观察的形象出现的，其他5首分别都以"我"的内心独白来切入，对各个人物的心理刻画得非常精细，对他们情欲的描写则充满了暗示与挑逗。潘金莲无疑是隐藏的主角，是串联起这些人的中心，但朱朱并没有采取直接的角度描写，而是通过其他人的视角来烘托和反复勾勒。这组诗里对王婆的描写所费笔墨最多。在朱朱看来，这些人不只是以往作品里的虚构人物，而是具有原型特征的："清河县的世界并没有消失，那些人也正走动在我的窗外，虽然他们都已经更名换姓，并且在喝着可口可乐。我尤其要将王婆这样的人称之为我们民族的原型之一，迄今为止，我的感觉是，每一条街上都住着一个王婆。我记得金克木先生在一则短文里提及，有两个人，王婆和薛婆，是我国历史上最邪恶的两位老太婆。是的，的确邪恶，但她们所意味的比这多得多——文明的黑盒子，活化石，社会结构最诡异的一环，乃至于你可以说她们所居的是一个隐性的中心。我欲完成在诗中的，并非对那种邪恶感的刻意描绘，而是要还原一个完整而真实的形象。"[①]

《清河县》各首诗自成一体，又连接成篇，增强了作品的开放性。朱朱尝试重构这段国人耳熟能详的故事，他采用了心理主义的方法，意图掀起欲望社会的根基一角。此后朱朱又续写了两组同题

---

① 朱朱、木朵：《杜鹃的啼哭已经够久了——朱朱访谈录》，《诗探索》2004年第Z2期。

作品，与第一组写作时间跨度近20年，尽管他的写作体现的是现代主义的技艺，但以诗的形式与古典互文，确实拓宽了新诗接洽古典的道路。

柏桦于2007年完成的《水绘仙侣》则更具实验性质，200多行的诗作，重书了冒辟疆与董小宛在水绘园的眷侣生活，有烹饪美食、品茶调香的闲情逸趣，也有避乱侍疾的匆忙狼狈，直至董小宛因病亡故。中间有对冒辟疆回忆录《影梅庵忆语》的引文，以及大量注释，这些注释类似散文，达到了10多万字，涉及美食、茶道、诗学、曲艺等众多将生活艺术化的门类。古典文化中的经典文章往往注疏繁多，从而使经典文本获得了一种开放状态，使之成为仍在生发着的，而不是固化的、僵化的传统。柏桦别出心裁，将之引入新诗，并给予注释与文章本体同样重要的地位，甚至在一定程度上，将诗的本体与注释的补充对调了关系，诗只是出于便利的一种引子，以便展现诗人"夜航船"般庞杂的百科知识。这里摘录《香》一诗中的部分诗句：

  夜半天寒，我们独处香阁，
  帷帘四垂、毛毯覆叠
  烧二尺许绛蜡二三枝，陈设参差，台几错列，大小数宣炉，宿火常热，色如液金粟玉。细拨活灰一寸，灰上隔纱，选香蒸之，历半夜，一香凝然，不焦不竭。
  甜热的香呀，绕梁不已，
  夹着梅花和蜜梨的气味，
  也混合着我们身体的气味
  横隔沉、蓬莱香、真西洋香、生黄香、女儿香
  无涯的香迷离广大，
  似挂角之羚羊，无迹可求……
  悄悄消磨着我们的好年华。

此处共有一、四、五节三处有注释，这里略去其他，以二、四节为引文入诗，从中可以窥见柏桦全新的处理方法。尽管这样的处理方法，在诗意以及诗人的独特经验上，可能有减损的风险，但带给新诗的丰富性是显而易见的。

在对古典的重构这一向度中，柏桦、朱朱外，也不乏其人。沈方的《读帖问道》凡61首，对王羲之《快雪时晴帖》、颜真卿《祭侄季明文稿》、苏轼《寒食帖》、赵孟頫《定武兰亭十三跋》等书法名帖进行诗歌上的临摹写意。飞廉的组诗《冠先》《赤松子》《世说小集》也让人印象深刻。《冠先》共7首，分别以远古先贤为书写对象；《赤松子》共8首，处理的是神话中人；《世说小集》共11首，写的是魏晋风流人物。这些作品将我们传统中神奇、玄妙的一面重新展现给了当代的读者。

很明显的是，庞大的古典文化资源，对当代诗人构成了极大的吸引力，一旦当代诗人们厘清了古典与现代性之间的关系，也就是古典如何在当下获得写作的有效性问题，他们就可以全情地投入对古典文化的再审视中，以现代的怀疑精神去继承古典，发扬古典，让长久沉睡的古典文化重新获得巨大的活力和复兴的可能。

五、当代语境下新古典的多方位探索

新诗中新古典写作的兴起，以及现代怀疑精神的注入，为顾随曾批评的古典诗歌在主观抒情上较为虚弱乏力的弊病，带来了新的硬度。古典文学资源也在新的语境下被重新激活与重构，对古典传统的吸收与接纳已经越来越丰富而多样，在精神向度和价值观念上，也有值得注意的探索。

陈先发诗集《写碑之心》《九章》都显示了他对传统文化的吸收，《九章》遵循每组作品由9首诗歌组成的体例，也自然让人联想

到古典诗人反复吟咏同一主题的先例。他在《秋兴九章·四》里写道:

    钟摆来来回回消磨着我们
    每一阵秋风消磨我们
    晚报的每一条讣闻消磨着我们
    产房中哇哇啼哭消磨我们

    牛粪消磨着我们
    弘一也消磨我们

    四壁的霉斑消磨着我们
    四壁的空白更深地消磨我们

    年轻时我们谤佛讥僧,如今
    加了点野狐禅

    孔子、乌托邦、马戏团轮番来过了
    这世界磐石般依然故我

    这丧失消磨着我们:当智者以醒悟而
    弱者以泪水

    当去者以嘲讽而
    来者以幻景

    只有一个珍贵愿望牢牢吸附着我:

每天有一个陌生人喊出我的名字[1]

显然他是一个更加现代化的人，无论他的作品采取的方式，还是他内心的观念，都能看到中西方的影响同样在他内心激荡。他面对的无论是孔子、佛家，还是乌托邦、现代社会无所不在的表演者，他的价值更加朴素：即使空无永恒，但当下的生活依然深富意义。如果我们分析他的遣词造句，就可以看到一种杂糅性的来自现代西方写作和古典写作的综合体，"这丧失消磨着我们：当智者以醒悟而／弱者以泪水／／当去者以嘲讽而／来者以幻景"，化用古典文言的语句使诗歌更凝练简洁，更深邃有力，并且这种融合非常自然而有效。

苏野的诗修辞凝练，接古入今，为新诗带来了一种可贵的音调——庄重。他善于在古典和当代事物之间切换，为语言注入活力，也让自己的注视保持在当下，所以说他的古有追远的一面，但更重要的是重新面对当下，为看待当下注入一种新的视角。一方面，我们在他的诗里看到云气、登高、鹤唳、倦意、微尘、招魂术等带着古典意境的语言；另一方面，诗中也充满了自动售货机、跨栏、高速公路、安全带这样的当代词语，甚至是斩仓这样的炒股术语，治孤这样的围棋术语，量子这样的物理学术语。他把这些词语进行融合之后，托出了一个新的领会与体悟。他对王维、韦应物、孟郊、叶小鸾、叶绍袁、夏完淳等人的追溯，也展现了他古典的精神脉络和价值秩序。更重要的是，他的风格用他自己的诗语来说就是"劲正方严"。如果我们读读《夏夜登如方山——追和津度、育邦、臧北》，就知道这一点：

月照千山，荒野足够远大

---

[1] 陈先发：《秋兴九章·四》，《九章》，第31-32页，合肥，安徽教育出版社，2017。

可以容纳广阔的寂静，和整条时间之河。

与星光、草木及天籁相混同

那些伟大的幽灵，为我们分配着悲伤。

在黑夜中的治孤战里

登高，偕同追远，编织着

精神时空的经纬。

星汉灿烂，凉风大饱

我们将整晚、整晚地谈论萧统、贺铸和刘禹锡

谈论水、梦、尘灰，和万法无滞

关于人世间衰落的美与善

关于生与死、轻与重

关于流转之心以及一切泡影、无常。

我们愚钝、贪欲、耽乐

奉肉体和现世为神

简练的痛苦，对悲观的信仰

将会北斗般把我们校正到永恒的方向

帮助我们纯粹

并且享有复数的尊严。[1]

    诗有宏音，凝重旷远，死生、美善、轻重、无常，文学、哲学、宗教，在短短19行诗中，这么多重大的问题在如方山的夏夜里被重新编织，获得了新的表达。在一个普遍轻逸化的时代，这种高格庄重的音调正显现出它的可贵。

    飞廉的写作向度较丰富，除了前面提到的诗之外，他还有不少在杭州凤凰山山脚居住时写下的作品，融合现代与古典。最值得注

---

[1] 苏野：《夏夜登如方山——追和津渡、育邦、臧北》，《拟古》，第106-107页，南京，江苏凤凰文艺出版社，2019。

意的是，这部分作品轻盈润泽，长于当代意境的营造，富有日常生活的意趣，甚是让人喜爱。试读以下这首《凤凰山春夜》：

> 傍晚，翻看《缘缘堂随笔》，
> 我烧焦了一锅红烧肉。
>
> 为螺蛳换上清水，
> 春风桃李，嘉客难期，它们
>
> 有足够的时间，吐尽壳里的泥。
> 在这样浓云欲雨的春夜，
>
> 荠菜在屋檐下静静生长；
> 雨下之前，适合写一首短诗，
>
> 思念我入狱的兄弟；
> 若雨槌，彻夜敲打木鱼，
>
> 则宜于写一篇五千字的散文，
> 谈谈我的父亲。
>
> 我已到了古人闭门著书的年纪，
> 梦里，我找到了庾信的彩笔。①

到飞廉这里，我们已经明显感觉到，五四以后，新诗通过古典

---

① 飞廉：《凤凰山春夜》，《不可有悲哀》，第3页，武汉，长江文艺出版社，2012。

化的写作来表达现代生活的意图已经成熟圆融，现在它在每一个细部，即日常生活的细节上，都具有了强大的胃，足以消化我们日常所见所感，以自然妥帖的方式书写出来，并获得古典的意境与意趣。一种新古典写作成熟了。

综上所述，对古典的承接并非从张枣开始，包括前文提及的郭沫若等人从早前即已开始古诗今译，卞之琳晚期开始对"化古"进行尝试，但他们的工作往往被古典语境所吸附，没能完成现代语境上的转化。古典诗歌话语系统历经两千多年，与农耕文明相适配，以抒情言志为主，诗人更注重艺术上的审美，比如语言上的精练与雅正，想象的开阔，诗风的沉郁雄浑、清逸洒脱等的多样化，是不是书写了他的时代，等等。而统治者更注重它的教化功能，当杜甫渴望功名，想要在仕途做出一番成就时，他会以"致君尧舜上，再使风俗淳"作为导向，这是他从理想化统治者的诉求角度提出的文化方案。古典诗歌围绕生活与劳作，围绕山水、田园、乡愁、别离、死生建立了最重要的古典主题，围绕这些古典主题，形成了独特的话语系统，同时又形成了自己的形式与音律。现代社会的专业化和细分化越来越强，首先无论五言还是七言，这一形式就面临着困境，"结庐在人境，而无车马喧"，我们阅读它，首先在我们脑海里展现的是一种农耕时代的景象，我们无法将"庐"与现代公寓、城中村的棚户房等结合起来，也不适于用"车马"来涵盖高铁、汽车和自行车。因为古典诗歌话语系统已经建立起固化的一一对应的词与物的关系，这就使语言使用时要相应的语境才能发挥其特定作用，将古典话语简单地移植到当下时，就会发生错位。

语言系统并不是与世界隔绝的独立符号世界，维特根斯坦认为"语言的诉说是一种活动，或是生活形式的一个部分"，[①]"一个词，

[①]〔奥地利〕维特根斯坦：《哲学研究》，第17页，李步楼译，北京，商务印书馆，1996。

只有作为语句的一部分才有意义"。①语言只有在与具体的活动相结合时才能显示它具体的准确的意义,比如"你做得真好",它究竟意指的是称赞还是反讽依赖于语言活动的具体语境。

新诗刚开始之时,古典意象和表达难以接纳和展现当代生活的难题,即一落笔就落到旧时代的经典意象窠臼里,因此,在很长的时间里,文白语言因被认为是无效的而在诗歌中被拒斥。实际上并非如此,江弱水认为:"文言词藻与句式的恰当使用,正如恰当的欧化词句一样,往往会给一首现代诗带来某种异质性,使之呈现为多层次多元素的奇妙混合。它们既可以丰富诗篇的内在肌质,也可以调节语言的速度以造成节奏的变化,拗救清一色白话口语的率易平滑。"②这种困难的原因即在于,我们仍没有找到与现代生活、现代文化相匹配的语境。我们需要去破除严密的古典语境的统一体,拆散它们,让它们回归到语词本身,重新分配到新的现代语境中。经过新诗新时期以来的探索,文白语言重新得到使用,提升了对现代生活的描述与表达能力,无论张枣、肖开愚、柏桦、朱朱,还是陈先发、苏野、飞廉等人,文白语言意味着打开了另一个面向古典的维度。21世纪以来,面向古典的新诗写作已经在事实上被确立为新诗发展的重要方向,但它不是单一的维度,而是在中西传统相融合之后对古典的新的承接。在诗中,现代西方的技艺与观念,带着理性怀疑精神去审视古典和当下,古典的语词与观念汇聚到当下的情境中,进行着有效的重新整合,这一切都使新诗古典化的写作获得了新的活力,以及巨大的可能性。

本文原刊于《当代作家评论》2022年第3期

---

① 〔奥地利〕维特根斯坦:《哲学研究》,第36页,李步楼译,北京,商务印书馆,1996。

② 江弱水:《文字的银器,思想的黄金周》,《读书》2008年第3期。

空间构境与诗意延展

——评翟永明的长诗《随黄公望游富春山》

孙晓娅

当真实的世界变成影像时,影像就变为真实的存在:我们已经进入"读图时代",这是 21 世纪无可逃避的时代语境。"读图时代"里,更迭迅速的新媒介改变了人们的生活模式与创作观念,作为社会观者的人们与影像达成了共谋,成为观赏者、消费者,并开始流连于各种虚拟的空间场域。精神生活与日常生活极端贫乏、日益物化或碎片化的现代社会中的个体,在景观和影像中发现并找到自己的一切欢乐和需要。当"综合景观"演变为覆盖 21 世纪的地图时,地理学的距离,乃至因时间而产生的距离也消失了,社会重新生产出作为景观分离的内在距离——一种美学、社会学、心理学的距离。当下,这一现象已经成为主导性的、全球化的文化景观。进入"读图时代"的现代媒介讲究"图文并重,两翼齐飞","读图时代"的到来形成了当代文化的图像优势,由此引发了一场图文战争,同时也标志着"图像主因型文化取代传统的语言主因型文化","'读图'的流行隐含着一种新的图像拜物教,也意味着当代文化正在告别

'语言学转向'而进入'图像转向'的新阶段"。[1]人类进入"读图时代"是科技进步的表现,印刷业繁荣发展,文化教育高度普及,报纸、杂志等平面媒体数量激增,网络、电影、电视中的图像、视频等无以计数。作为视觉文化的图片离不开语言文字,两者的配合除了互补之外,在某种程度上也构成文本的互文效果,营构了独属于21世纪的"新视像"。21世纪的"新视像"以视觉文化为主导,尤为重要的是在图文之间又衍生出新的文本与思想,这构成了现代与后现代视觉文化的重要景观。

诚然,在中国,图文互相参照的"读图"传统从未断裂。图配文的格式古已有之,诸如古代"绣像本"小说,诗歌与图像的互相说明有为人熟知的题画诗,其中"气韵"是连接古典诗与画的关键元素。中国传统文化重"气韵",诗之"气韵"精神传承千载,不待详述。传统的绘画技艺熔铸笔墨精髓,人物画、花鸟画、山水画,题材各异,却在绘画过程中同样氤氲着作家的"气韵"精神,构建着中国古典文化的二维诗学。在古代,"读图",是一个静观默思的过程,文人赏画可究天人之际,最终精骛八极。现代社会也曾以"图"彰显政权合法性,板报、张贴画不断强化人们的革命思想、建设意识。到今天,目之所及,人类正在遭遇前所未有的视觉冲击与负担。"读图时代"里传统文化(尤其是以文学话语为主导的传统文化)面临巨大的冲击和挑战,"读图时代"文学的位置在哪里?如何评价"读图时代"的文化困境?如何将传统与现代、图像与文字、诗与思融汇起来?面对这些困惑,翟永明的长诗《随黄公望游富春山》[2]从空间构境与诗意延展两个维度,为新诗写作提供了可资借鉴

---

[1] 周宪:《"读图时代"的图文"战争"》,《文学评论》2005年第6期。
[2] 翟永明长诗《随黄公望游富春山》2015年11月由中信出版社出版,2016年3月重印。长诗出版时由李陀作序(《序言》),商伟作跋(《二十一世纪富春山居行——读翟永明〈随黄公望游富春山〉》)。长诗共30节,诗中含有翟永明做的大量注释,构成极具特色的附文本。本文所引该诗皆出自此版本,不另注。

的经验。

一、画卷铺展出移动的影像与景观

为创作长诗《随黄公望游富春山》,翟永明断断续续写了4年,其灵感与素材源自一幅印刷精美的《富春山居图》长卷。诗人选取长卷的出发点,通过想象虚拟建构一个可以游走的影像与景观:长卷的绘画方式逼肖电影镜头,可以推拉平移,展示画面所及的自然风景。[1]长达30节的长诗中,诗人以磅礴之势跨越古今,出入于现实与画卷内外,以个人真实的和想象的行旅为主线,串联起当代生活中形形色色的画面,以时空交错、游移动态的视点,构成了古代与现代重叠交融的景观。

首先,画轴具有空间延展性,它打开了多重机会,诗人在铺展开的画卷中得以游移自身,从现实走进画面,在他人的形式经验和情感经验中汲取资源,发现和再现自己。这一跨越时空的体验恰如波德莱尔在散文诗《人群》中所写的片段:"诗人享有这无与伦比的特权,他可以随心所欲地成为自己和他人。就像那些寻找躯壳的游魂,当他愿意的时候,可以进入任何人的躯体。对他来说,一切都是敞开的;如果某些地方好像对他关闭着,那是因为在他看来这些地方不值一看。"[2]然而翟永明没有停滞于此,在这趟穿越古今的行旅背后,她既注入了怀古之幽思,也融入了对人类在当代社会生存状态的思考。诗人在表现古代时空的同时,也将自己当下的心情呈现出来,以思想和情绪的变化完成时空的转换。

其次,《富春山居图》长卷营造了一个场域,突破了诗人精神视

---

[1] 限量版的《随黄公望游富春山》采用复古经折装,展开书卷,仿佛与古人观看长卷画作一样,且书籍封面与函套皆采用蚕丝纸张制作。

[2] 〔法〕夏尔·波德莱尔:《人群》,《巴黎的忧郁》,第29页,郭宏安译,北京,商务印书馆,2018。

野和写作维度的拘囿。作为一个场域的画卷，它完成了长诗中人物视角的自由转换——观画人时而描绘画中的景物，时而入画跟随黄公望漫游山水，时而回到当下叩问，时而归位为诗人创作诗文……在多重景观流转中，诗人在黄公望的画中找到多维性格和视野的自己。"一三五〇年，手卷即电影，你引首向我展开，绢和景，徐徐移动……"画卷当中的富春山作为诗人营构的一个场域，渗透了很多超文本信息，它调动起积淀在人们记忆中的一系列有关古代和现代的图像信息和文本再生力，这个场域赋予长诗特殊的格局和力量，融汇了中国传统文学、当代文化的元素，以及诗人个体的诗思情绪。这组长诗由此而显得与众不同。

为了更好地呈现长诗的空间形式美学，《随黄公望游富春山》被二次创造改编为视觉作品——诗剧，并由导演陈思安、编剧周瓒在诗剧中加入了说唱、评书、舞蹈等多种艺术形式。2014年，诗剧《随黄公望游富春山》亮相北京国际青年戏剧节，首演收获了来自戏剧界、诗歌界的赞誉，随后于2015年10月15日在成都"蓝顶艺术节"多次公演，获得一致好评。长诗的跨界实验很好地传播了诗歌文本，也进行了一次颇具形式意味的探索，调动了诗歌文本自身的空间扩展维度，将空间与时间、虚构与在场、诗歌与历史、画卷与图像多元融汇于当下社会的场域之中。

二、现实景观的围困与审视

在当代语境中，《随黄公望游富春山》是诗人对自我、现实、历史、社会、诗歌、图像等多维景观的审视。翟永明以《富春山居图》为前文本，跟随黄公望的脚步，在"读图时代"的语境中做出了一个"如何读图"的选择：她游刃有余地穿行在墨迹之中、山水之间，却嗅到这是"太平盛世"中的可疑之举，见松林山涧，渔夫炊烟，也见低头刷屏，雾霾笼天，她不惮于古人的高大，更不惧怕"现代"

的危机,在古今游走之中对比。"读图时代"的现实显示出一种无形的重量,它迫使诗人在涉足墨迹山水时不断返身回顾:"从日常中逃亡/向缥缈隐去""到画中去、做画中人、自徜徉/没有一个美学上级可以呼唤你!"然而"你不是从画中走下,而是/从人间走入、走上、走反"。诗人努力逃脱现实对人的束缚,却终归无法逃避现实的围困。

"一三五〇年,手卷即电影",长诗开篇即提到两种不同的图像载体——手卷、电影。"墨与景 缓缓移动/镜头推移、转换/在手指和掌肌之间",电影拍摄手法与古代赏画方式竟如出一辙,视线—镜头二者的运动轨迹如此相似;不同的是,现代影像技术将真实之物虚拟、投射为荧幕之物。在后现代的视域下考察图像的变化生长可发现,消费文化、传播媒介的革新开启了一个"读图时代"。詹姆逊认为,现实转化为影像是后现代主义的特征之一。[1]可视化作为后现代的表征,趋向感官对图像或信息的直接获取,忽略复杂化的思维过程以及深刻性、思辨性,力求捕捉色彩赋予的感官快感。

如果将"读图"引申为一种视觉文化,那么通过考察德波笔下"景观社会"的经典表述,我们会发现它不是简单的现象指涉,也不直接等同于"形象",而是一个与权力、商品、消费文化息息相关的意指。"景观"呈现出与消费相连的循环怪圈,这也是现代人的困境之一。翟永明对这样的现实有切身体会,她将目光收束到自己身上,并感到有时身体与意识不在同一个空间,如是折射出一种现代的困境,以及试图回到过去寻找灵性却碰壁折返的无奈。这是一组现实情景,"坐在人工湖边,意识却远遁""近处仿真效果/远处景观林立"——园林仿古,房地产开发商以人工风景为噱头兜售楼盘。她

---

[1] 见〔美〕弗雷德里克·詹姆逊:《后现代主义与消费社会》,《文化转向》,第20页,胡亚敏等译,北京,中国社会科学出版社,2000。

在注释中写道:"从意念中真山真水的'骨相气韵','移步换形'到当下现实,眼前却是一个试图'造真'的'假自然'风景。"这不就是仿真社会的现实吗?在鲍德里亚看来,生产过剩必将导致消费与需求的异化。"真实的符号代替真实本身",那么仿真之物和超真实的存在就使真实与想象之间的界限变得模糊不清。[1]诗句背后的文化含义显著,消费者购买的不过是一个被房地产开发商编织的对"自然"模拟的符号。翟永明在诗作中寄寓了深刻的反讽与自省。

诗歌终归不是写实录,诗人开始在"读图"的过程中游目骋怀,不断变换视角,以尽览世间万象。翟永明并没有刻意与现实保持一种预设的关系,她说:"只要我在写,我的写作就与时代和历史有关。"[2]她深知诗人无法超离现实并会因此通向孤独。在长诗中,她以女性立场为本位,以游戏笔法诙谐地戏拟现实,让古代的月亮照耀今天的图像,她试图找到一些合适的角度记录一段历史:"读图时代 我读到/报废的题材 工业题材/那是何人?穿E.T.衣/着金属装 走太空步?/我转动纵目/看到宇宙矿物排列成奇观//读图时代 我读到/俄罗斯坦克开进乌克兰/那是何人?穿黑大氅/持明月弯刀?/背后是倒地不起的死者伤员"。尽管翟永明在创作这首长诗时强调,"在这首诗中我并不打算处理性别问题,正如中国古代绘画中也并不出现性别的概念",然而,出现一个身份多重的"我"——不问性别,可"随黄公望,拄杖、换鞋/宽衣袖手 步入崇山峻岭",也可以"以女人的形象走在云水间/以女人的蒙太奇平拉推移/以女人的视觉看时间忽远忽近"。视角游移似乎掩盖了翟永明的女性立

---

[1] 〔法〕鲍德里亚:《仿真与拟象》,汪民安、陈永国、马海良主编:《后现代性的哲学话语——从福柯到赛义德》,第330页,马海良译,杭州,浙江人民出版社,2000。

[2] 翟永明、周瓒:《词语与激情共舞——答周瓒问》,翟永明:《完成之后又怎样》,第165页,北京,北京大学出版社,2014。

场,但"工业题材""穿E.T.衣""着金属装""走太空步"这一类带有未来科技感的事物,以及"俄罗斯坦克开进乌克兰"的冲突场景,几乎是新闻里的主流题材,无不渗透着男权话语。这一节中,诗人仍以女性之眼观看时代,以此突破图像符号的围困,自醒于世。四字短语和连续的诘问似乎形成短促的呼救,又似是诗人静坐一隅的自问自答——吸引人眼球的不过是"奇观""伤员"——"读图时代"里的信息爆炸之景象却引出一连串荒唐。面对图像的迅速繁殖,作为一个"拥有多重生命"的"时间穿行者",如何突破图像的围拢,获得欣赏一幅淡雅萧疏的长卷的宁静与耐心?翟永明以"女性气质"的语言勾勒出以观赏者姿态出现的自我:"让我屏息一小会儿/长啸半声/让氤氲之气落入肺中/开出儿童之心//让我出神一小会儿/跳脱焦虑至纸上/让图像的威力固定在点、线、面/阔笔晕染出一段潜修时间//让我气馁一小会儿/专注半晌/让岩石、坡地、枯干的意象/进入身体,疏密有致//让我吐气一小会儿/把百骸松开/一呼自丹田/再呼上云端"。"屏息""出神""气馁""吐气",勾勒出专注于此的神态,不冒犯原作,也不随意做出阐释,而是等待"岩石、坡地、枯干的意象/进入身体,疏密有致",她以沉静之心对画作表示了极大的尊重,以求接近画作。本雅明认为,对艺术品的最初观看形式是宗教意义上的膜拜,"不可接近性乃是膜拜画的主要特征"。[①]中国画不以宗教为旨,但古人赏画仍是怀抱"有距离"的虔诚之心,"读图时代"则消弭了距离及主体对艺术的敬畏感。在第25节诗人写道:"时代宠儿 和风吹动她的黑发/被上万支灯管照得通体雪亮/悬崖般屹立着来历不明的建筑/航站楼?大王冠?/眼前绝对是绝世好画",诗人对这个情景的叙述仿佛摄像般定格。把这座建筑视作景观,观者可以从大厦的无数入口进入这幅

---

① 〔德〕瓦尔特·本雅明:《技术复制时代的艺术作品》,第100页,胡不适译,杭州,浙江文艺出版社,2005。

"绝世好画"。主体强烈的介入冲动消弭了人与景观的距离。同时，景观在这里被引申到人的生存状态，诗人在思考，女性是否仍未摆脱成为景观的"被看"命运？"夜风中，有人提起她的消防站／'消防站？哦……'她意味深长地笑了／消防站的尖角像刺天的诅咒"。具有先锋精神的女建筑师已经成为蜚声世界的名人，被大众认可后，她宁愿选择对曾经的"特立独行"默然。那么，作为女性，她的先锋品位是否会为大众口味而调和成消费品和"被看"的对象？当然，女性立场只是翟永明反观"读图时代"的视角之一。这种立场虽不被明示，却足以赋予诗人一种符合诗学理想的孤独感。她只身进入历史之举就意味着通向孤独，当她不断折返回现实更感到了无限的沉重，她的性别身份、醒世者身份、现代人身份等等都隐含着对现实问题的思考，在试图超越历史的冲动中起到了节制作用。翟永明也因置身无法逃离的现实语境感到空旷。正如诗人在注释中所写："在写作这首长诗时，我常常有在现实与古代中穿梭的感觉。写作中，我常随黄公望游走于空山无人、水流花开的理想境界中，身心如洗；现实里，我却不得不穷于应付那些无情无调的缠身俗务，使我内外焦躁。"

"读图时代"的现实并未使诗人陷入一种无法自拔的绝望，相反，她以一贯的喜剧精神戏拟了当代"读图"行为。寻访黄公望故居之事被记录在注释之中就是一例。注释中大段描述性文字构成对事件的铺叙以及细节的捕捉，它们虽是对诗句的注解，却让人联想到"读图时代"里文字退化为图画的注解这一事实。诗人用分行诗句构成"图形诗"，造成视觉冲击：

  那是诸世纪交叉跑动的大撞击边缘
  是不着调的网络战争起火的边缘
  那是四维空间吞吐不定的边缘
  青春睁开眼就被毁灭的边缘

最美的最拧巴的被弃边缘

引人入胜、又令人丧气

又大又看不清的边缘

我越动　它越动

战火是否缠绵？

家庭在离散？

我痛苦　它

漠然！

第28节，诗人致敬安伯托·艾柯的"仿讽体"诗歌《误读》，展现了其天马行空的想象力。正如艾柯所言："模仿体（parody），如同其他诙谐文体的作品一样，跟时空密切相关。"[1]艾柯通过"仿讽"解构了经典，也解构了时空距离。但他的插科打诨不是与大众文化合流，而是致力于反讽这种行为本身。诗人致敬的，正是艾柯在这种文化语境中看似洒脱不羁却深沉痛苦的精神路向。实验性的笔法迎合了"读图时代"对新鲜感的渴求，翟永明因此也参与到一场"狂欢"中，这是她在"读图时代"里一个孩子气的游戏，此翟永明不同于置身"人工湖边"发出一声叹息的彼翟永明。"形式游戏"的加入平衡了时代语境的沉重不安，使诗歌形成了巨大的张力。"落叶萧萧　我亦萧条 / 剩山将老　我亦将老"，达到"齐物"高度的她开始施展"语言炼金术"（兰波语）来展现自己对时代、历史、艺术、现实的思索。她时刻警惕着"读图时代"的蛊惑，一方面不断审视自我与集体无意识；另一方面，她的戏拟又在控制之中，为的是与另一个时代形成对照。与鲁迅历史"中间物"之感相似的是，作为历史

---

[1]〔意大利〕安伯托·艾柯：《误读》，第3页，吴燕莛译，北京，新星出版社，2009。

锁链上的一环，翟永明处在过去与今天的交叉点上，"我走在'未来'的时间里／走进'过去'的山水间／过去：山势浑圆，远水如带／现在：钓台依旧，景随人迁"。置身画中，她深感"在"而"不属于"那个清逸飞扬的过去，然而她并不以激愤之笔批判现实，她在古今穿梭的轻盈步履中移步换景，以古典美学的神韵，以及轻快的诗句，平衡时代的沉重感。这不是绝望的反抗，而是轻灵的救赎——用她的话说就是"纸上行走是有氧呼吸"。在纸上行走，既是"随黄公望游富春山"，也是忠实于写作本身。

三、逃逸中诗意地栖居

长诗《随黄公望游富春山》、同名诗剧、《富春山居图》长卷，三者以不同形式表现诗意，书写着艺术家对世界的理解。亦如长诗在第27节所写："平远、高远、阔远／辗转、腾挪、聚散／都不是问题／还有什么形式不被我们用在多媒体戏剧？"在线性历史观之下考察文学的发展，急遽变化的新媒体时代改变着文学的书写方式，这正是"一时代有一时代之文学"。①然而，正如翟永明所言：当代人"他们都不读诗……但他们要阐释一首诗"，其悖论在于："画师正在画：一切消失后／还会站在那儿的东西／无价的　无形的／用你们看清楚了／也依然暧昧的东西／／观者正在看：一切还原后／还会消散的东西／奢侈的、稀有的／在另一个维度　放平了／也还是会卷曲的未来"。永恒的艺术形式与瞬息万变的当代文化看似可以相融，它们对生命与真实的思索实则深度不同，当代文化是否可以穿透现代的迷雾归入对生命的终极思考抑或形而上的场域？翟永明极富洞察力地表示，对当代诗与当代艺术的理解，与对当代现实和现代性

---

① 1917年胡适发表《历史的文学观念论》一文申述文学进化观念，历史的文学观念的集中概括即"一时代有一时代之文学"。见胡适：《历史的文学观念论》，《新青年》1917年第3卷，第3号。

死结联系在一起，诗人开始向古老的艺术与生命投去观照。上溯几个世纪，古代中国也可被视作一个"读图时代"，文人以作画为志趣，有时一画就是三年五年；作画与赏画构成了他们生活的一部分，成为提升审美品位、到达虚静境界的关键途径。同时，中国作为一个诗歌的国度，自宋代起文人画的出现标志着诗与画的完美融合。[①]苏轼评论王维的诗画之作"味摩诘之诗，诗中有画；观摩诘之画，画中有诗"。在中国传统绘画艺术中，诗与画随着对自然的发现而走到一起，诗歌与绘画同质，绘画虽以自然为摹本，但不求形似而求神似，笔势与墨色均点染着文人的意脉情韵。"画中有诗"中的"诗"除了题画诗这一实指之外，也指广义的诗意、诗味。"'文人画'的特色就是在精神上与诗相近，所写的并非实物而是意境，不是被动地接收外来的印象，而是熔铸印象于情趣。"[②]在自然中汲取天地万物的灵气，以滋养自我生命的繁茂生长，中国文人在山水画中力图达到"天人合一"的境界，从而无限接近心中的"道"。古代文人画追求神似的审美取向与当代"读图时代"充斥着仿真与拟像之景形成了对比，以古观今，汲汲营营的当代品格需要注入流动的气韵。

翟永明通过进入这个前文本探讨了中国传统的诗学命题——诗与画的关系。《富春山居图》为黄公望晚年隐居浙西一带时所作，是一幅典型的文人画，可谓"画中有诗"。翟永明的长诗《随黄公望游富春山》以《富春山居图》为题材，从字面意义上来讲本就是"诗中有画"，而诗歌写作手法借鉴了绘画技法，与《富春山居图》形成互文，更是将画真正融入了诗中。

诗人欲寻找正在失去或者从未被发掘的东西——主体如何实现

---

① 见徐复观：《中国画与诗的融合——东海大学建校十周年纪念学术讲演讲稿》，《中国艺术精神》，第289-293页，上海，华东师范大学出版社，2001。
② 朱光潜：《莱辛学说的批评》，《诗论》，第114页，上海，上海古籍出版社，2005。

勾连古今的伟大构想？这是一个文学的元命题。翟永明为了实现融汇古今的理想，以互文手法消弭了长诗文本与《富春山居图》二者身处不同时空的局限与表现方式差异的界限，古代的"读画"与今天的"读图时代"也因此彼此观照。显然，如果将文字视为一种图画，那么文字与绘画这两种艺术形式本身就形成了一组互文，古老的象形文字发展为今天的汉字，优美地在纸上行走，以文学文本为载体，能够生发出无限的意义；同样，绘画以深深浅浅的着墨点染出诗人胸臆。汉字构成的《随黄公望游富春山》诗文本，与黄公望笔下奇谲的自然山水画，之所以能在两个时代遥相呼应，是因为艺术的不朽与共通性构成巨大的张力，正如诗中所言"这就是艺术如此微妙的等边关系"。

学者商伟说："就诗歌而言，足以承当和抗衡这个时代的，非长诗莫属。"[①]翟永明启用了长诗这一形式，长卷与长诗形成了互文，写诗如同作画，吞吐大气象，一诗一画因此跨越古今形成了篇制上的呼应。诗人在长诗中可以伴随视角的移动从容往来于古今而不受制于篇幅，长诗也使诗人能够在玄想与日常之间游走，长诗具有足够庞大的容量来容纳思考。而诗人面对长诗总会遇到这样一个问题：如何依靠精密的结构搭建起一个框架来承载思想的不断外延，将长诗营构成一个整体？黄公望打破了山水画在宋代形成的重理法、守规矩的桎梏，追求"山水之法在乎随机应变"，他认为作画"大概与写字一般，以熟为妙"，因此被誉为"元四家"之首。他的山水画，重视变化，画作浓淡有致，山峰错落，江岸绵延，留白处散发着智者的神性之思，笔法变化莫测，意境却浑然一体。清代画家吴历在《墨井画跋》中评价黄公望"大痴晚年归富阳，写富春山卷，笔法游戏如草篆"。由此，黄公

---

① 商伟：《二十一世纪富春山居行——读翟永明〈随黄公望游富春山〉》，翟永明：《随黄公望游富春山》，第86页。

望的山水画不拘泥于传统绘画技巧,他将书法、诗歌等艺术形式的特点引入绘画当中,画作因此具有强烈的"写意性"。[①]长诗《随黄公望游富春山》也汲取了黄公望的创作理念和绘画技法,可谓"众体皆备",二者在变化的笔法上也形成互文。翟永明的这首长诗文本具有一种"笔法游戏"的特点,以变化多端的技巧在诗歌形式上营构了一种错综复杂的结构关系,以语言实验的方式证明了长诗在当代的存在意义。

黄公望作画以笔墨显意,不同于画工的精雕细琢,他笔下的山水苍茫庄重、灵秀天成,全靠笔墨运思,他的笔墨多有出人意料之变,将干笔、湿笔熔于一炉。皴法则"常用直皴带染,可简可繁,似飞白书"。[②]翟永明的写作与黄公望的绘画理念形成了呼应。诗人恣情泼墨却不失仪式感,长诗中的语言狂欢恰似画卷的笔墨潇洒,诗中既有"风水特别提示",又有"A4白纸""蓝色圆珠笔",既有"苍崖""灵芝",又有"雾霾PM2.5"。诗歌在传统东方哲学、古典意象和当代词汇切换中形成张力场,形成蒙太奇效果。

从词汇方面考察,一方面,极富古典意味的意象入诗,氤氲出缥缈的意境,名山大川、渔樵飞鸟尽收眼底,徜徉其中不就是自在于心的逍遥游吗?另一方面,通过在场事物再现日常经验的时代书写,现代汉语诗歌因此被激发出活力与历史感。四字一句的结构占据着长诗的极大篇幅。"没有地图 何来地理?/唯有山水 不问古今","何""唯"都是古代汉语中常见虚词;"使我长叹 恍兮惚兮","兮"字多见于楚辞。诗歌是中国最古老的文学形式,从《弹歌》到四言体诗的发展反映了古人对自然、宇宙、人本身的不断探索,自上古歌谣以来,直至《诗经》《楚辞》,再到曹操、陶渊明,四言体诗整齐却富有变化,优美而不失含蓄,形成了流动的审美效果。翟

---

① 转引自胡光华:《黄公望与元代山水画之变》,《荣宝斋》2005年第2期。
② 龚产兴:《大器晚成——简析黄公望的山水画》,常熟市文联编:《黄公望研究文集》,第15页,南京,江苏美术出版社,1987。

永明则认为四字一句犹如用典，"这种句式是中国文言结构的特殊固定短语，我觉得与中国方块字结构有关，每一个单音节字蕴含了最大的信息量"。无论是四言体诗还是用典，都讲求语言的凝练与含蓄性。自新文化运动"文白之辩"以来，"我手写我口"的语言文字观将文言视为仇敌。现代性语境下，文言是否已经失去了生命力？抑或在今人的追踪之下能再焕发出生机？翟永明的语言实验显然试图回答这些问题。黄公望作画"因心造境，游戏于万物之表"，[1]翟永明深谙"游戏"三昧，第23节通过"读图"的视线变化巧妙地再现了黄公望的构图技法。黄公望《写山水诀》论山有三远："从下相连不断谓之平远；从近隔开相对谓之阔远；从山外远景谓之高远。"[2]由右及左，长卷的首段运用阔远法，"首先：山被推远／前景是村屋／脚下有小径"，远山近岸相隔遥望，诗人也勾勒出寻常的江南山水景色。紧接着，长卷第二段运用高远法，诗人的视线也随即变换，"目光摇过三分之二的位置／时空交叠出夹岸奇山"，高峰突然耸起，几乎冲破画卷。诗人"登山"的过程，其实也是吞吐浩然之气的过程，"时序流转 气也在全身循环／朝代兴亡 士不在山水中徜徉"，诗人的历史之思、兴亡之叹，在"登山"也即"读图"的过程中阐发。最后，"下山：脚下之路变平直"。诗人分别用"阔远法""高远法""平远法"来再现自己观赏的过程，同时，这一节长短变化不一的诗句也如同起伏的峰峦，连通着黄公望"尽峦峰波澜之变"的绘画境界。除此之外，翟永明还将其他语言实验熔于一炉，实现了古今文化资源的相互滋养、生发：诗歌第30节，她自拟古诗形式以"对应古典绘画中丰富的题款"；第18节，她将风水提示语"打碎、重组、整理成'类诗'的模样"；第24节，她戏仿"嵌名诗"。她也直接引用诗文来抒写内心情致，颇有"六经注我"之风范。譬如，"自富阳

---

[1] 转引自胡光华：《黄公望与元代山水画之变》，《荣宝斋》2005年第2期。
[2] 转引自王世襄：《中国画论研究》上卷，第130页，北京，生活·读书·新知三联书店，2013。

至桐庐／一百许里""雨中山行至松风亭忽澄霁／卷藏破墨营丘笔／却展将军著色山""就门第而言，我高于你们"。她借诗歌形式的实验回答了新诗合法性问题，"写一首新诗犹如谱曲"，不同于古诗"建筑"般的凝固美、庄严美，新诗形式不拘一格，现代人经验的复杂性已经超出了古诗的容纳范畴，现代语场中曲折的主体经验必须依靠新诗变化多样的形式来书写表达。

虽然"亿万分之一秒的时间在追赶／把上千年光阴挤为齑粉的光年"，诗人将时间单位转化为长度单位，提示读者"时空穿梭"的有限性，正如詹姆逊所言，"后现代"的特点之一是以空间定义取代时间定义。[①]翟永明虽对"读图时代"深感疑惧，但她关怀的却是当下，即如何将生生不息的古典诗意转化为现代生存中滋养生灵的甘露。翟永明"读"的是画作，"远山、近岸、村庄、小路／四座山峰，两片水域／次第在我眼前展开／平远、深远、高远"，黄公望"读"的则是真山水。"我上上下下，领会隐喻"，"隐喻"是诗歌的一般表现技巧，以"隐喻"来实现诗歌讲求的模糊性、暗示性；"隐喻"在绘画里则表现为画家"趋重神逸""写心中之逸气"，[②]即以笔墨"隐喻"寄情山水的情愫。翟永明将"读图"体验与诗歌写作技巧联系起来，在这里竟是那么相得益彰。

在此不难看出，翟永明选择这幅画作为"前文本"，不仅是对这幅画作及其作者的致敬，也是对中国传统文人精神的致敬。第14节"我"分别以遁形术遁作蚌、河流、草堂、月亮，"从'有'向'空'透去／从'临'向'悟'／从物质中逃脱／向植物隐去／遁形术输给进化论／一物降一物／时间降一切"，一个"隐"字，指向心灵的超然。元代统治者入主中原后重视武功，文人地位一落千丈，黄公望愤然将自己"抛"出世俗，晚年归隐山林，由此参禅悟道，却也能

[①] 胡亚敏：《译者前言》，〔美〕弗雷德里克·詹姆逊：《文化转向》，第5页，胡亚敏等译，北京，中国社会科学出版社，2000。

[②] 郑昶：《中国画学全史》，第267页，长沙，岳麓书社，2010。

在山涧峡谷中物我两忘，寂寂之中及至虚静。"随黄公望"，即追随黄公望的隐士之心，大隐隐于市，心灵得以诗意栖居。

四、时空·虚实间的诗性

翟永明在长诗的最后写道：

> 层层叠叠压下来的梦
> 渐渐压紧我
> 像一把古代绢扇
> 渐渐的黑暗中
> 满满坐着　居心叵测的人
> 偷偷哭泣　泪水寻找每个人的眼睛
> 咯咯作响的关节
> 让我心烦意乱
> 我的眼光被改变
> 齐齐载向那个具体的东西

"压紧""满满""偷偷""载"等词语给人无从解脱的沉重感，试图通往"无限""永恒"的做法是可疑的，因此诗人从画作中跳脱出来，她说："江山并不多娇，人心多娇"。她发现存在这样一种复杂现象，"一个问题　让我身重如山／另一个问题　让我神清若羽"，"我"无法做出判断，只能交由一个无名主体——谁说"如此作结"。回到纯粹的自然山水在现代也许是一个伪命题，正如翟永明在2010年与木朵的对话中所言："今天的'自然写作'必然不可能与古代的'自然写作'相同，我的意思不是说我们不能写山水诗，而是今天即使写自然，写山水，也必然会写到物质与人，写到现代化对自然和山水的伤害。这是常识，也是真相。因为已经没有一个山水的净土和未被处理的自然。"①然而每个时代有每个时代的"诗意",新诗虽无法抵达纯粹的山水之境,但"今天的诗歌创作,必然带有今天的气息,连同当代诗的尴尬,连同城市化对诗歌写作的伤害,连同诗歌所处的这种边缘位置,都是今天这个时代的一部分,也散发着这个时代特殊的诗意"。②因此,翟永明在这首长诗中来往于古今之间,给读者带来时空穿梭感的目的不在于对某个特定时代背景的定格或找寻,她也并不悲叹今非昔比,她选取"富春山"这个有待考据的地点,就是为了在虚与实之间寻求一种平衡,这种平衡的状态就是诗意的状态。

在长诗的注释中,诗人指出之所以选择《富春山居图》,一方面是长卷本身的艺术魅力,另一方面是因为"太多画作之外的因素附加在这幅画身上:艺术的、命运的、经济的、政治的"。因为这幅画本身承载了很多画作之外的东西,所以,翟永明不用做太多说明就能直接取用画外之意,借以阐释对一些问题的理解。笔者认为,这首诗中包含着对这些命题思考过后的集中表达。首先,翟永明的诗歌渗透着她对当代艺术的关注。她自言:"从形式上讲,我也喜欢类似装置、现代雕塑、新媒体、行为艺术。它们代表了更多的创新意识、实验性以及鲜活的状态。"③对建筑艺术她有这样的理解:"使得我在写作中更注重空间意识和视觉效果,以及一定程度上的体积感。"④从本质上讲,诗歌也是一种空间艺术,与建筑不同的是,诗歌营构的是专属于心灵的诗性空间。翟永明一直在关注当代艺术,其爱人徐冰的作品——大型艺术装置《凤凰》——成就了诗人欧阳江

---

① 翟永明、木朵:《在克制中得寸进尺——与木朵的对谈》,翟永明:《完成之后又怎样》,第219页,北京,北京大学出版社,2014。

② 翟永明、木朵:《在克制中得寸进尺——与木朵的对谈》,翟永明:《完成之后又怎样》,第219页,北京,北京大学出版社,2014。

③ 翟永明、周瓒:《词语与激情共舞——答周瓒问》,翟永明:《完成之后又怎样》,第172页,北京,北京大学出版社,2014。

④ 翟永明、周瓒:《词语与激情共舞——答周瓒问》,翟永明:《完成之后又怎样》,第172页,北京,北京大学出版社,2014。

河笔下的一首长诗。若大胆揣测,《凤凰》与《随黄公望游富春山》之间的篇制与精神内涵绝非没有契合之处。翟永明本身对女性艺术也投注了极大热情,她力图掀开遮蔽在女性艺术之上而使它们长久地显示出独立特质之物。然而,翟永明对当代艺术的态度并不乐观,她认为"后现代艺术的真相是应该让我们看见一个无限自由的状态",然而艺术却"被功名利禄所捆缚"。[1]如何为当代艺术注射镇静剂?黄公望作此画用时三四载,名利于他可谓浮云,他寄情山水之间,他的"无为"接近道家禅宗美学。翟永明作此长诗,背后承续了她对当代艺术精神的热忱观照。其次,"命运比它的创作者更有力",翟永明关注这幅画的命运,从而引申至对人的命运的形而上的思考,"最后时刻 冠状动脉像/暗红花朵怒放/瘦骨铮铮作响/排山倒海的淤血/钻进一颗狂狷之心""它完全拒绝随风飘逝/拒绝成为我的一部分/拒绝/像生命一样结束/像人/本质上/无法选择生死"。画作可以绝处逢生,那么,人如何身处天地之间岿然不动?人"无法选择生死",与画作相比,"人生如流水线流转 你我只是来一个扔一个的废品"。画作铮铮铁骨如同狂士,而诗人却陷入一个悖论,渴求一颗永远狂狷之心,可以冲破桎梏抵达自由之国度,然而深知生而为人从来无法选择生死,人只能随遇而安,在无常的命运中涤荡飘摇。诗人由质感坚硬的激情叩问沉淀为对存在命题的思索,步入耳顺之年的翟永明窥破了生死的奥秘。在长诗的序诗中诗人写道:

> 从容地在心中种千竿修竹
> 从容地在体内洒一瓶净水
> 从容地变成一只缓缓行动的蜗牛

---

[1] 翟永明、周瓒:《词语与激情共舞——答周瓒问》,翟永明:《完成之后又怎样》,第172页,北京,北京大学出版社,2014。

从容地 把心变成一只茶杯

从来没有生过、何来死？
一直赤脚、何来袜？
在天上迈步、何来地？
在地上飞翔、何来道？

五十年后我将变成谁？
一百年后谁又成为我？
撑筋拔骨的躯体置换了
守住一口气 变成人生赝品

翟永明在诗集《行间距》中将这首诗作为跋诗，但将其命名为《行间距：一首序诗》，她说："这是本诗集最后一首诗，也是下一本诗集的序诗。希望两本诗集中的距离是循环的，也是生长的。"[1]其深意在于，翟永明的长诗《随黄公望游富春山》与《行间距》在遥望之中构成了承续、对接，积极地回溯、寻找自己，与过去的自己对话。她早期的诗歌作品，那些充斥着"黑色""死亡""性别"等字眼的诗句从胸中汹涌喷出，充满了青春的激情，也消耗着诗人的体力与智性。经历了沉淀，翟永明意识到了只有"细微的张力、宁静的语言、不拘一格的形式和题材"，[2]才能经得住时间的检验，诗人突破对性别文化的审视，诗学构想向日常生活和宏阔的社会、历史、现实的河岸延伸。翟永明的抱负也在于此，她观看世界的视角绝不固定在一个方位，不断变化的题材与表达方式承载着她从未中断的人文情怀。在诗集《行间距》中，她的视线延伸至汶川地震（《胡惠

---

[1] 翟永明：《行间距》，第143页，重庆，重庆大学出版社，2012。
[2] 翟永明：《面向心灵的写作》，《完成之后又怎样》，第39页，北京，北京大学出版社，2014。

姗自述》《坟茔里的儿童》《八个女孩》《上书房、下书房》)、毒奶粉(《儿童的点滴之歌》)、歌手自杀(《和雪乱成》)等现实事件,这些具有新闻写实性品格的诗歌也是翟永明诗歌实验的一种方式。自朦胧诗以来,当代诗歌抵抗庞然大物以求回到诗歌本身,诗歌与现实的关系在诗人的辩驳声中依旧无定论。然而现实入诗的传统自古有之,以杜甫诗为例,诗歌对现实的观照使诗歌放射出"史"的光辉,却也不磨损诗歌的品质。翟永明诗歌的"写实性"不是对现实赤裸裸的呈现,而是经过缪斯之手洗涤过后的诗意沉淀。另一方面,《行间距》中也有这样的诗篇:《前朝遗信》(组诗)、《枯山水》、《冲天鹤》、《新桃花扇》(组诗)、《黄帝的采纳笔记》、《宽窄韵》。传统文化、传统文人精神品格和古典文学一直是翟永明关注的对象,从80年代的《我策马扬鞭》以具有古典意蕴的"雕花马鞍""宽阔邸宅""牛皮缰绳"构成的古典意蕴,到90年代的《时间美人之歌》通过与赵飞燕、虞姬和杨玉环三个古代女性的对谈洞悉人性,再到新世纪以来的《鱼玄机赋》为女诗人一辩,传统在诗人笔下构成非单一性的诗学价值。诗人绝非简单地致敬传统,她或为历史人物翻案,或以传统省视当代生活,传统成为她抒发现代感受的一个切入点。"从小喜欢中国古典文学和戏曲","这种潜在的影响"一直存在于翟永明的诗歌中。[①]她对传统文化的关注和对古典文学技巧的化用,使她"所关注的问题和诗歌意识"与"语言、形式、诗歌品质达成默契","使写作始终保持鲜活而不使自己和别人厌倦",从而"克服写作中时时冒出来的无聊感"。[②]翟永明的诗歌在当代语境中通过与传统对话丰富了自身的思想厚度,传统资源的介入平衡了略显沉重的现代经验,诗歌因此获得了轻灵的美感。在接受方面考察,一方面,中

[①] 翟永明、何言宏:《从最无诗意的现实中寻找诗意——与何言宏对谈》,翟永明:《完成之后又怎样》,第209页,北京,北京大学出版社,2014。

[②] 翟永明、周瓒:《词语与激情共舞——答周瓒问》,翟永明:《完成之后又怎样》,第169页,北京,北京大学出版社,2014。

国读者的阅读经验根植于中国源远流长的传统诗学,因此翟永明散发古典意蕴的诗歌能够激发读者的认同感;另一方面,诗歌不断变化的能指又造成了语言的异质性,造成了符合诗学意义的陌生感。

结　语

《随黄公望游富春山》是翟永明诗学理想的延伸和升华,是她诗歌实验的一次喷薄式展示,更是新世纪诗歌在空间美学方面的一次写作突破。在宏阔文化构想与现实考量中,它隐匿着翟永明对诗歌写作空间诗性的一次实践。诗人摆脱了捆缚创作向度的现实经验和既有成绩,她在古人的画卷中寻到视觉的灵感,立意在文字中完成空间的构境,由此,她反对"词语的僭越",不停滞于对"本质的话语"[1]的追求,而是将词语放置在多维度的空间之中,这种"面对词语本身"的姿态使她置身于一个"四方的、极少主义的房间",[2]而"极少主义"同样被应用于水墨山水,画家处处留白却彰显天地有大美而不言的品格,这是中国古典绘画中的空间构境的诗意。翟永明从中敏锐地领悟到如何在诗歌创作中抵达空间构境的神韵,扩展文本表达的场域和自由度,从而抵达敞开着的文学空间。

本文原刊于《当代作家评论》2022年第1期

---

[1] 〔法〕莫里斯·布朗肖:《文学空间》,第19页,顾嘉琛译,北京,商务印书馆,2003。
[2] 翟永明:《面对词语本身》,《完成之后又怎样》,第43页,北京,北京大学出版社,2014。

裂隙里的乡愁和进退维谷的舌头
——论陈亮长诗《桃花园记》

李 壮

一

在最根本的层面上，我会将陈亮的长诗《桃花园记》[①]看作一种致敬。陈亮的《桃花园记》与陶渊明的《桃花源记》之间的关联性当然是一眼即明的，不仅是"谐音梗"，武陵渔人所进入的那个安居乐业的世外桃源，几乎就是中华文化里"失落天堂"的代名词，而陈亮在《桃花园记》里试图凸显的也正是"天堂感"和"失落之旅"。在陶渊明笔下，孤悬于历史之外的桃花源，仿佛从未离开过中华文化的"童年"；而陈亮的故事——我指的是他那些有关桃花园的诗，尤其是这本书中在我看来光华最为耀眼的前三分之一，恰恰是从童年写起，大

[①] 陈亮：《桃花园记》，石家庄，花山文艺出版社，2021。本文所引该诗作皆出自此版本，不另注。

多数时候甚至直接征用了儿童的视角。包括桃花的意象本身也是一种致敬：从《诗经》时代开始，这种花便在中国诗歌的记忆里一遍遍开放着。它不断加深着古典农耕文明的美学形象和自我认同。

在第一首诗里，桃花一年一度地开放，被形容为"一年一度的大火"。大火的说法非常有趣，这其实是一个典型的毁灭意象。农耕文明最惧怕的元素或许就是火，或者更准确地说，惧怕的是火的失控，是这种元素的无序增殖——古典农耕文明的要义显然在于秩序。火关联着干旱，并且火会吞噬木头，会吞噬农人赖以生存的植物和赖以栖居的房屋。火意味着与农耕文明价值相对立的东西：它不蓄积，而是消耗；不节制，只管张扬。我想陈亮一上来就用大火形容桃花是有深意的，用这个充满毁灭预感的意象来写桃花园也并非偶然——如果没有毁灭，没有对毁灭的预感，乃至认知，《桃花园记》就一定不会是此刻的这个样子，它恐怕就真的会变成《桃花源记》。而一个人在今天重新去写《桃花源记》显然是荒唐的。因此，这一切难免会让我们想到胡安·鲁尔福《燃烧的原野》，进而想起《佩德罗·巴拉莫》：村庄已荒废，亲人们都已死去，但幽灵们依然喋喋不休。而大火，同样隐约指向了马尔克斯笔下最终将马孔多从地图上抹去的飓风：同样的古老宿命，同样的"百年孤独"。

说到马孔多，自然也无法绕过福克纳笔下的约克纳帕塔法，那个著名的"邮票大小的地方"。陈亮口中所谓的"北平原"又何尝不是"邮票大小的地方"呢？因此不可避免地，我们想起了莫言，无论在文学地理学还是现实地理的意义上，陈亮的这片"北平原"，都与莫言笔下的"高密东北乡"方位接近。我们甚至在《桃花园记》里直接看到了茂腔（其实就是莫言《檀香刑》里的"猫腔"），以及名叫"花脖子"的土匪（这个名字出现在《红高粱家族》里面，同样也是个土匪）。既然说到莫言，那就绕不开民间文化和民间传说，陈亮的故乡书写显然包含了对故乡土地里生长出来的民间文化的致敬，例如卖后悔药的老人会在不同的篇章中不断出现，而远方来客带来的异乡元素（比如海螺和虾酱）也总能够在"北平原"的话语系统中，以民间传说的样貌被重新定义及组装。毕竟，这些故事发生在齐鲁大地——这里诞生过蒲松龄和《聊斋志异》。

二

当然不是掉书袋，也不是说《桃花园记》属于热衷于单纯形式互文的"话语杂烩"。无论如何，这一切的背后还有更本质化的致敬。正如陈亮在题记里的自陈："此诗献给我的故乡北平原，和北平原上即将消失的桃花园，以及那些在此消散或疯癫的亲人。"这首长诗——显然，我们也可以将其称为"这本诗（集）""这组诗"——致敬的是故乡，致敬的是具体的故乡背后的整个中华古典农耕文明及其话语体系。这种文明和话语体系，曾经无比繁盛过。这种繁盛以其强大的价值内生潜力及总体性，建构出一套经典的想象及抒情模式，从而安放过一代代传统中国人的灵魂。这灵魂栖居在舌头上，灵魂的问题往往表征为舌头的问题——在确凿且持续的自我言说、自我表达中，一种文明、一种文化、在这种文明和文化中衍生的人，获得了他的身份、角色、自我认同及历史主体性。在此意义上，桃花园的确是一个完美的载体：桃花园里的桃树在基础性层面上首先是生产资料，它结出桃子，通过舌头，进入肉身的能量消耗和转化系统；然后，我们知道这桃子是从桃花处来的，于是才在象征和隐喻的层面上，通过相同的器官（同样是舌头），进入精神的话语生产和价值增殖系统。道生一，一生二，二生三，三生万物。桃花园产生桃花、桃子，桃花和桃子再衍生出桃花园里的人物、故事、关于昨天的旧梦、关于明天的预言，最终，再被陈亮统一收回到一根同桃花园不可分割的舌头上面，汇拢、融通、作结。就像大荒山无稽崖青埂峰下的那块顽石，最终还是回到了青埂峰下。这里出现了一种《红楼梦》式的梦幻循环结构，一种与自然世界节气规律在根性上相互吻合的闭环轮回时空。这样的结构背后或许潜藏有如下渴望：桃花园永在，亲人们永生，武陵人见证过的天堂仍然存活在我们的纸页上——"问今是何世，乃不知有汉，无论魏晋"。

然而，陈亮与我们每个人都一样地清楚，这样的中国乡村正在消失，古典性、经典性的农耕文明正在消亡。这种消失表面上看似乎可以是古典性的，例如躲藏在婚丧嫁娶的古老仪式之下，但在更加本质的层面上，是开启了一种新的时间模式，有新的文明价值入侵。陈亮在诗中毫不避讳自己的预感，甚至都不仅仅是他个人的预感，而是桃花园里的通灵者，换言之，是桃花园的"灵"本身的预感："'快来了——'这些年我一直记得闲蛋／每次从瞭望树上下来时说的这句话／闲蛋虽然现在已经衰老不堪／再也爬不上瞭望树"（《快来了——》）什么来了呢？陈亮在最后一首诗《桃花仍将灼灼盛开》中已经说得很清楚了："推土机推土机——我已经隐约听见推土机／从远方向这里掘进／它的轰隆声，它搅起的滚滚烟尘／隐藏了蚂蚁般喧哗的人群／一切都将消失，仿佛一个巨大的泡影"。推土机的介入的确构成了某种形式的终结，然而它本身象征着另一种被呼唤已久的"开启"。对此，陈亮显然无法回避。在《有人在喊我》中，陈亮把自己的离去写成了一场"事故"，甚至干脆就是悲剧，然而事情的发生，显然存在着必然性："从小我就牢牢记着母亲的话／'桃花开的时候，晚上有人喊你，／千万不要答应——'／我就用棉花堵上了耳朵，装作没听见"，但事实却是，"可那声音不是从耳朵传来／而是从心里，从血液里传来的／亲切，慈爱，温暖，让你无法抗拒"，最终的结果是，"那声音后来又引着我误上了一列火车／先是穿越过好多的黑洞，突然／就来到了一个陌生的世界"。诗人可以用哀歌的方式去回望（或去不彻底地"追悔"）某些事情的"发生"，但他终究无法否定或逃避这种"发生"。诗人来到了城市，在这里他遭遇的首先是不适（《巢屋》《树上的日子》《鸟人》等），他甚至需要在行为方式和肢体动作上模仿故乡及自然才能够舒适一些，随后到来的是适应（《朴》《云端》等)。但诗人对这适应又终究是存疑的,因此他注定要安排自己失去他在城市里获得的一切(《朴消失了》《寻找》《积木游戏》等)。他不得不在理性认识的框架内,不断增添不真实感和丧失感。非如此,他必不得回返桃花园;非如此,桃花园也难以真正挣脱历史逻辑的规束,而在审美和情感领域获得另一层面的伦理合法性。

正因如此,《桃花园记》尽管在许多部分(尤其是童年乡村经验部分)充满现实质感,其总体的、基本的调性却是幻想的。在个人生命体验和文明总体逻辑两方面,这种幻想性的腔调都可视作某种安慰,正如马尔库塞所说:"幻想(想象)仍保留着在被现实组织起来之前的、在变成与其他个体相对立的'个体'之前所具有的精神结构和倾向……想象同它依然从属的本我一样,仍然保存着对前历史的过去的记忆。"[1]与马尔库塞的原语境相似,桃花园想象的成立及其力量的来源,也同高度秩序化的现代文明带来的异化及压抑有关,也同样可以在"马克思+弗洛伊德"的双重视域下加以探讨。这一乌托邦般的抒情对象几乎是"本我"化的,它是压抑及对压抑抗拒的产物。但无论如何,这并不是简单的"返祖"。事实上,中国新诗,乃至五四以来整个中国新文化新文学的发生,都与中国艰难开启、蹒跚推进的现代化进程紧紧绑定,而陈亮以及陈亮所写的《桃花园记》所操持的,又恰恰是这种现代性的语言。陈亮当然是在现代性的视角和基点上来怀念和书写桃花园的,这背后其实端坐着宏大的历史逻辑:只有在百余年来现代化进程行将完成的时刻,一种从容的、自由的、在伦理上不再危险可疑的挽歌,才能够被真正地唱响。因此,陈亮不得不一次次地站到历史所给予他的极其特殊的位置上来:他一定要站到远离,甚至对立于桃花园的位置上来(这位置可以是现实地理意义上的,也可以是历史逻辑意义上的),然后在他的反桃花园的位

---

[1]〔美〕赫伯特·马尔库塞:《爱欲与文明》,第127页,黄勇、薛民译,上海,上海译文出版社,2012。

置上,去重新讲述桃花园,去重新结构他对桃花园的记忆和爱——而这样的姿态与腔调,又注定使他对立于他实际所处的位置。

就像《桃花园记》里的"我",必先进入城市,将其对桃花园的记忆以及理解纳入现代文明的符码系统,然后才能够逃离返归。他必先将桃花园作为"他者",并进而通过某种"回望",乃至"回返",使自己也成为另一种意义上的"他者"(现代文明的"他者")。甚至,诗人观看桃花园的视角、他所用以言说其观看的这一整套语言(从形式技术到价值视角),都是在现代文明中"习得"的产物——在特里·伊格尔顿看来,这种"两面神式的时间性",乃是"处于现代主义的核心","通过它,人们回归到现代之前的资源里,以期向后运动而进入一个完全超越了现代性的未来"。[1]这注定是一条二律背反式的归乡之路,此中存在着一种根本性的矛盾,乃至悲剧:这根舌头一方面背叛了桃花园,另一方面又背叛了这种背叛本身。这是历史留给我们的另一出"奇异的对联式悲歌",而陈亮将它唱了出来——以一种为我们所熟悉的语言。这进退维谷的舌头。

三

从这种视角出发,我们再来看看《桃花园记》里写到的"物",多姿多彩的"物"、趣味丛生的"物"。动物、植物、物件,显然,它们不仅仅有"趣味",同时还有"深意";不仅仅是"景观",同时还是"姿态"。

桃花园在最基本的维度上,无疑是客观存在的对象实体,换言之,是一种"物"。《桃花园记》从一开始便是一种未打算脱离"物",也不可能脱离"物"的书写(当然,这与近年来反复出现的

---

[1] 〔英〕特里·伊格尔顿:《托·斯·艾略特》,〔美〕哈罗德·布鲁姆等:《读诗的艺术》,第106页,王敖译,南京,南京大学出版社,2010。

对当下诗歌写作回归"及物"的呼唤指向并不完全重叠)。在《捏造》一诗中,陈亮甚至通过再造微观桃花园的方式,直接、再次地强调了桃花园的"物本位":"每个孩子都会捏制一个属于自己的小桃花园/然后将象征自己的泥人/毫不犹豫地坐在园子中央"。这是借由儿童游戏展示出的镜像隐喻。制作"小桃花园"的原材料,是当地土产:"墨水河在每个拐弯处沉积了一种泥/黝黑、润滑、细腻,宛如油膏/用它作为原料做出来的黑陶/薄如蛋壳和蝉翼,敲击后声音如玉似磬"。一种"物"转换为另一种,但与现代消费社会中常见到的景观不同,这种转换并不曾背弃自身的本质,由桃花园供给的"物",最终又变成了桃花园本身。这又是经典性的古典理想,是前文提到过的那种《红楼梦》式的梦幻循环结构,一种与自然世界节气规律在根性上相互吻合的闭环轮回时空。

《月亮垂下的梯子》采用了儿童视角,也是为了突出"物":房屋是有神性的,它天经地义地比人高大。这是一种"有意的无知",为的是凸显乡土生活的"未祛魅"状态:"家是黄泥垒成的,盖着黑色的瓦/门口朝南,迎接东南风/……院子里总有一架顶天立地的梯子/有时靠着墙,有时靠在树杈上/只有父亲敢爬上去,或晾晒果实/或用星火点烟,或做些只有天知道的事/……有时正好在夜晚,我感觉那梯子/是从硕大的月亮上垂下来的"。这首诗的最后两句,是"但很快,梯子就被月亮上的人收走/并纷纷扬扬撒下了许多桃花的花瓣"。家宅、梯子、月亮、花瓣之间,建立了无逻辑而又雄辩的关联性,这种关联性的诗歌表征是,物与物之间可以相互联通甚至实现形态转化,如梯子转换成花瓣。此中暗藏有一种未被工具理性和现代分类学孤立的语言:人可借此与万物对话,万物亦可借此与万物对话。《我和动物们》《母羊》《风》等都是此中代表,而这种对话的美学极点,或许就是"生"与"死"的无碍对话。《影子》里,"形"与"影"的混淆背后,是活人、死人、桃花的三者不分("我就先踩住/他的影子,头开始慢慢抬起来/看到的却是一个开满了桃花的巨大坟头"),由此而来的安慰是巨大的("父亲的坟就在村北的桃花园里／母亲去干活时,捎着的水和点心／一半自己用,一半就给了父亲／干累了,就躺在坟头上睡一会儿／——这时,坟前壮硕的桃树／会悄悄俯上前去垂下了它的荫凉——"),故而令诗人感怀依恋到桃花园即将消失的时刻("在桃花园深处,坟头按风水排列／有父亲的大爷的祖父的桃花／还有未知的,不知何故／坟头上的桃花总是开得异常艳丽")。

其实,在出桃花园的旅程中,诗人遭遇到的"物"显然更多。形形色色的物,带着标签、包装和价码,闪耀出结构系统或者说"物体系"的光辉。这样的"物"当然与桃花园的"物"有本质不同。当然,不同首先意味着刺激,"我"并非没有迷恋过它们。当"物"同身体结合的时候,欲望被激发出来("她们大多刻有桃花的文身""歌厅还私酿一种桃红色的酒""我们空闲时经常在此／留恋、迷醉"),但这种激发并不能够打消主体意识深处的怀疑主义("我的身体剧烈摇动,化成一团烟雾")。陈亮用了巨大的篇幅,去书写城市语境中,"物"(及其所携带着的整个桃花园记忆)的异化,或曰货币化过程。本来流浪的"我",以雕刻桃木暴得大名,又在泡沫的破裂中重回一无所有——从无到有再到无,都没有离开桃花。那么桃花本身呢?那些没有离开故土的"物"又怎样了呢?我想陈亮在此是诚实的,他没有回避那些无法回避的事实:回乡后,他发现那些令他吃尽甜头又吃尽苦头的逻辑,也已经侵入了故乡:

靠房产或拆迁
一夜暴富的信众越发众多
捐助的银钱颇丰,遂大兴土木进行扩建
并请来远方高僧主持
顿时香火鼎盛、远近闻名起来

尼姑将庵产的桃花开光秘制成一种丹药

据说可以驻颜；和尚们
将庙产的桃子开光冠以"佛桃"
据说可以扶阳固脱，延年益寿
胭脂和佛桃的功能越传越神
据说已彻底超过白胡子老头的"后悔药"了

——每年桃花盛开的时候
在庙前举行的庙会可谓人山人海
盛况空前——人们骑骡子跨马
从四面八方来此汇聚，表情肃穆虔诚
还有人从远方一步一叩首
跪爬而来

如同埃斯波西托所言："在现代世界，物被它们自身的价值所湮灭……'价值'一词在世俗化的过程中，早已移入经济领域，其意义已被荡空。物的价值由客观参数所决定，与物内在的属性没有什么关系……从使用价值而论，物尚能保存其独特属性，可是从交换价值来看，物就丧失其独特属性。这就是物的价值何以非但不能巩固物的意义，反而抹平物之间的差异。"[1]这在根本上紧密关联着马克思重点论述过的"商品拜物教"话题。如果说童年记忆中，"物"的主体性是"属于神"的，是"天人合一"的，那么如今，"物"的主体性则是体系化的。"物是"，但又"物非"。那么"人"呢？"物"的背后当然是"人"的命运。我想二者的命运是相通的：主体性未必完全丧失，但的确面对着巨大的不确定性。不妨说，一切存疑。这造成了巨大的困惑，随之而来的是不可抵御的孤独感和失重感。

---

[1]〔意大利〕罗伯托·埃斯波西托：《人与物——从身体的视点出发》，第60-61页，邰蓓译，武汉，长江文艺出版社，2022。

四

那么，接下来就说说"人"。

老实说，桃花园里的人物——我指的是，充满了"我"的整个童年记忆的那些人物——某种意义上的确是具有不确定性的。许多人物看起来是奇奇怪怪的，他们的存在无头无尾，似乎是独立于正常运行的时间之外的，因而像桃花园里的"物"一样，呈现出神话色彩——倾听地底声音的通灵者，以及卖后悔药的白胡子老头，都可以算作此类人物。当然可以说，这些人物本来就是象征性、仪式化的存在。但另外一些同"我"关系更加紧密的人，同样在"开端"和"结局"两方面充满了疑问和空白。例如哑姐姐，"哑姐姐和我们家并无血缘关系／她是那一年墨水河发大水时／从上游冲下来的孩子，被父亲／用网鱼的大网救起，后被母亲领养"，她的出现完全是一场意外，至于结局，"姐姐后来突然消失，去向成谜／桃花园里有很多传说版本"，可谓是无头无尾（《哑姐姐》）。陈亮一直试图强调这种神秘性和不可解性，"多少年了，她的一切如同黑夜无人能解"（《大水》），甚至为这种神秘性特意安排了道具，"这镜子几乎从没离开过哑巴姐姐／姐姐用它梳妆，与镜中人比划手语／姐姐消失前几天晚上／我发现她的房间里经常会射出明晃晃的镜光""也许姐姐／是从镜子里出走了，镜子里面／有什么谁也无从得知，也许／是另外一个我们没见过的桃花园吧／镜子应该是她唯一的出口"（《镜子》），"直到在一个月圆之夜／烛火倏忽动荡，蜡油纷纷滴落／镜面在烛火的照耀下猛然爆酥"（《桃花镜》）。

如果说哑姐姐象征着亲情，那么"夭"则指向爱情：这位在相貌特征上与桃花高度重合的女孩子，"是我指腹为婚的／未来'媳妇儿'"，她意外死去后，桃花便成了其精魂的投射与表征（《夭》）。此后的诗篇中，"夭"再一次出现，这一次，她带来的是古老的生殖繁衍主题："我经常会在睡梦里梦见夭""第一天，我们结婚，她用桃花汁做腮红／风不断地在她头顶上洒下桃花／第二天，她在吃饭时掰开一个桃子／找到了我们第一个孩子""到了第十天，我们就有了九个孩子／孩子们渐渐长大／他们又在桃树杈上建造了自己的房子／我和夭却在逐年老去／直到有一天洗脸时河水惊叫着发现了／两张莽苍的脸""而我醒来时只是一个满头大汗的孩子／在另外一个世界里却成了九个孩子的父亲"（《我成了九个孩子的父亲》）。表面看来，这仍旧与爱情相关，实际却并非这么简单。它指向了性欲——却不是巴塔耶意义上同"耗费"相关联的现代欲望，[①]而是古典农耕文明式的、着眼于生产和积蓄的性欲。简单说，就是生儿育女、壮大家族、扩大生产。这是一个梦，却不是简单的弗洛伊德式的，它以天真却近乎赤裸的方式，说出了一种古老的、轮回式，几乎"除此之外再无选项"的命运。桃花园里的每一代人不都是这样过下来的吗？甚至，桃花园本身，不也是这样来的吗？

因此，桃花园里出现的人物，其神话感实际是来自一种对古老命运的复写冲动，或者说，这种"无始无终""梦幻缥缈"式的人物设计，本身便是对"生死问题"的仿写。而在农耕文明的总体语境中，生死又是对自然节气和天地运行规律的仿写——日落日升，冬去春来，死亡与复生是自然世界的唯一主题，"日复一日、季复一季、年复一年，它们为人类的死亡与再生概念提供了一种模型"。[②]人和这片土地上的事物，归根到底是同源同构的。对此，陈亮早早地便给出了自己的表白："不知从什么时候，我就突然开始发现／桃花园中那些花、草、树／河流，昆虫、牲畜、风、云、鸟儿／和我是连在一起的／我们有着共同的但却看不见的根……／我怀疑我们是被谁一下子生出来／又千姿百态生长在大地上"（《我操着整个桃

[①] 见〔法〕乔治·巴塔耶：《色情、耗费与普遍经济》，汪民安译，长春，吉林人民出版社，2003。

[②] 〔美〕华莱士·马丁：《当代叙事学》，第87页，伍晓明译，北京，中国人民大学出版社，2018。

花园的心》），"母亲说，我是她在桃花园里干活时／在树杈上的一只鸟巢里发现的／那一天傍晚，她突然心神不宁／总感觉附近有个小孩在断续地哭……／而更多的孩子是用泥巴捏出来的／——桃花园里的孩子们／大多就是这么千奇百怪地／来到了人世间。母亲说／我们从哪里来的，还将回到哪里去"（《孵化》）。这是小的谎话背后大的真实：一切同根同源，因而无生无灭。

五

尽管桃花园中人往往披挂着一层捉摸不定、带有神秘主义色彩的诗性外衣，但他们所赖以生存、成长、行动的那片土地及其逻辑，其实是稳固而确定的。例如，在《干娘》《恍惚》等篇章中，我们显然能够看到一种似曾相识的，既是"桃花园式"也是"桃花源式"的人情关系和情感结构。在本质上，这一切并不是神秘的，相反，它们是熟悉而亲切的。甚至死亡在此也并不意味着逻辑和意义的取消。真正带来陌生感和恐惧感的，是来自非肉体性的死亡——那种象征的、旧有空间和时间逻辑的死亡。在此意义上，我认为《捉迷藏》《那些黑洞》《黑暗》等几首，在整本诗集或者说整部长诗的总体格局中，带有"轴心"或"装置"色彩。古老的孩童游戏转喻为全新的成人规则，试探着旧有世界边界的动作推开了陌生世界的大门，意外背后隐藏着必然，而离去的已不可能真正回返："那些寻常的藏身处／已经找不到她们了""多少年后，当我在千里之外／惊讶地发现了她们／她们说的话我听不明白，对桃花园／也置若罔闻，只报我淡淡一笑／让我开始怀疑自己，是真的认错人了"（《捉迷藏》），"也有一个人小时候进去后／老迈时才回来，他说看到了另外一个世界"（《那些黑洞》），"我在里面哆哆嗦嗦却什么也没摸到／最后，只握住了两把恐怖的黑暗"（《黑暗》）。一种真正的线性时间侵入了，随之展开的是巨大的、不再重复也不可穷尽的现代空间，时间与空间在此混淆交错。

同样在巨大的情绪张力及想象张力中混融在一起的，还有童年记忆和成人视角、旧的幻梦和新的现实、"素朴的诗"和"感伤的诗"——如果允许做出直接的判断，我会说，这几首是整部作品中给我留下最深印象，在艺术水准和审美穿透力上最令我满足几首。

"素朴的诗"和"感伤的诗"是来自德国诗人、美学家席勒的一组概念。在席勒看来，"诗人或则就是自然，或则寻求自然。在前一种情况下，他是一个素朴的诗人；在后一种情况下，他是一个感伤的诗人"。当诗人处于纯粹的自然状态之中，"他整个的人活动着，有如一个素朴的感性统一体，有如一个和谐的整体。感性和理性，感受能力和自发的主动能力，都还没有从各自的功能上被分割开来，更不用说，它们之间还没有相互的矛盾"。然而，当人与这种自然被分隔开来，"当人进入了文明状态，人工已经把他加以陶冶，存在于他内部的这种感觉上的和谐就没有了，并且从此以后，他只能够把自己显示为一种道德上的统一，也就是说，向往着统一"。[1]某种意义上，现代文明是以分类学为潜意识的文明，"各自功能的分割"，乃至将总体的人分割为功能，是其内部运行的动力、原理。《桃花园记》呈现出"素朴"和"感伤"之间的交杂纠缠状态，呈现出作为个体的"人"在远离"自然"或"天真"状态的过程中，感受到的悲哀乃至不适感——这种呈现的前提是，呈现的主体依然留存了对"素朴的感性统一体"的回忆，而并非将"分割"作为常识和天理早早接受下来。这种前提在下一代人那里即将消失。因此，《桃花园记》里弥散着的，是近几十年来中国现代化进程迅猛推进、城市化脚步不可逆转的大历史语境下，一种极其典型的时代美学语气。这种语气诞生并寄生于特定、短促的历史裂隙，我们可能见证的一件事情是，《桃花园记》同桃花园一样，都属于正在消亡之物。这是陈

---

[1] 〔德〕席勒：《论素朴的诗和感伤的诗》，伍蠡甫主编：《西方文论选》上卷，第489-490页，蒋孔阳译，上海，上海译文出版社，1979。

亮对"北平原"、对桃花园、对自身的乡愁,某种意义上,这也是一群人、一代人的历史乡愁与文化怀旧:"从更广泛的意义上看,怀旧是对于现代的时间概念、历史和进步的时间概念的叛逆。"[①]

陈亮对这种乡愁的表达,不能说就一定是完美的。在我看来,诗人对都市生活的书写有些过度符号化、概念化,至于结尾处的回返,似乎也有"不得已"甚或"不可能"的底色在。如果更充分地同"时代现实"这一宏大文本进行对读,我们不难听出文本背后的杂音或气息中断。倘若继续借用席勒的分类,我认为《桃花园记》中"牧歌"的部分,在完成度上要明显高于"哀歌"部分及"讽刺诗"部分。

无论如何,陈亮提供给我们的东西已经足够丰富:从乡村现实生活的光泽声响到个体内心世界的山川起伏,从秉火梦游的少年梦幻到霜鬓归来的中年踌躇,从玄学般的种群记忆到社会学式的时代预感……《桃花园记》以个人史和故乡传的形式,向我们呈现出中国北方乡土世界丰盛的生存细节、情感结构,以及巨大历史转型下复杂的、多声部的灵魂低语。绚烂的主体抒情与深沉的历史注视在陈亮笔下融为一体,而这一切在诗题中早已给出过暗示:如果说桃花源意味着某种悬置在文化结构深处、"无论魏晋"且终究"不复得路"的"源"式审美理想,那么桃花园则是从一开始便被放置在最真实最具体的时空坐标之中。诗人倾听、记录、解码着环绕这座园子的种种语言:动物的语言、风和庄稼的语言、柏油马路和推土机的语言。最重要的是,这所有的语言最终化入了一个人的生命言说:它们"和我是相通的/我们有着共同的但却看不见的根"。而这种言说之所以得以成立,又恰恰是由于桃花园与诗人、与我们,都正共同体验着某种关于"消逝"的预感。

本文原刊于《当代作家评论》2023年第1期

[①]〔美〕斯维特兰娜·博伊姆:《怀旧的未来》,第4页,杨德友译,南京,译林出版社,2010。